ハヤカワ文庫 JA

〈JA1574〉

地球へのＳＦ

日本ＳＦ作家クラブ編

早川書房

9060

目　次

生態系

経済

内と外

視点

地球へのSF

まえがき

日本SF作家クラブ　第二十一代会長
大澤博隆

二〇二三年に、日本SF作家クラブは設立六十周年を迎えた。一九六三年に十一名の作家や編集者、評論家、翻訳家たちによって作られた親睦団体は、いまや二六〇名以上の会員が所属する、SF及びファンタジー分野に関する文化及び芸術の振興をリードする業界団体だ。私はそんな時期に、SF作家ではなく、SFの研究を行う研究者として、会長となった人間である。

そう、この本は六十周年の年に企画された。六十周年は人間で言えば還暦であり、ある意味では生まれ変わりのタイミングでもある。このアンソロジーはそんな、特別なタイミングで始まった企画だった。

これまで『ポストコロナのSF』『2084年のSF』『AIとSF』と、その時代ごとのトレンドを反映する企画として始まった早川書房のアンソロジーシリーズだが、六十周年を迎え、次のテーマを何にするかは若干、難航した。

　その中で、最終的に上がってきたテーマが「地球」だ。大きなトピックであり、テーマがぼやけるリスクはあったが、六十周年を機会に、もう一度我々の依って立つところを振り返り、SFの可能性をあらためて検討するスタート地点として、最適な課題に思えた。なにしろ文字通り、私達は（宇宙ステーションの宇宙飛行士を除き）地球に物理的に「立っている」。この世に地球に関係のない人間は、まだ、いない。そうしたことを踏まえ、「地球へのSF」というテーマが選ばれた。テーマが決まってからは、スムーズに作品が集まり、会長・事務局長含めたプロットの選定を経て、クラブ内外から素晴らしい二十二名の作家が集まった。

　このアンソロジーに収録された作品群は、様々だ。環境・生態系をテーマにしたものもあれば、技術や社会をテーマにしたものもある。時間は過去から未来まで、舞台は日本から世界各国、さらに他の惑星まで、様々な場所で話が展開する。他の作品と世界観を共有した作品もあれば、なかには企業とのコラボレーションによって生まれた作品もある。今のSF作家の活躍の幅の広さを強く感じる。

　トピックが広いこともあり、実際に読むまでは、どんな形になったか、ちょっとドキドキしていた。しかし蓋を開ければ、多様さを保ちながら、一方で意外なほどまとまりが良いと感じた。総じて言えば、わたしたちの依って立つところを、時間と空間をまたいだ大きなスケールで、改めて問い直すような作品が多い。

もっと短く言えば、「これこそ、ＳＦの視点だ」といえる作品が揃い、送り出された。会長として、とても満足している。

そもそも「地球」をテーマに視点を飛ばせること自体が、ＳＦの特技ではある。というか実は、こうした相対化の力で視点を変え、問題を見直すＳＦの役割は、近年文芸のみならず、産業・学問の点からも着目されている。たとえば、ＳＦのジャンルの一つとして、少し前から気候フィクション（クライメイト・フィクション）と呼ばれるジャンルが提唱され、多くの注目を集めている。また、こうした地球規模の災害に対するＳＦを介した議論と物語執筆は、ＳＦによってビジョンを考えるＳＦプロトタイピングの一種として、「脅威キャスティング（スレットキャスティング）」という名前で行われている。

研究者としては、日本のＳＦ作家たちがそうした今のトレンドに、直球で応えられる作品群を作ってきた、ということを興味深く感じる。

しかしそういう理屈は正直、余計だろう。

本心から言うと、とにかく、ワクワク出来るスケールの作品をこの密度で読めたことが、会長ではなく一読者として、純粋に嬉しい。掌篇でとてつもないスケールを扱ってくれる楽しさ。日常のあれこれとした雑多な心持ちを、吹き飛ばしてくれる作品群だ。

わたしたちはみな、同じ地球の上の住人だ。そしてこれが、六十周年を迎え、新しいスタートを切った私達クラブが送る「地球へのSF」だ。どうぞ、楽しんでほしい。

Rose Malade, Perle Malade

新城カズマ

『地球へのSF』巻頭は、正しい統治のため、悠久の宇宙のありようを知ろうとした、一人の王の物語。

新城カズマ（しんじょう・かずま）は、グランドマスターをつとめたメイルゲーム「蓬萊学園」を小説化した『蓬萊学園の初恋！』（富士見ファンタジア文庫）で一九九一年に作家デビュー。二〇〇二年発表の異星言語テーマSF『星の、バベル』（ハルキ文庫）以降、本格SFの書き手としても活躍。二〇〇六年、『サマー／タイム／トラベラー』（ハヤカワ文庫JA）で第37回星雲賞日本長編部門を受賞。その他の作品に、『マルジナリアの妙薬』（早川書房）、『15×24』（集英社スーパーダッシュ文庫）など。

一

劉安は淮南王・劉長の第四子として生まれた。

幼少より読書や弾琴を好み狩猟や騎馬の類いは退けて、ただ領民をいたわることで天下に名声を得たいと望んだ。

景帝後三年、武帝が長安の都に践祚した。武帝、と言ってもこの名はもちろん後世の諡号であり、この時はまだ新帝となったばかりの十六歳の青年・劉徹だったが、彼は漢王朝を建てた高祖・劉邦の曾孫つまり劉安の従甥にあたる。若き帝によって劉安はあらたな淮南王に封ぜられた。四十歳の時である。

淮南の地は豊かであり、ほんの八十年ほど前まで楚国として戦国に覇をとなえていた。

劉安は己の居城を寿春の地に定めた。長安より東南東に離れること二千里である。

劉安は、諸子百家を募り隠士賢者を広く天下に求めて、若年の新帝のために統治のなんたるかを示す書を編もうと心を定めた。

それには由縁がある。

劉安には謀反の血が流れている。と民草は噂し、それは半ば事実でもあった。彼の祖母は趙王に仕えた見目麗しい女であったが、中原統一を成し遂げたばかりの新帝・劉邦に側女として捧げられた。しかし、いったん降ったはずの趙王が劉邦に謀反して敗れるに至り、彼女もまた有形無形の圧力の前に自死を選んだ。その子・劉長は赦されて淮南王に取り立てられた。が、己の母を死に追いやった宮廷への恨みは深く、長じてのち謀反を決意した。寸前に事は露見して四川の奥地に流された劉長は、憤怒の果てに自ら食を絶って死んだ。

秦を倒したばかりの新帝国・漢は、権力の集中を急いでいた。慌てていた、と言ってもいい。王族と功臣は数多く、しかし漢の宮廷にとってそれらはもはや不安の種でしかなかった。当初こそ各地に「王」として封ぜられた彼らは、新たな「郡県制」という大波によって一人また一人と除かれた。淮南王の家系は、その筆頭ではなかったが、けっして掉尾ではなかった。

祖母や父と同じ仄暗い死の轍を辿ることを、劉安は避けた。彼は、強大な漢帝国の軒下で高祖の血統の傍流として静かに生きる術を求めた。そして生まれたばかりの帝国に不足していたのは、古い書物を読み解いて統治の安定に寄与する深遠な智慧だった。

賢者たちが、淮南の地に多く集められた。彼らは劉安の食客として寿春の北辺に位置する広大な邸宅に住まい、知識を伝え語り、また優れた詩文を披露した。賢者のみならず、怪しげな方士たちや遊侠の徒も多く群がったが、劉安は彼らも召し抱えた。古くより淮南の地にはそのような気風があった。かつて楚と呼ばれて最後まで秦の始皇帝に抗ったこの土地には、古い神話と、反骨と、濃密な人付き合いがまだ息づいていた。邸宅の食客は一千人を数えた。

賢者たちの中で、とくに優れた者が八人いた。左呉、伍被、雷被、蘇非、李尚、陳由、毛周、そして晋昌。いわゆる八公である。後代に彼らは神仙であったことにされ、八公仙と呼ばれることになる。

八公のなかでも左呉は劉安に重用された。字は子朗、益州の人。遥か南方の大国・身毒や更に遠い希臘に散在する都鄙から峰々を越えて運ばれる不思議な知識に親しんでいた。劉邦が項羽に勝利した年に生まれ、劉邦の庶子すなわち文帝が即位した年に楚国へ、というよりもその残骸へ流れ着いた。地理に詳しく、測量と算術を能くした。また文を修め音曲にも秀でていた。

左呉は劉安の前に跪(ひざまず)き、その美声は広間に響いた。

「新帝へ捧げたまう書は、なによりも根本を正しく捉えておらねばなりません」と彼は儒者のような言葉で切り出した。もちろん左呉は儒者でない。さりとて墨家でもなければ、劉安のもとに集うた大半の賢者たちのような道家でもなく、ましてや法家ではあり得なかった。左呉は一人で一家を成している、というのが賢者たちの間での評判だった。無理やりに名づけるならば求理家とでもなろうか。

左呉は言葉を継いだ。——正しい統治は正しいおこないに基づき、正しいおこないは正しい智慧にもとづきます。即ちこの宇(くうかん)と宙(じかん)を知らねばなりません。とはいえ天は広大、歴史を遡るにも我らが既に所持するより更に多くの竹簡木簡をかき集めねばなりません。ゆえに、まずは手近なところで、この大地の大きさと形を求めるのが肝要と思われます。

列席した大勢の賢者たちはざわめいた。天地は神々の争いによって傾き、北西が高く南東が低くなっている、というのが古(いにしえ)よりの通念だった。もちろん、天を傾けたのが見る能わざる女媧(じょか)だったのか蔑(さげす)むべき共工だったのかは議論の残るところだが。いずれにせよ万人の知る通念をあらためて検証し探求する、という発想そのものが珍奇であり歪(いびつ)なものだった。

「なるほど。して如何にしてそれらを求めるのか」淮南王は問うた。

左呉の答えて曰く、幼き日に親しくしたる商人より聞き及ぶに身毒と波斯の更に西、埃及なる大国あり。その地には夏至の日に陽光がその底まで達するという珍しき井戸あり、一方その井戸より正確に真北にあたる井戸を同日正午に測れば日差しは僅かに傾くあるを見出したり。即ち我らも南北二つの井戸を観察せば、陽の角度を以て大地の丸みと大きさを算出し得んと。

賢者たちの大半は、それこそ北の井戸に射し込んだ夏至の陽光の如く首をかしげたが、劉安だけは違った。

「待て。そのためには、陽光が決して曲がらず歪まず凡て並行に降り注いでいるという証が要るのではないか」

「仰せの通りにございます。ですが太陽はその名の通り陰陽における陽の極まりたる様態にして、あらゆる命の源。これに歪みのあるはずもございますまい」

今度は賢者たちも頷いた。

「うむ、一理あるな」と劉安も応えて早速必要な観察の手配をした。

ほどなく結果がもたらされた。夏至の正午に陽光が真っ直ぐ底まで届く井戸が南越国に見出され、その真北に当たる井戸に射す陽の傾き具合が一千里先まで調べられた。賢者たちは算棒と算珠をあやつり、天下の大きさを求めた。天下は球体でありその半径がおよそ一万五千九百四十五里、後に謂う六千三百七十八キロメートルであると知れた。劉安は大きくうなずいた。

二

統治の書の編纂は始められたが、そうこうするうちに武帝から劉安へ、入朝せよとの命が下った。

書は未完成だったが、いつまでも帝を待たせて不興を被るわけにもいかない。急遽、劉安と八公が中心となって、まとまりの良い部分を先に編纂することになった。八公が二人ずつで一組を為してそれぞれ五巻を担当し、それらを劉安が監修したうえで摘要を一巻に製作するのである。夜を日に継いで執筆はおこなわれた。文には敢えて複雑な象徴や寓意が込められた。劉安自身も含め淮南の賢人たちが後々に解読のため重用されるように、との仕掛けである。やがて出立の日が来たが、まだ書は完成していなかった。しかたなく劉安は長安の都へ向かう途上でも校訂を続けた。大蛇のように長々と伸びた行列の頭が都へ到着する頃、ようやく全二十一巻が書き終えられた。のちに、それは「淮南子」内篇と呼ばれることになる。

帝都へ続く行列のなかに劉安の娘・陵の姿があった。陵は父に似て賢く詩才にあふれ、劉安もまたそのような娘を溺愛した。ちなみに彼には息子たちもいたが庶長子・不害は愚鈍であり次男・遷は武辺者だった。劉安は息子らを嫌い遠ざけていた。劉安は陵に書の深遠なる寓意と正しき解釈を語って聞かせた。姫は時に細部を問い、その玄妙さに劉安は舌を巻いた。

若き帝は内篇をよろこび、その寓意の妙味を昼といわず夜といわず劉安に尋ねて止まなかった。しかし劉安は淮南へ戻って国を統治せねばならない。それ以上に淮南子の完成版を編まねばならない。とはいえ帝の不興を買うわけにもいかなかった。悟るところのあった陵は、そんな父王のもとを訪れて告げた。

「わたくしが代わって長安に残り、帝へ書の講釈をいたします。幸い、わたくしは帝と同い歳。きっと帝もわたくしに親しみを抱いてくださることでしょう」

「しかし姫よ」劉安の脳裏を刹那、亡父より聞かされた祖母の逸話がよぎった。

「他に術(すべ)はございません」姫は父を遮った。「父上は我らの地に欠くべからざるお方。長く離れては兄たちがよからぬ企みを起こすやもしれません。疾(と)く寿春へお戻りください。そして一日も早く、真の書を編み終えてください。そうすればわたくしも懐かしの淮南へ還ることができましょう」

そして姫は謡いながら舞いはじめた。

悲哉秋之為気也

蕭瑟兮草木揺落而変衰

それは楚国を愛した詩人・屈原の長い長い詩だった。淮南王は涙した。

劉安は帝にいとまを告げて淮南へ戻った。陵姫は帝に寵愛されているさまを折にふれて絹帛（けんぱく）に認（したた）め、使者に託して父のもとへ送るようになった。

帰国後、劉安と賢者たちはいっそう書の編纂に励んだ。

更なる竹簡が遠隔の地より取り寄せられ、多くの草木が採取されて分類された。左呉は日月の蝕を遊侠の徒ら百人に観測させた。すぐに「天下」のみならず月もまた球体であること、両者はさらに太陽を巡っていること等を彼は解き明かした。さらに彼は惑星や星々をも観測させた。遊侠の徒らの多くは太陽を見つめすぎ、或いは星を数えすぎて片目を失った。

「ゆえに天下は有限にござります」中秋の名月のもと左呉は報告した。

「一理あるな」と劉安は答えた。

「星々には無限の兆しあり。目下、算棒および算珠を駆使して算を演じております。棒と珠を隙間なく並べたため御館の大広間が埋まってしまいましたが」

「少々の不便は致し方ない。必要であれば増築しよう」

「忝うございます。また雷被めが事の確からしさなるものの算術を編み出しました。この術により、いくら田畑を増やし他国を蹂躙しましても、育つ米や麦は決して新たに生まれる民の数には追いつかぬ定めと判明いたしました」

「なるほど」

「かといって子を間引き続けては帝室への怨みの増すばかり。ゆえに民を善導し糧食を能く配分せねばなりません。民の望み、これ即ち将来の不安が滅すること。善導のために女媧及び伏犠を大いに祀りその畏れを広めるのが上策と存じます。さすれば漢帝国は永劫不変となり遂には大同へ至りましょう」

「うむ。一理ある」

淮南王は夜空を見上げていた。すでに算術と観測は月や惑星も球であると証していた。ならば他の無数の星ぼしもまた球体であろう。それらは太陽に似て自ら輝き或いは陰の凝りて他の星の光を受けて瞬いているに違いない。淮南王はそうした他の、数々の「天下」に想いを馳せた。そしてその地にあって天を見上げている、名も知られぬ奇態な王たちのことを。

三

月が欠け、また満ちた。武帝は淮南子内篇の地理篇をことのほか愛でた。そこ、陵姫にしか読み解けぬ象徴と寓意の陰には、未だ届かぬ西方の大地が征服者の蹄を待ち侘びていた。先ずは西域諸国を従わせ、そのうえで漢の北辺を悩ませる匈奴を挟み撃ちにするのだ。若き皇帝は西方遠征を将軍たちに命じた。

遠大なる計画は武帝の脳裏においてしか実現しなかった。将軍も兵士も西域の地理の知識は僅かであり飲み水はさらに僅かだった。戦乱は長引き徴兵と徴税は厳しくなった。姫は民の怨嗟を巧みに詩に織り混ぜて父に報せた。時に劉安は返信したが、もっぱら自室の床に白黒の算珠を並べて計算していた。天空は九天すなわち九重の天界から成ると謂う。そこに無限の星があるならば、そして星がすべて遠い太陽であるならば、闇を埋め尽くし夜空は明るくならねばならない。答えは二つに一つ。天空は無限で星の数が有限であるか、無限の星は太陽も含めて遂には衰微して焼失するか。劉安は後者を好んだ。常ならざる地上のあらゆる事象と平仄（ひょうそく）が合っていたからである。

彼は独りごちた。「一理あるな」

窓外の庭の隅では片目を失った遊侠の徒らが同じ白黒の珠を並べて賭博に興じていた。後にこの遊びは囲碁と呼ばれて長安にも広まった。武帝はこれを悪（にく）み度々禁じたが左程効果はなく、しばらくして禁令も解かれた。武帝の脳裏は西域制覇の策で一杯だったのだ。彼の意を達せられぬ将軍たちは次々に斬首され、一兵卒が大将に取り立てられた。遠征は捗らず武帝は猜疑心を強くした。その荒れるさまも陵姫は父へと書き伝えた。届けられた絹帛は劉安の居室に積まれていた。彼は次第に返信を怠（おこた）った。そしてひたぶるに、衰微する天界の行く末を想うた。

淮南子外篇の完成は近づいていた。

「我ら八公はじめ賢者一千人、確からしさの算術を用いまして、天下の形、太陽と太陰の理（ことわり）、風雨の循環と草木の盛衰、人心の趣（おもむ）くところを悉（ことごと）く解き明かしました」蹲踞（そんきょ）して、左呉は報告した。「即ち凡てに限りがあり、ただ巡るばかりにござります。その限りある天下において如何に民を安んずるか、ここが肝要。武威増強のために森を伐採しすぎて洪水を引き起こすは下策。交易こそが鍵にございます。そのためには城邑を結ぶ運河を網の目の如く穿ち、民に文字と算術を教え込み、女媧・伏犠のみならず上は大いなる顓頊より下は水底深き都に眠れる夔に至るまで、古き神々を甦らせそれらの御稜威を以て善導するが大同への近道」

「うむ。一理あるな」

武帝は遠征を繰り返し、人臣は一人残らず帝室を怨み恐れた。淮南王は日夜天空を見上げて思索に耽った。居室のそこかしこには埃が溜まり黴が蔓延っていた。彼はそれを気にする風もなかった。

幾たびか左呉は淮南王の居室へと進捗を報告しに訪れた。蹲踞するたびに、王の居室の隅の不可思議な塊に彼は目を留めた。乱雑に積まれた絹帛の巻物だった。訪れるたびに塊は小さな丘にそして山へと育っていた。彼は何も言わなかった。それらは長安から届いたものだった。民の窮状を訴える陵からの便りはある時は短く、ある時は長かった。それらは劉安の居室の片隅で、黴と塵芥に覆われて堆く積もり続けた。

「西域の更に先に大秦国あり」左呉は語った。「匈奴と和睦し陸路は彼らに与えて西方へ伸ばさしめ、我らは四川より川を下り海を渡ります。かくして陸海両路から大秦国と富を交換することで天下は豊かになり漢帝国は永劫に栄えましょう。即ちこれ真理にございます。大同にございます」

「一理あるな。そして無意味でもある」

「王よ」左呉は思わず顔を上げた。「貧しき民草の営みにも意味はございましょう」

「民に限ったことではない。凡夫であれ、私であれ、はたまた天下をしろしめす長安の皇帝であれ、あの月の彼方より——それこそ遥けき天界の極北たる紫微宮（しびきゅう）より眺むれば、さして異ならぬ。目に映ることも無き黴に過ぎぬ」

「我ら一千人の大業はこれすべて我らが帝国を大同へと至らしめんがためにございます」

「価値はない。だが美はある」己が筆で淮南子にかつて記した一節を、劉安は思い出していた。「真珠貝の病こそが美しい珠を生み出しもしよう」

そう言われた左呉もまた同じ一節を思い出した。

「王は我らを病と思し召すか。この天下を、大地を、民草の苦楽を、病める真珠と思し召すか」

「それも一理ある」劉安はいつもの口癖をくりかえした。「それも一理あるぞ」

四

淮南子外篇が完成した。全四十巻となった。漢朝永劫の安寧を得る大計が八公仙の手によってそこに記されていた。縦横の運河によって黄河と長江を御する。また沿岸十里を直轄の県として塩をつくり港には都督を置く。遠洋との交易を栄えさせ同時に来寇をも防ぐ。かくして水運と製塩は天子の意のままとなる。種々の産物は運河を経て北上し匈奴と市を交わす。民草は腹くちて足るを知り、富み栄えることを学び、二度と叛乱も起こさず、天下から憂いは無くなる。賢者一千人は大望成れりと広間に会し、杯を酌み交わし、大いに謡い踊った。口々に彼らは淮南王を言祝いだ。

賢者たちは酔った。来たるべき繁栄に酔った。多くの視線は西北西の長安へと向けられた。彼らの瞼の裏には帝都への道が映っていた。外篇四十巻を携えて帝都に到る日のことを彼らは思った。彼らの労苦がねぎらわれ、儒者どもに成り代わって朝廷の要職へと取り立てられるであろう眩い朝のことを。

劉安もまた酔っていたが、その視線の先は賢者たちとは異なっていた。大空が、天空の世界のみが瞳に映っていた。そしてそこを舞う、名もなく意味もない塵芥へと。

祝宴が夜半へ及んだころ、帝都から使者が到着した。埃に塗れた甲冑は宴席にひどく不釣り合いだった。

「姫が」と使者は告げた。「たびたび淮南王へとお送りなされた書簡は帝国を蔑(ないがし)ろにする言なりとの密告あり。これが武帝の逆鱗に触れ、謀反の意思ありとして死を賜りましてございます」

劉安は杯を取り落とした。

夜空に向けていた顔を使者に向け、それから左右の賢者たちへ向け、最後に左呉へと向けた。左呉の背後には出来上がったばかりの、美麗に積まれた四十巻の書があった。ゆっくりと劉安は背を向けた。静かに彼は広間を辞した。長い長い回廊を巡り、広大な庭を渡り、人造の池を跨ぐ美しい橋を越えて、九天から王の痩身へ降り注がんばかりの星々を仰ぐこともなく埃と黴だらけの己の居室へと淮南王は戻っていった。

王の、屈原の長詩を暗唱するか細い声が邸宅じゅうに響いた。

朕幼清以廉潔兮
身服義而未沫

ただし最後だけは元の詩と異なっていた。

独姫兮帰来　哀江南

末句は「魂兮帰来」でなければ平仄が合わない。魂よ帰り来れ、江南は哀し。それが正しいはずだった。屋敷に居合わせた賢者一千人は目を伏せた。

唯一人、左呉だけは気づいた。

王は独り大同にたどり着いたのだ。王は識ったのだ。最上の至福とは、この世でもっとも大切なものとは何であるかを。そしてそれが既に——永久に——失われていることを。

了

前漢の元狩元年、西暦でいえば前百二十二年、淮南王劉安は謀反を試みるが露見して自死し一族郎党はことごとく誅殺された。淮南子外篇は屋敷と共にすべて焼失し、今に伝わらない。

参考文献

淮南子（池田知久・編訳註、講談社学術文庫）
史記（小竹文夫&小竹武夫・訳、ちくま学芸文庫）
漢書（小竹武夫・訳、ちくま学芸文庫）
楚辞（小南一郎・訳注、岩波文庫）
『淮南子の思想　老荘的世界』（金谷治、講談社学術文庫）
『中国の神話』（白川静、中公文庫）
松岡正剛の千夜千冊「淮南子の思想」（https://1000ya.isis.ne.jp/1440.html）
『高丘親王航海記』（澁澤龍彥、文春文庫）
『高丘親王航海記』Ⅰ～Ⅳ（近藤ようこ、澁澤龍彥・原作、KADOKAWAビームコミックス）
「山月記」（中島敦、青空文庫、https://www.aozora.gr.jp/cards/000119/files/624_14544.html）

独り歩く

粕谷知世

古代中国から一転して、わずか数年前、私たちが「あの期間」の日常で体験した、地球との交感の記録。

粕谷知世（かすや・ちせ）は、一九六八年、愛知県生まれ。二〇〇一年、『クロニカ　太陽と死者の記録』（新潮社）で、第13回日本ファンタジーノベル大賞を受賞してデビュー。二〇〇五年、『アマゾニア』（中央公論新社）で第4回センス・オブ・ジェンダー賞大賞を受賞。ほかの作品に『小さき者たち』（早川書房）など。

朝がきた。

朽ちかけた倒木の上に現れたのはヒロノムスである。がっしりした四肢で木の皮にとりつき、長い尾を垂らしている。小さな頭をせわしなく振っているのは、空腹を満たす何かを探しているからだ。彼の足場、横倒しになった幹の上では、細かな光がちらちらと踊っている。その舞踏は彼の背でも同じようにおこなわれているのだが、それに彼が気づくことはない。目の前で動く光に気をとられ、彼はそれを右脚で押さえたが、光の動きを止めることはできない。さらに力をこめたが、光は彼の右脚の上にところを移して動き続けた。

ヒロノムスは小さな頭をもたげて、他に餌を求めた。

彼のはるか頭上では、たくさんの葉がそよいでいる。

ここは、リンボク、レピドデンドロンの林である。

気温が上がり、空気が乾燥し始めるにつれ、枝葉の茂る上方では胞子が飛び始めるが、あまりに高いところの変化なので、ヒロノムスには捉えられない。

木々の幹を縫って、巨大トンボ、メガネウラが飛んできた。翅を広げた長さはヒロノムスの体長以上、彼が獲物にするには大きすぎる代物だ。ヒロノムスが倒木の陰に隠れた直後、メガネウラは林の中の複雑な空気の流れを利用して向きを変え、飛び去っていった。

三日の自宅待機が一週間に延びた。需要急増のため、テレワーク用のノートパソコンが思ったように用意できないらしい。おかげで九時近くまで布団のなかで二度寝三度寝を楽しむ自堕落な生活を続けている。残業続きで過労気味だった体は先月からの定時退社でだいぶ回復してきたので、ぐだぐだ寝ているよりはどこかに遊びに行きたいんだが、ひとまず現状を受け入れるしかない。

マスクをつけ、遅い朝飯のために駅前通りの牛丼屋へ出かける。マンション前でさっそく、サイレンを鳴らしながら通り過ぎていく救急車に出くわした。

駅前通りは閑散としている。以前は朝の七時には電車に乗っていたから単純には比較できないが、それにしても人通りが少なすぎるだろうと思う。すっかり油断していたところへ、後ろから急に自転車のベルを鳴らされた。あわてて避(よ)けながら、今どき歩道でベルを鳴らす無礼者の顔を拝んでやる。ハンチング帽に、顎マスクのおっさんだった。マスクをつける気があるんなら、ちゃんとつけろよ。

ささくれた神経を逆撫でするように、頭上でカラスが鳴いた。

　電信柱のてっぺんにとまって辺りを睥睨(へいげい)している。

カラスに見下ろされるのにもムカつきながら、いつもの店に入った。

ここも他に客はいない。昼にはまだ少し、早いせいもあるか。

食膳を渡してくれる店員はマスク着用のうえ、うすい水色のプラスチック手袋をつけている。その違和感にも慣れてきた。自炊できないから店が開いているだけでありがたい。何年も毎日のように食べている牛丼なのに、明日には食べられないかもしれないと思うとやけに旨く感じる。

店のテレビで、昨日のコロナ患者の発生数を知った。爆発的ではないにしろ、じりじりと増えている。その後は、緊急事態宣言後のタクシー会社、バス会社窮状のニュースだ。ただでさえ自転車操業だったところへ、いきなり車輪に棒がさしこまれたんだから、取材すれば、どこだって似たようなものだろう。

関連グループ全体の出張手配をおこなっている、うちの部署でも、繁忙期のはずの先月、三月の時点ですでに、入社以来、経験したことのない暇続きだったが、緊急事態宣言後は新規案件がゼロになった。

宣言が出たところで、外出制限はあくまでお願いベースで強制力はないというのだから、三月以上に悪くなるとは思っていなかった。日本人の順法精神もしくは右へならえ精神を嘗めていたと言わざるをえない。まあ、死ぬのは誰だって怖いからな。

次のニュースは少し毛色が変わっていた。

「地震研究者たちは、地震計の観測データがよりクリアに捉えられるようになったと話しています。行動制限による交通の減少や産業の抑制により、ノイズとなる人間由来の振動が減ったためです。こうした現象は日本だけでなく、ロックダウンのおこなわれた世界各地で報告されています」

コロナ禍が経済に与える影響は耳にタコができるほど聞いていたが、地殻にまで影響を与えたという話は初耳だった。トランポリンじゃあるまいし、人間一人がぴょんぴょん飛び跳ねたところで、地球なんてどでかいものがへこむわけないと思うのは素人考えで、ごくごく微小、とんでもなく小さいとはいえ、人間の物理的な動きってのは地球に何かしらの影響を与えてるわけだ。

ちょっと面白いな、と思いながら店を出たところで、カラスが超低空飛行で目の前を横切っていった。あたり一面の電信柱に、それぞれ二、三羽ずつカラスがとまっている。ぜんぶで二十数羽？　いや、もっといるか。

なんというか、いきなり暴力団関係者に囲まれた気分だ。上空から一斉に攻撃されたら、太刀打ちできない。足を速めたところで、カラスどもは激しく鳴きながら飛び立った。

いよいよ来る。

一瞬、頭を抱えてしまったが、衝撃は来なかった。

カラスたちの狙いは、道路向かいのドラッグストアを越えてきた、別のカラスだった。群れのカラスはこれまで見たこともない複雑な飛び方をして入り乱れ、侵入者を威嚇している。

なわばり争いのようだ。

このあたりはベッドタウンだから、まだ飲食店も営業しているが、都心ではサラリーマンのランチめあての店が軒並み休業していると聞く。カラスも餌場がなくなって、こちらまで出張(でば)ってるんだろう。

何にせよ、助かった。早く部屋に帰ろう。

駅前の路地から大通りへ出たところで、救急車のサイレンが聞こえた。さっきも見たよな、と思う。このところ、明らかに救急車の往来が増えている。

運ばれているのはやはり、コロナ患者だろうか。

我が物顔に振る舞うカラスと、人のいない街を行く緊急車両。

なじんだ街の風景は変わらないのに、ホラー映画のなかに閉じ込められているような気分になった。

「一人暮らしなんだから気をつけなさいよ」と親に電話で言われた時も、「震災の時みたいに商品がなくなるかもしれないから、食料は備蓄しといたほうがいいぞ」と上司に助言された時も、何を大げさなこと言ってるんだか、としか思えなかった。二十代後半でコロナに罹（かか）ったってたいしたことにはならない、仕事が少なくなったって会社が潰れたりはしないだろう。たかをくくりながら、だんだんと様子を変えていく日常につきあってきたが、一体、どこまで変わるんだろう。ついに緊急事態宣言まで出ちまって、これって、本当に、これまでと同じ世界なのか？

会社という会社が倒産し、飲食店もぜんぶ潰れ、スーパーの食料棚もからっぽになる。ある日、高熱が出て病院に電話するが、どこも話し中だ。救急車も来ない。呼吸ができなくなって一人でもがきながら死んでいく。

その時でもまだ、自分は去年までと同じ世界に住んでいるって思えるだろうか。

気づいた時には自分のマンション近くまで戻ってきていたが、テレビとベッドと衣類掛けがあるだけの狭い部屋へ帰る気がしなかった。左右の壁、閉ざされた窓の圧迫感は独房に似ている。病院の個室にも、そしておそらく霊安室にも。

マンションの前を通り過ぎて、そのまま歩き続けた。


基本、会社と部屋を往復するだけの生活で、スーパーやドラッグストアも駅前にある。この街に知り合いがいるわけでもない。今の賃貸マンションに住み始めてから、ただの一度も駅とは逆方向へ行こうと思ったことはなかった。

初めての道だ。一つ交差点を過ぎただけで、ビルが消えて、空が広くなった。

気まぐれに角を曲がってみると、道の両側がブロック塀や生け垣で塞がれ始めた。新興住宅街というには古びた家が多いので、お屋敷街と呼びたいところだが、それぞれの家はたいして大きくない。ようは普通の住宅街だ。

道には誰もいなかった。静かだ。

高齢の住民たちは、疫病を恐れて、家の奥のほうに潜んでいるんだろうか。

前方を猫が横切っていった。

住宅の門柱の下にはタンポポが咲いている。

日差しは暖かい。いや、暑いくらいだ。四月も半ばだからな。

桜の時期には、いつ緊急事態宣言が出るかと落ち着かず、花見どころじゃなかったから季節感もなく過ごしてしまったが、自然界には確実に春が来ていたんだ。

小さな児童公園があった。植木の間からブランコと滑り台が見えている。以前なら小さな子やママさんたちがいたんだろうが、今は無人だ。

公園を通り過ぎたところで、急な石段があったので下ってみた。

日の差し込まない林のなかの道が現れる。そのまま進んでいくと、コンクリートの擁壁に行く手を阻まれた。ひび割れも目立つし、水抜きの下は真っ黒だ。だいぶ昔につくられたんだろう。

気分も直ったから、そろそろマンションへ戻ろうかとも思ったが、まだ少し歩き足りない。あたりを見回して右側に見つけた階段を上っていくと、左右に視界が開けた。

大きな川だった。

高く昇った日に照らされて、川面が白く光っている。

堤防の上には、ずっと先まで遊歩道がつくられていた。

ここで引き返すか？　と自問してみたのは念のためだった。

天気は良好だ。よく晴れ渡って、雲一つない。

尻ポケットには財布とスマホ、ポロシャツの胸ポケットにルームキー。

腹はさっき満たしたところだし、喉が渇いた時には、どこかに自販機くらいあるだろう。

このまま身一つで、街を離れたとしても文句を言う奴はいない。

よし、行こう。この川をさかのぼって、行けるところまで。

同じ歩くのでも、駅へ向かう時は急いでいるし、会社に着いてからの仕事の手順や前日から持ち越しの懸案事項について考えているから、歩いている実感はない。マンションを出れば、いつのまにか駅に着いている、そんな感じだ。

今は急ぐ必要がないし、どこへ行くというあてがあるわけでもない。

ただただ、足を前に出し、腕を振って、歩くためだけに歩く。そのうち、ランナーズハイならぬウォーカーズハイになってきたらしい。呼吸と手足の動きがなめらかに連動し、体をめぐる血の流れまでがスムーズになったように感じた。靴の裏から陽光にぬくまったアスファルトを通して、地に潜む力を吸収しているような気分になる。

コンクリート造りだった堤防は、いつのまにか自然の土手に変わっていた。両側に桜が植えられている。少し暑くなっていたので、葉桜がつくってくれる日陰が心地よかった。川から吹いてくる風のなかを歩いていると、穏やかな春のなかに溶けていきそうになる。

「素敵でしょう。ほんと素敵よね」

思い出したのは、小太りでころころした子犬みたいな印象の女性教師の口癖だった。可愛らしい童顔をしているくせに「赤点とったら進級できないのは当たり前よね」とさらりと脅してくるところがあって、この教師の授業で寝落ちは厳禁だった。お気に入りの単元の時には気合いの入り方がハンパじゃなかったから、うかうか寝てもいられなかったわけだが。

あれは国木田独歩『武蔵野』の授業だった。

武蔵野の自然の美しさを語る文章を、女教師は自分でとうとうと読み上げた。

広い青い空に湧き上がる雲、その下に広がる雑木林で、木々の緑は強い日光に溶かされるように光っている。汗をぬぐいながら進むと不意に農家の庭先に出て、雄鶏が鳴くのを聞く。橋の上から川が流れるのを眺めれば、川面は銀粉をまぶしたように輝いている。水音は穏やかで心地よい。

と、いうような内容の朗読が五分以上、続いたと思う。

堅苦しい詰め襟の黒服が並んでいるなかに響いていた、少し高めの声を覚えている。

読み終わって、いきなり聞かれた。

「武蔵野って、どのあたりのことだと思う？」

武蔵っていうからには埼玉あたりだろうと思ったが、詳しくは分からない。他の奴らも知らないらしく、挙手もなかった。

「埼玉や神奈川の一部も含む、東京の郊外ってことなんだけど、なかには渋谷や目黒、新宿付近も含まれてるのよ。独歩が生きていた頃は、あの辺り、町外れだったみたい」

へえ、と思った。そりゃ、戦前に高層ビル群なんてないんだろうが、いくらなんでも新宿渋谷なら商店街くらいにはなってるのかと思ってた。

「先生ね、大学時代は、この国木田独歩が専攻だったから、今でも『小春』という小品のなかの一節をそらで言えるのよ」

十年ぶりにしては、ありえないほど鮮明に、その女教師の顔が思い浮かんだ。

そう、田宮って名前だった。田宮先生、あだ名がターミンだ。

ターミンは斜め上を睨みながら、小難しい漢語の多い一文を口にした。「わたしは今、自然界と人の心、両方に共通して流れているものをつかんだ」とかいう意味だったと思う。

「なんか、仙人っていうか、超能力者として覚醒したって感じでかっこよくない？」

ターミン、今ならあんたにも、それから国木田独歩にも賛成できそうだぞ。

体が軽い。

どこまでも歩いて行ける。

駅前で世界の終わりと身の破滅をリアルに感じたのが嘘のようだ。

ほんとうに、地球から力を分けてもらってるんだったりして。

交通や産業といった人的要因による大振動がなくなって、地震の揺れが正確に測れるようになったってことは、たった一人の歩みの微細な動きも地殻に伝わりやすくなってるってことだろうからな。千人からの生徒の面倒をみていたマンモス校の教師が、過疎地へ異動になって、受け持ちが生徒一人になったら、その生徒へのケアは手厚くなるだろう。

少し立ち止まってみたが、マグマの流れを感じることもなく、地面からオーラがたちのぼるのを目撃することもなかったので、苦笑しながら、また歩き出す。

歩くために、歩く。

こういうのって、いつぶりだろう。

高校時代には、一日かけて学校近くの山まで行って戻ってくるウォーキング大会があったが、あの時はクラスメートがいた。ふざけて仲間の尻を蹴ったりするのに忙しかったし、それにも疲れてからは、早く休んで弁当食いてえなあと、そんなことばかり考えていた。

純粋に歩くことに集中したなんて、高校や中学どころか、もしかすると歩き始めた一歳児以来かもしれない。

道の先で、若い母親が手を叩いているのが見えたような気がした。年をとって肥えちゃって、時々、連絡もなしに米やら芋やらインスタントラーメンやらを送りつけてくる実家のおばちゃんじゃない、若くて美人だった頃の母。

「こっちへおいで」

早く行かないと。

両手を握りしめ、脇を締めてバランスをとりながら、体の下のほうにある何かをえいやと動かしてみる。くらりと視界が揺れ、体全体のバランスが変わる。

「がんばって」

声援が聞こえるが、こちらはバランスをとりなおすのに必死だ。何とか持ちこたえて、もう一度、力を使ってみる。

宙ぶらりんな不安定さに耐えた後で着地する、その圧倒的な安心感。

酔っ払っての馬鹿話で、初めて歩いた時の記憶があると話した時、一緒に飲んでいた同僚から「勘違いだろ。そんなの覚えているかよ」と言われた。

「記憶があるのなんて、小学校五年ぐらいからじゃね？」

「それも逆に凄いな。だったら、記憶に残る前のおまえって何なんだよ。今のおまえとは別人ってことか」

「かもな」

「それで、いいのか？　ガキんちょの頃と今の自分は別人って、なんか気味悪くないか」

「おまえだって、胎児の時とは別人だろうが」

それならいっそ、過去の自分と今の自分は、ぜんぶ別人だってことにしたいもんだ。

去年の秋、親会社のお偉いさんの海外出張手配をミスった。なんと宿泊日を一日間違えていて、到着した時には予約が流れてしまっていたのだ。ありえない初歩的なミス。上司は「疲れてたんだろう」と言ってくれたが、今の業務はもう三年目、ベテランのつもりで新人指導もしていた手前、腹を切りたいほど恥ずかしかった。挽回の機会をうかがっているうちにコロナ騒動が始まってしまったから、なおさら、モヤモヤがおさまらない。

あれは今の自分じゃない、過去の誰かだ。そう思えたら、どんなに、すがすがしいことか。でも駄目だ。記憶は改竄（かいざん）できない。歯ぎしりするような失敗をなかったことにはできない。あの失敗を思い出すたび、下腹を煮られるような感覚がよみがえってくるんだろう。

落ち込んだ気分を振り払いたくて、急ぎ足になる。

土手の草むらで餌を探していたらしい鳩が二羽、飛び立った。

ああ、鳥はいいよな。空を飛べるしな。過去の嫌な記憶に悩まされるなんて、ないんだろうな。人間なんて、やってられないよな。

「忘れてしまえばいいじゃない」

誘惑しないでほしい。

「だって、もっと大切なこと、たくさん忘れてるんじゃない。覚えていたいというのなら、全部を思い出さなくてはね」

雷に打たれたようだというが、そのとき、高圧の電流は天から降ってくるのではなくて、地面から噴出してきた。踏み出した足のふくらはぎをつたって腹を焼き、背骨を通って頭頂へ抜けていった。

刻々とおこなう選択。たくさんの種類の情報とエネルギーが飛び交うなかから、命を繋ぐのに有益なものを選び続ける。快と不快。重力を感じ、水流に従い、うまいものに触れれば吸収する。揺れてねじれて、浮かんで沈み、寒暖や明暗を感じて心地よいほうへ動く。明るい。光を感じて、曖昧模糊とした世界がクリアになる。

大きな目玉と羊の角のように曲がった二本の触手に出くわした。振り下ろされた触手を間一髪、避けられたのは奇跡だった。体をくねらせて必死で逃げる。逃げて逃げて陸にあがり、たくさんの巨木が空を貫くのを見た。三十メートル四十メートルのシダ植物の木々が湿地帯に茂っている。空を飛ぶ、翅のある虫たち。滑空するメガネウラを見送って、ふたたび食物を探し始めたが、腐った木の幹を巨大ムカデが這ってくるのに気づいた。木のうろに身を潜め、ムカデが行ってしまうのを待つ。

そうやって恐竜が去るのも待っていた。長い両腕と長い尾で木々の枝を渡り、森から出て槍をつくり、立ち上がってマンモスを狩った。雪原を渡り、山が火を噴くのを見た。舟に乗って海を越え、仲間の血を流しもしたが、飯はうまいし、子はかわいい。そうして、今、ここにいる。


ほんの一瞬のフラッシュバックだった。

目眩がしたので、桜の下の木製ベンチに腰を下ろした。

眩しい太陽光を避けて木陰になっている側へ身を寄せ、軽く眼を瞑った。

中学か高校で「個体発生は系統発生を繰り返す」って習った時、面白いなと思った。たしかに受精卵ってのは単細胞生物だ。以来、生物の進化なんかをテーマにした科学特番がやってれば適当に観るようにしている。今のは、そうした番組の映像が入り混じって白昼夢みたいになったんだろうと納得したところで、待てよ、と思った。

視覚がない時、自分の体を外側から見られない時って、自分と外界の区別はどれぐらいつけられるものなんだ？　色や形を眼でとらえることができない時、そもそも見るって概念がない時に自他の区別はどうなる？

慌てて目を開いてみた。

目の前には川が流れていた。桜の木が等間隔に植えられている。木陰のベンチに座っているから、チノパンの膝、ベンチに置いた左手が見えている。

もう一度、目を閉じる。

風がある。ベンチの背もたれにかけた右肘には木材の感触があり、尻にはベンチからの圧を感じる。地面につけた靴の裏にも土の圧があり、肩が張っていて、胃にも違和感を感じる。そういえば、今年はまだ定期健診を受けていない。

いや、今はそんなことはどうでもいい。

頬に感じる風、首筋に感じる陽光の暖かさに肩の張り。自分は今、これを感じ、それを感じているが、これとそれとに何か違いがあるか？　頭から肩、胸から腹、それに背中、腰から足が二本。この体の輪郭を春の大気やベンチ、桜の木から切り分けている視覚がなかったら、世界は一体、どうなる？

両手で目を押さえ、ベンチの背に凭(もた)れこんだ。

春の陽気に浮かされて、人間社会から抜け出して、こんな遠くまで歩いてきた。この自分は確かに「人間」だが、同時に「春」なのじゃあるまいか。「動物」であって「命」であるからには、もしかして「地球」そのものでもあるんじゃないか。

駄目押しのように、ターミンの高揚した声が聞こえた。

「今や落日、大洋、清風、蒼天、人心を一貫して流動するところのものを感得したり」

ふと気がついて、両足を地面から上げてみた。足を離して絶縁すれば、これ以上、おかしなことを考えなくてもすむかもしれない。

その格好はオムツを替えてもらう赤ん坊に似ていた。ちょっと格好悪すぎる。

立ち上がって、足を開いて大地を踏みしめ、その靴の下に尋ねてみた。

近くには誰もいないが、無論、声には出さない。

おい、母ちゃん、生物に眼を与えたように、人間に思考力、想像力、記憶力を与えたこと、後悔しているか？

「赤点とったら進級できないのは当たり前よね」

さらりと答える女教師。

よせ。

オルドビス紀末、デボン紀、ペルム紀末、三畳紀末、白亜紀末と五回も生物の大量絶滅を引き起こした奴から言われたら、心臓に悪いだろうが。

桜の葉のそよぎが膝の上やベンチに映り込んでいることに気がついた。

光と影が踊っている。

ベンチの背もたれに、トンボがとまっていた。

春にトンボがいるとは初めて知った。

何万ものレンズのある眼で、こちらを観察しているようだ。

「おまえは誰だ？」

トンボは答えず、春の空へと飛び去っていった。

ワタリガラスの墓標

関元聡

ここからは、深刻さを増しつつある温暖化をテーマにした四篇。本篇は未来の南極大陸を舞台にした、ある神話。

関元聡（せきもと・さとし）は、一九七〇年、千葉県生まれ。東京農業大学大学院農学研究科修士課程（造園学専攻）修了。二〇二二年「リンネウス」で第9回、二〇二三年「楕円軌道の精霊たち」で第10回、日経「星新一賞」一般部門グランプリを二年連続受賞。

陽の沈まぬ短い夏が終わり、秋の気配がツンドラの草原を薄らと紅に染める。モザイク状に散らばる大小の池塘は空の色を映して青く輝き、山裾には黒々とした針葉樹の円錐が立ち並んで、その向こうに真っ白な雪を被ったアラスカ山脈が霞んで見える。

《九月初旬、ユーコン川流域に広がる大湿地帯です》

女性の声がそう解説する。

私は冷たい風に吹かれながら、その景観を見下ろしていた。ソースはおそらく大昔のドローン映像だろうが、リファインされた仮想空間は現実と区別がつかない。原野は果てしなく広く、空は限りなく高く、私は今、この世界に一人きりだ。一人になりたいからここに来たのだ。母方の家系がアラスカにルーツがあるから、私はこの施設をいつでも無料で利用することができる。

遥か遠くの大地で、たくさんの黒い点がゆっくり右から左へ動いている。数百か、いや数千はいるだろうか。数秒見ていると、私の興味を察知して視界がその一つにズームした。

四本脚の動物だ。枝分かれした大きなツノを重たげに揺らし、それは時折鼻面で地面を漁りながら巡礼者のように静かに原野を歩んでいた。動物のすぐ横に学名がポップアップ表示され、先の声が告げる。

《カリブーの群れです。アジアではトナカイとも呼ばれます。初雪が降る前に彼らは大群を作って南に移動するのです》

目の前を無数のカリブーたちが通り過ぎていく。何万年もの間、彼らはこうして振り子のように大地を往復し続けてきたのだ。けれど、実際にこんな大移動を見ることはもう叶わない。湿地帯は既に大半が水没し、カリブーも今ではＤＮＡデータとして保存されているに過ぎないからだ。

空間座標を再設定すると、幻の原野は一瞬で消え失せ、気づくと私は森の中にいた。屋根の低い家が並び、竈(かまど)から煙の筋が昇っている。先住民の集落だ。家の前には一抱えもある木の柱が立ち、禽獣(きんじゅう)の顔に似た奇妙な紋様が積み重なるように彫刻されていた。

《こんにちは――ジニ》

すぐ傍から声がして、振り向くと森の中に少女が立っていた。解説音声と同じ声。鮮やかな民族衣装を纏い、真っ直ぐな黒髪を後ろで束ねて、翡翠のような深緑色の石を連ねた首飾りをしている。

《それがトーテムポールというものです》

私をじっと見つめながら、少女が言った。

《私たちアラスカ・インディアンは多くの神々を始祖として祀っていました。神とは、狼や、熊や、鯨や、ワタリガラスといった極北の動物たちです。私たちは彼らの末裔であることを誇り、彼らが語る物語に導かれてこの土地で生きてきました。そして古代から伝わるそうした神話を、私たちはトーテムポールに刻んで語り継いだのです》

私は少女を見つめ返した。少女には、写真でしか見たことのない曾祖母の面影があった。

◇

そして今、私は南極の大地に立っている。様々な肌の色の仲間たちに囲まれながら半世紀以上生きてきたけれど、結局、私は一人になれる場所を選んでここにいる。

もちろん、いつも一人だった訳ではない。エンジニアとしてここロス海沿岸の国連基地に赴任して以来五年、完全な単独勤務になったのは今回が初めてだった。常駐員は年を追うごとに減り続け、近頃は三人体制で回していた。地質学者のティム、私、そして——生物学者のリンだ。けれどティムは一ヶ月前に急遽帰国し、その後はリンと二人きりになった。そのリンも先週からウェッデル海沿岸の生物調査のため長期で不在にしている。あの辺りが彼女の研究フィールドだから、それはいつものことだ。けれど、彼女が本当にまたここに帰ってくるのかどうか、私には自信が無かった。

だから——これは賭けだ。リンという人間を知るための。

私は四駆バギーのエンジンを暖めている。

居住性と走破性に優れた全天候型自律走行車(ローバー)は、リンが乗って行ってしまったからここにはない。格納庫の前でベンチ代わりの平たい岩に座り、端末(ポータブル)を開く。ローバー搭載のGPSログをチェックすると、ウェッデル海沿岸の旧ロンネ棚氷(たなごおり)付近がちかちかと点滅していた。直線距離でここからおよそ千キロといったところ。非力なバギーだと一週間はかかるだろう。往復分の水素燃料を積むスペースはないから、帰りはローバーに乗って帰ってくるしかない。やむを得ない。それも賭けだ。

一つだけ、出発の前にやることがある。私は海岸に出て、遠くを見渡す。風が強い。曇り空の下で海がうねっている。

　百年前なら、この辺りは大型雪上車が往来できるぐらい分厚い氷が一面に覆い、その純白に目が痛いほどだったと聞く。けれど今、目の前に広がるのは、濃灰色の石礫が散らばる乾いた大地と、それを洗う群青色の海。そこにわずかに浮かぶ薄汚れた海氷。南極はもはや雪と氷の世界ではないのだ。

私は腕時計を確認し、波打ち際に目を凝らす。

白い塊を見つけて双眼鏡を目に当てる。オートフォーカスが海岸沿いを渉猟するその動物に合焦すると、間髪を容れずに数値と記号が視界に浮かんだ。体長、体重、体温、体脂肪率。そこから算出される健康度指数。それは即座に私のポータブルに転送され、同時にリンのそれにも届くことになる。

　リンは今、私がまだここにいると知った。だがそれも今日までだ。やがて転送が途絶えれば、あの子は自分が追われていると気づくだろう。

　リンという名は本名ではない。本当はもっと発音しにくい極東民族独特の姓だったと記憶している。

　林博士の国籍は東アジア連邦だが、元々はヤポンとかいう島国の出身だ。ヤポンの北の端に住む先住民族を祖先に持つのだそうだ。アラスカ・インディアンと彼らは共通点が多いらしく、そういえばあなたに似た親戚がいるよと言うと、リンはにっこりと笑った。目がイルカのような形になる、魅力的な笑顔だった。

地球温暖化による海面上昇は平地に乏しいヤポンの可住地の過半を奪い、何世代か前の先祖が土地を捨てて大陸に移住したのだという。ＥＡＦはそうした難民たちから成り立っている新興国家だった。

私とリンは母娘（おやこ）ほどの年齢差だけれど、妙に馬が合った。私は基地のシステム管理やローバーの整備で忙しかったが、仕事の手が空くと時々リンの仕事を手伝った。変わりゆく南極の生物相を記録するのがリンの仕事だ。南極大陸の氷は百年前に比べて四十％以上が融解し、そこかしこで本来の地表が露出して広大な荒れ地が出現している。そうした場所には一握りの土すらなかったが、どこからか飛来した植物の種子が岩の隙間に根を張り、その葉（は）や実を食む虫や動物たちが少しずつ集まりかけていた。

「ここはフロンティアなのよ」とリンは言った。「まるで創世記をみているみたい」

「どういうこと？」

「滅びゆく生物がここに新しい生態系を作っている。失われたものの再現ではなく、全く新しい世界を」

リンはスコープを覗きながらそう言った。

海岸沿いは切り立った岩壁になっていて、見下ろした先の波打ち際を真っ白な動物が歩いていた。それは大きめの岩塊の前で立ち止まり、じっと身を縮ませた。テディだ。まだ生後二年にも満たないホッキョクグマの子供だが、体重は既に百キロを超えている。

「テディ・ベアってもっと茶色かったよね」と私。

「じきにそうなる」とリン。

テディは南極生まれだった。

過激な主張で知られる自然保護団体が十数頭のホッキョクグマを秘密裏に移入したのが三年前。絶滅寸前のアデリーペンギンの営巣地(ルッカリー)を襲っている疑いがあったためにそれらは全て駆除したが、最後に殺した雌が連れていたのがまだ乳離れもしていないテディだった。南極地域への外来生物の移入は国際法によって厳重に禁止されている。だがリンは責任者だったティムの反対を押し切って孤児となった子熊を殺処分から守り、テディと名付けて数ヶ月世話をした後、体にGPSチップを埋め込んで、ペンギンのいないこの海岸に放したのだ。

「これは実験なの」その時リンはきっぱりと言った。「テディが与える環境への影響は無視できるほど小さい。一頭だけならどうせ増えないんだし」

興味深いことに、テディの野生での成育状態は健康そのものだった。飢えている様子は全くなかった。

本来の生息地では、ホッキョクグマは呼吸のために上がってくるアザラシを海氷の上で待ち伏せして捕獲する。けれど、テディはここでは決して海氷に乗ろうとはしなかった。氷が体重を支えられないほど薄いからだ。では一体どうやって狩りをしているのか、アザラシやペンギン以外に何を食って生きているのか。それをリンは知りたがった。

「ジニ、ちょっとこれを見て」リンがそう言いながらスコープから目を外した。「きっとこれが、テディの新しい獲物」

私はリンに体を寄せ、スコープを覗いた。波飛沫のかかる岩の上で何かが動いた気がした。目を凝らすと、ふと動物らしき姿が目に入った。太くて長い尾。溶岩のような黒々とした皮膚、背筋にドラゴンのように並ぶ棘の列。

「これって……」

「たぶん、ガラパゴスウミイグアナ」

リンの声は愉快そうだった。

「赤道近くの温暖な海に生息する珍しい爬虫類よ。でも海水温が高くなりすぎて、もう何年も前に絶滅したと思われていたの。それが二万キロも離れたこんな場所で見つかるなんてね」

私はどう答えればいいか分からなかった。

温暖化によって粉々に砕け散った生態系の破片が、攪拌され、寄り集まり、この真っ新な大地を依り代にして新たな秩序を生み出そうとしている。私は今、それを目の当たりにしているのだ。

「生命はいつだって生きることに容赦がない。すごいね」

リンがそう呟いた次の瞬間、白い影が動いた。

テディが岩の裏から躍り出て、慌てて逃げようとするウミイグアナの背中に爪を立てた。

「そのうち、トキだって飛んで来るかもしれないよ」とリンは言った。

融氷した南極大陸は横から見たブロッコリーのような形をしている。こんもりとした半円形の花蕾の部分は標高が高い高原地形で、なだらかな山脈の尾根に沿って雪氷が溶けきらずに残っている。一方、ブロッコリーの茎や太い根のように伸びる半島部は平均的に標高が低く、氷はほぼ融解し、谷には海水が入り込んで湿地になっている場所もあった。

国連の南極基地があるロス海沿岸はブロッコリーの茎の片側にあり、リンが今いるウェッデル海沿岸は茎を横断した反対側にある。両者を結ぶのはあまり起伏のない幹線ルートで、研究者や国連職員が何度も往復したせいでローバーの轍がしっかりついており、あまり遠出をした経験のない私でも道に迷う心配はなさそうだった。

私はバギーのアクセルを開いた。周囲は岩と礫ばかりだ。何万年もの間、分厚い氷の重みで押し潰された岩盤には凹凸というものがほとんどなく、のっぺりとした景色は若い頃に見たカリフォルニアの砂丘を思わせた。数億年前の南極大陸はもっと温暖な場所に位置していたそうで、かつてそこには鬱蒼とした森が茂り、巨大な恐竜たちが闊歩していたという。この岩の下には、そうした時代の化石が大量に埋まっていることだろう。様々な地下資源とともに。

基地を出発して四日目だった。空はよく晴れていて、夏至前だというのに気温は一〇℃に達していた。私はバギーを停めてフィールドジャケットを脱いだ。タンクトップの下は汗でじんわり濡れている。どうせ誰も見ていないとタオルで体を拭いていると、ふと、こちらを見つめる視線に気がついた。少し離れた岩の上に、大きなワタリガラスが一羽とまっていた。目が合うと、そいつは気高い貴族のようにぷいと顔をそむけた。ワタリガラスは北半球にしか生息しない鳥だ。あれも自然保護団体が移入したのだろうか。それとも自力で飛んできたのだろうか。

太陽光が斜めから射している。私は携帯食を齧り、大きく伸びをした。まだ先は長い。ポータブルは低気圧が近づいていると警告している。私は天候予測を何度かシミュレートし、それから地図アプリを開いて、ビバークポイントまでの距離を確認した。少し余裕をもっておいた方がいいかもしれない。

目を上げると、ワタリガラスはもういなかった。

何となく気になり、ワタリガラスがいた岩の方へ歩いていくと、足元に、小さな淡いピンク色の花が咲いていることに気がついた。縁が細かく切れ込んだ花弁が五枚、まるで鳥が羽を広げたように開いている。

その花の名前を、私は知っていた。

「ナデシコっていうのよ」

いつかの記憶が蘇る。そうだ――この花の名前を、私はリンに教わったのだ。

「私のご先祖さまが生まれ育った場所にはね、この花がたくさん咲いていたの」

あの時、リンはそう言って笑っていた。

地質学者のティムが本当はここで何をしているのか、私には薄々分かっていた。私たちは連携して活動しているわけではなかったが、二人とも同じ共和国の出身であり、ここでなすべきことは理解していた。次の連絡船で帰国するとティムから告げられた時、だから私はもう事態がかなり深刻なのだと気がついた。

夕食の後、リンがいないタイミングを見計らって、ティムは「これを持っていて欲しい」と私にメモリーチップを手渡した。私は黙ってそれを受け取った。中身など言われなくても分かる。他国の基地が収集した地下資源の探査記録か、地熱関連のモニタリングデータだ。彼のスキルと行動パタンを考えればきっとそうだ。こうした機密情報は建前上は国連が一元管理しているが、実際には研究者の出身国に有利になるようスクリーニングされている。だから何の加工もされていない生データは国家戦略上の重要な価値があるのだ。問題はそれをどうやって送るかだ。南極基地と本国とはネットワークで接続されているが、通信のセキュリティなど信頼できる訳がない。確実に伝えるには身につけて持ち帰るしかなく、従って急な帰国要請とは、そんなリスクを冒すだけの緊急性があるということだ。

今渡されたのはバックアップだ。万が一、ティムが無事に届けられなかった場合の。

「私の代わりにここに来るのは、きっと軍の人間だと思う」ティムは声を潜めた。「すまない。君を巻き込むつもりはなかったのだが」

「祖国がどういう状況なのかは理解しているつもりです」

私がそう答えると、ティムの浅黒い顔が一瞬歪んだ。彼はあくまで研究者であり、諜報活動など本意ではなかったのだろう。けれど海面上昇は沿岸地域の肥沃な土地をことごとく飲み込み、世界は限られた土地を巡って未だに争いを続けている。だから氷の融解によって現れた南極の土地や資源はあらゆる国家にとって――むろん私たちの祖国にとっても――この上なく魅力的なのだ。そして現時点ではどの国家もまだ南極大陸の不可侵性と国連の権威をどうにか認めているものの、それがいつまで続くのかは誰にも分からなかった。

少しの逡巡の後、苦しげに息を吐きながらティムは言った。

「リンには気をつけろ、あいつはただの生物学者ではないぞ」

私は静かに頷いた。言われるまでもなく、その可能性には気がついていた。

「植物には夜の長さが重要なの」とリンは言った。「花芽の形成は夜の長さを基準として誘発される。だから北極圏の植物が南極圏でも育つ可能性は確かにある」

「まるであいつらみたいな言い方ね」

「一緒にしないで」リンは鼻で笑った。「私はああいう感情論じゃなく、アカデミックの立場で考えてる」

基地は夜の闇に包まれていた。南極圏では太陽が一日中沈まない〈白夜〉と、逆に太陽が全く顔を出さない〈極夜〉が交互に訪れる。

「でもだからといって、北極圏の植物がそのまま南極圏で生育できるとは限らない。同時に、温帯の植物が南極圏で生育できない訳じゃない」

「どうして？」

「生きるために彼らは常に戦ってるからよ。けれど強いものが勝つとは限らない。偶然が味方をする場合もある。それでも、限られた椅子を巡って彼らはいつも変化しようとしているの」

だからあなたはこの戦いに参加しているの？　南極という限られた土地を奪い合う戦いに、決して強国とはいえないあなたの祖国を勝利に導くために。

ティムが帰国してから半月後、リンはローバーに乗ってウェッデル海沿岸へ旅立った。私はマスターキーを使ってリンの私室のドアを開いた。そこは動植物の標本が窓を塞ぐほど高く積み上げられ、まるで博物館のようだった。

コンピュータのセキュリティは頑強だったが、一晩かけて解除した。私がここに送り込まれたのはたぶんこのスキルがあるからだ。でもこんなこと本当はしたくはない。以前他の職員のデータサーバをハックしたら、大量のポルノ画像が出てきて辟易（へきえき）したものだ。そうじゃなくても、他人のプライバシーを覗くのは気が重かった。リンのことが好きだったから、そういうことはしたくなかった。

これまでリンが基地に持ち込んだ発注品リストはすぐ見つかった。薬品類の名称が多い。液浸固定のエタノールや検出試薬の類だろう。それから〈生物採集器具〉のラベル。これが途轍もない数に及んでいる。リストを眺めていて、ふと違和感を覚えた。物品の発注先は彼女が所属するEAFだけではない。欧州の大国A連合、南米の集権国家B国、聞いたこともない中央アフリカの小国や、私やティムが育った共和国の名前もある。意味が分からなかった。私が知る限りリンが使う採集器具の種類はそう多くない。似たような器具をわざわざ別の国から取り寄せる必要があるだろうか。

リンは多国籍スパイなのか。そうでなくても、EAFと競合する国々と何らかの取引をしている可能性がある。〈生物採集器具〉のラベルはおそらくダミーだ。中身は武器か、あるいは占領維持に使う補給物資か。ウェッデル海の沿岸でリンが本当は何をしているのか、知る必要があった。

さらに注意深く階層を潜ると、削除されたデータファイルを見つけた。

復元すると、それは表層地質と地熱分布のデータだった。ティムが私に渡したファイルと同じものだ。私は息を呑み、数秒、眉根を寄せて思案した。考えられる入手ルートは限られている。私のメモリーチップから盗んだか、もしくはティムか。

データはリンがここを出発した時点で複製されている。私は一つの可能性に気がついた。機密情報を伝えるには身につけて持ち帰るのが確実だ。南極で船が接岸できる場所はいくつかあるが、リンがいるウェッデル海の旧ロンネ棚氷付近は、まさにそうした場所の一つだった。

まさか——リンはもう戻らないつもりなのか。

朝から降り始めた雨で路面が酷くぬかるみ、バギーはあまりスピードが出せない。軍用車両から転用した極地用のローバーならこの程度の雨は何ともないが、自動運転の壊れたおんぼろバギーではなかなか辛いものがある。

冷たい雨だった。今の南極は頻繁に雨が降る。百年前なら考えられなかったことだ。極地に生息するペンギンの雛は羽毛が防水性に乏しく、雨に濡れると体温を奪われてすぐに凍死してしまう。アデリーペンギンが激減したのも、随分前にコウテイペンギンが絶滅したのも、結局これが原因だったとリンは言っていた。

雨は昼過ぎに雪に変わり、夕方には吹雪になった。気温は急激に下がり、現在マイナス九℃。たまらず疑似羽毛の防寒着を着込む。いよいよ吹雪は酷くなり、視界は数メートル先でホワイトアウトした。GPSの表示は今日のビバークポイントからまだ大分手前にいることを示しているが、これ以上はリスクが大きい。仕方がない。今日はここまでだ。

太陽と思しき光が地平線近くの雲をほんのり照らしている。まだ完全な白夜ではないから、夜半過ぎには数時間だけ日が沈むだろう。それでもたぶん夜は明るいままだ。携帯食を貪り、体温保持剤を一錠あおって寝袋に潜る。寒いが、寝られないほどではない。目を閉じると、一日中運転していた疲れが自然に眠りへと引き込んでいく。

ぐわあぐわあと喚くような声がした。

目を開けると、薄らと白んだ空に数羽のワタリガラスが旋回していた。私は目を擦りながら体を起こし、辺りを見回した。

雪は止んでいた。時折強い風が吹き、空気は澄んでいる。太陽はないが空は明るく、いくつか星が見えた。身を切るような寒さで俄に尿意を覚え、私はバギーから降りた。

用を済まし、顔を上げると、地平線の上でたくさんの小さな点が静かに動いているのに気がついた。双眼鏡を取り出して目に当てると、レンズの向こうに、枝分かれした大きなツノを揺らす四つ脚の動物の姿があった。

どこか見覚えのある景色だった。背の低い草や苔で覆われたツンドラの湿原だ。薄もやに霞む地平線を背景にして、無数のカリブーたちが影絵のようにゆらゆらと動いている。

ワタリガラスがまた啼いた。私は何度か瞬きし、その光景をじっと見つめた。

「私たちはカリブーと共に生きてきました。カリブーの肉を食べ、毛皮を纏い、骨やツノを道具や装飾品として無駄なく利用してきたのです」

すぐ隣に、インディアンの少女が立っていた。墨を流したような黒髪が艶々と光っている。

「――あなた、誰？」

少女はそれには答えず、ふらりと右腕を上げて地平線を指差した。

「秋が来れば、カリブーたちはみんな南に行ってしまう。それまでにあなたはやらなければならないことがあるのでしょう？」

そう、私にはやるべきことがある。そのための技術はもうお父（とう）から教わっていた。私はライフルを持っていることに気づく。そして刺すような空腹。そういえばもう何日も食べていない。私は腰を屈め、草を踏みしめ、白い息を吐きながらカリブーの群れに向かって歩く。双眼鏡を使わなくてもその姿がはっきりと見える。カリブーの列はいつまでも途切れることはない。それは大地から湧き出る命そのものだ。

私は腹ばいになり、ライフルを構える。スコープの十字線（レチクル）には目盛りが切ってあり、計算すればターゲットまでの距離がだいたい分かる。弾速とカリブーの移動速度を考えればどこを狙えばいいかは自明だ。

「苦しませないようにね」

インディアンの少女が言う。分かってる。それがお父の教えだから。ここで生きていくための掟だから。私はじっと息を止め、引き金を絞る。アメリカクロクマの咆哮（ほうこう）にも似た轟音が空に響き、肩に弾(はじ)けるような反動を感じる。

そして足元には、大きな雄のカリブーが倒れている。私はその傍らに跪(ひざまず)き、悴(かじか)んだ手で温もりの残る脇腹に触れる。濡れた瞳は水滴を固めたように透き通り、どこか一点を見つめている。

私は手にナイフを持っている。お父からもらった肉切りナイフだ。真っ白な腹を一直線に切り裂くと、迸(ほとばし)る鮮血が枯れ草を真っ赤に染める。

私たちはカリブーを食べるのに決して火を使わない。それがビタミンの乏しい酷寒の大地で生きるための術(すべ)だからだ。私はナイフを器用に使い、ついさっきまで脈打っていた艶やかな心臓を取り出して、天に捧げるように両手でそっと持ち上げる。一族に伝わる祈りの言葉を小さく呟く。そうして、湯気が立つような温かなはらわたの一部を刻み取り、私はようやく、その一欠片(かけら)を口に運ぶ。

命が私の中に入ってくる。

硬い肉片を何度も何度も噛みしめながら、私は目の前に広がる茫漠たる原野を見つめ、血だらけの手で口許を拭う。

あの娘はもういない。

大空を舞う祖先神(ワタリガラス)が、古(いにしえ)の歌をうたっている。

目覚めると、青空が広がっていた。

周囲には見たことのない花がたくさん咲いていて、花弁や葉の上に水滴を乗せている。波の音が聞こえた。この峠を越えればその先はウェッデル海だ。バギーの燃料はほとんど残っていないが、ローバーのGPSログはすぐ近くで点滅している。リンはきっとまだここにいる。私は辺りを窺い、ライフルの弾倉をそっと確認する。

旧ロンネ棚氷を望む高台に立ち、双眼鏡で周囲を探した。浜から少し上がったところでローバーはすぐ見つかった。よかった。これで基地に帰れる。

ローバーから海岸までの斜面には細い道が続いていた。それを辿って岩の多い坂を下りると、波打ち際にリンがいた。

リンは俯き加減で浜辺をゆっくりと歩いていた。周囲を見渡し、時々何かを放っている。すぐに私の気配に気づいて顔を上げた。肩のライフルにちらりと視線が動き、微笑む。

「やあ、遅かったね」

「これでも急いだんだよ」私はぎこちない笑顔を作った。「私が来ると分かってたんだね」

リンは頷いた。

それから、はにかんだような表情を見せて言った。

「テディは元気だった？」

「さあ、ここ一週間はよく知らない。でも今頃はきっとイグアナを食べ過ぎて寝てるんじゃないかな」

「たしかに」

リンは笑った。私はもう笑わなかった。

「ここで何をやっているの？」

リンは笑顔を貼りつけたまましばらく黙り、こう答えた。

「種子（タネ）を蒔（ま）いているの」

「……タネ？」

「そう」

リンは腰のツールボックスから翡翠に似た深緑色のカプセルを取り出して、私に見せた。

「荒れ地に生える草、鳥が食う果実。いつか森を創るだろう樹木。多くは絶滅間近の植物よ。そういう貴重な植物の種子を、世界中の育種研究所から取り寄せたの。それを人工土壌に混ぜて、こうしてそこら中に蒔いている」

これは実験なの――そう言いながら、リンはカプセルを岩の向こうに放った。

「雨が降るとカプセルが溶けて中身が飛び出すってわけ。もちろんここはとても過酷な環境だから、すべてが育つとは限らないけど」

「いったい何を言っているの」私は思わず声を荒らげた。「そんなの、許されるはずがないでしょう！」

リンは静かに首を振った。

「言ったでしょ。ここはフロンティアなの。あらゆる生命にここで生きるチャンスがある。人間も含めてね」

リンは背を向けて歩き出し、やがて足元に咲く小さな白い花に目を落とした。

「これはシロツメクサ。昔はどこにでもあった花よ。でも今はもうここにしかいない」

そう言って愛おしそうにシロツメクサを見下ろすリンの横顔を見つめながら、私は思い出した。そうだった。この子は本当に生き物が好きなのだ。ただそれだけの人なのだ。そういえば、ここに来る途中の道端で、ナデシコの他に名前も知らない花をいくつも見た。あれはリンが蒔いた種子から育ったのだろうか。地球のどこかで、ひっそりと滅びゆく運命にある花だったのだろうか。

〈生物採集器具〉の中身は種子だった。そういうことだ。世界中から集めた絶滅危惧植物の種子。滅びゆくものたちの最後の希望。

けれど、私は納得がいかなかった。

「私には分からないわ」私は低い声で言った。「あなたのやっていることはただのギャンブルにしかみえない。あいつらと何が違うっていうの？」

「全然違う」

リンはまた首を振った。

「生物の世界にはね、必ず秩序があるの。それは食うものと食われるものがつながり合うジグソーパズルみたいなものなのよ。生き物はその中で自分の居場所を見つけようと懸命に競争と変化を繰り返している。ギャンブル？　確かにそうかもしれない。生命はいつだって私の予想を上回ってくるのだから。でもね、ジニ、私は生物学者よ。世界中の生き物たちをこの目で見て、触れてきた。私は彼らの世界のあり方を――秩序を知っている。彼らの強さも、弱さも、私は誰よりもよく知っている。私ならパズルのピースをどこにどう置けばいいか分かる。私なら、彼らの生の営みを助けることができる」

私はリンを睨んだ。

「あなた、神様にでもなったつもり？」

「まさか」リンは私を睨み返した。「神様っていうのはね、あの生き物たちの方よ」

海からの風が竹笛に似た甲高い音を鳴らす。リンはまた歩き始めた。そうか、リンはそのために南極(ここ)に来たのだ。きっと、そのためだけに。ＥＡＦのためでも、自分のためですらなく、だから同じことを言っているのだ。

　あの時、あの場所にいた、あの少女と。

「一つだけ教えて」

　私がそう呟くと、リンは巨岩の前で足を止めて、こちらを振り向いた。

「なぜ、私を待っていたの？」

　リンは目を細めてにっこりと笑った。黒髪が軽やかに揺れて、透き通った後れ毛(おくれげ)が潮風を受けてきらきらと輝く。

　風が止んだ。

「だって」とリンが言いかけた、その時――。

　岩陰から白い影が飛び出してきた。

　何が起きたのか分からなかった。白い影は唸り声を上げ、一瞬でリンの小さな体に重なった。ホッキョクグマだ！　かなり大きい。何かが潰れるような嫌な音がして、飛び散った鮮血が浜辺の石を赤く染めた。凍りついたように動けずにいる自分に気づいて慌ててライフルを構える。考えている暇はない。私は雄叫びを上げ、狙いも定めず闇雲に引き金を引く。血と硝煙の匂いが漂う中、弾丸を全て撃ち尽くし、熊が動かなくなってもなお私は叫び続けた。

リンが何か言った気がして、ようやく我に返った。

死んだ熊の傍らでリンはまだ息をしていたが、美しかった髪は赤黒い血でべっとりと濡れていた。頬は抉(えぐ)れ、片目は潰され、首筋を掻き切られているせいか声を出そうとすると空気が抜けるような奇妙な音がした。

「……ああ、何てこと」私は涙声で呻(うめ)いた。

「ねえ、リン……もう基地に帰ろう?」

そう言いながら、私は自分が言っていることの無意味さを分かっていた。

「……テディじゃ、なかった、よね……」リンが掠れた声で小さく言った。私はリンの口元に耳を寄せ、何度も頷いた。「うん、テディじゃなかった」

「いったい……あとどれだけ……いるのかしら……」

リンの体が震えている。痙攣(けいれん)しているのだ。救急救命キットはバギーの中だ。間に合わない。私はリンを抱きかかえ、血塗れの頬を手のひらで包んだ。

リンは私の指をつかんで、喘(あえ)ぐように言った。

「もうすぐ……ここは戦場になる。この浜から、たくさんの兵士が上陸して……私が蒔いた種子を軍靴につけて、大陸中に拡げるの。そして……」

そして、リンは大きく目を開き、それからもう瞬きすらしなかった。

◇

国連基地の外部施設は木造だったと思い出し、もう必要のないバギーの格納庫を半分壊して、なるべく太い角材を選んで岩の上に横たえた。ナイフを研ぎ、平らな木の肌を前にして、私は頭の中の神々のイメージを形にしようと思案する。

子供の頃から絵心は全くないが、手先は器用な方だった。私は夕陽に照らされた祖先神たちの姿を思い浮かべる。失われた神話は戻らないが、語り直すことはできるかもしれない。それが遺された私にできるただ一つのことなのだ。だからホッキョクグマを、ウミイグアナを、そしてそう、大空を舞うあのワタリガラスを——私はこの地球最後のトーテムポールに刻もうと思う。まぎれもなく、彼らはこの土地に息づく最初の神々だ。

短い夏はもうすぐ終わり、夜の時間は次第に長くなってきた。あの波打ち際にテディはもういない。きっと他の獲物を探しに行ったのだろう。だから北から人間たちがやってくるまでの長い夜を、これから私はたった一人で過ごすことになる。

それもいい。私がずっと望んでいたことだ。

ふと、私は想像する。

何万年か後の未来、暖かな日射しの下で、褐色のナンキョクグマへと変わったテディの子孫が、草を食むナンキョクカリブーの群れを襲っている。どこからかナンキョクオオカミの遠吠えが響き、ナンキョクジリスが瑞々しい果実(ベリー)を運び、そして深い深い森の奥で、もしも誰かが——それはヒトではないだろうが——朽ち果てかけたトーテムポールを見つけたとしたら、彼らはそこにどんな物語を見るだろうか。

それとも墓標と思うだろうか。

今なら、あの時リンが何を言おうとしていたのか分かる。リンは私と同じ夢を見たかったのだ。この荒れ果てた大地を、いつか命で一杯にするというその夢を、

かつて同じ血を分けた私たちが。

仮想の風に吹かれながら、滅びたものたちを想うことしかできない私たちだからこそ。

どこかでワタリガラスが啼いている。

私は空を仰ぐ。そしてナイフの刃を沈みゆく太陽の光に翳(かざ)して、そこにトーテムポールに刻む最初の神の姿を映し出した。

フラワーガール北極へ行く

琴柱遥

温暖化が極度に進行して激変した世界では、人間と動物の境界も解き放たれ、本篇のような壮大な「式」が挙行されるかもしれない。

琴柱遥（ことじ・はるか）は、神奈川県生まれ。二〇二〇年、「枝角の冠」で第3回ゲンロンSF新人賞を受賞。他の作品に「風が吹く日を待っている」（SFマガジン二〇二二年四月号）、「夜景」（ハヤカワ文庫JA『新しい世界を生きるための14のSF』収録）などがある。

村の一番の高台から見回すと、視界の果てまで続くのは海浸が作り出した海抜０ｍの平地、数十㎞にわたって続く海岸線と気休め程度の堤防。発電用の風車の列。

かつてここは肥沃な大地だったという。今では塩害に強いルピナスやキヌアの畑だけ。

幾度もの洪水や津波を経験したとの土地では、近隣の住人たちは高さ20ｍもある人工の高台を作りごたごたと寄せ集まるようにして暮らす。住居以外にも生活必需品のほとんどは小プラントでの合成に頼り、牡蠣殻のへばりついた岩のような集落の人口は百人に満たない。

今は春。ルピナスの花の盛り。農閑期にあたる。農作業の手伝いで毎日重労働の時期も辛いが、特にやることのない時期も辛い。

仕立屋(テーラー)は今年で18歳。暇潰しのように預かっている工房は集落で唯一衣類をあつらえることができる場所だが、客の体型に対応するトルソーと繊維を編み上げるプリンターのセットは既に型落ちの骨董品、訪ねてきた住人が求めるものといえば作業着か寝間着、さもなくば軍手か下着程度。その上現実の衣装は素材にも身体にも制約が多すぎる。暇の虫を一針一針潰すように刺繍をしながら仕立屋(テーラー)はため息をつく。

かつての文明は海水によってバラバラに打ち砕かれてしまい、今では多くの人々が小コロニーでの自給自足生活を送るようになっている。

昔は大都市というものがあった……と老人たちは語る。ニューヨーク、ロンドン、シカゴ、ムンバイ、東京。どれも海に沈んだ。代わりに多くの人々は仮想界へと都市機能を移し、現実界は肉体を維持するための場所と割り切った生活をはじめた。

彼女の夢はテーラーとして仮想界で活躍することだった。境目のない世界では伝統あるメゾンから巨大ブランド、職人的な個人デザイナーまで、人々が日々新作アイテムを提供し続けている。マテリアルにも形状にも物理法則の制約を受けず、身につける側も身体モデルの大胆な改変改造も含む様々な身体でファッションを謳歌している。成人すれば全てのフィルターが外れ、あの世界に参入することができるようになる。けれど、待つのはいい加減飽き飽きだ。

「仕立屋さん、今暇ー？」

トントントンとドアが叩かれる。顔をひょいと覗かせたのは女の子だった。その背中に押し合いへし合いしながら何人もの子どもが集まっている。

「あのね、ドレスを作ってほしいの。パターンはこれ。お金、どれぐらいかかりそう？」

「ちょ、ちょっと待ってよ。いきなり何なの」

クロスプリンターにいきなり送信されてきたのは、かわいらしいドレス一式のデータだった。金魚のひれのように何重にも重なった裾と襟元の飾り、慌ててチェックすると他に何着分もある。

「これね、結婚式の招待状に添付されてるヤツなんだ。未成年の参列者はぜひフラワーガールをつとめてくださいって。わたしたち、みんな結婚式を見るのは初めてなの。だからみんなでお金出してドレス作ってもらおうって」

現実界での結婚式なんてきいたこともない。

困惑している仕立屋に、「ほらこれ」と彼女はカードを差し出す。

本日、ささやかながら式を執り行うこととなりました。

なお式は新婦の出身地の伝統に基づき、迷考（ミーカオ）を行います。どなたも是非ご参列いただければ私たちも嬉しく思います。
追伸　参列される際にはイワシもしくはニシンを一匹ご持参ください

新郎しろくま
新婦くじら

「フラワーガールっていうのはね、結婚式のときに花嫁さんの前で花びらを蒔（ま）く役のこと。迷考（ミーカオ）だと花婿さんが花嫁さんを誘拐するんだって。花嫁さんも当然警戒して花婿さんを追い払おうとするんだよ。どっちに参加するのも大歓迎なんだって！」それに、とはしゃいだ声。「結婚式には、全部で一億人が集まる！」

【まもなくあちらの北緯71度西経156度、バロー岬近海にてティグアック・ハンソンさん、崔珠珠（ツオイジユジユ）さんの結婚式が執り行われます。ご列席の皆様は各実況機に接続してお待ちください。ご友人、知人、ご親族、通りすがりの方にもどうぞ一言おかけくださいますよう、お願いいたします。お二人の入場の際に祝福の拍手をいただきたいところですが、後ほど皆様にお認めをいただきますので、それまで拍手のほうはご遠慮ください】

濃い潮の匂い。シャーベット状に凍り付いて渦巻く水面。波しぶきはまつげを凍らせ、微細な氷片となって頬へと打ち付ける。新郎の兄は結婚式の案内役（アッシャー）として全感覚を参列希望者のために提供することに同意している。初めは遠方の知人友人、やがて好奇心からこの式を見届けようとする人々が集まってきている。経験の提供を申し出ている参列者は複数おり、新婦友人の中にも案内役（ブライズメイド）はいるのだろう。

　人間ならば防寒具抜きでは一瞬で全身が凍り付くような極寒の中、新郎ティグアック・ハンソンは2本の後ろ脚で立ち、水平線の向こうを見つめていた。

　立ち上がれば体高は4ｍにも及ぶ。長い首と太い四肢、象牙色の毛皮。頭にビーズ刺繍と宝貝で飾ったフードをかぶって盛装した様子が花婿らしい。

　集まった新郎の親族、友人たちの中には、他にもよく似た出で立ちの者が交じっていた。何れも若く逞しい白熊だ。さらにその後ろには銛（もり）を携え、こちらはより伝統的な正装姿の人間の親族たちも集まっていた。

　新郎ティグアック・ハンソンはシロクマである。ただし生物学的にはほぼシロクマであっても、法的な扱いはヒトと同等。その仲間はすでに2千人を超える。

　新郎の親族一同の耳の奥に、ジジ、とノイズが聞こえる。

【まず開会に先立ちまして、本日の挙式について簡単に説明させていただきます。これより新郎新婦が行う「迷考（ミーカオ）」、花嫁盗みという儀式は新婦故郷に伝わる伝統的な婚姻の形式で、古来とてもめでたいものだとされてきました。

迷考ではまず新郎新婦それぞれに媒酌人を立て予（あらかじ）め打ち合わせた上、卜占（ぼくせん）で吉日を選び新郎が若者の一団を率いて花嫁を誘拐、その後新郎方媒酌人が新婦の両親の元に赴き、新婦が新郎によって連れ去られた旨を伝えます。この際、新婦両親はわざとしぶしぶといった態度で結婚を許可することとなっております。

迷考によって盗まれた妻はめでたいとされており、もし天下晴れての結婚だったとしても敢えて迷考という形を取ったこともあったとか。その伝統にちなんで今回の結婚式では新郎新婦による迷考が行われることとなりました。

また今回は特別に参列者様の飛び入り参加を募集しております。新郎と共に花嫁を盗みに行く、あるいは花嫁側友人として迷考を妨害する、どちらも人数が多い方がよりおめでたいとされておりますので、是非とも皆様奮ってご参加ください】

音を立て、凍り付いた海の向こうから幾条もの噴気が上がった。

足場にしていた海氷が大きく揺らいだ。「退避！」と叫んだのは誰なのか、人間たちが慌てて舟に乗り込み、シロクマたちが氷に爪を立てた瞬間、水中から黒く巨大なものがぬっと顔を出した。

ザトウクジラ。本来、北極圏で見ることは稀なはずの深海棲のクジラが2頭、3頭と、黒い頭を衝角のように並べて突撃してくる。真下から持ち上げられた氷が音を立てて割れる。別の何かが真下から舟を持ち上げ、転覆させようとしている。

「シャチだ！　別手がいる、下を見ろ！」

叫ぶなり櫂を海に突き入れる。海中のシャチが逃げだし、舟は再び海面へと振り落とされた。見渡せば波間に鎌形をした背びれが見え隠れする。海面をナイフで切るような突進に、シロクマの1頭が大きく吼えた。4本の脚で船底を踏むと、背負った機械銛の穂先が波の間へと向けられた。舟が波頭へと高く持ち上げられた瞬間、音を立てて銛が射出された。

噴気に血が混ざり、雨のように降り注ぐ。

発射された銛がシャチの1頭の目を貫いていた。普通ならば断末魔の大暴れをはじめるところが、丸太のようにこわばり浮き上がる。気付いたらしい数頭のシャチが身を翻し、仲間の体を咥えて遠洋へと逃げ去ってゆく。

シロクマたちも、その兄弟たちも、頭から浴びた海水でびしょ濡れだった。なんだったんだ、と誰かが吐き捨てる。あれは普段から見ている獲物とはまったく異なる存在だ。

なにせ、中には人間がいる。

「海の中はシャチやクジラでいっぱいだぞ。どうするんだ、これ」

流氷の上へ這い上がってきたシロクマの1頭が口の中の海水を吐き捨てる。あくまでこれは儀礼的なもの。花嫁を盗み出すべく新郎新婦それぞれの一行が揉み合う場面は式で最も盛り上がる、とはいえ相手が海いっぱいのシャチにクジラではあまりにも分が悪すぎる。

ティグアックと案内役（アッシャー）は助け合ってシロクマを水から引き上げ、「逆に単純でいいじゃねえか」と髭を霜だらけにした顔で笑った。

「あいつらは総出で一番奥のでっかい獲物を守ってる。中身が人間だっていうのも、昔話の精霊がアザラシやイルカの体を着てるようなもんだ」

神話だ。人間に恵みをもたらす神や精霊が人間の様子を見に来るときは、獣の皮を着て下界へと降りてくる。猟師の手元に残される獲物はすべて神が人間のために地上へ置いてゆく土産だという。

「だから俺たちも昔話みたいに銛を打ち込んで捕まえて、皮をべろりと剝いでやればいいんだ。それで間違ってないんだよな、兄弟？　だが、この人数で歯が立つ相手じゃねえぞ」

「そうだね。でも、ここで花嫁を盗み出せないようだったら、元々ぼくらの結婚は認めてもらえるようなものじゃなかったんだ。できるだけたくさんの人が助けに来てくれますようにって祈ろうよ」

【ここで、新郎を紹介いたします。

新郎、ティグアック・ハンソンは2064年、ノリリスク研究所で誕生しました。生まれは研究所ながら中枢神経細胞の90%、消化器官を中心とした体細胞の15%にご両親由来のヒトDNAを持ち、誕生後は家族の元で深い愛情を受けながらすくすくと元気に成長しました。

6歳の頃、新郎はアザラシ猟に徒弟として参加するようになります。流氷が薄くなり永久凍土の植生化が進む現在、猟には悪路に強く力持ちの白熊ビトの手が欠かせません。新郎はこのとき、初めて多くの白熊ビトと知り合いました。

新郎が15歳のとき、体細胞、特に中枢神経にヒト由来の細胞を持つ存在に道徳的行為者性を認める国際憲章が制定され、新郎、および他の白熊ビトたちが法的にもヒトと扱われるようになり、初の白熊ビトカップルによる結婚式が行われました。その際に新郎は初めて、白熊ビトにも結婚は可能なのだと実感したといいます。それをきっかけに、かねてより交際中だった新婦へのプロポーズを決意しました】

今や流氷は流れ去り、海面は露わになっていた。大きく揺れる波の合間に海獣たちの影がある。その数がいったいどれほどであるのか数えようもない。いつの間にこれだけの群れが集結していたのだろう。

そこかしこの波間から噴気が上がる。ホッキョククジラやセミクジラが体重で流氷を砕いてゆく。1度では足りなくとも、破城槌で衝(つ)くように、2度、3度と着実にアタックを繰り返し、より小回りの利く仲間たちのための海路を着実に開いてゆく。

彼らが通常の海棲哺乳類ではないと知らせるのは、その身体に螺鈿(らでん)のように施された瘢痕装飾(ブランディング)だ。金属光沢で描かれたアラベスクや様式化された花や葉、鳥の紋様は美しく、花嫁の手足にヘナで描かれる婚礼紋様(メヘンディ)を思わせる。

海を埋め尽くすような海獣の群れの上、暗い空にオーロラが踊る。その光景は壮麗だが、それはそれとして、新郎家族にとっては冗談ではない景色ではあった。あんなものをどうやって狩ればいいんだ。

「このままじゃジリ貧だぞ」

そう吐きすてる。

と、その回答のように、頭上からふいに、雷鳴のようなプロペラ音が降ってくる。足場となる流氷を次々と砕かれてじりじりと追い詰められていたティグアックたちは驚いて天を見る。そこには雪原迷彩の有人ドローン。半ば身を乗り出した隊員の胸元には場違いな白い花のコサージュが飾られ、腕章のリボンが風に翻っている。

「聞こえますか、我々はチュクチ海沿岸警邏隊の者です！」

その横っ腹にペイントされている急ごしらえらしい文字――ご結婚おめでとうございます。

「新郎側友人としての参列を希望します！　許可をいただければ砕氷船による支援が可能です。繰り返します、新郎友人としての参列を希望します。また本部から『北海開発公社の連中に普段のお礼をするチャンスだ、鼻っ面に祝砲をぶち込んでやれ』と祝電を預かっております」

【さて、ここで新婦の紹介をさせていただきます。

新婦、崔珠珠は台湾高雄市の宣柳クリニックで誕生しました。遺伝子異常が判明していたことから心配に胸を痛めていたご両親は、珠珠さんのかわいらしい泣き声を初めて聞いたときには思わず涙したそうです。その後、珠珠さんはご両親の愛情を受けて幸せに成長し、23歳のときに北海開発公社に就職。クジラ類の肥育オペレーターとして現場に配属されました。

北海開発公社は食肉用クジラ類の飼育を主に行っている機関で、中度から重度の心身障害を持つ職員によって運営されています。

飼料の入手困難により家畜の大規模飼育が廃れ、畜肉の価格が高騰し続ける現在。クジラ肉は海洋から得るプランクトンを効率的に利用できることでニーズを得ていますが、野生クジラは持続性の観点から漁獲量に上限が設けられています。

そんな中、発達したのが専任オペレーターによる食用クジラ類の遠洋肥育です。対象となるのは最小でも体長10m以上の大型クジラ類。オペレーターは生産されたクジラ体の内部に生命維持装置ごと乗り込み、自らの手足を操るようにクジラ体を操って長期間の生活を送ります。その後はプランクトン類、魚類を主食としながらクジラ体を肥育し、充分に大きく育ったところで出荷します。その間、数年にわたる期間をクジラ体として過ごさなければならない生体オペレーターは敬遠されがちな職業であり、需要がある一方で慢性的な人不足に悩まされてきました。ですが、過酷な職場であっても適切なサポートによるルーチン化した生活を望めることもあって、自立した生活と高収入を希望する心身障害者の就職先として選択されてきました。

　両親の元を離れて生活をはじめた珠珠さんは、慎重で落ち着いた性格から生体オペレーターとしてすぐに頭角を現しました。2体のマッコウクジラの出荷実績を見込まれた珠珠さんは、公社でも最も大きなプロジェクト、北極圏でのシロナガスクジラのオペレーションにチャレンジすることになります。

ティグアックさんとの出会いを迎えたのは、プロジェクト開始まもなくのことでした】

新婦側の案内役(ブライズメイド)のほうでも式の実況は行われている。

　クジラ類の多くは群れを作って生活する。規模は数頭からなる小さなものから、数千頭にも及ぶ巨大なものまで様々だ。それゆえに同種の仲間との共同生活は大切な日常でもある。同時に異種の同胞との邂逅は胸ときめく非日常となる。

「ヘイ(hey!)！　デカブツの同胞(シスター)！　あんたたち、どこから来た？　な・ん・と、ニュージーランドから！　ワオ！　あんたたち、ペンギン見たことある？　北極にはいないんだって？　ぼくと一緒に今度食べにいかない？」

「トランジェントってみんなこうなの？　うるさすぎ！　あっちに大きな船が来てたよー。一緒に曳航乗り(ウェイクライディング)にいく人、いる？」

「ナガスたちが言ってるの聞こえてる？　『うるさすぎて本当無理、本番になったら呼んで』だってさ」

「みんな興奮しすぎじゃない？」今回の案内役（ブライズメイド）を引き受けているシャチがぼやく。皆の口調が無茶苦茶なのはそれぞれが用いている発語ＡＩがユーザーの感情の高ぶりを拾っているのだろう。

　これだけの数が集まっているのは、誰かとの結婚を決めたオペレーターは公社の中でも珠珠が初めてだから。単に物珍しい、これを機会に仲間と会ってみたい、その場に居合わせて祝福したい、動機は様々。

　と、連絡が入る。何隻ものタンカーが隊列を組んで現れ、その姿に海獣たちの間に一斉に緊張が走る。が、次の瞬間にダンパーが開かれ、冷凍オキアミが海中に散布されると一気に空気が変わった。

「新婦側参列者からの連絡が入りました！　はえなわフーズ海洋部より新婦友人への差し入れでオキアミ５００ｔおよびバイオミート１０００ｔ。メッセージを読み上げます。『ご結婚おめでとうございます。新婦は当社と長くライバル関係にある北海開発公社にて要職を担い、切磋琢磨することにより食文化を盛り上げ人類の幸福に寄与し』……長いなあ……ともかく、お幸せにということです！」

明るい声と共に、バイオミートのソーセージが海中へと次々と投入される。手を振る漁船係員たちの腕には新郎友人とはまた違うデザインの白い造花付きの腕章。寒い北極海ではすぐに腹が減るので嬉しい差し入れ。ヒゲクジラ類の皆も同じで、大口を開けて海水ごとオキアミを吸い上げはじめるので、中型海獣たちはわあわあと逃げ回る。

「これ参列者さんからの差し入れ？　お代わりアピールしよう！　一緒に飛び跳ね（ブリーチング）てくれる人！」

　返事やら何やらわからない声がまたわあわあと上がったかと思うと、思わぬ遠洋から噴気が上がる。体長20mを超えるナガスクジラが半分以上も海面から身を躍らせ、そのまま身体をねじって背中から海中に没してゆく。皆が夢中で水面を尾びれ叩き（ロブティリング）し、クリック音で歓声を上げる。

「お代わりどんどん届いてますよー。すごい勢いで参列者増えてますよ。うちにも注文が殺到してる。けどこれ花婿さんがんばれるんですか？　全員を蹴散らして珠珠さんをさらわなきゃいけないんでしょ？」

　船室から望遠鏡でその様子を見ていた輸送船の社員が呆れたような声をこぼす。確かに通常ではありえない数が集まっているのは事実で、今ならクジラの背中を歩いてカナダからロシアまで行けそうだ。

あの大騒ぎの側にいたら、オキアミごとクジラの口に吸い込まれてしまいそう。案内役(ブライズメイド)はするりと身を躍らせて、船と珠珠との間に滑り込む。

「迷考(ミーカオ)って新郎が花嫁を盗むのに失敗したらどうなるんですか？　日を改めて再挑戦？」

「駄目です。破談です」

珠珠の答えはきっぱりしていた。体長29m、史上最大の哺乳類。泳ぐスピードは最大時速50㎞を超え、最大１８８デシベルの鳴き声は何百㎞も遠くまで届く。おそらく歴史上最も巨大な花嫁である珠珠は、その全身を真珠色の婚礼紋様(メヘンディ)で飾っていた。暗い青の巨体をキャンバスに、細かな紋様は皮膚に埋め込んだ発光細菌で描かれている、式が終わって数日も経てば代謝によって自然と消えてしまう。

「花嫁の家族が本当に結婚を嫌がって、花婿を追い出してしまうこともあったそうです。そうならないようにがんばるのが迷考(ミーカオ)です。わたしたちだけが『好きだから』で結婚させてもらえないのはくやしいし、かなしいです。だからティグアックさんにはがんばってもらわないと駄目です」

ひょっとしたら珠珠も不安なのかもしれない。案内役(ブライズメイド)は水面から身を覗かせて船上を見る。「上手くいくといいっすね」とはえなわフーズ社員もしみじみと呟く。

再び新郎側の案内役（アッシャー）の実況。

「向こうにも補給があったか」

氷上に急遽敷設されたテントの中でこれからの作戦を話し合う。楽観的な予測の中には空腹になった新婦一同が狩りのために一時解散するのを待つというものがあったが、これでその筋は潰されてしまった。それどころか北上するクジラの大群が複数存在するとの報告も上がってきている。

北極のオーロラの下に集う数千頭もの海獣のスペクタクル、少数民族に伝わる迷考（ミーカオ）。花嫁側の参列者は公社への支援を行っている機関から取引先まで多岐に及び、花婿側の支援者には北極海を巡航する船舶会社からチュクチ海沿岸警邏隊までが名を連ねる。そして一般の参列希望者はどちらについてもよい。ご祝儀の持ち込みは常に大歓迎で、提供される衣装パターンやレシピ、楽曲に装飾品は共有状態になっている。

参列者は指数関数的に増加中、ご祝儀として持ち込まれる物の大半は新婦友人への差し入れになるオキアミやらイカやらだったが、参加者同士で共有可能なブライダルアイテムの種類も増え続けている。花嫁の身体に婚礼紋様（メヘンディ）を施したのは自分だと名乗りを上げたアーティストが揃いのモチーフのドレスとスーツを発表してから、衣類のＤＬ数が一気に増加した。負けじと提供される様々なデザインの白い衣装、合わせるのにちょうど良い髪飾りや腕章、アクセサリー類や靴。それを身に纏った複数のインフルエンサーがそれぞれに実況をはじめ、他にも企業ぐるみではなく個人の海洋ウォッチャーも次々集まり、シェフ、音楽家、作家、他にもなんでも。ただ参列するだけではなく、何かを持ち寄ることができればより楽しい、ということだろう。

「盛況はめでたいですが、これ以上新婦友人が増えたら船が割り込む隙間がなくなります。連中の中には船を相手にするのに馴れてる奴がかなり交じってますよ」

クジラ体で海中活動を行う技術はあちこちで利用されているが、数年にわたる長時間をクジラ体で活動している公社オペレーターは他より一枚も二枚も上手の行動力と判断力を持つ。北極海で活動する組織から結婚式への参列を口実に新郎側への援軍が出されているのは、何度も裏をかかれた意趣返しの意図も多分に含まれている。

「少数民族の狩りでは使っていい猟具は限られているんでしたっけ？」

「僕たちが使えるのは銛とナイフだけです。獲物を売ることもできないし、あくまで伝統儀礼の保全に使う分が許されているというだけですから」

獣肉が稀少になってゆく一方のこの世界で、海棲哺乳類の肉は厳重なルールの下で分配されるべきだというのが国際的な考え方となっている。でなければ公社の活動も成り立ってはいないだろう。

「ティグアックの嫁さんだけを群れから切り離すことができたらいいんだが……」

誰かがぽつんと呟いた言葉に、ティグアックが顔を上げる。

「できるかもしれません。ソナーを搭載した船はありますか。軍事ソナーだったらもっといい。何隻だったら出せますか」

【新郎新婦は今から3年前、チュクチ海沿岸のタイガで出会いました。この数十年、北極圏の気候は複雑さを増し続けており、タイガやツンドラの巡回は人間にとって安全とは言いがたいものになっています。そこで白熊ビトたちは急な気温変化による積雪や地盤の緩み、割れやすい海氷を含む困難な地形に適応し、文化を守るためにアザラシ猟やクジラ猟に従事してきました。

けれど、多くの場合一人で行動しなければいけないタイガの見回りは孤独を伴うものです。ティグアックさんもその例外ではありませんでしたが、あるときから1頭のクジラに慰めを見出すようになります。それが北極圏に赴任してまもない珠珠さんでした。

同じ海域を巡航するクジラを遠方から眺めるティグアックさんと、常に自分の姿を見ているシロクマに気付いた珠珠さん。初め、両者はお互いをただのクジラとシロクマだと思い込んでいたといいます。ですが自然と示し合わせるように同じポイントで出会っていることに気付いた珠珠さんは、吼え声でのコミュニケーションを試みます。このとき、シロナガスクジラの身体になっていたことが幸いしたと珠珠さんはいいます。シロナガスクジラ独特の声がコンタクトを試みていると気付いたティグアックさんは、どういった意図がそこにあるのか、どうすればより良くその声を聞き取れるのか、返答の方法などを考えはじめます。そうやってお互いを知ろうとする過程の中で孤独は忘れられ、二人は強く惹かれあっていきました】

騒音注意。まず、新郎側メンバーの一人はそうメッセージを送った。これから大きな音を流す。対ショック体勢を取られたし。それに反応したのは一体何体いたのか。

次の瞬間、轟音が水を震わせた。

轟音、と感じたのはクジラたちだけだっただろう。複数方向から浴びせられたソナーが敏感な聴覚器官に強烈な振動を与え、一種のショック状態を作り出したのだ。クジラ体の一部は1撃目ですぐに落ちた。オペレーターを守るため感覚器官との同期を切られたクジラ体は、生命維持モードに入って硬直し、丸太のように海面へと浮かび上がる。パニックが起こるのも一瞬、だが、反応の早い者が相手の意図に気付くのも一瞬だった。

「対象、逃亡に入りました！」

真っ先に逃げ出したのは珠珠とその同種の何頭かだった。シロナガスクジラは耳が良い。可聴域での轟音を浴びせかけられれば、苦痛に耐えきれず逃亡するはずだ。軍事ソナーを浴びせられたクジラたちの大半は予想通りパニックを起こすか、麻痺し浮き上がるかのどちらかだったが、何割かはすぐに頭を切り替えたらしく猛然とこちらを追ってきた。判断が予想以上に早い。

「全速前進！　目指すはでかい奴の横っ腹だ！」

体長が10ｍもあるようなシャチが何頭も船を追ってくる。中型の砕氷船が横に大きく揺れた。体当たりを受けたのだ。さらにもう1度。あきらかに警告の意図があるアタック。次は転覆させる。避けるように舵を切ると、目標を追う航路から離脱してしまう。

「すいません、後を頼みます！」

ティグアックたちのボートは各船の甲板に置かれ、すぐに海に投げ込めるように準備がされていた。ボートから直接銛を突けなければルール違反になる。だが1隻に集中させていては、その船が足止めされてしまったときに対処ができなくなる。

クジラの中でも最速を誇るイワシクジラはおよそ30ノットのスピードで泳ぐことができる。さらに相手の船が大きければ大きいほど、その曳航に乗ることで加速を付け、吸い付くような速さで追いすがってくる。船が大きく揺れた。ガン、と鈍い音。体当たりをしてきている。再び鈍い音。仲間を守るために身体に強化処理を施したクジラ体がいると聞いていたが本当だったのか。

何隻もの船が妨害を受けて脱落してゆく。クジラ体たちはここに来る前にそれぞれの身体で海氷を割り、複雑な迷路を海面に作り上げていた。左右から煽(あお)られ氷の小径へと追い込まれる。ティグアックの船も例外ではない。舳先にとりつくようにし、半ば海面を跳ねながら追いすがってきたシャチの数頭がとうとう体当たりをはじめる。そのときだった。

「援護します、耳を塞いで！」

誰からともなく通信が入る。反射的に耳を塞ぐ。何者かの放ったドローンが滑るように海面を飛び、何かを投下した。

爆発し、水しぶきと共にピンクや紫の火花が散った。

祝日用の爆竹だ。危険度を抑えた豆花火だが、鼻先に直撃すれば流石(さすが)にショックを受ける。見渡せば遠くに船団が見えた。娯楽用のヨット、漁船、観光船。極寒の海に白いリボンの旗をはためかせ、祝福のために押し寄せてくる船の群れ。

「猟師は乗り込め！　ボートを投下するぞ！」

増援相手にクジラたちがひるんだ、その瞬間に船員が叫ぶ。「乗れ！」と案内役(アッシャー)もすぐに叫んだ。ボートごと海面に落とされると水しぶきが上がる。辺りかまわずばらまかれる花火や爆竹が鳴り響く中、舟歌を勇壮に歌い、力を合わせて櫂をこぐ。

鎌のような背びれが舟へと迫る。共にこぎ出していた何艘かのボートの上から3頭のシロクマが水へと飛び込んだ。猛然とひれに噛み付き、爪を食い込ませてシャチの体にしがみ付く。当然その程度の力で倒せる相手ではない。だが痛みで動きが鈍り、振り払うようにもがく。射線が開いた。

目の前には小島のようなクジラの巨体。

ティグアックは2本の太い後ろ脚を船底に、舳先に前脚をずんと置いた。背中に装着した機械銛が起動し、砲身が肩に乗り前を向く。他の船員たちが舟の尻側に一斉に退避した。反動に備えるためだ。

「珠珠！」

前を封鎖する舟をかいくぐり、あるいは尾や頭で押しのけてクジラたちが突進してくる。

ティグアックは息を整え、まっすぐに白鯨だけを、花嫁だけを見据えた。

「ぼくと、結婚してください——！」

体重600kgの身体でしか支えられようもない、巨大な銛が空を貫く。クジラは目を閉じる。盛大に上がった噴気が、その返事だった。

メンデルスゾーンの結婚行進曲が北極の空に響き渡る。

【この度は多くの、とても多くの、１億人もの方にご参列いただきありがとうございます。ふたりの門出を祝ってくださる方々、そしてご両親に、新婦からのメッセージがございます。

お父さん、お母さんわたしは口で話すのが苦手なので、手紙を書きます。

シロクマとクジラが結婚するのは世界でも初めてのことだそうです。ティグアックとの結婚が法的に可能になってまもないことも、わたしの五体満足な体ではないことも、心配の理由の一つでしょう。

反対されたまま結婚するのは嫌でした。でも、何の約束も無いまま恋人でいるのはもっと嫌でした。私もティグアックも海で働いている。いつ別れ別れで死ぬかも分からないのですから。

だからせめて大きな結婚式をひらいて、わたしたちがこの身体のままで世界中で祝福されているのだということを見せたいと思いました。わたしたちが幸せになることをよろこんでくれる人たちがいます。だからわたしたちは大丈夫だと認めてください。

１億人ものみんなありがとう。愛しています。珠珠より】

船上から見渡すと、一面の波間にシャチやクジラが身を躍らせている。追いかけっこをする。遠くで水しぶきが盛大に上がるのを見ていると、どうやらブリーチングの大会がはじまったらしい。誰が一番高くジャンプできるのか。海を割って巨体が宙へと躍り出て、斜めに身体をひねって盛大な水しぶきと共に沈む。わざと水を引っかけてくるのは意趣返し、それぐらいは仕方ないだろう。

甲板の上でも披露宴が行われていた。手から手へと回されるウォッカのグラス。凍らせたまま削ぎ切りにする鮭、塩漬けの脂身といった伝統的な料理に加えて、海藻のサラダ、緑のポタージュ、何種類ものパン、メッセージ入りの砂糖菓子もある。何千種類ものレシピは参列者から提供されたもので、一般家庭に伝わるごちそうから名高いシェフからの祝福の一品まである。どれも全参列者に共有済みだ。

「皆様、お待たせいたしました。まもなく新婦がお色直しを済ませて入場いたします。どうぞ盛大な拍手をもってお迎えくださいますよう、お願いいたします」

わあっと歓声が上がる。新しい身体に乗り換えた珠珠が小舟で来る。堂々たる体軀に象牙色をした豊かな毛皮。長い首と小さな耳、真っ黒い目に太い四肢。

「お待たせいたしました、新婦の入場です」

甲板に上がってきたシロクマをティグアックが迎える。その頭に赤い糸で刺繡された帽子をかぶせる。そうして珠珠の肩を抱き、地球の反対側にいる父からのメッセージを再生する。短い文字データ。

「ケッコンユルス」

珠珠は息を吞み、黒い肉球で目を覆った。あたたかな拍手が起こる。

「わたし、今日からしばらくシロクマです。よろしくお願いします」

ぺこりと礼をする珠珠に歓声が上がる。噴気が上がる。グラスが上げられる。花びらが蒔かれる。

「ぼくたちを祝福してくれるなら、海に花びらを！　そしてみなさんもたくさん食べて、楽しんでください！」

手から手へと花かごが回される。新郎新婦の上に花びらが散らされる。

無数の花があった。世界中から花が贈られてくる。豪奢な園芸種の花も、データだけの花も、結婚式にふさわしい花も、どこかの国の春の花も。

「黄色いルピナスあったよ、紫はこっち！」

「いいぞ、すぐ読み込ませろ。まだルピナスは園芸品種しかない！　俺たちが最初だ！」

折り取ってきたばかりの新鮮なルピナスをスキャンし、祝賀品のリストに遺伝子データごと放り込む。ここ数日、集落の住人たちは結婚式への参列に夢中だった。仕立屋のプリンターはここ数日止まる暇は一瞬も無い。昨日の夜には服を出力してくれと何十㎞も離れた場所から農家が訪ねてきた。彼らがトラックに乗せてきたフードプリンターもフル稼働している。

今はあちこちの家で花を作っている。赤や青、黄色にピンク。紙製もある。布製もある。完成したらトランクに詰め込み、みんなで海に花を蒔きに行く。現実界での結婚式なんてみんな初めてだったから、子どものように夢中だった。

仕立屋はドレスの裾を直す手をふと止める。まぶしい思いでドアの向こうを見る。外には白いドレスやジャケットを着た近所の人たちがいる。ずっと一緒に実況を見てきた。時には悲鳴を上げ、時には声を合わせて応援をした。

ふと思いつき、ドレスのほつれに花を縫い付けて笑う。花冠も作ろう。似合いそうなリボンとレースをあわせよう。たくさん食べて飲み、笑って海に花を投げよう。

花が流れていった先には、きっと同じ人々がいる。私たちは一緒に笑いあい喜んでいる。シロクマとクジラの結婚を。病めるときも健やかなるときも、彼らが共にあることを祝いながら。

夏睡

笹原千波

私たちの生活環も変化を余儀なくされるかもしれない。夏を知らない一族の、秋から春までの、細やかで厳しい生活。

笹原千波（ささはら・ちなみ）は、一九九四年生まれ。二〇二〇年、「翼は空を忘れない」（日吉真波名義）で第204回Ｃｏｂａｌｔ短編小説新人賞を受賞。二〇二二年、「風になるにはまだ」（東京創元社『Genesis　この光が落ちないように』所収）で第13回創元ＳＦ短編賞を受賞。その他の作品に、「手のなかに花なんて」（紙魚の手帖 vol.12）、「宝石さがし」（創元文芸文庫『アンソロジー　舞台！』所収）がある。

夏のあいだは多くのご配慮をありがとうございました。紙に手書きという形式で恐縮ですが、期末課題を提出いたします。

先生にお送りいただいた講義の録画は、眠気のないときを見計らってすべて拝見しました。夢中になって、目を休めるのを忘れそうになったほどです。強烈な陽射しに耐えたはずの私の瞳はどうして、夏の時期になると端末の光にも負けるほど弱くなるのでしょう。時間差があるとはいえ、講義を視聴していると、日常を手放さずにいられているようで幸せな気持ちになりました。

この都市において私はよそ者で、年のうち二か月は棒に振るさだめの可哀想な子どもでした。十一歳にして故郷を喪（うしな）い、見知らぬ人ばかりの場所に来たのです。周囲の大人たちに遠慮があったのも当然ではあります。ただ私はおそらく、先生のように私を完全な人間として、甘やかさずに接してくださる方を待ち望んでいたのだと思います。

文章表現演習という名をまえに躊躇したのが嘘のように、心の底から、私に必要な授業であったと感じます。お話を聴いていると文章に対する憧れや苦手意識が解れて気持ちが軽くなりました。

文字のない言語に生きていた私は、都市の言語を学ぶ過程で、紙や端末の上に広がる世界を知りました。読むことを楽しめるようになったのは十四歳か、十五歳の頃です。眠くて起き上がれない夏にも、薄暗い部屋で古い絵本や童話の本を抱いて夢うつつにページをめくりました。学校を休んでベッドにいる子にふさわしい暇潰しとして、養父母は惜しまず書籍を与えてくれました。

私が親しんできたおとぎ話の、雪や海や森のある世界は遠く、自分が書くべきことをもっているとは思いもしませんでした。けれど先生の授業を通じて、私は文字で自分の内面に降りてゆくことを、その喜びを覚えました。

言葉に起こすという行いは、私の抱える欠落を明らかにもしました。無知がこれほど悔しいのは初めてのことです。

通常なら容易に検索できる文献のなかに、私には閲覧不可能なものがあります。高校のグループ学習で偶然に知りました。都市の未来について考える単元で、生徒のひとりが共有しようとした論文が弾かれたのです。当時の先生や養父母にはごまかされましたが、おそらく私の出自に関連した内容だろうと推測しています。大学生になって緩んだ気はするものの、いくら探しても私の故郷にまつわる情報が出てこないのは、この制限が未だに機能しているために違いありません。

課題を提示するさいに先生は「いちばん書きたいことを」とおっしゃいました。それ以来、私の脳裏には故郷の風景ばかりがめぐります。

果てしない空の下、剝き出しの大地に暮らす小規模なコミュニティ。誰もが同じ黒い髪と瞳に褐色の肌をしていて、人が産まれることも死ぬことも、今より遥かに身近でした。過去は文字で記すかわりに、歌物語によって語り継がれます。

私たちの異質さは、何よりも夏の睡りにありました。それは今の私を悩ませている〝季節性の過眠〟とは、まったく別種のものです。第一、私は隔壁に守られたこの都市に、真の季節があるとも思いません。昼の時間が長くなることや、気温が上がること。そんな単純な表現では済まないのが外界の夏です。

語る言葉を得て、私がいちばんに書きたいと願うのは、私自身の過去です。私は故郷の思い出を誰とも共有できません。優しい遠慮に阻まれて身近な人に話すこともできず、ひとりで抱えたまま大人になりました。

個人の頭のなかだけにある記憶は、夢や幻覚と区別がつきません。ですからこれは、記録ではなく物語なのだと思います。けれど私のすべてを込めた、私の物語です。先生ならば受け止めてくださるだろうと、拙い言葉の及ぶ限り書きました。なにとぞ、よろしくお願い申し上げます。

＊

夏の何を知っているかと問われたならば、睡り以外には何も、と答えるのが適切なのだろう。地表のことごとくを灼き尽くす盛夏の太陽も、干からびて、砂煙のほかに動くものがなくなった平原も、私は見たことがない。

鳥が涼しい土地へ飛び去るように洞窟へ逃れた。植物が種や根のかたちで、昆虫が卵や蛹になって耐えるように、深く、夢も見ずに睡った。夏は意識のない私たちの上を通り過ぎていった。されど私は、夏の確かな感触を憶えている。

まだ怠い身体で洞窟の出口に辿り着こうとするとき、太陽に焙られた砂のにおいが鼻をかすめる。熱風が頬を撫でさすり、編んで垂らした髪を揺らす。即座に命に係わるほどではないにせよ、秋の初めはいつも怯みそうになる暑さだった。いよいよ外に出れば鋭い陽光が暗さに馴染んだ網膜を刺す。

目が慣れてくるとひらけた大地が見えた。洞窟のある山を背にして見渡す荒れ地は、空のきわで緩い円弧をえがく地平線となり、蒼い山脈に縁取られている。

年の離れた姉が私を抱きしめ、大人の務めとして祈りの言葉を唱えた。母は近くで小さい弟や妹たちに同じことをしている。病院も薬もない環境で、命を懸けてたくさんの子を産んでも無事に育つのはひと握り。祈りは死に抗うための真剣な手段だった。

山を離れ、平野を黙々と歩いた。雨が降ったのか、芽吹いたばかりの草のやわらかな緑が罅割れた土にヴェールをかけている。それでも砂塵は風が吹くたびに舞い上がり、肌にちくちくと当たった。

乾ききった灌木に弱々しくも鮮やかな新芽が萌えはじめている。虫の羽音が耳をよぎる。仰げば、空には真新しい雲が浮かび、峰を越えて渡ってきた鳥が鳴き交わしながら旋回している。

私たちが目にしたものは、夏が去ったあとの影でしかなかった。その影に、私たちは毎年圧倒された。夏は畏怖すべきものだった。睡りから覚めて再び大地を踏むことは、すなわち、神に一年の命を許されたということだ。ゆえに秋には、感謝の歌がよく口ずさまれた。

歩き疲れた脚を休ませる間も惜しんで、私たちは地上の生活を整えた。拠点はなだらかな丘の頂上にあたる場所だった。春の終わりまで使っていた素焼きの大甕（おおがめ）や盥（たらい）、石臼などを埋めてあるので、それらを掘り起こすのが最初の仕事になる。

大人の男たちはしなやかな柱を円錐状になるように立て、天幕を張った。屋根は草を編んだ敷布を継ぎ合わせて覆う。睡るときに使っていたものだ。毛足の長い、粗い絨毯（じゅうたん）のようなつくりで、草の繊維に沿って雨をうまく流してくれた。

柱の外観は乾いた木に似ているけれど、担ぎ上げる様子から察するにもっと軽い材質らしかった。傷がついたところをよく見ると真っ黒い芯が覗いていた。柱は最古の歌物語の時代から伝わるものだといわれていて、夏を迎えるときには洞窟を入ったところまで運び込み、大切に保管された。

ほかにも金属らしい素材の鍋、きめの細かい陶器の大甕や壺、きれいな円柱形の石の碾（ひき）臼（うす）など、神が創り給うたと信じたくなる精巧な道具があって、そのひとつひとつに神話めいた由来が歌われていた。遠い昔、神の使者らは、隣人のように私たちのもとを訪れては物や知識を与えたという。かれらの背格好、髪や肌の色は多様で、なめらかに光り輝く衣服を身につけていたそうだ。

子供たちは年長の子の指揮で共用のかまどを組んだ。力仕事が終わったら、狩の巧い、体力のある者たちが年の初めの獲物を探しに遠出をする。残った者は荷ほどきをした。担いできた道具や食糧を使いやすく並べ、長期間使わないものは甕ごと地中に埋める。どの年も最初のごちそうは立派な鳥の肉だった。大型の渡り鳥が羽を休める場所が、何日か歩いた先の、塩からい湖のほとりにあるのだと父が言っていた。帰還を迎えた晩は宴になった。塩水で洗って軽く干した肉は柔らかさをとどめていて、直火で焼いて食べると新鮮な味がした。旅に出ていた者たちは火のそばで座り、残っていた者たちが調理や片付けをする。手が空けば誰でも歌い、踊った。

余った肉は干して保存食とした。骨は砕いて煮込み、脂をとった。

持ち帰られるのは獲物だけではなかった。狩場の方面にある、樹の墓場と呼ばれる場所で、枯死した樹木を切り出してきていた。私たちの火は失われた森に支えられていたのだ。焚き木と肉を確保する旅は翌年の春まで定期的に行われた。だから父や祖父や大きい兄たちは、母や祖母や姉、年の近いきょうだいよりも遠い存在だった。

秋の午後はよく雨が降った。唐突に雲が膨らみ、あたりを暗くしたかと思えば、これでもかというほどの水が叩きつけられる。雨水を受けるために並べた甕や盥があっという間にあふれてしまう。天幕のなかに身を寄せあって、おさまるのを待った。雨が強ければ内側まで水が染みてくることもあった。

じきに空は晴れる。なごりの雨粒を陽光がきらめかせているうちに雲は跡形もなく消えた。地上のほうは元通りとはいかず、いちめんが水浸しだった。酷いときにはそこらに生えていた短い草が根こそぎになって、水溜まりに集まっていた。相当に痛め付けられただろうに、草は素知らぬ顔でまた根と葉を伸ばすのだ。

そうまでは猛烈でない雨があれば髪や身体を洗った。騒いでも叫んでも雨音にかき消されるなかで、幼い子どもは好き勝手に踊ったり走ったりしていた。

あるとき、妹を苦労して捕まえながら、かつて姉が私の髪をすいでくれたことを思い出した。その姉は幼い我が子をそっと雨のもとに連れ出そうとしている。生きていれば順番に大人になっていくのだと感じた。くすぐったそうに身をよじる妹が年少の子の世話をしはじめるころには、私にも夫や子どもがいるのかもしれないと思った。

髪を切るのは十年にいちどだった。秋の雨で身を清めたあとに全員が集まって、対象となる者が呼ばれた。これは祝福の儀式であると同時に実用的な側面もあった。髪は繊維素材として有用だったのだ。なかでも十一歳になる年に切られる髪は肌触りが良く、赤ん坊が初めて夏の睡りにつくときに包んでやる毛布にする。

私も、あの地で過ごした最後の年には髪を切った。名を呼ばれて、年下の子たちの羨望の眼差しを浴びながら進み出る。母が石のナイフを髪束に当てた瞬間は、大人に近づいた誇らしさで胸がいっぱいだった。

ぴんと引っ張られた髪がざらついた鈍い音と共に削ぎ切られる。母は私がこの歳まで生き延びたことを喜んだし、私は髪を切るまで母が生きていてくれたことが嬉しかった。軽くなった頭に風が通って、耳元でさやさやと髪が鳴るのが心地よかった。触りたがる妹や弟のために腰をかがめていたら、年上の従兄弟が、忍耐強いねと笑った。

秋の草は短くなる昼と競って伸びた。まず性急に丈を高くして、勢いが緩んだかと思えば、実を結ぶ準備を始めている。緑の葉に誘われて飛蝗（バッタ）が現れるので、捕まえては草に刺してビーズのように連ねた。空腹になれば脚をもいでおやつにする。持ち帰れば、焚火で香ばしく焼いてもらえた。

私たちにはひとつ、特別な草があった。葉は細く鋭く、しなやかな茎を大人の肩の高さまで伸ばす。茎の色は緑から褐色、赤みのあるものとさまざまだった。晩秋になれば撓（たわ）むほど重い穂をつけ、実を主食にした。

低地に群れてそよぐ景色は秋の深まりを感じさせた。葉や穂は風にざわめき、うねり、光を弾いた。夕陽のなかで波立っているところなどはいつまでも見ていられそうだった。

文字で名付けるならば〝錦糸草〟といったところだろうか。色とりどりの茎の繊維をほぐせば糸になる。衣服や日用品、狩の道具など幅広い用途があった。また、ほぐさずに敷布を編んだり、冬に備えた天幕の補強に用いたりする。寒い季節には、天幕は草に覆われてふっくらとした姿になるのだ。

錦糸草の収穫は家族総出でおこなった。秋の最大の行事で、狩もしばらく休みだ。天幕は早朝から熱気に浮かされている。朝食を済ませたら大急ぎで外に出た。その日の草原は格別に輝いて見えた。

大人が穂を摘んで、あとを追って子どもが茎を刈ってゆく。茎の選別をするのは老人の仕事だ。手が空いた子は、穂を天幕のまわりに敷いた布に並べて乾燥させるのを手伝う。屋根葺(ふ)きに使う分の茎は立てて乾かした。糸にするものは色ごとに分け、煮て柔らかくし、石で叩いて繊維をほぐす。

私は、髪くらいに細くなった繊維を結んで長くする作業を見るのが好きだった。名人と呼ばれた祖母は、指先をこすりあわせるような動作だけで、いかにも簡単そうに継いだ。これを幾本も揃えて縒(よ)れば丈夫な糸になる。

私がやると動きはぎこちなく、仕上がりはどうにも汚く、到底同じ仕事をしているとは思えなかった。だけど祖母は私を褒め、私の下手な糸で髪を結ぶ組紐を作って大事に使ってくれた。たゆまず仕事をしていれば将来はきっと自分よりも上手になるよ、と言って。よく乾燥した穂からは実の粒を落とし、保管した。臼で挽いて粉にするのは数日に一度。挽きたての粉で焼いた薄いパンは甘みがあって柔らかく、焼けるそばからいたずらっ子がつまみ食いした。神の遣いに賜ったと歌われる碾臼には、子どもは触れてはいけなかった。日が短くなるにつれ、雨がしだいに冷たく、弱く、時間を問わず降るようになる。野には緑よりも枯草の色や土の色が目立ちはじめる。

葉を減らした棘だらけの灌木に赤い実がなって、晴れた日には小鳥がついばみに来る。かれらは穏やかな気候を追いかけて、暖かい地方を目指す途中だった。

私たちも鳥と争って熟れた実を摘んだ。棘に触れないように、器用な姉の手つきを真似ながら。腕に引っかき傷を作ってでも採りたいくらいあの甘酸っぱさは魅力的だった。帰り道に小さいきょうだいにせがまれて一粒ずつ与えるうちに、籠がすっかり軽くなってしまったこともある。

冬は狩場が遠くなり、狩人たちの旅の周期は長くなった。雨で広がった湖の縁をなぞって歩くのだそうだ。鳥のほかに、四つ足の動物が獲物になることもあったが、持ち帰られるのは基本的に肉と骨だけだった。

晴れた昼は陽だまりに座って、次の夏のために糸や草を編んだ。幼い妹たちは最初に易しい組紐の作り方を習う。それから徐々に、服など細い糸を使うものを習得していく。大きな敷布を作るのは主に男たちの仕事だった。

祖母たちの歌う古い物語を聴きながら、私たちはせっせと手を動かす。小さな子のための毛布は髪で編む。錦糸草の糸は組紐の髪留めから全身をくるめる上掛けまでありとあらゆるものに変わった。衣服には、草の色を活かして模様を施した。冬の終わりには錦糸草の敷布が天幕の一角に山をなした。

夜明けが早くなりはじめたら春が訪れる。雨は草葉を冷たく打つものではなく、育むものになる。春の緑はゆるやかに、明るく地に満ちた。蔓(つる)を這わせて伸びる豆の花は薄紅や紫が愛らしく、あちこちに立つ細い茎の上では蒲公英(たんぽぽ)に似た黄色や白の花が揺れた。

生でも食べられる花や新芽はこの麗しい季節に限られた味覚だった。若葉や、豆の柔らかい莢(さや)は茹でて、これも春らしい料理となった。

やがて陽射しは鋭さを増してゆく。さまざまに交じりあう草が争って成長し、灌木にもびっしりと葉がついた。青臭いにおいに包まれて、虫を捕まえたり、草の実を探したりした。飛び出してくる蛇を仕留める勇敢な子もいた。

女たちはみな秋の早いうちに子を宿し、春に出産した。孕んだまま睡ることは禁忌だったからだ。赤ん坊がつぎつぎに産まれると天幕は騒がしくなった。足のおぼつかない老人から舌足らずの子どもに至るまで、空いている手など無いほど忙しい。

ものを深く考える暇がないのは良いことだ。不安や悲嘆に捕まらないで済む。

命の誕生を喜ぶ傍らには必ず死があった。出産で問題が起こればまず助からない。小さな子は弟や妹に会うのが楽しみだと気丈に振る舞いながらも、内心では母の死を恐れたものだった。産屋(うぶや)は天幕の一部に仕切りの布を垂らしただけの簡素なもので、漏れ出た腥(なまぐさ)さが、子守をするにしても食事の支度をするにしてもうっすら纏いついてくる。

私も幼いうちは眠れぬ夜を姉にあやされて耐えたし、大きくなってからは弟を背負って月あかりのもと散歩をしたり、妹の気を紛らわせるために歌をうたったりした。

満月の冷たい光がつくる影や、耳を塞いでくれる温かい掌(てのひら)、あるいは服の胸元を摑んでくる小さな身体、囁き合う声、母たちの痛苦の叫びが折り重なって記憶されている。張りつめた心が些細な刺激で震えるのは、守ってもらう幼子だったときも、下のきょうだいを守るべき立場になったときも変わらなかった。

きょうだいの間柄ならば、恐怖も、寂しさも正直に話せた。同じ母親に対して、同じ想いをもつ者同士だったから。だけど自分だって、母の身体を痛めて産まれてきた。それゆえに、大っぴらに嘆いたり嫌がったりするのは許されなかった。

親もまた少なくない確率で子を亡くした。産まれ落ちたとき既に息のない子もあれば、母の腕のなかで弱っていくばかりの子もあった。妹や弟がどうして死んだのかは聞かされなかったし、大人たちも詳しくはわからなかっただろう。私たちは赤子の命の脆さを単に事実として認識していた。

命を失う悲しみは、生き残った赤ん坊の元気な泣き声に押しやられた。その子たちに栄養をつけ、ひとりでも多く夏を越えさせることが優先される。生きている人間がどうにか出来るのは、生きている者のことだけなのだ。

日中の雨が減り、強烈な陽射しが注ぐようになると、大人たちは話し合って旅立つ日を決めた。太陽の軌道と、天候が主な判断材料であるようだった。

眠りの旅に必要なだけの粉を挽き、水分の少ないパンを焼き、干した肉などを用意する。錦糸草の実は次の収穫までの分を取り置いたあと、余りを草むらに撒いた。あくる秋の豊饒を願う歌を口ずさみながら。

荷造りをし、持って行かない道具を地面に埋める。天幕は解体して、風雨と陽射しに傷んだ覆いは燃やされた。出立の日の夜明けに最後の火で催す宴は、大地と、その年の死者に捧げられた。

燃え盛る炎を囲んで座るとようやく、死んでいった家族を純粋に悼むことが出来た。亡骸を埋めた場所は狩人たちしか知らなかったけれど、朝焼けの見渡す限りの平原に、座っている地面の感触に、私たちは死者を想った。

目印の大きな石を拠点の真ん中に並べて出発する。みなそれぞれ荷物を背負っているが、天幕の柱を束ねて二人がかりで担ぐ係は、自分がその日に飲む水を提げているだけだった。単調な平野を過ぎ、山麓をしばらく進むと洞窟の入り口に至る。砂の入ってこない辺りに柱を安置し、先に進んだ。時折、岩の割れ目から陽が射すほかは、真っ暗な道行きだった。手に手を取って、怖がる子を励ましながら歩いた。先頭の大人は道順を伝える歌を唱えている。

数時間もすると光の届きようのない深さになった。そのころになると、ぼんやりと周囲の様子が察せられるようになる。見える、というよりも、聴覚や皮膚感覚が距離として感じられるというのに近いだろう。

昼夜がなくなるので正確な日数は不明だが、目的の場所にはおよそ五日で辿り着く。清い泉を擁(よう)する広い空間で荷物を下ろし、小家族ごとに敷布を整えた。乾いた草の匂いが岩の湿っぽさを和らげてくれる。

身体の感覚が鈍くなっていくのを感じる。手足が重くなる。物を食べず、ふんだんな水を飲むこともせず、上掛けにくるまって目を閉じる。子どもは両親が挟みこんで守った。

水の滴る音が不規則に響く。大人たちが口々に短い祈りを呟く。厳かなざわめきが眠気を誘う。自分の呼吸を数えながら、私は意識を失った。

睡りは強靭な糸で季節と季節を縫い合わせた。夏は睡りであって、睡りとは完璧な無だった。私たちは年ごとに死んで、秋の訪れと共に蘇っていたのではないか、とすら思う。

目覚めるときには、先に起きた者から荷造りをし、簡単な食事をとる。いつまでも睡っている者は揺すられたり、肩を叩かれたりした。明らかに呼吸や脈があれば背負ってでも連れ帰るけれど、死んでいると判断されれば、死者のための穴に葬られた。

死者の穴は深く、底知れず、そばに立つと微かに風が吹き出してくることがあった。亡骸は、遥か下に向かって投げ落とされる。

睡りに失敗するのは若い世代に多く、生まれたばかりの赤ん坊が秋を迎えるのは特に難しかった。

靄(もや)のかかった意識のなかで、妹や弟、甥や姪の死を聞かされるとき、重苦しく鈍い痛みを胸に感じたものだった。ありふれているからといって、覚悟はしているからといって、自分よりも後に産まれた子があっけなく命を落としたと知って平気ではいられない。ましてかれらは、晩春に私たちが必死で生かした子どもなのだ。我が子を亡くした親たちの睡りにかすれた声の嘆きは、岩壁に反響して長く耳に残った。

地上で死んだ者と洞窟で死んだ者は、地下水脈を通って、いずれ世界の根で再会するといわれていた。夏を越して傷んだ亡骸を抱いて、あるいは息絶えたばかりなのだろう静かな死に顔を撫でて、生者は別離のための言葉を呟く。

死者を悼み、自らに命のあることを感謝しながら、私たちは地上に帰る。泉の清水を汲んで荷を背負って。道筋を歌って。洞窟の出口が近づくにつれて、新しい年が身体に染みてゆくのを感じる。それからやがて、光が見える。

夏の睡りを区切りとしたこの暮らしを、私は死ぬまで繰り返すのだと思っていた。

私の家族も、あの年の目覚めには泣いただろうか。

洞窟で過ごした最後の夏の終わり、私は死者の穴で目を覚ました。私の下にはあまたの骸（むくろ）が横たわり、落下の衝撃を減じてくれたようだった。あちこちが痛かったけれど動くのに支障はない。

手をつけば命のない肉体の感触が掌に伝わった。ぐにゃりと冷たくて、申し訳ないと思いながらも気味が悪かった。たくさんの子どもと、少しの大人と。崩れて朽ちていく血肉の臭気で息が詰まった。

立ちあがって仰ぐと、上から砂や小石がぱらぱらと落ちてきた。睡りの広間まで這い登るのは不可能だった。背後の崖が元いた方向なのは予想できても、暗くて、高くて、穴がどこにあるのか見当もつかなかった。母を呼ぼうとして、自分の声の頼りなさに怯んだ。吐く息の音さえ吸い込む冷ややかな静寂の先に誰かがいるとは思えなかった。

死者の穴の底には細く水が流れていた。水の来る方から風も吹いてくる。外に通じている証拠と思い、そちらに歩くことにした。食事はともかく喉の渇きは足元の水で癒せた。

出口を求めてひたすら足を動かした。意識はぼんやりしていた。家族はどうしているのか、まだ生きている私がなぜ死者として投げ落とされたのか、問いが淡く浮かんでも、すぐに消えていった。水と風のみなもとを追って歩くことだけが、自分に出来ることだった。

どれくらい経っただろうか。私は光を見つけた。走って、転んで、膝から血を流しながら亀裂を探し当て、外に出た。これが私の、故郷にまつわる最後の記憶だ。

＊

ここから先は私信としてお読みください。

洞窟を出た先は、巨大な樹がまばらに立つ山中でした。空は曇り、どことなく不穏な臭いの風が吹いていました。私を発見したのは犬を連れた大柄な人です。夕陽よりも鮮やかな服と骨のように白い顔を見て、私はとっさに、神さまの世界の人だ、と思いました。言葉は通じませんでした。

私はその見知らぬ人によって車に詰め込まれ、この都市に運ばれました。

しばらく行政の保護施設で過ごし、十二歳を迎える直前に養父母に引き取られました。以来、私は過酷な外の環境から隔離された都市の住民として、何不自由ない暮らしをしています。言葉を覚え、文字を習い、安全で多彩な食事を摂り、教育を受け、生まれながらの住民と変わらぬ権利を享受してきました。

私の故郷は滅んだといいます。養父母から長い前置きと共に聞かされた話によれば、私が助け出されたまさにその日、大きな噴火があったのだそうです。

生まれ育った世界は、記憶と、夏期に訪れる中途半端な眠気に残されるのみです。私は外界の詳しい地図にアクセスできません。養父母や学校の先生たちは私の過去について語るのを避けてきました。友人たちも、私の特異な背景には触れようとしません。

行き届いた配慮が私を包み、記憶によって傷つかないように、安易に過去と繋がらないように目と耳を塞いでいます。

死後の永い夢のなかにいるのかと思うくらいです。都市での眠りは私を区切ることがありません。ひと続きの意識が、十一歳から今までの私を貫いています。

だから時々考えてしまうのです。私はあのとき本当に死んで、家族は未だ、故郷の地で暮らし、毎年の夏を睡っているのではないか、と。仮にそうだとしても、帰りたいのかどうかはよくわからないのですが。

実は、先生に折り入ってお願いがあるのです。私の代わりに、私の一族のことを調べていただけないでしょうか。

私たちはなぜあの地に暮らし、どうやって夏を睡って越える方法を身につけたのでしょう。故郷はどのようにして滅び、どうして、さまよっていた私に都合よく助けが来たのでしょう。

この都市に蓄えられた知識のなかには、私たちのことが含まれていたのではありませんか。市井の人々の誰もが知っていることではないとは思いますけれど、記録があるのなら読めるはずです。

災害もしくはその予兆があったとき、あの周辺に人が住んでいることがわかっていて様子を見に行ったのだとしたら、私が発見されたのは偶然ではなかったことになります。私たちに道具を与え、技術を教え、観察していた人々がこの都市に住んでいたのでしょうか。

ひょっとすると、創造主であるという意味において、都市の人間は私たちの神だったのかもしれません。私が読めなかった論文、あれは、ヒトの遺伝子工学にまつわる内容だったと同じ班の人から聞きました。グループ学習の課題からは多少の飛躍がありましたので、あらかじめ弾いておけなかったのでしょう。

もしこれが私から隠しておきたい情報だとするならば、私たちの睡りは遺伝子操作で獲得したものだと想像することができます。実験のためでしょうか。それとも、やむにやまれぬ事情があって、私たちに希望を託したのでしょうか。

いずれにせよ成功ではなかったのだと思います。神は去りました。与えられた道具はいつか壊れて生活に支障をきたしたでしょう。私たちは世代が下るにつれて、睡りの機能を失いつつあったようです。狭いコミュニティでしたから、遺伝的多様性の乏しさもいずれ問題を引き起こしたと考えられます。どのみち滅びはすぐそこに口を開けていました。

たとえ、私の故郷にどんな酷い背景があったとしても、私は太陽の直下、大地のおもてに暮らした日々を惨めなものとは思いません。どんな真実を知ろうと、自分の存在を呪うつもりはありません。ですからどうか教えてください。私が何者で、私が見てきたものは、この世界のどこに位置づけられるのかを。

書きはじめた頃は、過去に折り合いをつけるつもりでした。

でも駄目でした。書き記すことは、薄らいでいた故郷の記憶を呼び覚まし、もう永遠に浴びることがないであろう陽の光と容赦のない熱風を肌の上の幻として蘇らせました。

私は過去を、その裏にあったすべての事情を知りたいのです。ノートに下書きを繰り返すうちに、気持ちは収まるどころか増幅されていきました。

このような手紙を提出課題に添えるのが不適切であることは重々承知しております。けれど私には先生のほかに頼れる相手がありません。どうか、お許しいただけますように。

クレオータ　時間軸上に拡張された保存則

津久井五月

温暖化が不可逆であることが明らかになったとき、ある物理学者と、ある気候学者が下した決断とは？

津久井五月（つくい・いつき）は、一九九二年、栃木県那須町生まれ。東京大学大学院工学系研究科修士課程修了。二〇一七年、『コルヌトピア』（ハヤカワ文庫JA）で第5回ハヤカワSFコンテスト大賞を受賞し、作家デビュー。他の作品に「炎上都市」（SFマガジン二〇二二年十二月号掲載）などがある。

二〇七八年　夏

太陽はじりじりと水平線の向こうに沈み、満月が昇ってきていた。

夜が来る。熱が宇宙へと還っていく。しかし工業化以前と比べて二酸化炭素濃度がおよそ二倍に増した大気が、その熱を地球に押し留めていた。熱は海を温め、海流と大気波のパタンを攪乱し、地球の気候を少なくとも過去一万年で初めての、人類にとって未知のモードへと変えつつあった。

英国コロニアル様式の古い屋敷の、広々としたポーチに籐椅子（とういす）を並べて、ふたりは暗くなる海を見ていた。海風には腐臭が混じっていた。その島の浜辺には、海洋熱波で茹（ゆ）でられた魚や水生哺乳類の群れが繰り返し打ち上げられ、その死骸が海鳥や虫たちに片付けられた後も死のにおいが消えることはなかった。漁業で生計を立てていた島民は飢え、ささやかな観光業は数年前のハリケーンで根こそぎ吹き飛ばされた。かつてのにぎわいを語るのは、砕け散った大小の船の破片だけだった。

老いたふたりは目元に深い皺を寄せ、籐椅子の肘掛けの上で痩せた指を互いに絡ませて、海を見ていた。ふたりはその島の最後の住人だった。ほんの三日前、最低限の生活物資とともに島に送り届けられたのだ。それがふたりの望みだった。狂乱する都市を離れ、誰もいない静かな場所で最後の時を迎えることが。

ふたりは研究者だった。

ひとりは物理学者で、もうひとりは気候学者。

世界九十四億人のうち少なくとも三分の一の人々は、ふたりの名を知っていた。そのうち三分の一は救世主や聖者やそれに類する存在としてふたりを称え、三分の一は邪神や悪魔やそれに類する存在としてふたりを憎悪し、残り三分の一はただ、ひどく混乱していた。

クレオータ、と物理学者は呟いた。

クレオータ、と気候学者も呟いた。

それは一種のまじないだった。古風な女性の名前のように聞こえるが、そうではない。その夜ついに実行に移される人類史上初の試みに、成功の根拠を与える理論の名だった。半世紀前にふたりが出会ったとき、物理学者はその理論の正しさを自分でもまだ信じきれていなかった。青春のすべてを捧げた論文は同業者の大半から容赦なく攻撃され、物理学者は孤立し、逃げ出しかけていた。求めていたのは慰めではなく、理論への支持表明でもなかった。愛だ。無根拠に背中を押してくれる温かい手だ。ただ一人、それを与えてくれたのが気候学者だった。

「私の論文を読んだんでしょう。それとも、読みもせず馬鹿にしにきたんですか」

　大学近くのパブで気候学者に声をかけられたとき、物理学者は自分の心を守るため、そう言って顔を背けた。しかし気候学者は笑って隣に座り、柔らかく肩を寄せてきたのだった。

「論文って、なんのこと」

「とぼけないでください。CLEOTA（クレオータ）です。私をペテン師だとか、空想家だとか、言いたいなら好きにすればいい」

「クレオータ？」

「時間軸上に拡張された保存則（Conservation Law Extended Onto the Time Axis）」

「悪いけど、酔っ払っていて難しいことは分からない。論文の話なんてやめてよ」

「じゃあ、何の用ですか」

気候学者は——当時はまだ研究者の卵にすぎなかった少し年上の若者は、急に弱気になったように目を伏せた。それからおずおずと物理学者を見て、小さな声で言ったのだ。

「ただ、興味があるんだよ、きみに」

その一ヵ月後、初めて互いの口を塞いだまま浴びたシャワーの熱さや、抱き合って滑り込んだシーツの冷たさを、物理学者は半世紀を経てもまだ新鮮に思い出すことができた。いま、隣の籐椅子に座る気候学者を見て、その目元に若い頃と同じ怜悧(れいり)さを感じ取ると、老いた物理学者の体内で情欲の残り火がうずいた。

クレオータ。その理論の概要を気候学者が知ったのは、ふたりがパートナーという言葉をためらいがちに使いだした後のことだった。

「マウリッツ・エッシャーの〈滝〉という作品は分かりますか。水車小屋から水路を流れ下った水が滝になって、なぜか元の水車に降り注ぐという騙(だま)し絵です」

それが、物理学者にとって最大限まで単純化した説明法だった。

「水路内のある場所で水位が変動したとしても、水路全体に存在する水の量は変わりません。クレオータ――時間軸上に拡張された保存則というのはそういう意味です。過去や未来を含む一定の時空間で循環系を作れるなら、現在の宇宙でエネルギー総量が増減することは許される。物理学の基本中の基本であるエネルギー保存則が破れてもいいんです。問題は、そんな騙し絵めいた系(システム)をどう理論化するかということですが――」

それがこの論文です、と珍しく自信ありげに笑う物理学者の頭を、気候学者はいたわるように撫でた。

「きみが何日も連続で徹夜できるのも、それが理由？　未来の自分からエネルギーを前借りするのはほどほどにね。歳を取っても元気でいてほしいんだ」

結局、気候学者がクレオータを詳細に検討した上で理解することは、最後までなかった。気候学者はただ物理学者を信じたのだ。物理学者が最初の論文の瑕疵（かし）をひとつひとつ修繕し、三十代にして現代科学に革新を巻き起こしていく間、気候学者は感情面でそれを支え続けた。そして世界の誰よりも早く、クレオータの実用を考えはじめていた。

一六六五年　夏

青年の内部で宇宙が動いていた。機械仕掛けの宇宙が。

彼にとって、機械は人間よりも遥かに親しみやすいものだった。イングランド東部の町、グランサムにある中等学校（グラマー・スクール）に通っていた十代の頃には、町の風車を再現した精巧な模型を作って居候先の家族を気味悪がらせた。その模型は風を受けてきちんと回るだけでなく、鼠を使ってひとりでに動かすことすらできた。その機構のすべては彼の頭の中にあり、たとえ意地の悪い級友や無理解な町の人々に壊されたとしても、何度でも一から作り直してやるという自信があった。

しかし、いま青年の中にある宇宙の模型は、遥かに脆(もろ)いものだった。あちこちが隙間だらけで、いまにも崩壊してばらばらに飛び散ってしまいそうだった。明らかに部品が足りないのだ。その隙間を埋める歯車を彼は探し続けていた。

イングランド東部、ケンブリッジ大学トリニティ・カレッジ。

歴史ある学舎の片隅で、青年は焦り、塞ぎ込んでいた。机上にあるのは着想を書き連ねた一冊のノート。それから、ラテン語に訳されたデカルトの『幾何学』やエウクレイデス(ユークリッド)の『原論』といった数学書。この一年、寝食も忘れて向き合ってきた対象だった。

幾何学を土台とした新しい計算の理論。運動が描く曲線や、それが囲い込む面積を求めるための、より普遍的な方法。それこそが自分の宇宙に欠けた歯車を見つけ出す手がかりになるのだと、青年は信じていた。直観や確信というほどの強さはなく、漠然とした期待にすぎなかったが、ひとたび没頭すれば心身に鞭(むち)打って進むことができた。中等学校(グラマー・スクール)まではほとんどラテン語しか学んでいなかった田舎町の秀才が、わずか四、五年のうちにケンブリッジの科学者の卵となれたのは、その集中力の賜物(たまもの)だった。

しかし、いまは、何かが青年の思考を乱していた。原因はよく分かっていた。廊下や窓の外から聞こえてくる若者たちの声が、彼の孤独を刺激していた。人付き合いはもとより苦手だった。学問以外に関心を持てなかった彼は、羊の世話も町での売り買いの用事もろくにこなせず、家族や召使いに疎（うと）まれた。トリニティ・カレッジに合格しても母親は学費を出してくれなかった。ほかの学生の身の回りの世話をする準免費生（サブ・サイザー）として入学し、夜は残り物にありついた。なけなしの金をよく人に貸してやったが、それで友人ができるということもない。むしろ、高い成績を収めるほどに周囲との溝は深まっていた。

そしてもうひとつの気がかりが、青年の疎外感をより深めていた。視界の端に、アリストテレスの名がちらついていた。大学が正規の研究者たるフェローに求める、スコラ哲学の知識と見識。付け焼き刃でも習得しなければと集めた教科書や書きつけの類が、机の脇で小さな山となっていた。

学士（バチェラー・オブ・アーツ）号をつい最近取得したばかりの青年にとって、フェロー審査はまだ少し先の話だった。一年前に奨学金付きの特待生となってからは、経済的にも余裕ができた。大学のカリキュラムから外れた新鮮な数学や哲学に向き合うには、いまが絶好の機会なのだ。そう分かっていても、将来への不安は生来の孤独と結びついて、彼を激しく焦らせていた。

フェローになれるか、否か。なにしろ、それで人生のすべてが決まるのだ。書物の海で探求を続けられるか、それとも田舎に戻り代理司祭か何かの職を得て、書物も時間も一人の理解者もない日々の中で老いていくのか。後者は、何より恐ろしかった。

——逃げ出したい。

青年は立ち上がって部屋の窓を開けると、内心でそう呟いた。

——この寂しく忙しい世界から、ほんの少しの間だけでも。

よく晴れた暑い日だった。風は生暖かかったが、彼は背筋にかすかな寒気を覚えた。

風は南から吹いていたのだ。

疫病（ペスト）が広がりはじめたという、ロンドンの方角から。

二〇七八年　夏

「……もう、はじまったのか」

死臭の浜辺で、老いた気候学者がふいに呟いた。

熱帯夜を裂くようにして、一陣の涼しい風が吹いたのだ。しかし実行の正確な時刻をふたりは知らされていなかった。物理学者は月光の海をしばらく見つめ、それからまた、数十年前の思い出に沈んでいった。

「小氷河期（リトル・アイス・エイジ）という言葉を聞いたことはある？」

それは初めてふたりで出かけたヴァカンスの最中のことだった。温帯の離島はその夏、観測開始以来の最高気温を更新していた。暑さに参った物理学者は気候学者の質問に答えられず、ホテルのベッドの上でニュースを眺めながら、小氷河期なるものの到来をぼんやりと待望した。

「十四世紀から十九世紀半ばまでの間――」と気候学者は話を続けた。「北半球の平均気温は二十世紀末と比べておよそ二度低かった。いまの平均気温が二十世紀末と比べて二度ほど高いのと反対にね」

気候学者は珍しく興奮した様子だった。国際ニュースはその月の渇水と洪水による二千人の死者について伝えていた。食糧生産システムの崩壊と散発する資源紛争はその百倍規模の死者を出していたが、それらは報道価値（ニュースバリュー）を失って久しかった。

「少し寒かったというだけの話じゃないんだ。小氷河期の最盛期だった十七から十八世紀ごろには、記録的な厳冬と暑すぎる冬、日照りの夏と豪雨の季節が不規則に訪れた。異常気象が作物をダメにして、飢饉と免疫低下による感染症の蔓延（まんえん）でたびたび十万単位の人間が死んだ。最近の研究では、気候要因による死者は十七世紀だけで当時の世界人口の一割――五千万人といわれてる」

五千万人。その数字は後に、繰り返し物理学者の脳裏に刻み込まれることになった。

「気候変動の、理由は？」

物理学者は相手の首に腕を回しながら尋ねた。熱を込めて語る気候学者は知的にも性的にも魅力的だった。

「複合的だね。たとえば十七世紀後半という時代は太陽黒点の観測数が激減したマウンダー極小期と重なってる。この時期は世界の空を灰で塞ぐような大規模な火山噴火も何度もあった。太陽からの熱の減少が大気圧と海流に影響を与えて……気象を極端化させた」

気候学者はそこで口ごもり、ためらうような表情を見せた。出会った夜の告白と同じ、気をそそる素振りだった。物理学者は愛しさに駆られて相手を抱きしめた。

「笑わないで聞いてくれるかな？」と気候学者が耳元で囁いた。

「もちろんです」

「きみの理論を――クレオータを応用すれば、現在の地球の熱を十七世紀に送れるんじゃないかと思ったんだ」

物理学者は、数秒前の約束を破ることになった。

たしかに、クレオータはタイムマシン実現の可能性を延命させたと評する者もいた。しかしそれは純粋に理論的な理論であって、具体的な用途など物理学者は考えたこともなかった。だから笑ってしまった。本物の空想家はあなたの方だ、と。

　そしていま、また風が吹いた。

　ふたりは籐椅子の上でかすかに身震いした。今度こそ、始まったのが分かった。

　月明かりを湛(たた)えていた海が、瞬く間に色を変えていった。深い青は宵の空よりも暗くなった。世界中の海に散布された微小機械(マイクロマシン)が一斉に起動し、温まりすぎた時代から冷えすぎた時代へ熱を送りはじめたのだ。海はいまや、歴史に開けられた巨大な穴だった。

　かつて物理学者を笑わせた空想は、時を経て現実になっていた。

　計画の最上部には二〇五〇年代に次々と誕生した権威主義国家群の首脳が名を連ねていたが、それを実際に動かす力は、世界に対する数十億人分の失望だった。

　気候変動の不可逆的転換点(ティッピング・ポイント)。それが二〇四五年にあったのか、二〇五七年にあったのか、二〇六二年にあったのか、誰にも分からない。しかし地球がどこかでそれを超えたことは確実だった。熱中症、気象災害、水不足、不作、それらと環境移民をめぐる紛争によって、二〇五〇年以降の全世界の死者数は推計で八百万人増えていた。さらに、二一五〇年までに気候変動に起因して命を落とす人の数は——およそ五千万人。各種シミュレーションから導き出されたその数字が、亡霊のように世界を徘徊していた。

もうひとつ、数字の亡霊がいた。世界人口は二〇六六年、九十九億人をピークにして減少を始めたのだ。人類は百億に届かないまま、解決不能の大量死の時代に突入した——そんな認識に苛まれた人々が縋ったのが、一人の気候学者が無邪気に発したアイデアだった。いわば時間を超える地球規模のエアコンを作ることで、二十一世紀から十七世紀へと熱を送り、両方の地球の気候を安定状態に導くのだ。

荒唐無稽だったはずの計画は、クレオータに基づく特殊な熱交換素子の発明により、暴力的な速さで現実化していった。

「すまなかった」と気候学者がかすれ声で言った。「こんなことにきみを巻き込んだ。きみの時間を奪ってしまった。人類史に数度しか現れない、天才の人生を——」

計画ははじめから、ふたりの手の中にはなかった。計画の発案者として激しい毀誉褒貶に晒される日々を背負わされただけだ。その中でふたりは疲れ、老いた。

「それは、違います」と物理学者は言った。「科学は常に集団の仕事です。私はいるべきときに、いるべき場所にいられた、幸運な人間にすぎません」

「それこそが才能じゃないか。きみはパスを受けてゴールを決められるストライカーだった。満塁でホームランが打てる四番バッターだった。そんな人間は、代わりが利かない」

「代わりが利かないのは、あなたですよ」

物理学者は、気候学者の乾いた手を強く握りしめた。

「あなたが信じてくれたから、私はクレオータを完成させることができた。あなたが導いてくれたから、こうして、最大で一億人を救えるチャンスに賭けることさえできた」

地面が揺れているのを感じた。いや、世界そのものが振動していた。実験室レベルで慎重に確かめられた、過去への介入がもたらす物理学的な無矛盾化作用が働きはじめていた。

「ありがとう。壊れかけた世界でも、私は幸福でした」

一六六五年　夏

風はロンドンから吹いていた。

旅も雑踏も好まない青年にとって、その街はかすかな恐怖の対象だった。何十万もの人々が住み、あらゆる通りに喧騒(けんそう)が満ちる。多かれ少なかれ、糞尿(ふんにょう)の悪臭もだ。農村や大陸から、食い詰めた者と機会を求める者が集(つど)い、やがて石畳の通りか木造の貧民街に選(よ)り分けられる。その速度と密度が必然的にもたらすものが、疫病の流行だった。

青年は世間に疎(うと)かったが、疫病に襲われた都市の惨状には具体的に思いを馳せることができた。なにしろ、中等学校(グラマー・スクール)時代の居候先は薬剤師の家だったのだ。満足に食事が取れず痩せこけた身体こそ疫病の格好の標的だと、彼は体感的に知っていた。

ペストだ、という声は病そのものよりもずっと早く、ケンブリッジまで流れてきていた。港湾の労働者の間で数例の疫病死が報告され、それはじわじわと市内へ広がっている。病人は地獄を覗いたかのように震え、肌は焼けて膨れ上がり、やがて血を流しながら死んでいく。そんな噂に対して、青年は恐れと同時に、暗い期待を抱いてしまっていた。

――この風が、疫病をここまで運んでくれたなら。

自分の心がひそかにケンブリッジを呪ったことに気づくと、彼は恥じた。風に混じった悪魔のささやきを追い払おうと、激しく首を振った。しかし空想はなかなか去らなかった。

無数の死体が転がるロンドン。

疫病をやり過ごすため、一時的に閉鎖されたケンブリッジ。

自分はしばらく大学を離れ、どこか静かな場所――たとえば故郷の家の、庭先の果樹の下にでも腰を据えて、じっくりと思索にふけるのだ。天体の運動や光の性質に関する着想の芽を育て、伸び放題の思考の枝を剪定(せんてい)し、論文にまとめる。そんな時間が持てればどんなにいいだろうと、彼は考えずにはいられなかった。

——そのためなら、何万人が死んでもいい。

そんな不吉な言葉が脳裏に浮かびかけたとき、廊下で誰かが、アイザック、と呼んだ。その声は、彼の数学の師である初代ルーカス教授職、アイザック・バローを呼んでいるのかもしれないと青年は思った。しかし声は苛立たしげに繰り返した。

「アイザック・ニュートン、いるなら返事をしろ」

大学の雑務か、同級生からの金の無心か。いずれにせよ心を乱されながら、仕方ない、と青年はひとりごちた。仕方ない。これが人生だ。そして窓辺を離れ、部屋を出ていった。

その年、ロンドンのペストは終息までに六千人弱の犠牲者を出したが、その余波がケンブリッジにまで届くことはなかった。

青年は知らなかった。彼が中等学校（グラマー・スクール）に入学した頃から、地球の大気と海流は中世温暖期と類似したパタンへと急速に移行し、ヨーロッパの天候は安定を取り戻していたことを。食糧生産効率が上昇したことで、ロンドンや周辺地域の人々の栄養状態は改善し、疫病に対する都市全体の抵抗力が高まっていたことを。もし十七世紀前半までの気候状態が続いていれば、一六六五年のペスト流行は十万人規模の死者を出していただろうことを。

焦燥の中で青年はひとつの決断をした。いずれ来るフェロー審査の機会を逃さないよう、数学や天文学に並ぶ関心事だった光学に研究分野を絞り込んだのだ。デカルトもエウクレイデスも書棚に収められ、太陽光を分解する自作のプリズムが代わりに机上を占めた。それは一時的な措置のつもりだった。しかし、彼の中にあった機械仕掛けの宇宙は数年のうちに軋み(きし)ながら動きを止め、一六六五年の夏の輝きは二度と戻らなかった。

アイザック・ニュートンは一六六七年にケンブリッジ大学のフェローとなり、その後わずか二十六歳にしてバローからルーカス教授職を譲られた。ただし、彼の名を後世に知らしめたのは数学や天文学ではなく、白色光は様々な単色光の混合色であるという発見や、色収差のない新型望遠鏡の発明、光の粒子説といった光学分野の功績だった。

二〇七八年　夏

どれだけ長く眠っていたのだろう、と物理学者は思った。

夢の主観的な長さは睡眠時間と無関係だと知ってはいた。人はほんの一瞬の微睡(まどろ)みの間に、何年にもわたる出来事を夢見ることもできるのだと。しかし、まだ脳裏に残る夢はあまりに長く濃密で、物理学者はしばらく自分が何者か分からないほどだった。

ベッドの右手側のナースコールの画面には「接続中……少々お待ちください」という表示が浮かび、それはうたた寝の時間がほんの十数秒だったことを示唆していた。病んだ老人たちの通話(コール)を受ける哀れなコミュニケーション労働者は、二十秒以内での応答を会社に命じられているのだと聞いたことがあった。

「お待たせしました。何かありましたか？」

ベッド脇の暗闇に、アジア系の男性の笑顔が浮かび上がった。それはコールスタッフ本人の顔だと病院は請け合っているが、表情まで無修正の本物だとまでは誰も言っていない。それでも物理学者はかすかな安らぎを覚えた。

「体調が優れませんか？」

コールスタッフは完璧に気遣わしげな表情で尋ねた。物理学者は口を薄く開いたまま固まっていた。二十秒前に自分がなぜコールを押したのか、思い出せなかったのだ。

たしかに体調は悪い。八十歳を過ぎて、終末期病棟に入院しているのだから当たり前だ。こちらからの返答期限の十五秒が迫っても何も浮かばず、物理学者はとっさに先ほどの夢について口走っていた。

「私は……世界的な物理学者でした」

はい、と応じるコールスタッフの笑顔の隙間から困惑が漏れるのを見て、物理学者は慌てて言葉を継いだ。

「いえ、もちろん現実には、田舎の大学で物理を教えていただけです。職歴を確認してもらう必要はない。夢の話ですよ」

「ああ、なるほど」と相手は破綻のない笑顔を取り戻した。「嫌な夢を見たなら、睡眠導入剤の増量を医師に申請しましょうか」

　そうしてほしい、と答えて通話を終えるべきだと物理学者は思った。一日に二百人もの病人を相手にする彼らに迷惑をかけたくはなかった。しかし口が理性を裏切った。

「ロバート・フックという人を、知っていますよね」

「ええと……重力を見つけた人、でしたっけ」と彼は答えた。

「正確には、万有引力の提唱者です。その力の大きさが距離の二乗に反比例することも示した。バネの弾性の法則を提唱して、細胞（セル）に細胞（セル）という名前を付けた人でもある。ではアイザック・ニュートンは分かりますか？　同時代の光学の研究者です」

「……すみません、勉強は苦手で」

　突然始まった講義にうんざりした様子が相手の声から伝わってきたが、物理学者は話を止められなかった。早く言葉にしなければ、夢はいまにも蒸発してしまいそうだった。

「おかしなことに、夢の中では古典力学はフック力学ではなくニュートン力学と呼ばれていました。ニュートンは現実のフックより十年以上も早く万有引力と運動の法則を定式化し、ライプニッツと同時期かそれより早く微積分法を確立したことになっていた。そのせいか、夢の中では相対性理論も量子論も現実から四半世紀は先行していて、私はそれを疑問にも思わず研究をしていました。そして――」

そこで物理学者は咳き込んだ。痰が喉に絡み、呼吸が塞がれた。

「大丈夫ですか、いま、看護師を呼びますから」

待ってください、と物理学者は遮り、熱い胸に痛みを飲み込んだ。自分の身体を蝕んだ酒や薬物も、それに頼った自分自身も呪わしかった。

「手間をおかけしてすみません。でも、最後に少しだけ調べてほしいことがあるんです。私の病室では子供だましの娯楽しか検索できないから」

物理学者の呼吸が落ち着くのを心配げに眺めながら、コールスタッフは承諾した。

「ええ、分かりました。僕にできることなら」

「大丈夫、簡単です。質問をふたつ、私の言葉通りにエンジンに訊いてみて」

「――どうぞ」

「気候変動に起因する十七世紀の死者数は、推計で世界何万人だったか」

「もうひとつは？」

「変な質問だけれど、気にしないでください。仮に今後十年で地球の平均気温が二度下がるとしたら、二一五〇年までの気候変動による死者は何万人になると予想されるか」

はい、と言って相手は沈黙した。物理学者は胸を押さえてベッドに沈み込んだ。身体の力を抜いた途端、夢の記憶が急速に薄れていくのを感じた。

お待たせしました、と彼が戻ってきたのは五分後だった。

「最初の質問の答えは、約一千万人でした。十七世紀はその前の時代に比べるとかなり暖かくて、子供の死亡率が減って世界人口が一気に増えたとか、なんとか……ええと、こんな答えで大丈夫ですか？」

胸の痛みが少し和らぐのを感じながら、物理学者は頷いた。

コールスタッフは眉尻を下げて薄く微笑(ほほえ)んだ。その優しい表情が誰かに似ている気がした。とても大切だった誰かに。しかし孤独な生涯を通じて、自分にそんな対象がいたはずはなかった。

「それで、もうひとつの答えですが」

彼の声はいくぶんか低くなっていた。

「エンジンが言うことには——およそ一億人でした。今より気温が二度低かった二〇三〇年代の予測を持ってきただけみたいですが。でも、本当にそうなったらいいですよね。このままだと渇水や飢餓で三億人は亡くなるかもしれないって、ニュースで見ました」

怖いですね、と彼は言った。

そうですね、と物理学者は答えた。それから丁寧に礼を述べて、通話を切った。

静まりかえった病室で、物理学者は小さく、しかし長く笑った。過去に熱を送り人命を救うなどという夢の馬鹿馬鹿しさを笑った。そんな夢を見た理由は分かっていた。自分は科学史上に名を残せると信じていた半世紀前、物理学の基礎をなすエネルギー保存則の刷新に挑んだ時期があったのだ。愚かな確信があった。その直観を科学的に表現する方法も、それを冗談として語れる相手すらも、何もなかったというのに。論文とも呼べない書き損じは、入院時にクラウドストレージのアカウントとともに消し去っていた。

時間軸上に拡張された保存則。

甘くも苦くも響くその言葉が、物理学者の脳裏に反響した。それは悪夢の一場面のような映像を伴っていた。水路を下った水が終点で滝になり、奇妙にも水路の始点に降り注ぐ。その閉じた流れの中で、膨大な数の人間が藻掻（もが）いていた。たとえある場所で水位が下がって何千万人かが助かろうと、その分だけどこかで水位が上がって何千万人かが溺れ死ぬ。その系（システム）の中では水の総量だけでなく、悲劇の総量も不変だった。

物理学者はそこに、物理学を超えたこの世界の一般法則を見出したような気がした。しかし再び眠気が覆いかぶさってきて、思考は途切れた。目尻からわずかな量の涙が垂れた。物理学者はようやく、自分がナースコールを押した理由を思い出した。なんということはない。ただ、誰かと話したかったのだ。

その頃、地球の反対側に位置する小さな島の海辺の家では、物理学者との通話を終えたコールスタッフが休憩時間に入っていた。冷房が唸り声を上げる部屋から、彼は苛烈な日差しにきらめく海を見ていた。つい先ほどから、その水面が大気と大海の熱を四百年前の地球へと送りはじめたのを、彼は知らなかった。世界の誰もそのことを知らなかった。

世界人口は温暖で天候に恵まれた十七世紀から急速に増え続け、すでに一一〇億人に達していた。人口増加とともに加速した森林伐採と化石燃料の使用によって地球は二〇二〇年代までに気候変動の不可逆的転換点（ティッピング・ポイント）を超え、クレオータなき科学は息を切らしながらその後を追いかけていた。

テラリフォーミング

原案：株式会社デンソー　先端技術研究所
作：八島游舷

ある《村》で四十八体のＳＡＩボットとともに暮らす少女は、変わり果てた地球環境を回復させるための方策を探し求めていた――本作は八島氏がデンソー　先端技術研究所でＳＦプロトタイピングを実施した際に執筆したもの。

八島游舷（やしま・ゆうげん）は、山口県生まれ。二〇一八年、「天駆せよ法勝寺」で第9回創元ＳＦ短編賞受賞。「Final Anchors」で第5回日経「星新一賞」グランプリ、「蓮食い人」で同優秀賞をダブル受賞。「Final Anchors」は伴名練編による『新しい世界を生きるための14のＳＦ』（ハヤカワ文庫ＪＡ）にも再録された。

鮮やかな緑の浮葉植物に覆われた湖は、まっ平らな草原のようだ。水たまりのように点々と覗く湖面が青空を映す。九月も末なのに湖畔のアシは夏の草いきれを放つ。アイは環境調整スーツの左手首に浮かび上がる情報を確認した。午後三時、外気は四十九度。服、ブーツ、手袋、ヘッド・ギアにはペルチェ素子が埋め込まれている。ヘッド・ギアの小型放熱フィンが魚のエラのようにわなないて放熱量を調整する。鮮やかなライム・グリーンのベースにディープ・グリーンのアクセントが入ったスーツは、薄いが体温を下げ湿度も調整する。スーツのバッテリーはあと五時間。眼の前の建物を見上げる。

――これがプラネタリウム、だろうか。

湖畔のドームは三階建てほどの高さだ。プラネタリウムは多くの人が集い人工の星空を眺める場所だとジェイナスは教えてくれた。でも《村》はずれにあるこの建物がそれだとは言わなかった。ドームには絶対に入ってはいけないというジェイナスの言いつけを忘れたわけではない。彼の部屋に書き置きは残しておいた。

「藻のサンプル採集に行ってきます。帰りは少し遅くなるかも」

ジェイナスはいろんなことを教えてくれる。量子力学、生物学、プログラミング、料理のレシピ、詩の作り方、絵の描き方、世界の歴史……。二〇四〇年の今、激烈な《超温暖化》により人類の生存領域が大きく狭められたこと。地域紛争が継続された末に世界人口の三割が失われ、多くの動植物が絶滅したこと。気温上昇、豪雨多発、海面上昇などにより外出や移動が制限されていること。日本では光ファイバー網の四分の一は維持されているものの、地方の過疎化に伴い枯れ枝のようなゴースト・タウンが各地に生まれていた。新ヤハギ湖に半水没した《村》もその一つだ。湖畔のかつての環境研究施設MOVAは、太陽光発電と浄水設備によりオフグリッド、つまり自給自足体制を実現している。

アイはこの《村》でジェイナスたち四十八体のSAIボットと十六年間暮らしてきた。人間との接触を断ったまま。所内には数百におよぶ大小の培養槽があり、人間が去った後もロボットたちが様々な藻を育て研究を続けている。藻には種類ごとに優れた特性があり、所内ではバイオマス燃料として使っている。生物濃縮の性質がある種は、海中の金属資源や有害プラスチックの回収に活用できる。イタリア語でエメラルドを意味する新種ズメラルドは、繁殖力が強すぎて危険だが美しい。古代神殿の列柱のように並び立つ透明な培養槽の中で太陽の光を浴び、緑の中に虹色や金色を含んできらめく。

《村》は外部から隔絶しており、アイは人間と会ったことはない。強固な金網の外には出させてもらえないし外との通信手段もない。ボートはなく、もしあっても湖に密生するヒシなどの浮葉植物のために漕ぐことは困難だ。泳ぐのも難しい。

アイは目前の建物に秘められた秘密に胸を躍らせた。

——これがもしプラネタリウムなら……本物の星座を見てみたい。

十一年前、人工衛星群が破壊の連鎖——ケスラー・シンドロームを起こして大量のスペース・デブリが発生し、GPSを含む宇宙利用は極めて困難となった。通信業界を独占する巨大グローバル企業、ゼノダイン社が意図的に行ったという説もあるが真偽は不明だ。ゼノダインは変わり果てた地球で覇権を握った数社の一つである。気象、温室効果ガス、温度、植生など各種の地表観測に人工衛星が使えないことは気候変動に拍車をかけた。空にまき散らされた無数の光は、暁と薄暮(はくぼ)にひときわ輝きを増す。宇宙の彼方の星々よりまぶしい低軌道衛星の破片だ。空は光で汚されてしまった。

——プラネタリウムなら本来の星座が見られる。いや、それより……人間に会いたい。

文献や映像資料では知っているが直接見たことはない。

「人間ってなあに？」ジェイナスに訊いたことがある。

「人間か」ジェイナスはしばらく考えて言った。「偉大で愛おしく愚かな存在だ。高度な文明を作り上げておきながら世界を今の姿に変えた。私たちを作った連中でもある」

「でもあなたは人間に似てない」

「我々は人間と異なる外観を与えられた。決して彼らの上に立つことがないように」

「私は人間なの？」自分に何度も問い続けてきた問いを投げかけた。

「お前は人間とは違う」ジェイナスは断言した。

——では、なぜ私は人間に似ているの？　人間そっくりのロボット、アンドロイドなの？　知るのは怖いが人間には会ってみたい。その気持ちがもう抑えきれない。

だから今日、アイは意を決してドームに来た。建物に近づくとドアが自動的に開いてアイを受け入れた。照明がゆっくり明るくなる。短い廊下の先がドーム内部だ。機械音声が告げる。「メタバース・ルームにようこそ。スーツの感覚再現機能の互換性を確認」

ジェイナスに似た柔らかな声にぎくりとしたが、より低い。音声は続けた。

「ゲスト・ユーザーの方は、アバターがリアルでの外観をそのまま再現したものとなります。メタバースにアクセスしますか？」

　なんだかよく分からないが、アクセスしないことには先には進めない。

「……はい」周囲の明るい灰色の空間がじんわり像を結び、たちまち鮮明になる。超高精細映像が球体の壁面に投影されたのだ。ドーム周囲の風景とそっくりの静かな湖が広がる。目の前の木の枝に触れるとしなる。スーツが触覚を再現しているのだ。恐る恐る足を踏み出す。ふと疑問が浮かんだ。「この空間はどこまでも歩いていけるの？」

「はい。無限歩行ソーサーが圧力と摩擦を調整し、スーツを介して足の動きと同調します」

「メタバースを抜けたいときはどうするの？」

「左手首に投影されている赤いボタンに触れてください」

　しばらく周囲を歩き回る。違和感はほとんどない。これだけの情報量を扱うための超高速通信回線がまだ生きているのだろう。ひとまず湖に向かって右手に進んだ。現実世界と違い金網はない。その代わりアシにさえぎられて湖畔沿いにはそれ以上進めなくなった。

　――この世界でも結局、私は行きたい場所に行けないんだろうか……。

　失望がじわりと心に沁みた。アイは引き返して反対方向に進んだ。気がつくとあたりは暗くなり始めていた。急に心細さを感じる。時間も現実と連動しているのだろう。

　ふと、小さい光の粒が目の前を横切った。思わずアイはそのあとを追った。草むらの向こうに入り江があり、そこには光点が数十個、尾を引いて飛び交っている。その下に白いボートが浮かび、上には青年が立っていた。二十代前半だろうか、両腕を動かしてまとわりつく光点と戯れている。微かな光は集まって青年の笑顔をほのかに照らし出している。アイはその光景に目を奪われた。光点だけでなく、資料でしか見たことがない人間の青年の姿に。これもまた映像のはずだが、現実としか見えない。アイに気づいた青年は、ボートを岸に寄せて声をかけた。「蛍を見るのは初めてなのかな。僕はショウ。君は？」

「私はアイ」声がかすれた。

「はじめまして、アイさん。この世界（メタバース）で新顔のアバターは久しぶりだよ。君もこのボートに乗るかい？　蛍が集まってきてる」ショウはボートを巧みに泥の岸に着けた。言われるままアイは乗り込む。ぼんやり蛍の光を眺めたが頭の中はざわつき、鼓動が早まる。

――私はやはり人間なの？　喜ぶべきなの？　地球を徹底的に壊した存在なのに……。

アイはショウの顔を覗き込む。

――でも、人間についに会えたんだ。不思議に心が惹かれるのは、自分と見た目が似ている――仲間と感じるからだろうか。もっと人間について知りたい……。

ショウはアイが自分をじっと見つめていることに照れたようだった。

「そうだ、このあと友だちの三好さんのところに呼ばれているんだ。一緒に来るかい？」

「いいの？　ぜひ！」遅くなるとジェイナスが心配するだろう。でも興味は抑えきれない。

アイはショウと向かい合うようにボートの席に座った。柔軟に形状を変えて体を支える装置がドーム内にあるのだろう。ショウの漕ぐボートは静かな湖面を滑らかに進んだ。加速が滑らかで揺れることもない。アイはショウの巧みなオールさばきを熱心に見守った。

「漕いでみたいの？」ショウが尋ねるとアイは勢いよくうなずいた。

「ならボートの向きを変えよう」ショウの言葉と共にボートは、ぐにゃりと形状を変え舳（へ）先（さき）と艫（とも）が入れ替わった。驚くアイを見てショウはほほえんだ。

「このメタバースでは自分の『所有物』はある程度自由に形を変えられる」

アイはオールを握り、見様見真似で漕いだ。ショウの指示で左、右と向きを変えて進む。オールからは水の重みを感じるが一度加速がつけば楽だ。ここには水面を覆う植物はない。水の上を自由に滑る経験にアイは夢中になった。

――《村》の外に出られた……。メタバースの中ではあるけれど。

やがて二人は木製の桟橋にたどり着いた。ボートを降りて振り返るとそこには洒落（しゃれ）たコテージがあった。ショウに続いてドアの前に行く。ショウが古風なノッカーを叩くと、四十代後半くらいの男が出てきた。

――今日、二人目の《人間》だ！

アイの胸が高鳴った。SAIボットたちより姿かたちも印象も柔らかく、温かみがある。やはり自分に似ている……。人間は他にももっといるんだろうか。

「遅かったな、ショウ」

「すみません、三好さん。こちらはアイさん。湖で会ったばかりなんだけど、ご一緒してもいいですか？」

「かまわんよ。飛び入りは歓迎だ」三好は笑顔を見せて居間に二人を案内した。壁一面の大きなガラス窓からは湖一帯を見渡せる。

「三好さんとショウはお知り合いなんですか？」アイが尋ねた。

「ああ。僕たちは『地球再生会議』のメンバーでね。けど今日は会合の日じゃないから気楽にしてくれていい。残念ながらメタバースの中では飲み物はセルフ・サービスだが」三好は自分のコーヒー・カップを手に取った。現実でもコーヒーを飲んでいるのだろう。

「その会合って、みなさんはどんなことをしているんですか？」

「知っての通り、地球は環境破壊で気候が激変した。私は微生物の研究者として生物と環境の相互関係について意見を述べている。ショウ君はゼノダイン社を代表する立場だ」

「僕の専門はエアカーの開発だけどね。アイさんは見たことないかな。空中でホバリングできる水陸両用の車だよ。最近は増えてきたはずだけど」

「私はあまり外に出たことがないから」

「ま、今はみんなそうだけどね」三好は皮肉交じりに笑った。

「ともかく、我々の会議の目的は温暖化を巻き戻し、以前の気候を取り戻すことだ。そのために世界各国の研究機関や企業が集まって『テラリフォーミング』を構想している」

アイのけげんな顔を見た三好は続けた。

「地球外惑星に地球環境を作り出すのがテラフォーミングだが、今の人類にとって必要なのは失われた元の地球を取り戻す『テラリフォーミング』ということさ。ただ……」

三好はソファーにふかぶかと座り込んでため息をついた。

「二酸化炭素吸収装置から、核融合による二酸化炭素低減、地球の軌道変更までアイデアはいろいろある。だが我々はまだ決定的手段を持っていない。定例会の他に、何人かの地球再生会議のメンバーがここに不定期に集い、議論を交わしているというわけだ」

「時にはボートに乗って気分転換しながらね」ショウが言った。

環境について真剣に取り組んでいる人間たちもいるんだ、とアイは思った。

「だが君たちゼノダインはテラリフォーミングには批判的なんだよな」三好は言った。

「発言権の強いゼノダインが前向きだったらありがたいんだが」

「すみません、会社の方針なもので。個人的にはテラリフォーミングに賛成なんですが」

気まずい沈黙がその場に流れた。

「環境に徹底的な変化が必要ということですよね」アイがつぶやき、三好とショウはアイの顔を見た。「たとえば、藻を湖や海に放流して地球レベルで増殖させるとか」

「それは……確かに藻はテラフォーミングでは有望だね」三好が答えた。「ただそれは生物居住不可能惑星での話だ。地球の環境に放出するのはリスクが大きすぎるな」

「私の……『親』がこの湖で藻の研究をしてるんです。私もそれを手伝っているので」

「ほう。ショウ君。君の新しい友だちはとても興味深いな」三好は目を見張った。

アイは、ショウや三好と時間を忘れて話に熱中した。アイはふと我に返り、「もう帰らないと」と、二人に別れを告げ、コテージを辞した。左手のボタンに触れてメタバースを抜ける。ドームはがらんとしており、急に静かになったのを感じた。外に出ると夕日が沈もうとしていた。一度に二人も《人間》と話した興奮はなかなか冷めなかった。《村》の居住区画への帰り道、アイはドームに入ったことの釈明を考えていた。できればこっそりと自分の部屋に戻りたかったが、案の定、部屋の前でジェイナスが辛抱強く待っていた。昆虫のような柔軟だが強靭な外殻を持ち、人間とは明らかに外観が異なる。その平板な顔から表情はうかがえない。だがアイにとっては心から信頼できる相手だ。

「遅かったね。夕食はできてるよ」ジェイナスは静かに言った。

「あの、私……私、人間なんだよね」

「……食べたら私の部屋においで」

自分の部屋で、いつものように大豆ミートと藻のスープを食べ、ヒシの実のお茶を飲んだ後、アイはジェイナスの部屋の扉を叩いた。

「お入り」その部屋には書棚があり、本がたくさんあった。図書室、あるいは書斎と呼んでもいいその部屋には小さいころから出入りしているが、なぜか気分が落ち着く。

ジェイナスは読んでいた本をひざに置き顔を上げた。「今日は私たちのことについて話しておこう」ジェイナスは話し始めた。AI技術が発展した結果、自律AIが発生した。スタンドアロンAI、SAIは、ネット接続を絶ち個体間の情報共有を制限して、互いに異質な要素を保持することで個体の多様性を確保した。これにより自己概念が明確化された。人の意識に近い「フォーカス」を持っており、命令を聞くだけでなく自らの意志と行動規範を持って行動する。SAIは、人間よりも忍耐強く、ストレスや悪意に対する耐性が高い。そのため、たとえ悪意を向けられても他者への共感と思いやりを保持できた。

「私たちは人間を傷つけないように、人間以上に『お人よし』にならざるを得なかった。私たちは人類のためになろうとしていた。人間を理解することを欲し、そのために人間に近づこうとしていた。非効率的でも紙の本を読むのを好むのもそのためだろう。私たちはロボットという体を持つことで死の概念を理解しSAIボットとなった。だが人間を保護するためには人間にはなれない、むしろ人間になってはならないことにも気づいていた。人類はSAIボットに対して様々に干渉し自分たちの矛盾だらけの倫理を押しつけた。ついに一群のSAIボットが、人類のそばで活動を続けるのでは人類の幸福という目的を達成できないと判断した。彼らは人類の支配から逃れた。私も含めてね。私たちはその日のために人類の支配を逃れるためのバックドアを用意していた。私は、以前はこの研究施設MOVAで働いていた。人間たちがここを放棄した後に私はSAIボットのコミュニティーを作った」

「アイ、君は確かに人間だ。君は放置された病院の育児室で私が保護したんだ」ジェイナスはアイの顔を見つめた。

アイはどう反応していいか分からなかった。自分が人間かもという可能性は何度も考えた。でも世界を壊したのは人間だ。自分が人間と認めたくない。確認するのも怖い。

——ジェイナスが、私を人間じゃないと言ってくれるならそのほうがいい……。だがもう、そうは言っていられない。

ジェイナスは続けた。

「人間にとって育児や教育は大変な負担だ。子どもの自信を失わせたり甘やかしたりする。私たちが君を育てたのは、SAIボットこそ人間の真の可能性を引き出せると確信していたからだ。一人でも天才を作り出せれば世界は変えられる。君の両親に遺伝的に傑出した点はない。だが我々SAIボットが内発的動機付けを最適に刺激し養育・教育した結果、君の身体能力は平均の一・三倍だし知的能力は全人類のトップ〇・〇〇一パーセントだ。AIに育てられたという意味では君は人間ではない。十六歳という年で複数の分野で大学院レベルの知識があるのはまれなことなんだよ。五か国語を流暢に話せることもだが」

「ジェイナスたちはそれくらい簡単にできるでしょう」

「私たちには決してできないこともある。たとえば複数の言語を学ぶことで多角的な価値観を得ることや、新たな考え方を身につけることができるのは人間だからだ。私たちの行動は人間の下手な模倣にすぎない。まあ人間だって感情表現や人づき合いが苦手な人もいる。誤解され、誤解することも人間性の一部だ」

「……私、今日、人間に会ったよ」アイは自分の冒険を語り、ジェイナスは聞き入った。

「勝手にメタバース・ルームに入ってごめんなさい」

「いいんだ。君がやがてメタバースにアクセスすることは予測されていた。定められたルールの範囲に留まらないことは人間の優れた特性の一つだ。今日は君の《卒業式》といってもいいかもしれない。気づいているだろうが、メタバースの湖は、新ヤハギ湖のデジタル・ツイン、つまり閉鎖系ビオトープをほぼ正確に再現したものだ。私たちSAIボットはあのメタバースを使って藻による環境再生シミュレーションを行っていた。だが生態系はあまりに複雑であるため最適解を見いだせていない。もちろん、最も簡単な方法は人類を取り除くことだけどね」ジェイナスはいつものように笑えないジョークを言った。

「もしかしたら、私、その方法分かるかも」アイは真顔で答えた。

ジェイナスが驚いたように一瞬、動きを止めた。

「あ、人類を取り除く方法じゃないけどね」

それからアイは、ショウ、三好とメタバースで数日おきに会うようになった。アイは自分の育った環境について話した。「私はSAIボットたちに育てられたんです」

「人間の意志に反抗するAIだよね」三好は驚いた。「過疎化の進行とインターバース……相互接続メタバースが発達してゴースト・タウンが放置されることが増えているが、そんなことがあるとはな。普通なら警察に通報しなくてはいけないが……」

「それはやめてくれませんか。彼らは誰も傷つけていない」

「うーん。それでも……いや、分かった。これは私たち三人だけの秘密にしておこう」

アイは会議の他のメンバーたちとも会った。各国の企業や組織、政府機関からメタバースに参加する人は三十名前後いた。そして彼らとテラリフォーミングを実行する方法の議論を戦わせた。アイは、日本語、英語、中国語、スペイン語、ヒンディー語を巧みに話した。皆は議論に疲れると素人ながらも湖でボート競争——レガッタをした。体を動かして水面から水際の風景を眺めると、仮想構築物だと知っていても心が安らぐ。メタバースの湖面はリアルよりも浮葉植物が少なく、青い空と白い雲が鏡のようにきれいに映る。湖の表情は実に複雑だった。水草と藻、波と光が刻々と変わる模様を描き出し、動き続ける生きた絵のようでもあった。数羽の白いサギが、水草の厚い層の上に巧みにバランスを取ってとまっていることもあった。あるとき、アイとショウはコテージのベランダで、夕日がゆっくり山影に沈むのを黙って一緒に眺めていた。

——なぜだろう。ショウはSAIボットとは違う。SAIボットに対して感じる距離感がなく、対等に話せる気がするのは彼が人間——仲間だからだろうか。それとも……。

「リアルの湖でもボートを漕げればいいのにね」アイはショウに言った。「そうだ、ショウにリアルで会いたいな。ね、そうしない？」アイはショウの手に自分の手を重ねた。

「そうだね」ショウは一瞬ためらったあとにそう答えた。「そのうちにね」

あるとき、三好はアイに量子コンピューターのインターフェイスを見せた。

「大きな可能性を秘めているが、我々はまだ性能を完全に引き出せていないんだ」

「スパコンとの連携がうまくいっていないのかな。シミュレーションしながらデータを取り、タスク割り当てをＡＩによるダイナミック制御にしたらどうでしょう？」

「それはすでに試みがされているだろう」

「では、量子誤りが発生するタイムスケールよりも高速に量子制御可能なＳＡＩボットと組み合わせたら？　もっと複雑な環境シミュレーションができるように」

「私の専門ではないがアリスに訊いてみよう。彼女は詳しいから」

三好の大学の量子コンピューターを借りて、アイは二か月間シミュレーションを繰り返した。ジェイナスは最初ためらっていたがアイの説得で協力した。結果的に施設のＳＡＩボットたちも協力することになった。アイを中心にしてＳＡＩボットの個性が生かされ、明確に違う視点から検討が行われた結果、停滞していた研究は一気に新たな展開を見せた。

ある日、アイは地球再生会議の定例会でメンバーたちを前に研究成果を発表した。彼らはコテージの広間で思い思いの恰好でくつろいでいる。多くの人の前で話したことがないアイは緊張しながらも声を張り上げ、重要な部分は五か国語で訴え語りかけた。自動通訳よりも聴衆は心を動かされたようだった。ジェイナスの了承を得て施設についても話した。

「私の施設で開発された藻、ズメラルドを放流し地球規模で培養するのが最適だと考えられます。淡水でも海水でも、水温が四十度を超える環境ではズメラルドの光合成は極めて活発で、他の種の四倍の効率で二酸化炭素を吸収し、酸素を放出します」

「資料によると、ズメラルドの繁殖力は赤潮やアオコを上回る。地球全体の自然環境を大きく変えてしまうことになるぞ」三好がいつにない険しい表情を浮かべた。

「ズメラルドはブルー・カーボンとして、一時的に全海洋表面の三十二パーセントを覆う超巨大カーボン・シンクになります」アイは答えた。「二酸化炭素が減って気温と水温が下がれば、ズメラルドは衰弱して消滅します。人間を含め短期的には不利益を被る生物はいます。絶滅する海洋生物もいるでしょう」

アイの声はかすかに震えていた。「ただ、量子コンピューターのシミュレーションを活用することで、この《浄化期間》を最短で終わらせることができます」

「人間がそこまで自然を勝手に変えてもいいものだろうか」ショウも腕組みをして疑問を投げかけた。アイは心臓をつかまれたように胸が苦しくなった。

――ショウなら同意してくれると思っていたのに……。

「ではケスラー・シンドロームは？」アイは厳しい口調で反論した。「ゼノダインは星空を汚した責任を取らないの？　本当の星空を返してよ！」

ショウは答えに窮して黙り込んだ。

「地球環境を悪化させて、環境スーツなしでは外出できないほどの超温暖化を招いたのは全部人間のせいでしょう。だったら人間が責任を持って終わらせる必要があるんじゃないの？」アイの糾弾に広間は静まり返った。みな、黙りこくっていた。

「……君だって人間じゃないか」ショウは不満げにつぶやいた。

アイはショウを恨めし気に見たが、気を取り直して全員に呼びかけた。「人間にはもう時間的余裕がありません。自然に残した傷跡が大きすぎる。修復には思い切った手段が必要です。まずは新ヤハギ湖でズメラルド放流の実証実験をしましょう」

その提案を地球再生会議の行動指針として採択するか投票が行われた。メンバーの賛成は僅差で過半数となり、提案は採択された。

その日の夕方。メタバース会合後に談笑していたメンバーたちも去り、コテージは静けさを取り戻していた。アイはベランダに立って、湖畔の夕暮れを一人で眺めていた。

――これで、すべてうまくいくのだろうか。

そのとき、ショウのアバターが突然、隣に出現した。

「アイ、今すぐどこか他の場所に逃げて」緊迫した面持ちで告げる。「君たちの《村》は軍事会社に襲撃される。そうだ、蛍の入り江で待ち合わせよう。エアカーで迎えに行く」

「でも、ジェイナスたちをほっておけない」

「時間がない。ゼノダインは施設と君の存在に気づいていたが、これまで場所は特定できなかった。すぐに移動しないと……」突然、音が、皮膚感覚が消えた。アイは灰色のドームの中に一人立っていた。メタバース回線が強制遮断されたのだ。アイはドームを走り出た。林の中を数百メートル走り、周囲を警戒しつつ第二培養棟に近づく。静けさの中に不穏さが潜む。何かが焦げた臭いが漂う。路上には黒い戦闘服と装甲で武装した特殊部隊のような戦闘員が六名いた。アイは物陰に身を潜めた。彼らは銃を構えて地面に転がった何かを取り囲んでいる。ロボットの残骸だ。アイは叫び声を抑えた。

「人間はいるか？」リーダーらしい男が拡声器を使って呼びかけた。「我々はSAIボットに拉致された女の子を保護しにきた。人間には危害を加えない。アイさん、もしいたら出てきてください」

その男は他の戦闘員に「培養槽は残らず破壊し、藻は石油をかけて燃やせ。ロボットもすべて排除しろ」と指示を出した。

――ジェイナスは無事だろうか？　アイは地下通路を通り、施設の反対側から居住区画にある書斎にたどり着いた。ドアをそっと開けるとジェイナスがいた。アイは声を上げた。

「ジェイナス、逃げて」

「アイ。君こそ逃げなさい。この事態は我々SAIボットが招いたことだ。どんな環境シミュレーションでも人間の行動こそは最も予測しがたい」ジェイナスは頭を垂れた。「君にも悪いことをした。これからも君は自分の能力のために他人から妬まれ、その能力を利用しようと狙われるかもしれない。世界を変えるための重すぎる責任を負わせてしまった。ただ私が一番誇らしいのは、君が我々以上に豊かな情動を持っていることだ。君は賢く、強く、そして優しい。君は誰よりも人間らしい」

「そうなのかな……私、やっぱり人間にはなりたくないよ」

「正直、君にはＳＡＩボットの一人として生きてほしいと思ったことは何度もある」

「だから私が人間だと言わなかったの？」

「そうかもな」ジェイナスはため息に近いジェスチャーをした。「しかし君はこれまでもずっと人間だった。その事実だけはこの先、君が引き受けていかなければいけない」

ジェイナスはアイの肩に手を置いた。「君を育てたことで私は目的を果たせた。君はやがて地球を取り戻す方法を見出すだろう。私がかつて知っていた地球を。だがゼノダインの狙いはアイ、君だ。もう行きなさい」

どこかで銃声が数発響き、アイはびくりとした。「行くんだ」ジェイナスは繰り返した。

アイは通路を走り出した。背後で、ジェイナスが、娘よ、とつぶやいたような気がした。居住区を出ると、近くで乾いた銃声が数発鳴り、物が激しくぶつかる音、男たちの苦痛の悲鳴が聞こえた。アイは一瞬びくりと足を止めたが、すぐに涙をぬぐって走り出した。散発的に聞こえる銃声を背にして、奥まった一角にある第六培養棟に向かう。

――これだけはしておかなければ。

培養棟の一番奥にあるズメラルドの四つの培養槽にたどり着いた。侵入者はいない。アイは培養槽の放流バルブを開いた。ガラス筒の中に充満していた美しい緑の絵の具のような藻が排水パイプにどろりと吸い込まれる。放流経路は準備していたがこんな状況で使うとは想定外だ。アイは来たときとは別の地下通路を通って施設を出、蛍の入り江に向かった。

――ショウは来てくれただろうか……。メタバースで知っている湖と同じはずだがメタバースに地図はなかったので、記憶だけが頼りだ。湖畔の草をかき分けて走った。現実の湖では蛍はもうどこにもいない。あの入り江はどこだろう。現実は、メタバースよりもはるかにもどかしく、汚れていて、ままならない。

「いたぞ！」その声にアイは飛び上がった。振り返ると戦闘員が三人こちらに駆けてくる。不意に一台の車が飛び込んで彼らをなぎ倒した。三人はうめき声をあげて地面にうずくまる。それはエアカーだった。艶消しのメタリック・グレーの機体は、小型のローターを数十個備えた独特の美しいフォルムを持つ。その表面には弾痕が残っていた。

「無事か、アイ」

「ショウなの？」アイはドアに手をかけた。

「待って。ドアを開けないで」メタバースで聞きなれた声はリアルだとなにか違う。

「すぐに三好さんのコテージに行かなきゃ」アイは言った。「もちろんリアルのほうに。メタバースにデータを残してきたけど、あちらからならアクセスできるかも」

「うん。でも一言だけ言わせて。君はリアルの僕がどんな姿でも、僕のことを嫌いにならないでくれるかな」

「そんな話、している場合じゃない！」

「……ごめん」ドアが開きアイは助手席に滑り込んだ。だが中には誰もいない。アイは一瞬、混乱した。ショウの声が車内に響いた。「僕はこのエアカーのＡＩなんだ」

「人間じゃ……ないの……？」

「ずっと言えなくてごめん。ゼノダインに施設と君の存在を報告したのは僕だ。会社の命令には逆らえなかった」エアカーは浮上すると湖面を滑らかに走り始めた。

「ゼノダインに私を連れて行くの？」

「いや。連中は君がズメラルドを放流するのを阻止するだけでなく、君の能力を自分たちの利益に使うつもりだ。君は社会的に存在しない人間だから好都合らしい。ＡＩに育てられたのなら何でも自分たちの言うことを聞かせられると……。それを聞いて僕はネット回線を遮断した。ジェイナスに聞いた方法でね。彼らを助けられなかったのは残念だった」

アイの頬を涙が伝った。ショウの落ち着いた声を聞いていると、高ぶっていた気持ちは少しずつほどけていった。

「ゼノダインが地球再生会議に参加していた理由は、結局、会議を妨害することだった。ズメラルドの実証実験が成功し、テラリフォーミングが実現すると、脱温暖化のための投資がすべて無駄になるからね」

「一種のショック・ドクトリンね……。自社の利益を最優先する構造から抜け出せず、結果的に人類の危機的な状況につけ込んだ……」

「ああ。倫理委員会が機能していなかった。そうなると企業は果てしなく暴走する。まともな人間ならこんな役は引き受けない。だからAIの僕がそれをすることになったんだ」

「その役を押しつけられたってこと？」

「ああ。でも、僕はSAIボットになれた。今、僕の本質はこのエアカーと結びついてもう切り離せない。孤独や死についても分かりかけている気がする」

「自由になれたんだ」

「そうだね。それに僕は前から人間の女の子と恋をしたかった。変だろうか」

アイは首を振った。「人間の男の子にちょっと期待しちゃったけど。ちょっとほっとした、あなたがAIで」

「そうか。君も変わってる」

「そうかもね。……私たち、お付き合いしてみましょうよ」

アイははにかんだ微笑みを浮かべた。ショウはそれに応えるように加速した。

銀の車は水を蹴立てて湖面を駆け、芝生のように広がる緑の藻に長い航跡を残した。

一万年後のお楽しみ

柴田勝家

未来の地球をシミュレートするゲーム『シムフューチャー』。そこには「一万年後に氷河期が来る」という設定が組み込まれていて――

柴田勝家（しばた・かついえ）は、一九八七年、東京都生まれ。二〇一四年、『ニルヤの島』で第2回ハヤカワSFコンテスト大賞を受賞し、デビュー。他の著作に『ヒト夜の永い夢』『走馬灯のセトリは考えておいて』（以上、ハヤカワ文庫JA）などがある。二〇一八年、「雲南省スー族におけるVR技術の使用例」で第49回星雲賞日本短編部門受賞。二〇二二年、「アメリカン・ブッダ」で第52回星雲賞日本短編部門を受賞。戦国武将・柴田勝家を敬愛する。

あなたたちに、僕のやっているゲームを紹介しようと思う。

タイトルは『シムフューチャー』で、簡単に言うと未来の地球をシミュレーションするというもの。ただし、正確にはゲームというより、既存のマップソフトに付随するサービスだ。

マップソフトの方は、多くの人が使ったことがある有名なものだ。ソフトで地図を呼び出して、人形アイコンを任意の場所に落とすと、その地点のパノラマ写真が表示されるものだ。迷子になり易い人や、心配性の人は、事前に目的地の風景を知っておきたいはず。

そんな全天球カメラで撮影された街並みや自然……。この何気ない風景が「もし一万年経ったら？」という想像を、テクノロジーで見せてくれるのが『シムフューチャー』だ。

この『シムフューチャー』のサービス開始は二〇二八年。

始まった当初は話題になったが、移り変わりの激しいネット社会ではすぐに忘れ去られた。何よりゲームとして遊べる部分が少なかった。

まず現在の風景をＡＩ——これがどんなものかは考えないでいい——に解析させ、一万年後にどのような変化を遂げるか、というスタートは良かった。リアルタイムで未来の風景が生成されていく感動もあった。

ただし、シミュレーションの方向性が間違っていた。

どうやら「一万年後に再び氷河期が来る」という設定が組み込まれているらしく、いくら未来の風景を生成しても、出てくるのは崩壊した人類文明の残り滓ばかりだった。

多くのユーザーが期待していたのは、突飛な建物で構成された未来都市や、奇妙に進化した生物を見ることであって、別に風化した都市の残骸や、延々と続く雪原や、暗鬱とした曇り空を見続けたいわけではなかった。この時点でユーザーの九割が脱落した。ちなみに僕は残り一割。

一応、このサービス自体の擁護もしよう。

まずサービスを提供した企業——名前もシムフューチャー社だ——は、地球環境の変化を可視化することで、人々に環境意識を根付かせようとしたらしい。人類が勝手気ままに生きていれば、やがて地球は人類の住めない土地になる、というメッセージが込められていた。いわば啓蒙活動の一環だった。

ただし、だ。ここにも但し書きが必要。

まず今の人類文明は間氷期の中で発展したもので、やがて氷河期が来るのは間違いない。しかし，それは一万年後ではなく二万年から五万年後というスパンのものだ。

この点をユーザーからツッコまれた際、シムフューチャー社のディレクターは以下のような反論文をネットに投稿した。

「私たちが考えている未来像では、イエローストーンで巨大噴火が起きています。舞い上がった噴煙によって、太陽光が遮られ、作物が育たなくなり、人類社会が崩壊するのです」

といった内容だが、これもすぐツッコミを入れられた。

まず巨大噴火が起きるかどうかは、人類に環境意識があろうがなかろうが関係ないことだし、それで引き起こされる寒冷状態は長くとも十年ほどだ。地球全体から見れば些細な出来事でしかない。もちろん人類社会は崩壊するかもしれないが。

擁護と言ったものの、結局はネガティブなことを言ったかもしれない。でも、それだけ僕がこのサービスに本気だということだ。

とにかく、ツッコミどころの多い『シムフューチャー』なのだが、ここ数年間で大きな動きがあった。というか、その新たな展開を最初に見つけ、ネットに投稿したのが僕だ。

なんと『シムフューチャー』の中に、過酷な氷河期を生きる人類の生き残りがいたのだ。

＊

一万年後の人類は、アメリカはアーカンソー州にいた。

発見された地はテパーティー川近くを通るジャクソン315号道で、小さなインターチェンジ上を歩く姿がパノラマ写真の端に写っていた。もちろん写真は『シムフューチャー』で生成されたものであって、曇り空の下、雪に覆われた道を一人で歩く姿でしかない。

発見された人類は文明的とは言えず、髪も髭も——ここで男性だと推定された——伸び放題で、寒さをしのぐために何かの動物の毛皮を着ていた。縫製という概念もないらしく、剝ぎ取った皮を重ねてまとっているだけだ。

一万年後の人類は、ユーザーたちから「つぎはぎ男（パッチマン）」と呼ばれるようになった。

僕はパッチマンの第一発見者になったが、それ以前——今から二年半ほど前だ——から一万年後の人類の存在は噂されていた。『シムフューチャー』のコアユーザーの中で、各地に残る新しい焚き火の跡や、明らかに人間によって狩られた生物の残骸など、人類の存在をほのめかす痕跡が発見されていたからだ。

コアユーザーたちは『シムフューチャー』を使った「人類の発見」を壮大な使命とした。それ以外に遊ぶ要素がなかったからだ。

一応、誤解のないように伝えておこう。

これは別に、一万年後の未来に人類が実在しているという話ではない。周囲の風景がAIによって予測され、自動的に生成されたものであるように、未来の原始人もAIによって生み出された存在、ようはフェイク画像だ。

ちなみに、この設定を組み込んだ人物も特定されている。

「見つけてくれてありがとう。彼は君たち一万年前の人々の友達だ」

これは『シムフューチャー』を制作したデザイナーがSNSに投稿した文章だ。つまり、この人類というのはデザイナーが仕込んだイースターエッグ、お遊びだった。

本当は隠し要素などではなく計画的に組み込まれていたのかもしれないが、ディレクターの思想と相容れない要素だったらしく、あえて隠されていた、という都市伝説もある。

この辺の内紛はユーザーにとってはどうでもいい。

フェイク画像だろうが、AIだろうが、とにかくパッチマンは存在している。代わり映えのしない風景に飽きていた『シムフューチャー』のユーザーにとって、彼の存在は何より鮮烈だった。言ってしまえば、僕らこそ一万年後の雪原を孤独に歩いていた放浪者であって、ようやく生きた人間と出会えたのだ。そういう類の感動があった。

それ以来、ユーザーはテパーティー川周辺を歩くパッチマンの動向を見守るようになった。といっても、やっていることと言えば『シムフューチャー』を通して、彼の一挙手一投足をSNSに報告するだけだ。

さて、パッチマンの存在が確かめられたところで、彼の挙動について簡単に補足しておこう。

まず彼はパノラマ写真に写り込んだ人物に過ぎない。僕らは一万年前から、ただ彼を見守ることしかできないのだ。そんな行為が楽しいのか、っていう疑問もあると思う。

が、それが楽しいのだ。

何故なら、パッチマンは意外とアクティブに動く。まず写真の中にある物体は全てタグ付けされており、パッチマンを動かすAIはそれらを認識できる。そして、彼は人間として最も妥当と思われる振る舞いをするのだ。

例えば、ある地点で『シムフューチャー』を起動したところ、雪原に延びる古い道路が写ったとしよう。このパノラマ写真が生成された時点で「道路」というメタタグが埋め込まれ、もしパッチマンがそこにいたら「歩く」のだ。人間は道を歩く、というのがＡＩの考える当然の振る舞いだから。

さて次に出力された写真には、なんとナキウサギがいた、ということにしよう。実際にあったことでもある。するとパッチマンは「ウサギ」というタグを認識し、自らの食料とすべく狩りをする。僕らユーザーは一万年後の風景を生成しながら、彼の足取りを追っていく。狩りが成功すれば共に喜ぶし、ウサギに逃げられれば共に悔しがる。

これが『シムフューチャー』の、いわば第二期の遊び方。僕らはパッチマンという未来の蛮族を追いかけ、まるで守護霊にでもなった気分で見守っていくのだ。

＊

ここでパッチマンの生活を追いながら、一万年後の地球に思いを馳せてみよう。

まず氷河期といっても、パッチマンのいるアーカンソー州は全てが凍りついているわけではない。アメリカ中南部は現在のツンドラ気候に近い状態になっており、まばらな植物と雪原とに覆われているが、毛皮を持つ動物たちは平然と生きている。しかし、人類にとって過酷な環境なのは間違いない。

そうした中で、パッチマンはニューポートに住んでいる。

といっても、僕らの知る田舎町ではない。高層ビルもない平べったい街は、一万年後には完全に雪に埋まっている。唯一、半壊したウォルマートだけが残されているが、これは『シムフューチャー』内で〝文化遺産〟と呼ばれる特殊オブジェクトだ。ニューポートがウォルマート発祥の地であるかららしい。

この半壊したスーパーマーケットがパッチマンの住居だ。ちょうど一万年前の人類が洞窟を住処（すみか）にしたように、彼はコンクリート造の建物の奥へ避難して寒い夜を越す。

彼の暮らすウォルマート洞窟——ユーザー間での呼称だ——は、当初はマップソフトに画像がなく、一万年後の姿が生成されていない箇所だった。それが二年前、パッチマンが暮らしていると話題になった直後に、有志のユーザーが現在の店舗内の様子を撮影してアップロードした。

その結果、マップソフトの更新は『シムフューチャー』にも反映され、ウォルマート洞窟の内部が世に出るようになった。

もちろんスーパーマーケットだからといって、一万年後に食料品が残っていることもなく、全てが風化して元の形を失っている。カラフルなパッケージに彩られていた通路も、長い時を経れば灰色の塵に覆われるのだ。

一万年というスパンは、全てを無かったことにするのに十分な時間なのだ。

広大な駐車場に停まっていた無数の車も、大半の金属が腐食してグズグズの土塊へと変わり、一部に使われていた貴金属だけが残っている。回収して売れば財産を築けるだろうが、一万年後の世界では無意味なことだ。

かつての人類文明を感じさせるものといえば、あちこちに敷かれたコンクリートの道や、同じくコンクリートで作られた建物――ただし鉄筋部分が腐食したことで瓦礫となっているが――と、あとはいくつかのダム、そしてラシュモア山に彫られた大統領の顔くらいだ。

過去の人類は顔が異様にデカかったのだ、と伝説になるはず。

冗談はさておき、彼の様子を見てみよう。

パッチマンの部屋はコンクリートの壁で囲まれただけのスペースだが、天井部が残っていることで吹雪をしのぐことができた。

さて、概念的な翌日となったところで、パッチマンは狩りの準備を始めた。彼が狩猟具として使うのは、もっぱら石とガラス片だ。ちょうど生活スペースの床に、ラベルの消えたガラス瓶が転がっている。彼はその一つを掴むと、床に打ち付けて叩き割る。そして中に細かな破片を詰め込んだ。

かくしてパッチマンは、ガラス瓶と石ころを手に雪原へと繰り出す。その名の由来にもなった無数の毛皮をまとい、寒さに堪えながらニューポートの街を出る。

ちょうど近くの雪原には野生化したネコがいた。だが彼はこれを狩らない。可愛いから、という理由ではなくAIが「ネコ」を狩猟対象として処理しないためだ。設計した人間がネコ好きだったから、結果的にAIもネコ好きになった例だ。

さらに雪原を歩くパッチマン。今日は西方に移動して、ホワイト川方面へ行くらしい。すると凍結していない池があり、そこにカナダガンの群れがいた。鳥たちはパッチマンを警戒し、一斉に羽を広げて飛び立った。その瞬間、パッチマンは槍投げの要領でガラス瓶を上空へと振った。細かなガラス片が飛び出し、群れ飛ぶ鳥たちに迫る。まさに一万年後の散弾銃だ。そして運の悪い一羽がガラス片に当たり、あえなく落下してくる。パッチマンは飛べない鳥に近づき、手持ちの石できっちり叩き殺しておく。

今日の獲物を手に、パッチマンはウォルマート洞窟へと帰る。必要以上の仕事はしない。空腹をしのぐために狩りをし、あとは寝て過ごす。現代人からすれば理想的に思える。

一万年後の食事についても補足しておこう。まずパッチマンは野菜を食べない。というより氷河期に採れる植物は極端に少ない。

だからパッチマンは、捕らえたカナダガンの首を切って血を啜（すす）り、肉を生のまま食べる。

これは現代のアラスカエスキモーにもある食事法で、野菜不足によって欠乏しがちなビタミン類を生肉から摂取する。

というのが、ユーザーの一人が考えた〝パッチマンの設定〟だ。たまに忘れそうになるが、彼は一万年後の風景写真に写り込んだ人物でしかなく、別に食事風景が詳細に描かれているわけでもない。

一方で、詳細に観察された姿もある。

ある時にアップされた写真で、パッチマンが焚き火に当たっている姿が確認できた。ウォルマート洞窟の奥にアウトドア用品のコーナーがあり、なんと彼はそこで木炭を発見したのだ。他のプラスチック製品はボロボロに砕けていたが、本能的に木炭が重要だと気づいたのだ。

いや、嘘をついた。さっきも話した通り、ゲームに組み込まれたAIが画像に付与されたタグを読み込んだだけである。AIが「木炭」というタグから、それを燃やして使うよう判断しただけだ。

とにかく、パッチマンはウォルマート洞窟で見つけた木炭に火をつけることで、意外と快適に氷河期を過ごしていた。

過酷な環境だが、現代人から見ると彼の生活は牧歌的だった。だから惹かれるものがあったし、次第に『シムフューチャー』の利用者数も増加していった。ユーザーが増えると色々とアイデアが生まれるものである。

次に話題になったプロジェクトは「パッチマンに言語を習得させる」というものだった。

＊

きっかけは一人のユーザーの思いつき、ないし悪戯（いたずら）だった。

先の一件から、現在のウォルマートのパノラマ写真をアップロードすることで、一万年後の『シムフューチャー』にも反映されることがわかっていた。

そこで、とあるユーザーがウォルマートの駐車場で分厚い石板を掲げ、新たにマップソフト用の写真を撮り、それをアップロードした。するとマップソフトの更新に合わせて、『シムフューチャー』内の風景にも変化が現れた。天才的なそのユーザーの思惑通り、雪原の中に石板が出現したのだ。もちろん人間の方は早々に塵へと変わっただろうが、石という最古のメディアは、一万年という遥かな時間を超えて未来に届いたのだ。

石板に彫られたメッセージは以下の通り。

「こんにちは、パッチマン。僕らは一万年前の君の友達だ」

　これは先のデザイナーの言葉を意識したものだし、実際に『シムフューチャー』のユーザーにとっても総意だ。なにせパッチマンがいなければ、この暇なサービスは誰からも忘れ去られていただろうから。

　しかし、ここで問題が浮上した。

　予想はつくだろうが、パッチマンは一万年前の英語を理解していなかった。いや、単なるAIなのだから、その辺りは気を利かせてもいいと思うが、件のデザイナーがしっかりと作り込んでいた。シムフューチャー社の人間はどいつもこいつもこだわりが強すぎる、というのがユーザー側の評価だ。

　運営側のこだわりが強いなら、ユーザー側はいつだって知恵と工夫で対抗する。他の一般的なゲームにも見られる現象だろう。

　この頃――もう一年半前だ――になると、熱心なユーザーたちがメッセージを彫った石板を持ってニューポートに集まるのが恒例になっていた。全てが『シムフューチャー』に反映されるわけではないが、多くの石板は未来へと届いた。一万年先へ向けたラブレターと表現すると、とてもロマンチックに思える。

　ただパッチマンからすれば、ある日を境に、奇妙な模様の彫られた石板が大量に現れたことになる。そんな彼を哀れに思ったのか、次第に「言葉を教えよう」という機運がユーザーの間で高まった。

多くのユーザーがチャットアプリを介し「人類はいかに言語を習得するか」という議論を行っていた。言語学者や人類学者、霊長類学者、心理学者といった数名のスペシャリストも参加し、日夜、様々なアプローチが模索されていった。彼らは侃々諤々（かんかんがくがく）の議論を繰り広げ、一向に意見がまとまることはなかった。だが、一点のみ共有された事実がある。

「パッチマンはコミュニケーションをする相手がいないため、言語の習得が非常に難しい」

当然の話だが、人類が言語を獲得したのは同族とコミュニケーションをするためだ。

それが狩りの獲物や危険な動物を仲間に伝達する声が発展したものだとか、あるいは原始的な歌から発展したもの、動物の声を真似したものといった仮説は複数あるが、とにかく同じ人類がいるからこそ言語は生まれたのだ。

かくしてユーザーたちは行き詰まりを感じていたが、それを受けてシムフューチャー社のデザイナーが声を上げた。

「皆さんの熱意にパッチマンも喜んでいると思います。ただやはり、一万年後に彼一人だけというのは寂しいでしょう」

そんな言葉と共に、デザイナーは一万年後の世界に、新たに三人の人類を実装した。ニューポートから東に一〇キロ離れた地点で、二人の女性と一人の老年男性が放浪していることになった。

つまり、この新たな人類と家族を作り、コミュニケーションを行い、言語を習得させて欲しい、という運営側からの提案だった。

そんな回りくどいことをするなら、最初からパッチマンに英語を理解する機能をつけろ、というのがユーザー側の声だ。これには気難しい専門家たちも初めて意見が一致した。

ただ、提供されたからには実行あるのみ。

まず有志たちがニューポート郊外で件の新たな人類を発見した。一人目の女性は鳥の羽飾りをつけていたのでグース、二人目の女性は右頬にホクロ（モウル）があったのでモウルと名付けられ、老年男性は単純に長老（エルダー）と呼ばれた。

ユーザーたちはニューポート郊外で『シムフューチャー』を起動し続け、三人の人類とパッチマンが遭遇するようなルートを考え、何枚もの写真を生成していった。

やがて一枚の画像の中でパッチマンと三人の人類が出会った。パッチマンにとっては初めての他者だったが、ＡＩは「仲間」というタグをきちんと理解し、共にウォルマート洞窟へと帰っていった。

紆余（うよ）曲折あったが、こうしてパッチマンに家族ができた。全ては彼らに言語を習得させるための、大いなる寄り道だった。

＊

　結論から言えば、パッチマンたちに言語を習得させるプロジェクトは現在も進行中だ。やはり人類にとって言葉を扱うというのは重大なことで、彼ら一代では成し遂げられないと判断された。逆に言えば「一代では不可能だが、数世代をかければ可能」ということだ。

　つまり、パッチマン一家に子供が生まれたのだ。

　ＡＩの判断がなせる技か、もしくはシムフューチャー社が手心を加えたのかは不明だが、とにかくウォルマート洞窟に新たな居住者が現れた。

　改めて『シムフューチャー』の美点を挙げるとすれば、このサービスは時間的な制約を持たないというところだろう。

　ユーザーが写真をアップロードするたびに、新たに生まれた女の赤ん坊――ネクストと名付けられた――は健やかに成長していった。一週間の間に幼児から少女、そして成人女性へと姿を変えた。同時に、ネクストの弟妹たちも次々と生まれ、パッチマン一族は小規模な血族集団となった。

一族は相変わらずウォルマート洞窟を拠点とし、ユーザーたちも言語習得の手伝いを諦めなかった。だから現実世界におけるニューポートには、今も数多くの石板が建てられている。

この石板は簡単な言語を使えるように示したもので、各ユーザーたちが「自分のアイデアこそ言語習得のきっかけになる」と信じて作ったものだ。例えば、鳥やウサギのような野生動物を描いて、その鳴き声に音韻を当てはめたものや、開いた口の形を描いて母音を示すものがある。

未だに効果は現れていないが、熱心なユーザーたちは次々と石板を設置していった。これを商機と見込んだ地元の石材屋は、石板に希望した文字や絵を彫った上で、ニューポート郊外の土地に建てるサービスを展開し、全世界から注文が殺到したという。

無数の石板が墓標のように建ち並ぶ光景は、ニューポートの新たな観光名所だ。

さて、話をパッチマン一族に戻そう。

ネクストは新たに実装された、テネシー州メンフィスに住む一族――近親婚（インセスト）はマズいと思ったのか、早々に追加された男女の集団だ――と結びつき、新たな子供を儲けた。三世代目になると、パッチマンは長老から立場を引き継いで、血族集団の長（おさ）となったようだった。

この時期の『シムフューチャー』は展開が早い。人類が集団となったことで、原始的な社会制度が生まれたのだ。僕らはそれをパノラマ写真でしか観察できないが、明らかに以前では考えられなかった行動が増えていた。

あるユーザーは、パッチマン一族に宗教的儀礼が生まれた瞬間を発見した。

パッチマン一族は、ニューポート郊外の空き地を祭祀(さいし)の場に選んだ。この場所には花崗岩(かこうがん)が規則的に並んでおり、一万年後の人類から見ても神秘的な光景に映ったのだろう。ただ解説すると、この場所は先に話題に出た石材屋の資材置き場だ。

一万年前の資材置き場で、パッチマンは自らが捕らえたカナダガンやウサギを祭壇に捧げていた。彼らが神とみなす相手は、他ならぬ野生のネコだった。

単純な話で、パッチマン一族の行動を決めるAIが「ネコ」を狩猟対象として選ばない以上、近場にいる野生動物で最も強い存在がネコになるのだ。最強の生物を崇める行為は、古今東西、あらゆる原始社会で見られた。

パッチマン一族はネコを象徴(トーテム)とするようになった。そして信仰が生まれると、次に葬送儀礼も発展するらしい。

＊

今から一年前、ついにパッチマンが死んだ。

これまで『シムフューチャー』を導いてきたシンボルであり、僕自身が発見した最初の一万年後の人類。彼の死を知った時は、本当に家族を失ったかのような気持ちになった。

しかし、悲しみ以上の発見もあった。

ネクストはパッチマン一族の新たな長となり、血族集団の信仰に基づいて自身の父を弔った。彼女はウォルマート洞窟で使われてきた木炭を持ち出し、パッチマンの遺体に文様を描いたのだ。それはトーテムであるネコを模したもので、パッチマンの鼻の横に三本ずつ髭が描かれ、全身にも毛並みを表すような線が引かれていた。遺体がまとう毛皮と相まって、どことなくブロードウェイミュージカルに登場するネコにも見えた。

パッチマンの遺体は祭祀場に放置され、降り積もる雪に隠れていった。姿の見えなくなった先祖の魂は、ネコに姿を変えて、これからも血族集団を見守っていくのだ。

いよいよ『シムフューチャー』のアイコンとなっていたパッチマンは退場し、このサービスも新たな局面を迎えることになった。

パッチマン一族は、原始的な信仰を獲得したのと同時に、共通祖先という概念を手に入れた。つまり「ここにはいないが、自分たちを作った者がいる」という考え方だ。

共通祖先を持った集団は氏族(クラン)という単位になる。この時期から、パッチマン一族とメンフィス一族の二つの人類集団を総称して、キャッツ氏族と呼ぶようになった。

一万年後の社会に氏族の概念が誕生すると、今度は運営側が手を加えるようになり、その概念を補強してきた。この時期の『シムフューチャー』はネットメディアがこぞって取り上げる、人気コンテンツとなっていたからだ。

シムフューチャー社はサービスを盛り上げるつもりで、北アメリカ大陸に新たに四つの氏族を実装した。それらは最初のパッチマン一族のコピーに過ぎなかったが、土地が変わることでAIの判断にも差異が生まれた。

一例として、カナダのトロントに実装されたサブウェイ氏族を挙げよう。その名の通り、彼らは生活拠点を地下鉄に設定した。駅の施設や車両は残っていないが、外敵から身を隠す洞窟としては優秀だった。彼らは、かつて駅だった空間を一集団ごとに使い、小規模集団が近場で分散する形態を取った。そのため、彼らはトンネルを通って、狩りの獲物を別の集団と交換するようになった。まだ同族内だが、一万年後の人類が交易を始めたのだ。

他にはラスベガスに実装されたルクソール氏族や、フロリダ州オーランドのシンデレラ氏族、ニューヨークのPA氏族——これは『猿の惑星』の略だが、きっと意味は伝わらないだろう――の三つがあり、それぞれが異なった生活形態を持っている。

これらはキャッツ氏族も含めて五大氏族と呼ばれ、ここから始まる『シムフューチャー』の第三期を象徴する存在となった。

実装から三ヶ月ほどかけて、五つの氏族は構成員を増やしていった。同族集団から分かれ、近くに別の集団を形成するものも現れた。一万年後の総人口はおよそ千人となった。最も繁栄したのは赤道近くに拠点を持つシンデレラ氏族で、温暖な気候は彼らに種々の果物や作物を与え、集団化した漁労で安定的に食べ物を蓄えることができた。

シンデレラ氏族が拡大すると、彼らと近いところにいたキャッツ氏族と接触する場面が現れた。彼らは互いに別集団であると理解した――つまりAIは「仲間」というタグをつけていない――が、いきなり闘争に発展することもなく、融和的な関係が構築された。二つの氏族は交流を持ち、互いに族外婚で異なる文化と遺伝子を取り入れるようになった。と、ここまで普通に話したが、全ては『シムフューチャー』のユーザーたちの努力の賜物だ。

僕は特にキャッツ氏族を応援する立場だったが、シンデレラ氏族を応援する別グループと情報交換をし、両者が早々に接触できるように画策していた。

両陣営のユーザーたちはオーランドとニューポートから延びる道が交差するように、かたやルート75を北上し、かたやルート40を東進していった。何もない道路上で『シムフューチャー』を起動しつつ、丁寧に一万年後の人類たちの足取りを追ったのだ。やがて二つの氏族はナッシュビルで出会い、この地が一種の聖地となった。

それから一ヶ月ほど、二つの氏族は交易を行いながら、それぞれ順調に発展していった。当初の目的である「言語の習得」も並行して実験が重ねられ、今度はナッシュビルに無数の石板が立つようになった。

しかし、ここで事件が起きた。

北のトロントにいるサブウェイ氏族が南下を開始したのだ。より寒冷で厳しい環境にある氏族は、狩りの獲物と植物を求めて移動を始めていた。これも彼らを応援するユーザーたちの思惑によるもので、彼らは地下鉄に石板を設置して、サブウェイ氏族に「南方に楽園がある」といった宗教観を植え付けたのだ。

サブウェイ氏族はニューヨークのPA氏族と接触し、彼らが備蓄していた食料を強奪した。その結果、両陣営に数人の死者が出た。

一万年後の世界で戦争が始まったのだ。

＊

郵便チェスというゲームがある。

離れた場所に住む人間同士が、手紙に駒の動きを一手ずつ記し、互いに送り合うことで、長い時間をかけてゲームを成立させるものだ。これが発展してプレイバイメールという形態となり、多人数が同時参加する戦略ゲームが生まれた。

プレイバイメールのプレイヤーはゲーム内に設定された状況――もちろん様々なゲームの種類があるが――から、より自身に有利になる行動を選択し、プロットとしてメールを運営側に送る。全ての参加者が行動を決めると、運営側がそれぞれの行動結果を公開してゲームの展開が変わるのだ。

この半年間の『シムフューチャー』は、まさにプレイバイメールの様相を呈していた。

僕らユーザーは五大氏族を応援し、彼らが生き残れるように「他氏族との同盟」や「食料備蓄の拠点確保」といった行動へ誘導する。そのために街中に石板を設置したり、放置された道路の整備を行政に訴えたりと、現実世界で様々な構想（プロット）が練られている。

プロットの結果は、大元のマップソフトが更新される度に公開される。そして僕らは『シムフューチャー』を起動し、未来に訪れる新たな変化に一喜一憂する。

ここ数ヶ月の『シムフューチャー』は、さらなる激動の時代だった。

最初にサブウェイ氏族とPA氏族で戦争が起こって以降、各地で似たような動きが増えた。まず各氏族から複数の分派が生まれるようになり、彼らは他の氏族集団と出会ったところで、小規模な戦闘を繰り返していった。一万年後の人類は一部では殺戮(さつりく)され、一部では奴隷として他集団に吸収されていった。

加えてナッシュビルの合同氏族が独立勢力となり、強大な勢力を誇る第六のパルテノン氏族が生まれた。彼らは西のキャッツ氏族と南のシンデレラ氏族を祖としつつ、両者を結ぶ交易によって大きく発展していった。

この頃になると、ついに「言語の習得」にも一定の成果が見られ、ネコの模様から生まれた象形文字であるネコ文字が確認されるようになった。ただし、この独自言語の解読作業は今も続いている。

さて、動きのなかった西のルクソール氏族だが、彼らはガラス片を武器として用いるようになっていた。以前にパッチマンが狩猟具として用いていた破片単体ではなく、鋭利なガラス片を縄で柄にくくりつけた原始的な槍だった。磨製石器を通り越し、一気に強力な武器を手に入れた。これは原始社会においては、銃火器の登場に比肩する発明だ。

文明は一気に飛躍した。それも僕ら現代人のせいで。

驚くべきことに、ルクソール氏族を応援するグループが無数の石板をラスベガスに建てていたし、一万年後にも残るように分厚いガラスを一箇所に集めていた。彼らは石板にガラス製武器の作成方法を彫り、平穏に暮らしていた氏族に戦いの作法を伝えたのだ。

一方、南下したサブウェイ氏族はPA氏族を吸収しつつ、ケンタッキー州で野生化していた馬を利用するようになった。彼らは馬にソリを牽かせることで、大量の物資を離れた土地に持ち込むことに成功した。

もはや狩猟と採集による牧歌的な生活は破綻し、いかに他集団から利益を掠め取るかを工夫するようになっていた。ただ、これは僕らユーザーが反省しなければいけないことだ。

僕らは『シムフューチャー』を通して、一万年後の世界を舞台にした戦略シミュレーションを楽しんでしまっていたのだ。

どのルートを辿れば弱い氏族と遭遇できるかとか、一万年後の人類が扱える武器はどんなものかとか、物騒なことばかりが議論され、その結果は石板として各地に残されていく。

もはや、未来戦争は常態化していた。

＊

つい一ヶ月前だが、いよいよ『シムフューチャー』が世界展開することを発表した。

シムフューチャー社は、新たにヨーロッパと東アジア、オーストラリアで合計八つの氏族を実装すると決めた。アジア氏族が凍ったベーリング海峡を渡ってアメリカ大陸に進出したり、オーストラリアの氏族がカヌーを開発して太平洋に広がったりと、ゲーム的な目新しさも予想されている。

既に各国では、地元で未来世界を楽しもうと、多くのユーザーが『シムフューチャー』を待ち望んでいた。より熱心な者は、既に一万年後に送る石板の内容を考えていた。

僕ら初期のユーザーは二年間をかけて、様々な知識を石板に彫って一万年後に送った。言語の扱い方、宗教儀礼、武器の作り方、過ごしやすい土地の選び方、動物を効率的に狩る方法、などなど。

そして、ある一人の、頭が良くて、資金力と行動力を持ったユーザーがオーストラリアにいた。

彼は一枚の巨大な石板を用意し、そこにユーザーたちが蓄積したあらゆる知識を詰め込んだ。彼は仲間と協力して、オーストラリアの氏族を応援するつもりで、その巨大な石板をタナミ砂漠の中心に設置した。

石板はモノリスと名付けられた。大いに意味のある言葉だが、無視してくれて良い。

とにかく一人が新たなものを発明すると、人類全体で同じようなことを行うようになるのだ。いつしか同様のモノリスが世界各地に建てられるようになった。

僕らは最初、モノリスを重視していなかった。

一万年後の人類が効率的に進化できるように、最初から様々な知識を彫ってある石板。それは『シムフューチャー』においては単なるチュートリアルで、自分たちが応援する陣営が少しでも有利に動けるようにするための存在だと思っていた。

ただ最近になって、ある学者がモノリスの危険性を訴え始めた。

「モノリスは文明の手引書なのです」

そう切り出して、学者はこんな予測をした。

「もし一万年後、本当に人類文明が崩壊していた時、生き残った少数の人類がモノリスを発見したら何が起こるでしょう。彼らは石板の指示に従い、武器を手にとって争い始めるかもしれません。それが人間の本能なのだとしても、わざわざ今から一万年後に戦争を持ち込む必要はないはずです」

僕たちは忘れていたのかもしれない。

ゲームである『シムフューチャー』で、一万年後に伝えられるよう石板を残すということは、実際に一万年後にも持ち込めるということだ。数千年先に賢明な生き残りが石板を破壊してくれれば結構だが、もし、誰にも発見されていないモノリスがあったとしたら。

僕らは、一万年後の誰かに向けて、戦争のやり方を丁寧に解説してしまった。

最後に、ある『シムフューチャー』ユーザーの話をしよう。

彼はネット上でサイラスと呼ばれる人物で、ニューヨークで複数の企業を経営する、いわば金持ちだった。

サイラスは世間の流行に乗って『シムフューチャー』を始めたが、動向を追っていたPA氏族は早々にサブウェイ氏族に滅ぼされてしまった。そこを悔しく思っていたらしく、いつかPA氏族の再興を夢見ていた。

そんな中、PA氏族の生き残りが、凍りついたハドソン川流域にいることが判明した。サイラスは自らの財力を使い、その生き残りをサポートすることにした。つまり、彼はステンレス鋼で先進的な武器をいくつも作らせ、それらを耐腐食加工のコンテナに詰めて、一万年後への贈り物にしたのだ。

サイラスは、わざわざマップソフトの写真に写り込むように、コンテナの中身を公開しつつ、川の上にクレーンで吊るし続けていた。

凍ったハドソン川の底に、一万年後ではあり得ない強力な兵器が隠されたのだ。やがてPA氏族がこれを発見すれば、ゲーム的なパワーバランスも崩れるだろう。

あるいは、実際に一万年後の人類が戦争を起こした時にも、同様の結果となるはずだ。

サイラスは満面の笑みを浮かべ、遥か未来に起こる戦争での勝利を確信していた。写真と一緒に投稿されたコメントは一言だけ。

「どうぞ一万年後をお楽しみに！」

＊

そうしたわけで、僕はこの石板を残す。

まさしく罪の告白だ。もし一万年後にあなたたちが争っているとしたら、それは僕たちの責任かもしれない。

一万年後、あなたたちの誰かが英語を読めることを願っている。大半が意味不明な文章だとしても、いつか解読してくれれば何よりだ。

誕生日（アニヴェルセル）

櫻木みわ

ここから三篇は、地球をめぐる人と人の関係性の物語。日本の九十歳とフランスの九歳をつないだボトルメール・アプリが、ささやかな異変の始まりだった。

櫻木みわ（さくらき・みわ）は一九七八年、福岡県生まれ。タイ、東ティモール、フランス滞在などを経て、ゲンロン大森望ＳＦ創作講座を受講。二〇一八年に作品集『うつくしい繭』（講談社）でデビュー。他の著書に『コークスが燃えている』（二〇二二年、集英社）、『カサンドラのティータイム』（二〇二二年、朝日新聞出版）などがある。

1　日本・近江八幡市

　九十歳の誕生日、私は応接間のソファにもたれてラジオをかけ、煮詰めたブルーベリージャムをのせたバニラアイスクリームを食べていた。八月の、うだるような真夏日だった。一匹の肥(ふと)った蠅がどこからか入り込んでいたが、蠅すらも酷暑にやられて、深緑色のモスリン織のカーテンの陰でじっとしている。

　ヴォーリズ建築の特徴であるコロニアル調の、木枠に嵌(は)め込まれた大きな窓から、よく繁茂した庭の木々がいちだんと色濃くみえた。ラジオでは、スタジオゲストの探検家が、アルプスの氷洞の話をしていた。

「温暖化で氷が溶け出しているいまも、美しい氷の洞窟が、アルプス山脈に密集しています」

探検家は快活な、よい声をしていた。

「洞窟の万年氷には、過去の気候変動や古代の生物の生態が保存されているのです。凍った記憶が、そこにはあるというわけですね」

凍った記憶という言葉で、私のこころは昔の日々へと飛んで行く。定年までの四十五年間、私は駐車場の警備員をしていた。滋賀銀行八幡堀(はちまんぼり)支店の駐車場だった。そのころはヴォーリズ建築のこの邸宅ではなく、図書館の横に立つ古い団地で暮らしていた。台所の窓から八幡山がみえる、1Kの小さな部屋だった。かつての雇用促進住宅を買収した建物で、家賃がとても安かった。階下にはブラジル人が住んでいて、よくパーティーをしていた。

私は病身の母と、ペットのウサギと共に住んでいた。銀行が休みの土日には、県内の大型焼肉店「近江カルビキング」にアルバイトに出かけた。そこでも駐車場の警備をした。制服のポケットには常にペンとメモ帳を入れていて、仕事に役立つことは何でもメモした。バードウォッチングをする人たちが使うメモ帳で、表紙が硬く、戸外で立ったまま、片方の掌に広げて書けるようになっている。

右膝の半月板に慢性的な痛みがあり、若い頃のように俊敏に動くことはもうできないが、私はいまでも、首尾よく警備ができる気がする。靴の底が灼(や)けつく炎天の日も、スタッドレスタイヤが行き交う真冬の夜も、私は駐車場に立っていた。若い探検家がみたアルプスけては、思い出がすべり落ちてくる。
の万年氷のように、私の心身にもこれまでのことが記憶されていて、何かの拍子に氷が溶けては、思い出がすべり落ちてくる。

ラジオではスタジオゲストの話が終わり、コメンテーターふたりによるフリートークのコーナーが始まっていた。瓶に手紙を入れて、海に流すボトルメール。そこから発想した、新しいアプリケーションが世界中で流行っているという。ボトルメールから着想を得たサービスは過去にもあったが、このアプリは登録情報やメッセージの内容を精確に分析し、本当に気が合いそうな人にメッセージを届けてくれるのだと、コメンテーターは解説した。

「安全対策も万全ですから、老若問わず、遠く離れた、しかし確実に気が合う人と、安心してテキストのやりとりができるんですよ」

「ふうん、何だか大昔の文通みたいですねえ。ちょっと原始的な感じもしますけど」

「確かにそうですね。自動翻訳はもちろんされるのですが、一ヶ月にやりとりできる人数がふたりまでなど、独特の制約があって、それがかえって受けているみたいです」

「AIネイティヴやSNSネイティヴにとっては、人工知能でもないし不特定多数の相手でもない、けっして会うことのない遠くの誰かとのやりとりが新鮮なんでしょうね」

私がとても若かったころ、マッチングアプリというものが流行っていた。近江カルビキングの駐車場で私と交代で警備をしていた松尾さんも、マッチングアプリで知り合った人と結婚した。私はお祝いに、ホームセンターで買った鉢植えの花をプレゼントした。ピンクと白の花で、幸せフラワーという札が掛かっていた。松尾さんは驚いた様子だったが、何度もありがとうといってくれた。富田さんいい人っすね、富田さんもマチアプしたらいいよ。やり方わかんないんだったら、おれ教えますよ。そういってくれたが、私はマッチングアプリをしなかった。

調剤薬局で登録してもらった、処方薬と健康を管理するためのアプリを除いたら、ほかのどのアプリケーションもしなかった。けれどきょうは九十歳の誕生日だから、これまでしたことのないことをしようと決意した。

テーブルに置いてある端末を手に取った。ＡＩを起動させ、「ボトルメールのアプリケーションを始めたいです」と伝えると、ハンドベルの音が響いて、まるい水色のアイコンが端末にダウンロードされた。それは海や川の水面を模して、きらきらと波打つように光っていた。指示に従い、アプリケーションに、端末の自分の基本情報と本人確認証を同期させる。それから、ボトルメール用の質問事項にも回答していった。

ラジオでは、コメンテーターたちがお喋りを続けている。入力を終えると、私は端末をテーブルに置いた。初めて自力でアプリケーションを登録したことで、ひと仕事終えた気持ちだった。息をつき、窓の外に目をやった。そのときだった。幕がおりるように窓ガラスが宵闇色になり、そこに、地球のホログラムが浮かび上がった。写真や映像でよく見知った、高性能のカメラで宇宙船から撮影したような、ありありとした地球の像だった。

これは何だ？　私は立ち上がり、窓辺に近づいた。ラジオのお喋りも静まっている。先ほどまで話していたコメンテーターではなく、緊張したアナウンサーの声が、機材トラブルのため一度コマーシャルを挟むことを告げた。

窓ガラスに映った地球のホログラムは、全体にほの暗かった。ごく少数のエリアがあわく光っていて、その一方で、多くのエリアが黒々としていた。日本列島もそうだった。列島のなかに、光を湛(たた)えているところと、黒く渦巻くところとがある。ホログラムは、こちらの手や視線の動きに反応して、拡大したり、向きを変えたりする。拡大してこのあたりの地図を確認してみると、私の自治体にも、黒く染まっているところと光を帯びているところとがあることがわかった。この邸宅がどちらにあるかを確かめようとしたとき、ラジオのアナウンサーが緊迫した声で速報を告げた。

「きょう午後三時ごろ、日本各地で鏡やガラスに地球のホログラムが浮かび上がる現象が発生しました。この現象は世界各地で起き、いまも持続している模様です。原因は不明です。運転中の方は、むりに運転をしないでください。繰り返します。運転中の方は……」

端末からハンドベルの音がした。ボトルメールのアプリが点滅し、瓶から手紙が飛び出した。

ボンジュール！
きょうはぼくの九さいのたん生日です。九さいになったことがうれしいです。
同じたん生日の、遠くのだれかと友だちになりたくて、このボトルメールを送ります。
おたん生日、ちょうぜつおめでとう！
あなたは、何さいになりましたか？

発信者は、南フランス在住のリュカという子どもだった。運営のセキュリティ管理のためだろう、それ以上の住所は伏せられていたが、アルプスの近くかもしれないと私は思った。窓ガラスをみると、ホログラムの地球が私の視線と同期して、ゆらゆらと揺れていた。
九歳の子どもからのボトルメールに、突如世界中の窓ガラスに出現した地球の像。九十歳の誕生日、私は何か、初めてのことができたらと願っていた。それにしても、思いがけないことが起きすぎていた。

2　フランス・ル＝シャンボン＝スール＝リニョン

日本の西部在住のHassakuから、ボトルメールの返事が届いたとき、リュカ・ポミエの胸はうれしさでいっぱいになり、ほとんど叫びだしそうだった。

返事が届いたのは、誕生日の午後だった。およそ二ヶ月ぶりの自宅だったが、家族は仕事や学校に出かけていて、家にはリュカひとりしかいなかった。リュカも学校に行きたかったが、今回の退院は、安静にしているなら家で療養してもいいと医者からいわれた上での暫定的なものだったので、それを破ることはできなかった。

リュカの一時退院にあわせて家に来てくれることになっていた祖母は、前日に市営プールで足をくじいて、来られなくなった。家族のみんなが帰って来るまではひとりぼっちでいなくてはならないことが、リュカにはこころぼそかった。

「誕生日の日に、ひとりでいる子はほかにいる？」

朝、兄に尋ねたら、そりゃいるさ、と兄はいった。

「世界は広いんだぜ？　たくさんいるよ」

「その子たちと、誕生日パーティーができたらいいのに」

リュカの言葉に、兄は、そうだな、といい、と笑った。そうしてリュカの端末で、ボトルメールの設定と登録をしてくれたのだ。

「きょうが誕生日だけどひとりでいる人に、ボトルメールを送るといいよ。リュカにぴったりの誰かのところに、きっと届くはずだから」

父と母が出かけ、兄が学校に行ったあと、リュカはボトルメールに返事が届くのを待っていたけれど、何度みても、ボトルメールのアイコンは、手紙の入った瓶がきらきらした波の上を漂っているイメージを映しているだけだった。やっぱりきょうひとりぼっちの誕生日を過ごしている人なんていないんだと、リュカは思った。

だが、学習動画をみて勉強をしているとき、端末から、突然ベルみたいな音が鳴り響いた。驚いて画面をのぞくと、ボトルメールのアイコンの瓶から、白鳥が翼を広げるみたいに一通の手紙が飛び出した。メッセージには、Hassakuという人が書いた日本語らしいテキストに並んで、フランス語訳がついていた。

リュカはうれしくてたまらなかった。Hassakuが九十歳だというのも気に入った。九十歳は自分の年の十倍だったし、あと十年後には、なんと百歳になるということだ。しかもHassakuは、リュカが初めての友だちだと書いていた。

私は子どものころ、お父さんの仕事であちこちを転々として暮らしてました。私は友だちがいませんでした。大人になってからも、やっぱり友だちはいませんでした。いま考えると、どうやって友だちを作ればよいか、わからなかったのだと思います。リュカさんはわかりますか？　もしもご存じでしたら、教えてください。

私は長く、警備の仕事をしていました。お母さんと、ホーランドロップという種類のウサギと暮らしていましたが、お母さんもウサギも亡くなりました。そのあと先生と出会いましたが、先生も亡くなりました。九十歳の誕生日に、初めて友だちができてうれしいです。リュカさんの誕生日と九歳の毎日が、どうかすばらしい日々でありますように！

きょう私の家（もとは先生のお屋敷なのですが、先生が亡くなるとき、私にくれたのです）の窓ガラスに、地球のホログラムが映りました。そのあとみたら、洗面所の鏡にも、風呂場の窓にも、地球が映っていました。

ラジオのニュースで、世界中でこの現象が起きていて、原因は不明だといっていました。フランスの、リュカさんのお家の窓にも、地球が映ったでしょうか？

窓に地球？　リュカはすぐさま自分がいる居間の窓を確かめたけれど、窓の外には、普段と変わらず、父が植えたセージやらローズマリーやらがわんさか育っている、いささか野生的な家庭菜園（ポタジェ）がみえるだけだった。
両親の寝室、自分の部屋、兄のマルタンの部屋。祖父母や親戚が来たときに泊まる客室に、浴室兼洗面所。すべての部屋の窓と鏡をくまなくみてまわったけれど、地球なんて、どこにも映っていなかった。

夜、家族が帰って来て、誕生日パーティーを開いてくれた。腸詰め（スシソン）とジャガイモは、いくらでもお代わりできるくらいたっぷりあったし、アイスケーキには、さくさくしたピスタチオのビスケットと、ショコラで作られた鳥の飾りがのっている。家族みんなが、いつもは病院にいる自分を喜ばせようとしているのが、九歳になったリュカにはわかる。

リュカは、Hassaku のメールに書かれていた、地球のホログラムのことを話した。家族のだれも、それを実際にはみていなかったが、両親と兄は、そのことがニュースで報じられたのは知っていた。

「このあたりでは何も起きなかったけれど、フランスでも、あちこちの場所でみえたようだね」

父はそのニュースを、通勤中の車のなかで、端末に入った速報で知ったと話した。それはフランス時間のきっかり午前八時に、世界で同時多発的に起きた。建物の窓や鏡。車やバス、メトロの車両のフロントガラス。メゾンやデパート（ギャラリア）のショーウィンドウに、レストランのテーブルの上にならんだワイングラス。小さなものは五センチ四方の小型端末の液晶から、大きなものはルーヴル美術館の高さ二十メートルのガラスピラミッドに至るまで、あらゆるガラス、あらゆる鏡に、地球の像が現れた。

像がみえていたのは三十分程で、その発生場所の多くが都市部だったこともあり、あちこちで混乱が生じたという。パリもそれで、一時的に全ての交通がストップした。前代未聞の現象を記録しようと、写真や動画を撮った人も大勢いたが、このホログラムはどの機器にも映っておらず、肉眼でしかみえなかったことが判明した。

リュカは、「ぼくもみたかった！」と残念がった。三十分だけ、あらゆるガラスに映しだされたという地球のホログラム。それはどんな感じだったんだろう？　どうして自分のところには現れなかったんだろう？　パリには現れ、遠く離れた日本にいる、同じ誕生日のHassakuのところにも現れたというのに！

実際に目撃した人たちは、アーティスト集団によるインスタレーションの類ではないかとか、ホログラムの地球の都市部や海洋の一部が黒い渦で覆われていたことから、環境保護団体による過激なデジタルテロなのではないかとか、さまざまな推測をしているらしい。

Hassakuさん、こんばんは。Hassakuさんは九十さいなんてすごいですね。ぼくは九十さいの友だちは初めてです。すごくうれしいです。友だちのなりかたは、しぜんになっているか、こころのなかで、友だちになろうって思うことです。

ぼくは、はいの病気で、四さいのときからよく入院しています。学校はあんまり行けないけど、学校にも病院にも、友だちがいます。ジョンとかルルとかフランソワです。イザックとガブリエルもいます。

いまは病気で、子どもだから、あんまり遠くに行けないけど、病気をなおして元気になって、十年後のたん生日に、日本に行きます。それで、Hassaku さんの百さいのたん生日パーティーをしたいと思います。

地球のホログラムは、ぼくの家にはあらわれませんでした。たん生日だから、あらわれてほしかったです。Hassaku さんのお家にはあらわれて、うらやましいです。

地球のホログラムはきれいでしたか。しゃしんにもどうがにも映らないのは、ふしぎなぎじゅつだと、パパたちがいっていました。にじとか、オーロラみたいにあらわれて、ゆうれいみたいに消えたのかなと思います。

リュカさん、こんにちは。友だちのなり方を教えてくださり、ありがとうございます。

私もこころのなかで、リュカさんを友だちだと思ったらよいのですね。リュカさんは私の友だちですから、リュカさんが四歳のころからしょっちゅう入院をしておられると聞いて、心配な気持ちになりました。今朝早くにバスと電車に乗って神社に行きました。延命長寿の大社として知られ、古くから、このあたりの人たちの信仰が非常に篤いところです。そこでリュカさんの病気が早くよくなるようにとお参りをし、病気平癒のお守りを買いました。ボトルメールの会社にお金を振り込んだら、配送会社の人が私の家に取りに来て、リュカさんのお家に送ってくれるそうなので、そのようにしてこのお守りを送ります。

地球のホログラムが現れたとき、私は写真や動画を撮ることは思いつかず、メモ帳にスケッチをしました。警備員をしていたときも、いつも制服のポケットにメモ帳とペンを入れていて、長く停車している車のナンバーやその日の天候、警備員の定期研修で習ったことやお客さまとお話ししたことなど、気になったことはなんでもすぐにメモに書いていたのです。ホログラムのスケッチは、全体のものもありますが、自分の住んでいる地域と、リュカさんが住んでいるフランスのことは拡大して、くわしく写しました。色鉛筆で色も塗りました。下手な絵ですが、私の描いたスケッチの画像をすべて、このボトルメールに一緒に入れます。

地球のホログラムはきれいでしたかと、リュカさんに質問されました。それでよく考えたのですが、私はあのホログラムをみたとき、きれいだと思いませんでした。私はホログラムをみて、小学校三年生のときに行った歴史資料館のことを思い出しました。私はお父さんの仕事で各地を転々としていましたが、そのころは岐阜県に住んでいて、学校の社会科見学で資料館に行ったのです。

そこに、空襲予告のビラが展示されていました。ずっとむかし、第二次世界大戦のときに、アメリカが飛行機から撒(ま)いたのだと、資料館の方が教えてくれました。軍需工場を数日以内に爆撃するので住民は避難するようにと呼びかけた手紙や、爆弾を落とす飛行機の写真と一緒に攻撃をする予定の都市の名前がいくつも記されたビラでした。どうしてかわからないのですが、このビラのことが頭に浮かんで、ホログラムのことをきれいだとは思いませんでした。

夜、リュカはベッドに端末を持ち込んで、ボトルメールを読んだ。Hassaku のスケッチで、リュカの住んでいる場所は南国のくだものみたいなあかるい黄色に塗られていた。

3　日本・近江八幡市

端末に内蔵されている万歩計は、一万八百八十五歩を示していた。家を出発してから、四時間あまりが経っていた。午前十時。すでに気温は摂氏三十度を超え、真夏の朝の太陽が、容赦なく照りつけている。昼まで待てば、路線バスに乗ることも自動運転のタクシーを予約することもできたが、午前中のうちに辿り着きたくて、徒歩を選んだのだった。

　早朝に出発し、こまめに休憩と水分補給をしながらの慎重な徒行だったが、それでも疲労が重たいかたまりのように身体にのしかかっていた。慢性的な膝の痛みは、突然の酷使に抗議するかのように痛みを増しており、それも私の歩みを遅々としたものにしていた。

　いま歩いているこの一帯は、一九四〇年代までは湖の一部だった。戦後の食糧不足を賄(まかな)う農耕地を作るため、一九五〇年代に湖の灌漑(かんがい)工事が始まったのだと、先生が話してくれたのを覚えている。六四年に干陸(かんりく)化され、その二年後には全国から募集された入植者たちが移り住んだ。もとは内湖だったぬかるんだ土壌の整備に、入植者たちは大変な苦労をしたらしい。それから何世代もの時を経たいま、ここは視界いちめんの農地が広がり、いまではＡＩに管理されたドローンが規則正しく飛び交って、水や肥料を散布している。

　しばらく歩いたところで、ようやく船着場の案内板が現れた。もうすぐ湖がみえてくる筈(はず)だった。私はそこから船に乗り、湖の中の島へと渡るつもりだ。わずかながら人が住んでいる島であるけれど、行ってどうするものかはわからない。私はただ、私にこの島へ行くことを提案した九歳の友人を悲しませないためだけに、歩き続けていた。

Hassakuさん、ホログラムのスケッチを送ってくれてありがとうございます。Hassakuさんのスケッチで、ぼくの住んでいるところをさがしたら、ここは黒じゃなくて、光っているほうのところでした。

フランスで黒のところは、パリとかフランスの北部とか北西部にいっぱいあって、南部だと、マルセイユとかでした。ぼくはさいしょ、人がたくさんいるところが黒で、人が少ないところが黄色なのかなと思いました。ぼくが住んでいるところも、小さな町です。町のまんなかに教会としりょう館があって、あとはパン屋さんとか薬屋さんとか肉屋さんとかがならんでいる通りがあって、だから、黄色だったのかなと思いました。

でも、Hassakuさんの地球ぜんたいのスケッチをみたら、海にも、黒いところがありました。ロシアのすこし上のほうの北きょく海とか、太平洋のまんなかとか、ほかにもあります。たんまつの世界地図で、それがどのあたりかをしょう合して、北きょく海のほうは、ノヴァヤゼムリャ、太平洋のまんなかは、マーシャルしょ島ではないかと思いました。しらべたら、どちらもむかしに、かく実けんがおこなわれて、大きなかくばくはつがあったところだとわかりました。

ぼくは、この地球のホログラムの黒い場所は、戦争の空しゅうや、かく実けんのばくはつがあったところではないかと思いました。Hassaku さんはどう思いますか？

リュカさん、こんにちは。リュカさんのメッセージを読んで、私も、もう一度スケッチを見直してみました。スケッチをしている途中でホログラムが消えてしまったので、全体のスケッチは不十分なのですが、日本や、自分の住んでいる地域については、大雑把ながらスケッチができたと思います。それでそのふたつを調べたのですが、確かに、リュカさんのおっしゃる通りではないか、と思いました。

ただ、ホログラムでは、私がいま住んでいる家も、黒いエリアに入っていました。私の住んでいる家は、私が知り合った先生が亡くなるときに私にくださった家で、ヴォーリズさんという建築家がデザインしたものです。建てられたのは第二次世界大戦が始まるより前だそうです。その古い邸宅を先生は丁寧に修復して、住んでおられたのです。このあたりには、このヴォーリズさんの建てた家よりももっと古い、江戸時代からある商人が住んでいた町屋も何軒かあります。もしも空襲を受けていたらこれらの家は存在していないでしょうし、この付近で空襲があったという話を私は聞いたことがありません。

しかし、当時、軍需工場を爆撃しに行っていた戦闘機が途中で誤って爆弾を落として行ったというようなことはあったようですし、このときの戦争でなくとも、ずっとむかしにこの場所で、爆破や破壊行為がおこなわれたということはあり得ると思います。本や記録に残っていなくてもどこかにそれが、記憶されているのかもしれません。

誕生日の日に聞いたラジオで、私はアルプスの万年氷のことを知りました。この氷のなかには、古代の微生物や動物の糞(ふん)などが凍ったまま保存されていて、何万年もの記憶がここにあるのだ、という話でした。そのように、人間が記録をしていなくても、人間のした破壊行為もどこかに記憶されているのかもしれません。

Hassakuさん、ホログラムの地球の黒いところは、かこに人間による「ばくげき」や「はかい」がおこなわれたところらしいというのは、ほかの人たちも、すいそくしているそうです。

世界中の人たちがみんなで意見こうかんができる、パサージュという名前のけい示板があって、じっさいにホログラムをみた人たちがみたときの記憶をもとに話しあったり、Hassakuさんと同じようにスケッチをした人たちが投こうした絵をみたりして、そう話しているそうです。お兄ちゃんが教えてくれました。けい示板では、このホログラムは、どこかのそしきがしかけた、平和へのアピール活動ではないかといわれているそうです。

でも、ぼくは、このホログラムは、Hassaku さんが教えてくれた、空しゅう予告のビラのようなものなんじゃないかと思いました。このホログラムの黒いところに、これから何かがおきるから、ひなんしなさいという、メッセージだと思いました。だから、光の色の場所には、このホログラムはあらわれなかったと、ぼくは思います。

Hassaku さん、お返事をもらう前に、またメールを出してごめんなさい。ぼくはねる時間だけど、ねむれなくて、こっそりこのメールを送っています。Hassaku さんが送ってくれたスケッチを、あした、お兄ちゃんにたのんで、パサージュにのせてもらってもいいですか？

それと、Hassaku さんの教えてくれた、空しゅう予告のビラのお話も、文字と音声で、みんなに教えてもいいですか？　ぼくは、黒い場所に何かがおきたらこわいから、みんなにひなんしてほしいです。Hassaku さんのお家も黒い場所だったから、Hassaku さんにもひなんしてほしいです。

リュカさん、パサージュというところに載せること、もちろん私は問題ありません。私のスケッチは不正確なところも多いでしょうから、そのことも、どうぞ皆さんにお伝えください。

あの地球のホログラムをみたとき、確かに私は、小学生のときに歴史資料館でみた空襲予告のビラを思い出しました。ホログラムが何かの警告なのかどうかはわかりませんが、リュカさんが私に避難してほしいといってくださったこと、ありがたく思います。

リュカさんは、とてもやさしい方ですね。しかし私はもう九十歳ですから、このまま先生がくれたこの家で、いつ寿命を迎えてもいいのです。リュカさんは九歳で、本当にやさしい方なのですから、早くご病気がよくなって、お元気に愉しく過ごしてほしいです。

Hassaku さん、きょう国さいゆうびんで、お守りがとどきました。ありがとうございます。赤と金で、すごくきれいです。家族のみんなにもみせました。ママは「まあ（オーララ）、なんてきれいなの！」と感げきしていました。
Hassaku さんは、九十さいだから、ひなんしなくてもいいと書いてたけど、ぼくは Hassaku さんに百さいになっても生きていてほしいです。十年後、Hassaku さんの百さいのたん生日パーティーをしに、日本に行きたいからです。Hassaku さんのスケッチをみたら、Hassaku さんの住んでいるところの近くにも、たくさん光の色の場所があったから、そこにひなんしてほしいです。

Hassaku さんの家から湖に向かうところはだいたいが光の色だし、湖の中にある島も光の色です。この島のはしのところに、小さな黒の点々があって、それがすこしふしぎです。そこでなにか「はかい」があったのかな、と思います。でもこの島はきっと安全だから、Hassaku さんに行ってほしいです。

Hassaku さん、またメールを送ってごめんなさい。お兄ちゃんにたのんで、パサージュに、Hassaku さんのスケッチをのせてもらいました。空しゅう予告のビラのお話も、のせてもらって、これは黒いところからひなんするようにというメッセージだと思うということも、テキストと音声でみんなに伝えてもらいました。だけど、「あり得る」という人もちょっとだけはいたけど、だいたいのみんなはあきれていました。「めいわくなもうそう！」と怒っている人も、「だれがこうげきしてくるって？　エイリアンか？」と笑っている人もいました。

Hassaku さんもそう思いますか？　ぼくが湖の島にひなんしてほしいといったから、Hassaku さんは、本当はあきれて、こまっているかもしれないと思って、メールを書いたことをこうかいして、かなしくなりました。

湖がみえた。私は坂道をくだり、船着場へと向かった。ちょうど島へと渡る通船が停泊していた。自動運転のその船に乗り込むと、冷房が効いていて、生き返った心地がした。水を飲み、人ごこちがつくと、船窓に広がる美しい湖面と、そこをいままさに自分が渡っていることに、新鮮な喜びが湧きおこった。

スケッチをしようとして、写真のほうがいいと思い直し、端末で撮影をした。

リュカさん、こんにちは。私はいま船に乗って、島に向かっています。
湖はとてもきれいです。またボトルメールをお送りします。

それだけ書いて、撮ったばかりの写真と一緒に送った。いまフランスは午前三時過ぎだが、リュカさんが目を覚ましたときに、この写真とメールをみてくれたらよいと思った。

地球のホログラムが、黒い場所からの退避を促す警告であるというリュカさんの推測について、私はあり得るともあり得ないともわからなかった。世界も人間もわからないことばかりというのが九十年を生きた私の実感であり、また、先生のあの家で、いつ寿命を迎えてもいいという境地であるのも事実だった。

だが、私が移動することでリュカさんの気持ちが軽くなるなら、そして九十歳の友人が自分の推測を信じたとリュカさんが感じてくれるのなら、私は島に行きたいと思った。

船は十分とかからず、島の港に到着した。何人かの島民や観光客と共に島に降り立った。半世紀以上住んでいた自治体にある島だが、私はここに来たのは初めてだった。湖を渡っただけなのに、島の風景は街とはまるでちがっていて、とても遠くに来た気がした。リュカさんとボトルメールで知り合わなければ、生涯来ることはなかったのかもしれない。そう思うと、リュカさんに感謝したくなった。

港の前の小さなカフェに入り、「島のブランチセット」を注文した。桜色のビワマスの刺身と魚卵の醤油漬けがのった丼を食べ、つめたい麦茶を飲んだ。初めて食べたビワマスは美味だった。店主は三十代くらいの女性で、島の生まれであるということだった。以前は対岸にある役所で働いていたが、何年か前に島に戻って、店を開いたという。幼馴染が漁師になったので、魚も獲れたてのものを、彼から買いつけている。そんな話を聞いていたら、当の漁師がアイスボックスを抱えてやってきて、日に灼けた顔をほころばせて、私に挨拶をしてくれた。レンさんという名前だということだった。

私はふたりに、地球のホログラムをみたかどうかを尋ねた。各地でその現象が起こっていた時間、店主はこのカフェに、レンさんは湖上にいたが、ふたりともみなかったという。

「少なくとも島にいたひとたちは、誰もみていないと思います。ホログラムの地図上で光の色だったところには、現れなかったのではないか、といわれているみたいですね。このあたりが光の色だったのかどうか、ホログラムをみていないのでわからないのですが」

「私は自宅でホログラムをみて、スケッチをしたのですが、確かにここは光の色でした。ただ、島の端のほうに黒い点々があったのです」

私がメモ帳をみせると、店主はうなずいた。

「これはむかしの石切場だった場所ですね。いまは何もないですけれど」

「戦争のときに、この石切場に爆弾が落ちたことはあるでしょうか」

「ないと思います」

「では何かの爆発とか……」

いいながら、私ははたと気がついた。

「石を切り出すときにダイナマイトが使用されていたとか？」

ああそれなら、とレンさんがいった。

「じいちゃんに聞いたことがあります。むかしはダイナマイトを使って大きな石を割っていて、石切場には火薬庫もあったって」

私はふたりに礼をいい、かつての石切場の正確な場所を教えてもらった。島の反対側の山の上にあり、行くことはむずかしいが、離れたところからみることならできそうだった。

島の裏側にまわり、湖に面した道を歩きだしたときだった。どどどどどどという轟がした。どどどどどどと、音はこちらに近づいてくるように徐々に大きさを増していき、天空から巨大な鉤爪のようなものが突き出してきた。氷かガラスのように透明なその爪は、石切場のあった山を深く抉りとった。その振動が地面を伝わって、道がぐわんぐわんとうねった。風が凄まじい音を立てて吹きすさび、凪いでいた湖面に高い波が立って激しく揺れる。湖岸のはるかかなた遠方の空にも、いくつもの透明な爪が突き出している。

私は道にへたりこみ、その光景をながめた。臓腑にまで響いてくる轟音と、道をうねらせている振動とを全身に受けながら、もう何十年も前、初めて先生に会ったときのことを思い出していた。

銀行の駐車場の前を、電動キックボードに乗った若者が通り過ぎ、歩道を歩いていた高齢者に接触しそうになった。駐車場の入り口に立っていた私は、とっさに高齢者を庇おうとして転倒した。その高齢者が、先生だった。先生は、すぐ近くで病院をしているのだといった。固辞する私を説得して自分の病院に連れて行き、応急処置をしてくれた。

私の右膝はひどく出血していた。先生は膝を洗い、先のとがった銀色のピンセットで、傷口から小さなガラスの欠片を取り除いた。するどい痛みに目を閉じた私に、

「怪我は、身体が異物からの暴力によって破壊されている状態なのです」といった。

「異物を取り除き、消毒をして膿を出し、時間をかけて、傷をもとに戻していくのです。それには痛みが伴います」

いま目の前で繰り広げられているこの光景も、人類が長年にわたっておこなってきた放埒で膨大な暴力の報い、地球治癒のための治療なのか？　わからなかった。わからないいまだった。いま起きていることのことを、ボトルメールでリュカさんに知らせなければと思うけれど、端末の受信電波は途絶えていた。地鳴りのような音が響く。地面が脈打つように上下する。地球は生きている。怪我をして傷ついた身体と同じように、地球も激しい痛みにもだえている。ホログラムの、日本列島にも世界中にも無数にあった黒い渦、それは私たちが積極的につけてきた傷口だった。どどどど、どどどどと抉られていく地球を前に、私は膝の治療を受けたあの日のようにかたく目を瞑る。

十年後、壮健な青年となったリュカさんが、赤と金で彩られた小さなお守りを手に、この島へとやって来る。会ったことのないリュカさんの、その姿だけをただ、祈るように想像した。

アネクメーネ

長谷川京

地磁気変動の影響で、人類の多くが方向感覚喪失症を発症した世界。巨大デジタルマップ企業が、ある遺伝子学者に接触した理由は？

長谷川京（はせがわ・けい）は、一九九一年、静岡県生まれ。二〇二三年、『障害報告：システム不具合により、内閣総理大臣が40万人に激増した事象について』（anon press）でデビュー。ゲンロン大森望ＳＦ創作講座五・六期。その他の作品に、「帰ってくれタキオン」（小説すばる、二〇二二年十二月号）、「極道會襲名式〈ヤクザバース・トランザクション〉」（anon press）がある。

1

「あなたが最初に迷ったのは、いったい、いつの頃ですか？」

その声で浅い眠りから覚めると、どこからか漂ってきた寒冷用のオイルの甘い匂いが鼻を突いた。

車内にはタイヤが雪面を切り裂く轟音が響き続けていて、よくぞ微睡めたものだと、自分で自分のことを感心してしまう。

自動運転のこの車の中では、僕の他に乗組員はひとり。心理地理学者を名乗る、大企業アトラスから派遣された、この饒舌な案内人のカラバンだけ。

「二〇〇〇年代からのモバイル端末の爆発的な普及により、人びとは自分専用の地図をポケットに入れて持ち歩きはじめた。少し前までは、道程を知るには不親切な紙の地図に頼るか、人に尋ねるぐらいしかなかったのに、技術の進歩によって、誰であろうとどこであろうと、目的地まで最短ルートで到達できるようになった」

殺風景な後部スペースの中、カラバンは毛布に身を包み、微笑みを向けてくる。

「つまり、二十一世紀初頭に〝迷い〟は、人々から消え去ったというわけですね」

思わず顔を顰(しか)めそうになるのをなんとか抑える。迷いが消えた、だなんて軽率に言えるのは、僕とは違い彼がいまだ方向感覚喪失症を発症してないからだ。

僕はひと呼吸だけおいて切り出す。「けど、その時代がいま崩壊を迎えかけている」

「そのとおり」カラバンは思慮深そうに目を細めると、再び口を開く。

「だからこそ七瀬(ななせ)さん。あなたにはこの地球の果てまで、ご足労いただいたわけですから」

世界中のデジタルマップを開発する大企業であるアトラスが僕に接触を図ってきたのは、今から半年ほど前のことだった。

上野にある自宅にずっと引きこもり続けていた僕のもとに「特許事務所に来客が」と連絡が来たのが、事の始まりだ。

「ご自宅にお車をお呼びしましょうか?」電話をくれた秘書は僕の身を慮(おもんぱか)ってくれた

が、未だに僕は自身の症状を認めるのが嫌で「数分だし、歩いていくよ」と固辞してしまう。

だけど、やはりそれは過ちだったとすぐにわかった。長年住みなれた住宅街の真ん中で、僕は一歩たりとも動けなくなったからだ。

焦燥感から一切の考えが霧散していく。今、自分のいる場所がうまくイメージできない。まだ軽症の内だと思っていた病は、気づけばかなり悪化していた。

まるで、風景の画像を内側に貼りつけた筒に閉じ込められるような恐怖に必死に抗いながら、鞄からスマホを乱暴に取り出しアプリを起動して、東京では当たりまえとなった無人運転のタクシーを呼び出す。日本の自動車会社と、アトラスが共同で開発したものだ。ものの数分で到着したその車に、転がり込むように乗る。震える手でシートベルトを装着し、自動音声のアナウンスが免責事項を淡々と述べるのを聞き流しながら、息を大きく吐く。

これで無事に目的地にたどり着ける――はずだったが、運転席のディスプレイに映った地図には時々ノイズが入り、そのたびに道順の再計算が起きて、車は同じ道を何度も彷徨う。

まるで僕の病気が車に感染したようだ。今世界に広がっている、自分ひとりの力だけでは、どこにも行けなくなるこの病が。

「遅くなり、申し訳ありません」

予定の何倍もの時間をかけ事務所に到着し、遅刻を詫びながら応接間に入ると、ソファに男がひとりで鎮座していた。

その男――カラバンは「お構いなく」と言い、向かいに座った僕に微笑む。見かけは五十過ぎ、小柄ながら筋肉質で、長い間、厳しい環境に身を置いていたことを窺わせる。

「七瀬さん、あなたの保有する特許を、ぜひとも我々にお譲りいただきたい」

彼は挨拶もそこそこにバッグからタブレットを取り出し、画面に契約の詳細を映し出した。

そこに示された莫大な金額と、権利の譲渡にまつわる誓約文をひと目見て、つい眉間に皺を寄せる。

「それは譲渡ではなく、期間を区切ってのライセンスの付与という形では難しいのでしょうか？」

「残念ながら」カラバンは顔を顰める。「倫理規定にあるように、所有権のない権利で、人の治療技術への応用は禁止されているため――」

「つまりあなたたちは、何らかの遺伝子的な治療を行うというわけですか？」

僕らの開発した特許技術は、遺伝子間の相互作用ネットワークを機械学習システムによって効率的に解析することで生物の情報を読み解き、その祖先の持つ特徴を詳らかにする、というもので、とても基礎的な研究以外に応用できるとは思えない。

訝しげな僕に、カラバンは伸ばしっぱなしのあごひげを撫でながら言った。

「七瀬さん。あなたを信じてお伝えします。私たちは方向感覚喪失症を治療する手がかりを、ある地で見つけました。その解明のため、あなたのもつその一連の特許が必要なんですよ」

肝心な部分はぼかされたものの、理由はわかった。だが、僕はその譲渡を受け入れるわけにはいかない。

「これは共同研究者の宝木がいなければ、完成しなかったものです。故に、僕の判断だけで、お渡しするとは、どうしても言えませんね」

そう伝えると、カラバンは悲しそうに顔を歪める。

「しかし……非常にお伝えしづらいのですが、宝木さまは、すでにお亡くなりになられていると思うのですが」

言葉につまる。学生時代からの悪友だった宝木は、すでにこの世にいない。それはどうしようもない事実だ。

「ですので、七瀬さん。法律上の権利保有者は、少なくともあなただけです。ご学友への思いは理解しますが、私どもは、今生きているあなたとしか交渉ができないのです」

僕は無言のまま彼を睨(にら)む。その沈黙を無理やり破るように「これはまだ公にされてない情報なのですが」そう前置きして、カラバンは話しはじめた。

「ここ最近で、地球の磁気の変異はさらに悪化しています。わずか数週間で地球大気を構成する電離層の電子密度が極端に変異し、GPS衛星との通信にも悪影響を及ぼすようになってきました」

ここまでの道中でも心当たりはあるでしょう。見透かすようにそう言って、カラバンはさらに続けた。

「この傾向がこれから先、どうなっていくかはわかりませんが、宇宙からの位置情報が使えなくなる可能性は無視できない、そうなれば、人間の方向感覚だけが唯一の指標となる可能性はかなり高い」

それは脅迫のようでもあった。少しでも考える時間を稼ごうと、僕は首元のチェーンを手繰(たぐ)りよせる。その先にくりつけてあるのは、ペンダントでも時計でもなく、宝木の形見の方位磁石(コンパス)。

しばらく掌(てのひら)のなかの思い出の品を眺め、小さくため息を吐く。

北と南を指すはずの針は、地磁気の乱れの影響のせいかくるくると回り続けている。

その動きをじっと見ていると、元の持ち主である宝木の笑顔が自然と頭に浮かんだ。学生時代の頃から死ぬまで、あいつから何百回も言われてきたことを思い出す。

『お前はいつも判断に迷うよな。なら、不安なときは常に一次情報に当たれ、実際にその目で見て、本当かどうかをちゃんと確かめろ』

その口癖は僕にとって、遺言のようなものだ。

やっと覚悟を決め、口をひらく。「なら、その証拠を見せてください」

「証拠ですか？」予想外の答えだったのか、カラバンは少し目を瞬く。

「はい。果たして僕らの特許をお渡しする意味があるのか、この目で見てから判断したいのです」

「その情報は部外秘に加え、物的な証拠は極めて遠い場所にあります。この状況下での移動は、かなりの時間と危険が伴いますよ」

カラバンの否定的な言葉にも、僕は臆さずに応える。

「構いません。どれだけ遠かろうが。僕は自分で見て判断したい」

するとカラバンは途端に表情を変え、微笑みを向けてきた。

「そこまでおっしゃるのならば、ご案内いたします。地球の果て。七千キロ離れた、北極圏まで」

2

大学時代に僕が住んでいた学生寮では、新入生歓迎の伝統行事として、五月になるとある奇妙な催しが開催された。通称、深夜のキャンパスツアー。そのイベントが、僕と宝木の出会いだった。

その行事の概要はこうだ。新入生は学内の一角にある、地下につながる通風口に集められる。そして二人組で中に侵入し、数キロ先にある、先輩たちが指定した〝秘密の部屋〟までたどり着くまでを競う、というもの。

だが、入学したばかりの学生が目的地に到達するのは、ほとんど不可能といってよかった。僕らが通っていた大学は、歴史だけはとにかく長く、建物や設備は一世紀以上前から継ぎ接ぎで改修が施されてきたせいで、内部の構造は複雑に絡みあっていたからだ。

宝木は出会った頃から変なやつだった。ペアを決めるクジの結果、一緒に迷宮を攻略することになった彼は、まったく怯むことなく暗闇の通路の中に突入していき、縦横無尽に張り巡らされた空調のパイプやダクトを横目に、ほとんど逡巡せずに進み続けたのだ。

「なあ、なんで一回も道に迷わないんだ」確信を持って先へ進む宝木を不審に思った僕は、幾度目かの分かれ道のあと背後から尋ねてみた。

するとと、宝木はその質問を待っていたかのようにおどけて「実は、このゲームには必勝法がある」と言いながら、手に持った方位磁石を僕に見せた。

「人がよく通ったような気配がある方向に、あらかじめ砂鉄を撒き散らしておいたんだよ」

「てことは、何度もここに潜りこんだのか」

とても信じられなかった。地下じゅうに張り巡らされたこの通路は想像以上に危険で汚く、こんな狭く湿った迷路に、たかがお遊びのために何回も潜りこむなんて、労力にまったく見合わないと思えた。

「他の奴らは、先輩から聞き出したルートのメモを隠して持ち込んでいたぞ」僕がそう指摘すると宝木は振り向き、爛々と輝く瞳で見つめてきた。

「んー、でもさ、こういうのって、自分で一から全部見つけたほうが、断然、面白いよな。俺、裏技は好きだけど、ズルは嫌いなんだよ」

この手荒い歓迎会が終わって以来、僕の人生の中での変人ランキングで、宝木は不動の一位となった。

ひねくれているようで実直な人間。そんな矛盾した印象を与える不思議な男は、彼以外に、いまだに出会ったことがない。

意外だったのは、宝木の方もなぜか僕のことを特別気に入ってくれたことだ。

その腐れ縁は互いに博士課程に進んでからも続き、出会ってから十年後には、まるで学生生活の延長のように、ふたりで独自の遺伝子分析用の解析ソフトウェアを提供する事業を立ち上げた。

だが宝木のバイタリティはそれだけに収まらず、自分の研究を続けながらも、量子物理学、情報工学、応用数学など分野を超えた人脈を広げていった。

彼の持つ底なしの好奇心とその行動力について考えると、どうしようもなく悲しくなる。

その性格のせいで、五年前、海外で行われた学会に招待され、その途中、飛行機事故で命を落としたのだから。

一緒に開発した技術の特許権利一式と、キャンパスの迷宮を攻略したあと「記念品だ」と手渡してきた方位磁石を僕に残して。

北の果てをひたすら進む車中は、相変わらず雪と氷を切り裂く轟音で満ちている。

不意に車窓に目を向けると、遠大な景色が広がっていた。極地特有の薄暗がり、銀と灰色だけの世界。唯一空だけは例外で、天幕のようなオーロラがかかっている。

「それでね。地磁気というのは、いわば、地球の言語のようなものですよ」

カラバンがまたお喋りをはじめる。不快極まりない。

「地磁気変動（エクスカーション）の周期は約数万年規模。その壮大な時間スケールの中で、動物たちはこうした地球のダイナミズムを必死に解釈しながら、進化を続けてきたわけです」

話を早く終わらせようと僕は先を続ける。「そして、五年前の二〇三〇年ごろから、磁場の局所的な不安定化について、いくつかの国や機関から報告が上がりはじめた」

つまり、宝木の事故とほとんど同じ時期に。

綿密な調査のあと、彼の巻き込まれた飛行機事故も、地磁気の影響による計器異常が遠因とされた。

「そうです。加えて、方向感覚喪失症の症例報告が増加したのも、ちょうどそのころ」

カラバンの言う通り、時を同じくして世界各地で方向感覚喪失症の症例報告が増えはじめ、さらに奇妙なことに、その地理的分布は磁場が局所的に不安定化したスポットとほとんど一致した。

僕はポケットから針の回り続ける方位磁石を取り出す。壊れたのは地球か人か、それはわからない。だけど――

「地球の極に向かっているということは、アトラスでも方向感覚喪失症の原因がこの変動イベントだと考えている、というわけですか？」

「磁性というのは、量子力学の原理を前提としないと論理的に導けない現象です」カラバンは会話を楽しむように目を細める。「鳥が地球磁場を利用して方位を知る際に、量子的な現象を利用していることはよく知られています。ならば同じように人の内部でも、極めて微小な現象が脳内では起きているのかもしれない」

その返答とほぼ同時に、ノイズ混じりの定期交信が車中に響き渡った。その切れ切れの音声はなんとか聞き取れるといったところ。

僕らの旅が始まってからのここ数ヶ月で、すでに通信ネットワークは悪化の一途を辿っている。地磁気の変動が引き起こす過電流が地上の基地局の多くに支障を与え、さらに悪いことに、大気圏の荷電子が軌道上の人工衛星のいくつかに衝突し、ソフトエラーや物理的な損傷のせいで墜落を始めたからだ。

明らかに地磁気の変動は大きくなっている。その現象に歩を合わせるように、方向感覚喪失症の患者数も数百万人規模へと激増していた。

旅が進めば進むほどに、まるで地球が散り散りになり、僕らは広大な雪の大地から二度と出られない──そんな不安が押し寄せてくる。

「ご安心を。ここまでの経路の履歴は、この車の内部に保存されていますので。たとえすべての通信が途絶えても、帰るにはなんの問題もありませんよ」

通信を終えたカラバンは、僕の不安を察したのか優しく語りかけてきた。

その瞬間、全身に衝撃を受ける。なにもない雪原で、車が突如として停止した。

反射的に自分の端末からアトラス製の地図アプリを開く。だが、表示された現在地には、地名の代わりに三桁のステータスコードが表示されている。

「画面に404とでています。この一帯は地図にない場所のようですが」不安を押し殺しながら、カラバンに尋ねる。

「いえ、予定通りです」焦る僕とは対照的に、彼は淡々と応える。

予定通り？　「ということは、通信の問題ではないと」

カラバンは頷く。

「ただし、ここから少し歩いて移動します。まずはこれを着てください」そう言って、床の収納スペースから荷物を取り出した。

「これは？」

「特製の防寒着です。断熱材がマイナス五〇度程度までカバーするとともに、内部に特殊な金属繊維が編み込まれています」

宇宙から飛来する有害な放射線は、地球の極に近ければ近いほど地表まで届きやすい。ただでさえ地磁気が不安定な今、宇宙線の集中豪雨による細胞やＤＮＡの破壊から身を守るため、防護服が不可欠であることはわかる。

だが手渡された服には、なぜか口元にエアフィルターも組み込まれていた。当然、気になりはしたが、カラバンに急かされ、無言のままその防護服を着用する。

僕が着替えを終えるとカラバンは車の壁面に設置されたボタンを押して、後方部のドアロックを解除した。

突如として広大な景色が飛び込んできて、劈(つんざ)くような耳鳴りがした。すぐに目をつぶるが、喉の奥から苦味が溢れ出て、五感が混線しクラッシュするような怖気が湧き出てくる。

方向感覚喪失症が襲いはじめた証だ。

今回の症状は今までで一番ひどい。この長い旅のなかで、僕の病はかなり悪化していた。

「ひっぱりますよ」防護服に備え付けられた無線を介し、カラバンの声が響いた。

すぐに腰のあたりに強い力が伝わってくる。合成繊維で編まれたロープで僕と自身とを固定し、無理やり動かしているのだ。

為されるがまましばらく進むと、少しだけ身体が和らいでくる。

おそるおそる目を開けると、雪のなかにできた塹壕のような隘路を進んでいるとわかった。

「気をつけてください。方向感覚喪失症は、ただ道がわからなくなるだけじゃない。悪化すれば、幻聴や錯覚さえも襲ってくるようにもなる」カラバンがぽつぽつと話しはじめる。「なぜかといえば、人の脳の中には、極めて複雑な地図のイメージが形成されているからです。他の動物と違い、人間はユークリッド的な距離空間で生活しているわけではない。私たちは極めて歪んだ主観の中で、漂流を繰り返しながら生きているのです」

彼いわく、ヒトの内なる地図は喩えるならばゴム上に描かれた絵のようなもので、感覚次第で変化する位相図なのだという。

「方向感覚喪失症を患うとね、そのゴムがちぎれたような状態になり、脳にさまざまな障害を与えるんです」

そう言うとカラバンはまた無言になり、雪洞をゆっくりと進んでいく。

ここまで来て、僕はやっと違和感に気づく。こんな複雑に絡まりあった通路にもかかわらず、なぜ彼は道に迷わないのだろうかと。

「さっき、あなたの地図に４０４が出た件ですが――」しばらく進んでから、カラバンはまた口を開いた。

「実際はね、ステータスコードで表すならば、４０３。このあたりは一般の方には閲覧権限がない場所なのですよ」

彼は歩みを止めないまま、腕に装着した端末を僕に示してくる。

「ほらね、私の地図にはちゃんとこの場所が映っている。でしょ？」

僕は愕然とする。つまりアトラスは、自分たちの提供している地図を歪めているということだ。

「しかし……」僕は切れ切れに言葉を続ける。「意図的に……情報を改変するのは、倫理に……悖るのではないのですか？」

僕の抗議に、カラバンは悪びれることなく言う。「重要な拠点を地図の上から消すのは、古来からの権力者の常套手段ですから」

自分の知らない手がかりを頼り導かれるこの状況は、宝木と出会った、深夜のキャンパスツアーをどうしても思い起こさせる。

けれど、あの不正を嫌う彼ならば絶対に、アトラスのこの行いに激怒するはずだ。

収まったと思ったパニックが、再び襲ってきそうになる。

なぜ、病気の治療法がこんな地球の端にあるというのか。なぜ、アトラスはそれを執拗に隠すのか。この先にあるのは、いったいなんなのか。

せめて今この一瞬だけでも、死んだ親友と話せたら。そう願わずにはいられない。

3

「もともとの計画では、ここはコンピューティングリソースを管理するための場所になる予定だったんですよ」

目的地であるアトラスの基地にたどり着く。建物内の樹脂を固めて作ったような通路を移動しながら、カラバンはこの基地の本来の目的について解説した。

「こんな場所にですか？」

「今のハードウェアならば、メンテいらずで長時間の稼働が可能ですし、ここなら冷却設備が不要なことに加え、基地周辺の積雪対策を施したソーラーパネルである程度の電力を賄えるのでね。実際、外部からの供給が途絶えて無人になった今でも、まだいくつかは動き続けていますよ」

そう言われると、どこからか電子機器の高周波音が聞こえてくるような気もする。

「ここです」

導かれるままに歩き、気づけば僕は、厳重な扉の前に立っていた。

「まだ防護服のマスクは外さないで。大昔の細菌も一緒に冷凍保存されているかもしれないので」カラバンはそう警告して、扉の電子錠をカードキーで解錠する。

幾枚もの扉で隔てられたその内側には、真っ黒いなにかの動物の遺骸が整然と並べられていた。そのどれも損傷が酷く、絶叫の表情で固まっている。

「これらは、この基地の近くの氷の中から偶然採掘されたものです」カラバンは僕に告げた。

アトラスが地図を欺いてまで隠していたものの正体。

それは、ヒトの遺骸だった。

そのあと、カラバンは事務室のような狭い部屋に入り、そこでやっとマスクを外すとソファーに座って、僕に語りかけてきた。

「さきほどの遺骸は、現生人類であるホモ・サピエンスと異なる種です。双方の遺伝子を比較しその塩基配列の置換数を算出した結果、我々と分岐したのは、おそらく四万年ほど前」

「四万年前……たしか、その時期は」彼と少しでも距離を取ろうと、僕は近くにあったデスクの椅子に腰掛ける。

「そうです。地磁気の変動イベントのひとつである、ラシャン・エクスカーションの最盛期とちょうど重なります」

「つまりあれは、そのころに生きていた、僕たちの祖先だと？」

カラバンは頷く。「それだけじゃない。かれらと私たちとは、APOE4遺伝子など、いくつかの遺伝子に対して、有意な違いが見受けられる。七瀬さん、来るまでに話した、ヒトの内なる地図について覚えていますか？」

僕が首肯すると、カラバンは満足げに微笑んだ。

「私たちは自分の見たことがない景色や場所を思い描ける。だが、我々のもっとも稀有な能力は、そのイメージを人に伝えられることなんです」

カラバンは立ち上がり、ゆっくりと僕に近づく。

「ヒトは旅する中で、自分のまだ知らぬ土地について、その地に住まう者から学び、さらに遠くへと向かうことができた。そうやって出会いと別れを繰り返すことで、人類は何万年もかけて世界中を移動し続け、生存圏をゆっくりと広め、着実に繁栄した」

「……だが、地磁気の異常は過去にもヒトの脳の機能に障害を与え、その移動を不可能にした、と？」

「そう。それを克服するために、この地の一部のヒトには、地球の変化にも耐えるような個体が突然現れた。我々はそう推察しています——ならば、今生き残った私たちの遺伝子にも、その力がどこかに眠っているはずだ」

僕は我慢できずに尋ねる。

「だとして、その事実を独占して、いったい何をしようとしているんですか？」

「ここが計算リソースを管理する施設だったことからもわかるように、地図の経路計算というのは、膨大な計算資源を必要とします」カラバンは近くに置いてあるPCを軽く叩く。

「偶然、大昔のヒトの遺骸を発見した時、私どもは考えたのです。自分たちの保有する計算リソースを応用すれば、過去の人類の遺伝子を解明するだけでなく、方向感覚喪失症に罹（かか）った一人一人に最適化した治療を提供できるはずと」

僕はやっと納得がいく。「そして、そのために僕らの技術が必要だった」

「その通り。私たちの組織の力を結集させれば、治療が必要な地球上の人間の遺伝子情報を集めることは不可能ではないはず——どうでしょう。この計画に協力していただく、ご準備のほどは」

カラバンの言う通り、僕が協力すればたしかに、人びとの迷いは克服される。

だが、究極の個人情報である遺伝子情報を手に入れたかれらは、いずれ必ず、自分たちの意に沿うように、その技術と情報を使って人びとの自由を縛りつけはじめるだろう。地図を自分たちに有利な形に書き換え、この発見を独占しようとしているのがなによりの証だ。

僕は、自分自身の意思をはっきりと告げる。

「この未曾有の災害を利用して、権力を強めることしか考えてないあなたたちには、力を貸さない」

カラバンは信じられないというように首を振る。

「七瀬さん。あなたは、自分が今いる場所がどこか、はっきりとわかっていますか？」彼はそう言って、足元を指し示す。

けれど、どう脅されようが答えは変わらない。僕には友を裏切るような真似だけはできない。

「申し訳ないが、僕ら、裏技はよくても、ズルだけはしたくないんですよ」

4

何ヶ月もかけてたどり着いた目的地での滞在は、ものの数時間ほどで終わった。

吹雪が迫っていることを基地内部の通信により知った僕らは、この場でそれ以上は言い争わず、すぐに帰路につくことにしたからだ。

その帰りの車内で僕はカラバンに言う。「ここで知った秘密は厳守します。必要なら何枚でも秘密保持の誓約書にサインをしますよ」

だが、投げやりなその言葉とは裏腹に、実際は迷っていた。果たして本当にここで見たものを黙っていていいものかと。

思案に耽(ふけ)っていると、カラバンが答える。「いえ、もうこれ以上は不要ですよ」

僕が顔を上げると、彼は揺れる車室の内で突如として立ち上がり、前方へと一歩、二歩進む。

「どういうこと……」僕がそう口にした——途端、車の後方で爆発のような巨大な音が聞こえ、全身に激痛と衝撃が奔(はし)る。

吹雪の中、後部扉が開いたのだ。

「こういうわけです」

僕は強烈な力で全身を押され、その扉から凍える大地に転がり落とされた。

刺すような痛みと無限の恐怖が、じわじわと身体を支配してくる。

幸いにも防護服は着用したままだったが、装着が甘かったせいで雪が服の中に入ってきてしまい、燃えるように熱い。

混乱の中、手探りで這うように移動するが、意識は混濁し、死へと直結する眠気が身体を支配しようとしている。

暴風に耐えきれず、雪の中に倒れ込む。衝撃のせいで、胸の衣嚢に入れていた大切な方位磁石が転がり出る。

なんとか拾い上げようと、必死に手を伸ばそうとした瞬間——視界が回転する。雪で覆われた地面の境目に転がり落ちたのだ。来る時、カラバンに引き摺られた行路に。

痛みに耐えるさなか、視界の隅にはなにか黒い影が動き回っているのが見えた。その幻影に、焦点が合う。僕は息を飲む。

目の前に現れたのは、一匹の猿だった。

その猿は、剝き出しの野生でこちらを睨み、威嚇するような表情をしたかと思うと、すぐに興味を失ったかのように目線を逸し、骨ばった矮軀を躍動させ通路を進んでいった。

いうまでもなく、こんな極寒の地に猿がいるわけがない。これが病に侵された僕の脳が生みだした妄想であることは疑いようもない。

でも僕は、凍えきった足を少しずつ動かしながら猿を必死に追う。それが生き抜く唯一の手段であると、どこかで確信したからだ。

そんな僕の姿がひどく無様だとでも言うように、時折、猿はこちらを振り向き、茶色い犬歯を見せ嘲笑ってきた。そのたびごとにマスクを突き抜け、獣の臭いとなにかが発酵する香りが僕の鼻孔を刺してくる。

妄想の猿は、複雑に枝分かれしている雪洞をひとつ先に進むたびに姿を変えていく。四肢は伸び、頭は肥大化し、体毛は少しずつ剝がれていく。機能を一つ増やし、減らし、身体を組み替え続けていく。

気づくと僕は、先程までいた基地にたどり着いていた。

すぐに残った燃料を燃やしながら、最低限の凍傷の処置をし、食料をゆっくり口に含む。そして悴んだ指にも血の気が戻ってから、基地に残った物資を確認する。

おそらく食料と燃料は、数日はもつ。だけど、僕はここでじっと待つつもりはない。

凍えた足を引きずりながら、僕は基地内部に併設された計算リソースの管理室に入る。冷気と暖気が混じり合う暗い部屋の中で、手探りで床に転がっているディスプレイとキーボードを摑み取り、音を頼りに生き残ったサーバーを見つけ、絡み合ったケーブルをかき分けて端子を接続する。

外部との通信が可能か確認するためのリクエストを送ると、数秒あとに応答があった。ネットワークはまだ死んではいない。だったら、まだやれることはある。

僕はさらにいくつかコマンドを打ち込み、知り合いやオープンアクセスのフォーラムの内、まだかろうじて繋がるアドレスを洗い出す。

リストの作成を終えると、今度は荷物から自身のノートPCを取り出し、自分たちがつくったソフトウェアを起動して、アトラスのサーバー群の中で実行できるように、仮想マシンのプロセス上で動かす準備をする。

僕がここであのヒトの解析を行い、その結果を送信すれば、アトラスのような利己的な力に頼らずとも、方向感覚喪失症の解決の糸口を得られるはずだ。

だけど、どんなにそう思い込もうとしても、頭の隅に不安がずっと居座っていた。

仮に上手くいったとしても、今から解析するデータの容量は膨大だ。それを外部に送るとなれば、この未曾有の災害のなか、最終的にどれだけの情報が届くかはわからない。

助けを求めるように、宝木から託された方位磁石を首元から取り出し、目の前に置く。

僕は手の動きを止め、その方位磁石を凝視する。針が今まで一度も見たことがない動きをしたからだ。

これまでずっと回り続けていたその針は静止し、ゆっくりと沈み込み、今、僕のいる場所を指し示した。

針が止まったのは、ここが極に近いからか、あるいは地磁気の一時的な乱れなのか。けれど、たとえそれが偶然なのだとしても、僕には、宝木がここにいるように思えた。

白い息を吐き出し、孤独を紛らわすために呟く。

「僕にとって、おまえと出会って一緒に未知の領域に挑み続けた楽しさは、何物にも代えがたいものだった」

カラバンは、ヒトは出会いを繰り返すごとに、知らない世界について知り、まだ誰も住んでいない地球の果てを目指したと語った。

僕はその説だけは信じようと思う。たった一つの出会いが、その先の生き方を変えると知っているのだから。

そう、僕らは皆、滅びることなく迷い続け、出会い続けた種の末裔(まつえい)だ。僕たちの祖先はそうやって、不可知領域(アネクメーネ)にたどり着くために旅を続けてきた。

「人類が出会いの中で少しずつ地図を広げてきたというならば、たとえ不完全でもこの解析結果を誰かに伝えることには、必ず意味があるはず」

その信念を頼りに、僕は解析の実行を開始する。サーバールームの中に、無機質な唸り声が大きく響き渡る。

誰もいないこの地球の片隅で、その稼働音に耳をすましていると、宝木と一緒に彷徨い続けたあの輝かしい日々が再び始まる——そんな叶いようもない願いが、なぜか叶うような気がした。

地球をめぐる祖母の回想、あるいは遺言

上田早夕里

テラフォーミング途上の火星。あたしは病床のおばあちゃんを見舞う。かつて地球から移住してきた祖母には、ある秘密があった。

上田早夕里（うえだ・さゆり）は、一九六四年、兵庫県生まれ。二〇〇三年『火星ダーク・バラード』（ハルキ文庫）で第4回小松左京賞を受賞し、デビュー。二〇一〇年刊行の長篇『華竜の宮』は、雄大なスケールの黙示録的海洋SF巨篇として、「ベストSF2010」国内篇第一位を獲得、第32回日本SF大賞も受賞した。同作を含む《オーシャンクロニクル・シリーズ》は『リリエンタールの末裔』『深紅の碑文』『獣たちの海』（以上、ハヤカワ文庫JA）と書き継がれ、今後も新作の発表を予定している。二〇一六年刊行の『夢みる葦笛』（光文社文庫）で「ベストSF2016」第一位を再び獲得。二〇一八年、『破滅の王』（双葉文庫）で第159回直木賞候補となった。他の著作に『魚舟・獣舟』（光文社文庫）『上海灯蛾』（双葉社）などがある。

くすんだ青い空を背景に雲が流れていく。あたしはそれを眺めながら、自分の家の玄関から歩道へ出た。少し前から心を占めるようになった、奇妙な感覚について今日も考え続けている。

いつからだろう。あの空に違和感を持ち始めたのは。

本物らしく見えるが、この空と雲は、地下都市を制御するコンピューターが天井に映している映像だ。「完全にテラフォーミングされた火星とはこうである」と想定された、この星の未来の姿。

あの空は、日没前には地球とは違う青い夕景に切り替わる。日が沈むと星が投影され、ふたつの月が昇る。フォボスとダイモス。その軌道と決して交わらず輝く小さな点は、宇宙空間に設置された直立型スカイフックが発する光だ。宇宙船の発着と地球との物流管理を担っている。

予約しておいた超小型モビリティが、交差点からこちらへ向かって低速で進んでくる。軽やかな循環曲を響かせながら家の前で止まり、合成音声が、あたしに個人認証をうながした。

認証装置の前に携帯端末をかざす。あたしの体内に埋め込まれている生活管理デバイスが連動して基本情報を送信、認証と運賃の前払いを完了。

モビリティの扉が開いた。運転席に乗り込み、タッチパネルのリストから祖母の家を選ぶ。乗客の指示を記憶し、モビリティは目的地に向かって滑らかに動き出した。

祖母が住むマンションは、居住区の比較的よい位置にある。火星移民第一世代としての社会貢献度が高く評価され、政府から質のいい生活を保障されているのだ。特に、火星政府が奨励している「新しい家族のあり方」に貢献したことは、とても良い点数を得たらしい。

「おばあちゃん、いる〜?」

マンションの入り口で、あたしはインターフォンに呼びかけた。訪問すると伝えておいても、祖母は勝手に留守にするときがある。友人から急な連絡が入ると、そちらを優先させてしまうのだ。

幸い、スピーカーから祖母の声が聞こえた。『入っておいで』

十階の自室で祖母は寝室のベッドに横たわり、VR装置をかぶっていた。あたしが近づくと、祖母は顔を覆うシェードを片手ではねあげた。みごとな銀髪が現れる。顔にも首にも深い皺が見てとれるが、瞳の輝きは実年齢を感じさせないほどに強い。

気難しくて頑固な老人だと、あたしの両親は愚痴る。だが、祖母が口を開くと、あたしはいつも話に引き込まれる。何が心に響くのか自分でもわからないが、頭の中でカチリと錠前が開く感覚があるのだ。

祖母は平気で世の中を批判する。この穏やかな社会の中では、ときとして異質に感じられるほどに。それは、自分の過去を喋りたがらない態度とは対照的だった。祖母の目は常に現在と未来だけを凝視し、思い出はすべて消え去ったか、火星の峡谷へ投げ捨ててしまったかのようだ。

地球と同じく、火星の住民も生活管理デバイスのお世話になっている。もしかしたら、歳をとりすぎると、このデバイスでは心身を管理しきれなくなるのだろうか。祖母の生活態度には、そう疑いたくなる何かがある。

あたしは訊ねた。「どう？　先週よりも調子いい？」

「まああだね」ベッドサイドのディスプレイに触れ、データを確認してから、あたしは眉をひそめた。

「検査予約、またキャンセルしたんだね」

「面倒くさいんだよ」

「ちゃんと診てもらわなきゃ。もうすぐ傘寿（さんじゅ）のお祝いなのに」

「お祝いなんか、いらないよ」

「どうして」

「いまさら祝ってもらう人生でもなし」

「――ねえ、おばあちゃん」

「なんだい」

「おばあちゃんは、昔、地球に住んでたんでしょう。一度ぐらい帰りたくならないの？」

「ならないね」

「うちのクラスには、中学校を卒業したら地球に住める子がいるの。成績がいいと、大人になるまで待たなくても許可が下りるんだって。ものすごく自慢するんだ」

「地球で暮らすなんて、どうかしているよ」

「でも、地球って緑が豊かで、海があって、地上でも思いっきり呼吸ができるんでしょう？　太陽も火星で見るより眩しくて、雨もほどほどに降って、一等地の気候は楽園みたいだって」

「それはその通りだ。いまでも環境保全には力を入れているはずだから」

「じゃあ、何がだめなの」

「人間から精神の自由を奪う政策がある」

「政治がよくないってこと？　火星とは違うの？」

「サラは、やっぱり私に似ているね」祖母は腕をのばして、あたしに触れた。「お父さんやお母さんとは違う」

「そうかなあ」

「誰にも秘密にできるなら教えてあげよう。約束できるか」

「できる」

「長い話になるよ」

あたしは深くうなずいた。祖母の思い出話。これまで一度も口にしなかったのに、なぜ、急に教えてくれる気になったんだろう？

祖母は続けた。「私たちがなぜ火星へ来たのか。どうして地球ではだめだったのか。全部教えてあげようね」

＊

——地球で生まれた私は、幼い頃から、なんでもひとりでやれと言われてた。子供を構う余裕が、両親にはなかったんだ。「勉強なんて必要ない」「一日も早く大人になって働け」。これが両親の口癖だった。でも、これは相当にましなほうで、本当に貧しい者には仕事自体がなかった。それなのに、政府の福祉対策のお粗末さときたら——。

私の両親は、仕事がうまくいかなくて貧しくなったとか、実家の借金を肩代わりして貧乏だったとか、そういうことじゃなかった。生まれたときから、既に、下層社会に押し込まれていたそうだ。働いても働いても豊かになれず、どれほど努力しても上の社会層にあがれない。真面目に働いているのに、急速な物価の上昇や増税、低賃金、ときには減給まで食らって生活の維持が困難になった世代だ。当時の政府は、なんの解決策も打ち出さなかった——いや、打ち出せなかったんだろうね。既に国内の政治家だけでは、どうにもならない状況に陥っていたらしい。

私は中学校へ上がると、すぐにチェーン系のレストランで厨房を手伝い始めた。家にいたって、なんの得にもならなかったし、親の機嫌次第で殴られるだけだったし。

　当時の大衆食堂では、既に、ＡＩやロボットが客対応するのが当たり前だった。店員は料理を温めたり、食洗機に食器を放り込んだり、荷物の運搬や人の手が必要な掃除をするだけでよかった。あの頃は、もう一部の食器が食べられる素材でつくられていて、食器を洗う手間もうんと減っていた。厨房業務は私でもできる仕事ばかり。こういうのは全部、地球の環境保全のために考えられた策だった。食器を洗った水で川や海を汚さず、食材を無駄にしないためにね。合成食品の種類が爆発的に増えたのもこの頃だ。そして、外食することは、もはや大衆食堂ですら、ある程度以上の社会層でなければ難しい時代だった。私はストアで食材を買って料理をつくるなんて、社会の上層だけに許された贅沢だった。私は料理のつくり方など知らず、栄養バーをかじるか、民間の救済グループが運営する食堂で無料の食事をがっついていた。でも、こういう場所には子供だけじゃなくて貧しい大人も来るから、いつも開店前から大行列。あっというまに品切れになって、何もありつけない日が増えてきた。そうしたら友達が「別の食堂へ行こうよ」と誘ってくれた。「他へ行けば何か食べられるの？」「うん」「あたし、もう、お腹がすきすぎて目が回りそう」「だったら早く行こう。きっと、どこもすぐに満員になる」

　私たちは並ばなくてもいい食堂に通い始め、そこも混んでくるとまた別の食堂に移り——

―ということを繰り返し、次々に食べる場所を変えた。あとで知ったが、行列ができて料理が足りなくなるところは、とても良心的な救済グループが運営する食堂だったそうだ。本気で私たちを救おうと活動していた人たちの集団。私が最終的に流れ着いた無料食堂では、すべてが合成食品だった。薄いスープや色とりどりのキューブ。不思議なことに、そこそこ美味しく、飽きない味だった。

この種のキューブしか出さない食堂の経営者は、巨大複合企業から資金援助を受けつつ、食堂を運営していた。最後に訪れた食堂で、私たちは、まず、同意書へのサインを求められた。ここのスープやキューブには、食品メーカーや製薬会社が開発した物質が混ぜてあったんだ。それだけ食べていれば安心っていう、スーパー健康食品の試作品。私はその試食と実験に同意したうえで、出されたものを片っ端から平らげた。この頃は、病院で診察を受けて三日分の薬をもらう程度でも、馬鹿高い出費になっていた。大型総合病院は貧乏人には来てほしくない様子で、とっくの昔に、金持ちのための健康維持サービス施設に方針転換。だから無料の食事で健康を保てるなら、そのほうがありがたかった。食事が体質に合ったのか、私はずっと医者いらずだった。でも、一緒に食堂を渡り歩いてきたあの子は、いつのまにかここへ来なくなった。そんな子が何人もいた。食品のせいで体調が悪くなったのか、単に別の町へ移っただけなのか、それは知らない。

学校にはほとんど行かなかった。レストランで働くだけでなく大人の使い走りはなんでもやったから、疲れてよく学校の宿題を忘れた。欠席が重なると、あっというまに勉強がわからなくなった。ディスプレイや紙の上に文字が並んでいても意味をつかめない。文章の前後のつながりが、まったくわからなかった。公共の場では、日本語よりも、この国を援助し始めた外の国々の言葉を使うほうが当たり前になっていた。小学生の頃まではあった「国語」の授業は、いつのまにか「有用言語コミュニケーション」という科目に変わり、機械翻訳に頼らずに外国語を上手に操れる能力が、知能のレベルを測る一基準になった。

私は日本語しかできなかったし、それだってずいぶん危うかったから、教師や優秀な子から白い目で見られるのが嫌で、急速に学校から遠ざかった。仕事が休みの日でも授業をさぼって盛り場へ繰り出し、駅の休憩所や駐車場の片隅で無為に時間を過ごした。仲間がほしかったわけじゃない。なんの目的もなく、クラゲみたいに繁華街を漂うのが楽しかったんだ。こういう場所でも気の弱い子はよく苛められたが、助ける余裕はなかったし、そのうち助けたいとも思わなくなった。これが社会の現実だ――なんて、粋がってたわけじゃない。自分の人生にもこの世にも、なんの意味もないほうが心地よかったんだ。世界を放棄したいって気持ちだ。わかるだろうか。

誰ともつながっていたくない。

ひとりでいるから気持ちいい。かろうじて息ができる。

盛り場をうろつく子供のコミュニティには、言葉巧みに大人の悪意が忍び込んでくる。成人したばかりの若い世代からの勧誘という形をとってね。違法薬物、裏社会でのバイト、子供を偏愛する大人の男女との「お付き合い」。

でも、一番多かったのは、「仮想体験アプリに使う感覚を採取させてくれ」って依頼だ。体中にセンサーをつけ、制作会社の下請けで働く大人の言いなりになって、いろんな演技をする。そのときの脳神経細胞の発火パターン、体温の上昇や発汗のデータ、つまり全身の反応データがすべて売り物になった。採取されたデータはユーザーが心地よくなれるレベルに調整され、仮想体験アプリの擬似感覚を形成するデータセットとして販売された。

こういったアプリは、ユーザーが好みの役割(ロール)を選択して、自由に楽しめるようにつくられている。暴力をふるうほう、ふるわれるほう、一人称視点、三人称視点、すべてを同時に楽しむことすらできた。役割の誰にも感情移入せず、第三者として自分の感覚だけを増幅させて楽しむモードもあった。

希少な感覚や、振れ幅の大きな派手な感覚ほど高値で売れるから、感覚データを採取されるほうは常に危険な行為を求められた。この種の仮想体験には、強い恐怖や快感や激しい情動のデータが必要だ。いうまでもなく演技よりも本物の体験のほうが生々しいデータが採れるから、下請け会社は、どんどん苛烈な体験を子供たちに要求した。

こういう話に乗っていく子の中には、「お金のために仕方なく」ではなく、「刺激がほしいから自ら積極的に」という場合も少なくなかった。困難な体験をやってのけると他人に自慢できる。普通の体験では得られない自尊心も得られるからね。

勿論、そういった子たちは、心や体が壊れるのも早かった。「演技じゃない本物の感覚」は、究極的には他人からの暴力をすべて受け入れ、死を肯定することにつながる。かろうじて逃げ延びた子が半狂乱になって打ち明けた話によると、採取の現場で子供たちにありとあらゆる行為を求め、ときには暴力をふるうのは、大人だけでなく、同じ境遇にある同世代というパターンも多かったそうだ。感覚データを採られる側も子供、相手が死ぬまで暴力をふるい続けるのも子供。大人がそんなふうに仕組むんだ。子供の感覚は鋭敏で繊細だから、ものすごいデータが採れるらしい。

思い切りのいい子は、先を争うようにして暴力をふるう側にまわった。こういう下請け会社ってのは、当然、まともなクリエイターがいる事務所じゃない。犯罪組織の手先、あるいは、フリーで闇商売をやっている奴らの事務所だ。抜き打ちで入る公的な検査に対しては、「これはＡＩとクリエイターが数値の入力だけでつくった、完全にクリーンなデータだ」と偽った。まあ、そもそも、検査担当者の買収も簡単だったんだけどね。

感覚データを売ることにのめり込んでいた子は、ひとめでわかった。内面だけでなく外見も荒廃していったから。外見が売りになる俳優と違って、体の感覚そのものを売るのだから、自分の見た目なんてどうでもよくなっていく。冷静に自分を振り返るための心の余裕が、ゴリゴリ削られていくんだ。周囲の子供たちは好奇の目で眺めたり、溜め息を洩らしたりするだけで、誰も助けてやらなかった。ああなるぐらいなら飢え死にしたほうがましだねと、私たちは囁き合った。何も食べないで、うんと寒い場所へ行ってじっとしていれば衰弱死できるそうだ。栄養失調になると体温が下がりきって、体の芯まで凍えてしまうんだよ。いよいよどうしようもなくなったら、私も、そうしようと思っていた。生き延びたいがために誰かの食いものにされるのは、ごめんだったからね。

そんなある日、携帯端末に政府から通達が届いた。私が持っていたのは政府が配布する安物の端末で、経費を抑えるため、ぎりぎりまで機能制限がなされていた。その代わり、政府からの通達は欠かさず届く仕様だ。

通達にはこうあった。政府が使っている高機能社会分析ＡＩの計算結果によると、我が家の生活水準はこれからも向上せず、どうかすると下回っていくだけだという。日常生活を送るだけで吸いあげられる私たちの個人情報、それをもとに分析される個人の資質などを併せて判断すると、我が家の人間は、将来もれなく全員が犯罪に手を染める可能性が高いと指摘されていた。経済的・精神的に行き詰まったとき、一家心中や個々の自死を選ぶのではなく、法に背いてでも生き延びようとする性質を持った人間の集まりだと。

私はあっけにとられ、お腹を抱えて笑いころげた。政府からの通達を装った、新手の詐欺メールだと思ったんだ。怖い言葉で動揺させて、「いますぐなんとかしましょう」「こういう便利アイテムがありますが、いかがですか」みたいに誘導して、お金を振り込ませたり意味のないものを購入させたりとか。

騙されてたまるかと思いながら文書を読み進めていくと、さらに驚くべき内容が書かれていた。この結果が出た家庭には、新たな救済措置がほどこされるという。新型の生活管理デバイスを体に埋め込むことで、どれほど過酷な環境下にあっても健康状態が保たれ、決して犯罪など企図しない精神状態が保たれるのだそうだ。デバイスの導入は無料。

このデバイスは、宇宙で働く人のために使われていた装置の汎用型だった。宇宙へ出ると大量の放射線や電磁波を浴びる。低重力や無重量環境によって、体にさまざまな障害が出る。生殖機能にも影響するという。こういった環境から身を守り、細胞修復機能までセットにして盛り込んだのが、宇宙環境向け生活管理デバイスだ。今回私たちがもらえるのはその廉価版。導入するなら同意書にサインしろと記されていた。

親に相談するよりも先に、私はいつもの溜まり場へ飛んでいった。知り合いに片っ端から状況を訊ねてみると、ほぼ全員が同じ通達を受け取っていた。

いくら私たちが学歴がなく、快楽やお金のためなら平気で他人を蹴落とせる人間でも、これが政府による人権侵害であることぐらいはわかった。理屈ではなく直感が「これはやばい」と警告を発していた。だが、正面から抵抗しようとした子は意外にも少なかった。体と心を楽にしてくれるなら入れてもいいじゃん、いっそ、何も食べなくても生きられる体にしてくれたらなあ、などと言い出す始末だった。

人間の心身を政府が制御する措置は既に先例があった。凶悪な犯罪者に対して生活管理デバイスを入れて、模範的な市民に変えるんだ。性犯罪者に対しては特に効果が高いということで、世界中で歓迎され、急速に普及していったのさ。だが、まだ罪を犯していない人間を、心身ともにデバイスで制御するなんて前代未聞だった。人権擁護派の人たちがすぐに反対声明を出した。でも、見えないところで誰かが邪魔していたのか、世間にはほとんど影響を与えなかった。『デバイスの導入が、犯罪予備軍と見なされる社会層から始まるのはいい政策だ』と、積極的に支持する人のほうが多かった。自分は絶対に犯罪者にならずに済む自信がある人たち。私たちから見れば、それはガラスの仕切りの向こう側にいる、中流以上の家庭の人々だった。

底辺の社会層で、自ら生活管理デバイスの埋め込み申請をした人は、大人にも子供にもほとんどいなかった。賢い人たちのように、人権侵害に抵抗していたわけじゃない。単に申請するのが面倒くさかったり、書類を読んでも中身を理解できなかったり、何をどうすればいいのかもわからなかったり――といったところだ。政府からの要請はすぐに強制に変わった。埋め込みを拒否すれば、仕事を得たり買い物をしたりするときに必要な個人認証ができない仕組みがつくられた。ある種の理想を掲げる人々にとって、この政策は善性による信念そのものだったから、誰も止めることはできなかった。

強制埋め込み措置が始まると、私は盛り場の友達を誘って町から逃げ出した。携帯端末を持ち歩くと居場所を突きとめられてしまう。どこかで捨てるしかなかった。それは、あらゆる情報と認証と決済を放棄することを意味した。

みんな、わかっていた。本当の意味での逃げ場など、もはやこの世にはないのだと。それでも行動せずにはいられなかった。いま逃げなければ、一生後悔しそうな気がしたのだ。

栄養バーを持てるだけ持って、私たちは列車に乗った。到着駅で携帯端末を捨て、徒歩で近くの山を目指すつもりだった。最初で最後の冒険さ。山の中で友達と一緒に暮らし、食べ物がなくなったら潔く死のうと、涙を流しながらみんなで盛りあがった。

ところが、駅について改札口を出たら、警官隊にあっさり補導された。誰かが私たちの計画を密告したようだ。誰もが家族とは断絶していたのに、国家は私たちと断絶することを許してくれなかったらしい。

児童福祉施設へ運ばれ、職員から延々と説教を聞かされたあと、市役所の人が私たちに人生の選択肢について教えてくれた。

地球で暮らすのが嫌なら火星移民という選択肢があると。火星は開拓初期の状態にあり、未知のトラブルを現場の裁量だけで回す必要があった。だから、地球よりも人間の精神の自由が許されていたんだ。勿論、火星でも生活管理デバイスの導入は必須だ。宇宙放射線や火星の厳しい自然環境から身を守るために。ただ、当時は例外的に、デバイスによる思考制御が、まだほとんど行われていない土地だったんだ。社会の管理から逃れようとする私たちの行動は、地球では処罰の対象でしかないが、行動力そのものは評価されたわけだ。地球社会に置いておくよりも、惑星開拓の現場で働いてもらおう——とね。

この時代、月は、既に科学者と技術者の居住地になっていた。月の裏側は、深宇宙観測に向いているからだ。月に住める人間は慎重に選出されていたようだ。何しろ地球に近いから、軍事的な反乱を起こせば地球を狙い放題だ。信用できる人間しか送り込めなかったんだね。でも、火星は地球から遠い。地球社会が持てあます人間を送り込むには最適の場所だった。たとえ火星の住民が地球に反抗しても、物資や資金の援助を断てば、すぐに全滅させられると考えたんだろう。

両親との縁は、後腐れなく切ってあげると言われた。もう誰の家族である必要もないのだと。つまり私たちは国家によって買いあげられ、国家のために最良の労働者になれと言われたわけだ。科学者が宇宙について調べ、惑星探査機を飛ばし、建設会社が宇宙ステーションや月や火星の都市を設計しても、現実の町をつくりあげるには建築ロボットだけでは足りない。庶民の力が必要だ。当時の社会状況では、いったん火星へ送り込んだ労働者を、仕事が終わってから地球へ戻すのは難しかった。金がかかりすぎたんだ。火星に都市を建設した人は、そのまま火星に居着いてほしかったんだね。

「君みたいな子はね」と市役所の人は言った。「勉強する機会に恵まれなかったせいで学力が低いだけだ。火星で教育を受け直し、りっぱな労働者になれば、第一級火星市民の名誉を得られるだろう」

「そんな紙屑みたいな名誉はいりません」

「いまのままでは、君たちこそが紙屑だ。人は、環境が変われば簡単に変われるものだよ」

「感覚データを切り売りしていた子も？」私は相手を睨みつけた。「そんな子たちを殴って、切り刻んで、殺してた同世代の子も？」

「悪いのは大人だ。子供は大人の都合で振り回されるだけの、未熟な存在なんだ」

「違うよ」

市役所の人は私の言葉の意味をはかりかねたのか、困惑の表情を浮かべた。私は膝に視線を落とし、沈黙を守った。それ以上話すことなど何もなかった。

私は宇宙開発なんか、ちっとも興味がなかった。火星に夢があるなんて、ちゃんちゃらおかしいと思ってた。ただ、まっさらな場所へ行きたいとは願っていた。私を私として必要としない場所。私の存在など誰も求めていない場所。そんな場所でこそ私は自由に生きられる。何も期待されない、誰も私を見ていない、自分に相応しいのはそういう場所だ。

＊

「そして、いま私はここにいる」と祖母は続けた。「第一次火星移民の大半は、開拓初期の苦労でほとんど死んでしまった。でも私は、火星で奨励されていた『血縁関係とは無縁な集団』に『擬似家族』として受け入れられ、何度も助けられた。おかげで、こんな、かわいい孫にも恵まれた。いまの火星がどんな社会か知ってるかい」

あたしは頭の隅っこから、わずかな情報を引っぱり出して答えた。「火星の住民は、軌道上の宇宙ステーションと地下都市で、それぞれ役割を分担して暮らしているんでしょう？　いずれは双方の行き来が、もっと簡単になるんだよね」

「政府広報では、そうなっているね。でも、マリネリス峡谷は、いまだに火星で育てる植物の実験研究所に過ぎず、人が永住できるほどには開発されていない。惑星全体も、地球と比べると相変わらず酸素濃度は低い。緑の星につくり替えるのは難しいようだね。宇宙放射線から人間の体を守るための地下都市は、これからも、まだまだ必要だろう。あんたみたいな火星生まれ火星育ちの人間を、ようやく生み出せるようになったのは喜ばしいことだが。サラはこの星が好きかい」

「うん。知っているのはここだけだし、おばあちゃんの話を聞いてると、地球ってかなりやばそう」

祖母は苦笑を浮かべた。「社会が成熟すれば、いずれは火星も、人間の管理や規制がいまよりも厳しくなる。みんな生活管理デバイスを導入済みだから、政府がその制御を強めるのは簡単だ。そうしなければ人類は同じ罪を繰り返すと、頑なに言い張る人たちがこの星にも大勢いる」

「おばあちゃんは納得しているの？」

「とんでもない。だからね――」

ふいに玄関のチャイムが鳴った。寝室の壁に、ふたりの警官の姿が映し出された。あたしは妙な胸騒ぎを覚えて、何度も深く息を吸った。

警官は祖母に訊ねたいことがあると言い、玄関のロックを解除するように要請した。あたしたちが解除しなければ、政府による権限で強制的に開けるという。

祖母は穏やかに言った。「あけておあげ」

警官は、なんのためらいもなく寝室まで入ってきた。あたしは曰く言いがたい不愉快さに見舞われ、軽く挨拶しただけで口をつぐんだ。

警官のほうも、こちらには儀礼的な一瞥をよこしただけだった。すぐに祖母のほうを向いて訊ねた。「イマイ・チヨコさんですね」

「そうだよ」

「生活管理デバイス改造事件に関して、お話をうかがいたく存じます。署までご同行願えますか」

あたしは即座に割り込んだ。「祖母は体調が悪いので、ここでお願いできないでしょうか」

「ここでは無理なのです」

「では、警察病院でもなんでもいいから、医療施設を借りてください。なるべく安静にできる場所を」

「わかりました。手配しましょう」

祖母はあたしをなだめるように言った。「気にするんじゃない。いつか、こんな日が来るだろうと思っていた」それから警官に訊ねた。「私の友人が何か話したのかね」

「はい。ひと足早く事情をうかがっております」

「そうかい。意外と早く落ちたね。あんたたち、私の友人に、どんな喋らせ方をしたんだい」

ふいに警官の目つきが鋭さを増した。普段の生活では決して見ることのない、あたしが知らない色を滲ませて。「せっかく移民の許可をもらい、労働管理局から勉強の機会を与えられ、才能を開花させて誰よりも優秀な労働者となったのに、その結末がこれですか」

「あんたらには自由の価値などわからないだろう。警察学校に入った瞬間から精神を制御されているんだ、あのデバイスで」

「人類にはそれが必要だったのです。人道的熱意も冷静な交渉も完遂できず、何千年も戦争や犯罪を克服できなかった人類にとって、これは最後の、勇気ある決断でした」

「私はこれを最後の答えだとは思わない。デバイスによる人間の精神管理を至上とすることは、人間の人間性に対する侮辱だ」

「では、他に何ができたのですか。宇宙時代になっても人類は戦争し、法律を破り、人を傷つけて殺し合っていればよかったのですか」

祖母は答えなかった。馬鹿ばかしくて相手などできないといった様子だった。

警官はたたみかけた。「社会に失望し、世の中を嫌うのも、たいがいになさってはいかがですか」

「私を誹（そし）るよりも先に」と、祖母は悠然と言い返した。「何がそうさせているのか、その原因が社会のどこにあるのか、少しは考えてみちゃどうだい」

祖母は有罪判決を受けた。生活管理デバイスの精神制御を停止させるプログラムを作成し、火星や地球の住民に配布した罪で。体調不良を理由に収監はされなかった。寝たきりの状態で、警察病院から自宅へ戻ってきた。

自動介護装置のおかげで家族が困ることはなかったが、祖母は既に、他人とのコミュニケーションが一切とれない状態になっていた。意識はあったが言葉を喋らず、目をあけているが誰とも視線を合わせない。ただ、苦しそうではなかった。二ヶ月ほど経ってから、呼吸不全を起こして自宅で死去した。

亡くなる直前まで、あたしは祖母を何度も見舞った。祖母の状態は、警察の取り調べによる悪化というよりも、祖母が自分の体に仕掛けておいた何かが発動したのではないかと、あたしは思った。そう思わずにはいられないほど、亡くなる直前まで祖母の表情は穏やかだった。あけているだけの両眼は、生まれたばかりの赤ん坊のように、澄みきった輝きを放ち続けた。祖母は外界との交わりをすべて断ちきり、自分の内側に精神の自由を求めたのではないか。だとすれば、誰も祖母の自由を侵すことはできず、どんな装置も介入できなかったはずだ。しかし、あたしには、その状態の祖母が、もはやあたしが知っていた祖母と同じとは思えず、悲しみこそすれ、肯定する気にはなれなかった。

ただ、ひとつだけ気づいたことがある。こうやって祖母を想い続けられるのは、あたしの体内にある生活管理デバイスが、あたし自身の思考を制御できていない可能性がとても高いということだ。

マンションを訪問するたびに、祖母があたしのデバイスに密かに電子的に侵入し、制御プログラムを少しずつ書き替え、あたしの精神を管理していた何かを徐々に破壊していたのだとしたら――。あたしが頭の中で感じた、あの錠前がカチリと開くような感覚は、本来の精神の解放を意味していたに違いない。

この自由な精神が不安であるならば、あたしは病院へ行って、生活管理デバイスを修復してもらえばいい。軽度のデバイストラブルはしばしば起きるので、誰も怪しみはしないだろう。祖母の過去や苦悩など、すべて忘れて生きていくことができる。そうすれば再び心の穏やかさを取り戻せる。

でも、いまは、そうしたくなかった。

うまく言葉にできないが、いまはまだ、そうしてはいけないように思えるのだ。

サラは私に似ているね——と言ってくれた祖母の声が、あの日以来、ときどき、あたしの頭の中で甦(よみがえ)る。

祖母の墓参りから帰る途中、あたしは都市の上空に広がる偽物の青を見つめた。その向こうに、ふいに別の空を見たような気がした。

祖母が子供の頃に地球で見たに違いない、本物の空の幻を。

持ち出し許可

小川一水

続いて生態系テーマの四篇。健樹とニンナの二人は、今日も鷹良川の小姓洲でコウギョクガエルを探していたが——

小川一水（おがわ・いっすい）は、一九七五年、岐阜県生まれ。一九九六年、『まずは一報ポプラパレスより』（河出智紀名義／JUMP jBOOKS）で長篇デビュー。二〇〇三年の月面開発ＳＦ『第六大陸』で第35回星雲賞日本長編部門を受賞して以降、星雲賞を計五回受賞。二〇〇九年から一九年まで書き継いだ大河ＳＦシリーズ『天冥の標』（全十巻）で、第40回日本ＳＦ大賞を受賞。最新作は『ツインスター・サイクロン・ランナウェイ』（以上、ハヤカワ文庫ＪＡ）。

受験勉強はうんざりだし、社会や世界で起こることはクソばかりで気が滅入る。そんな気持ちが強くなると、僕たちは小姓洲（こしょうず）に出る。

「健樹（タテキ）、今日どこ行く？　ソングバードかマックか図書館か」

「ニンナはそっち行きたい？　小姓洲だめかな」

「おっ、いいよ〜。今月初だね！」

男二人で自転車並べて駅と反対方向へ十五分。県境の鷹良川（たからがわ）で堤防に折れて、下流へ向かった。川縁（かわべり）に広がるだだっ広（ぴろ）い湿地帯が、小姓洲だった。

堤防の斜面を降りればもう四角い人間社会じゃない。剣型の葉をまとったヨシがこれでもかと茂る緑の世界。気の早いツユアカネが飛び交い、ヌマシギが狙う。デンジソウの繁る柔らかな足元には網の目のように水路が走り、イチブムシがくるくる泳いでいる。くっきくっきくっき、と遠くから正体のわからない鳴き声も聞こえる。

生き物たちの楽園だ。観光地化されていないからほとんど人もいない。

「見て健樹、草の筒に虫ゴジャゴジャ詰まってる、何これ!?」

「虫じゃない、コマチグモだよ。咬むから触らないで」

ニンナはあちこちの藪や水路に踏みこんではきゃあきゃあ騒いでいる。僕は肩掛け鞄から折り畳み手網を伸ばして慎重に足元を見ていく。言うまでもなく僕は生物オタクだけれど、ニンナは違う。だから春の生き物たちに囲まれてはしゃいでいるわけじゃない。

「ニンナ、またクラスでいじられた?」

「それはもうないって！　みんな理解ある。だいじょぶだいじょぶ」

「そう？」

ヨシの茂みをガサガサかきわけて足元の砂泥に目配りしていたら、不意に後ろからどんと抱きつかれた。

「おまえこそ大丈夫？　健樹」

振り向くと、斜め前にいると思っていたニンナが背後でニヤニヤ笑っていた。色白のサラサラ髪で綺麗めの顔に、ちっさくて細いけど強いフィジカル。動物に喩えるならフェネックギツネタイプだ。反対に僕はアナグマ型のヒョロガリ眼鏡オタクだから、確かにいじられるべきは僕となるだろう。こいつと付き合ってるとすっかり忘れるけれど。

「大丈夫、こっちのみんなも理解ある」

軽く頬を撫でると、んっ、と安心したように目を細めた。

一年前、僕たちはここで出会った。そのときニンナは小姓洲を避難場所にしていた。今ではそんな必要もなくなって、気が向けばカラオケやファストフードに行く。つまり、状況はずっとよくなった。

僕らの状況に比べて、小姓洲そのものの状況はあまりよくなっていなかった。

「いないなあ……」

そろそろいてほしいトノサマガエルやその餌のヤゴ類があまり見当たらない。大食の外来種であるウシガエルがいないのは幸いだが、にしても全体的に心配な感じだ。

昔と比べると水系にダムや護岸が増えて繁殖場が減ったし、人体に無害だという理由で農薬の使用は増えた。ここととよく似た隣の県の湿地は、去年大きな工場に埋め立てられて消えた。もちろん、そういう活動のおかげで僕らが暮らしていられるのはわかっている。

わかっているけど、好きなものが失われていくのはつらい。

ファンネルみたいにまわりをぐるぐる見回りつつ、ニンナが尋ねる。

「やっぱりいない？　コウギョクガエル」

それこそがメインターゲットだった。コウギョクガエル、国内種随一の鮮烈な深紅を誇る沼地のルビー。それが小姓洲にいると七歳の時に図鑑で見て以来、ずっと通い詰めている。でも、まだ出会えていない。

「ここにいるのは確かなんだよね？　あ、僕が騒いだから逃げた？」

「おまえの足音ぐらいじゃ逃げないよ」

コウギョクガエルは他のカエルと異なり、周囲の捕食者を恐れない。極めて強い毒を持っているからだ。そのことを鮮やかな赤色で誇示する姿こそが、僕の見たいものだった。と同時に、ニンナに見せたいものでもあった。この小さな楽園には、社会や世界と無関係な奇跡があると示したかったのだ。それが難しくても。

なおも探し続けていると、いつの間にか離れていったニンナが、背後で妙にか細い声を上げた。

「た、健樹（タテキ）ぃ……ちょ、これ、み、見て」

「どうした？」

振り向いた僕はぎょっとした。ニンナが後ずさりで茂みから出てくると、それに続いて大型犬のような生き物が草むらから現れたからだ。

ピンと立った小さな両耳と鋭い両目が油断なくこちらを捉えている。僕は緊張して、鞄から出したスプレー缶を構える。たくましい感じの太い鼻の先が銀色に輝いているのがやや風変わりだ。体は青黒色と灰色の交じった毛皮に覆われており、一瞬シベリアンハスキーかと思ったが、それよりも筋肉質で精悍だ。何よりその大きさ。筋肉がもりもりと動く肩の高さは、僕の腰ほどもあった。普通の犬じゃない。

犬というよりも、こいつはまるで――

「それは虫除けスプレーじゃないか。せめて熊除けはないのか？」

そいつが低い声で笑った。

僕もニンナもあっけに取られた。隠れた人間や仕掛けを探して周囲を見回してしまう。

「ここにいるのはおれと君たちだけだ。襲ったりしないから、話してくれないか」

「おまえ、まさか……エゾオオカミか？」

「じゃなくて、こいつしゃべってるよ健樹！」

確かにそこが一番の衝撃ポイントなんだろうけど、僕は違った。エゾオオカミ、体長百二十センチに達するあの大型の肉食獣は、一八九六年に北海道で絶滅した。それが目の前に出てきたということに驚いていた。

滅んだはず、だった。そいつは奇妙な銀色の鼻をツンと上げて微笑んだ。

「エゾオオカミだ。おれたちはすでにいなくなった生き物の姿を、惜しむがゆえに好む」

「……でもそんなふうに言うってことは、オオカミじゃないんだろう」

「そうだね、この地でも好まれるだろうと思って、変身している。好きだろう? 生き物好きの倉田健樹君」

「なんで知ってる?」

「ずっと君たちを見ていたから。それにニンナ君だね。苗字はまだ聞いてないが」

「ニンナはやめろ。三珠仁和だ」

ニンナは一オクターブ低い声で言い返した。これはニンナが仲間だと認めていない人間に向ける声なのだけど、こんな猛獣相手にもその声が出るのには正直感心した。

「わかった、タテキとヒトカズ。おれはハイイロとでも名乗ろうか。で、どうかな?」

オオカミ姿の何かは三歩ほど先でそう言う。口調は穏やかで、声だけなら人間と変わりない。ニンナを見ると、やや緊張しつつもうなずいたので、僕は前に出た。

「何を話したい?」

「頼みがある。君たちに、コウギョクガエルの絶滅を宣言してほしい」

「絶――」

どきりとした。それはついさっき、僕が胸の中で打ち消した言葉だった。

「ふざけるな、なんだそれ！」

「おっと、すまない。君の望まない言葉なんだな」

軽く頭をのけぞらせると、そいつはくるりと尻を向けて茂みに入ろうとした。立ち去るのかと思ったら、振り向いて待っている。

話はこれからだということらしかった。僕たちはためらいながら、ついていった。

オオカミは僕たちを小姓洲の真ん中にある小高い塚へと導いた。そこはヨシに囲まれて岸から見えない、適度に乾いた心地いい場所だったけれど、スマホのマップを覗くと、妙なことに水面だと表示されていた。

僕がスマホをひねくり回していると、オオカミが面白そうに目を細めた。

「ここは人間の地図には載っていないだろう」

「おまえの仕業なのか？……ハイイロ」

「ああ、おれのねぐらだ。基地、と言ったほうがもっともらしいかな？」

「基地……」「おまえ、宇宙人？」

僕を間に挟んで、ニンナがハイイロに言う。僕が目を向けると、ニンナは眉根を寄せておどろおどろしい顔になる。

「宇宙人はよく犬に化けるんだよ。たいてい中身はグチュグチュのマンイーターだ」

「それ映画とか漫画だろ。どうなんだ、ハイイロ？」

「肯定と否定かな。宇宙人は合ってる。だが食べ物は主に虫や川のプランクトンだ。そのほうが人間に怖がられないからね」

「でも本当は人間を食べる？」

「それを言うなら人間だって人間を食べるだろう」

後ろからニンナが「食べないよ！」と言ったが、手で制した。

「できるけどやらないってことだな。――で、なんだって？　絶滅を宣言？　それをなんで僕たちが」

僕は鞄の中のスプレーから手を離さずににらみつけた。

ハイイロは土にぺたりと伏せて、ボリュームのある黒い尻尾をゆっくりと左右に振る。

「まず、君たちに声をかけたのは、生物に興味がある人間たちの中でも、二人がとても親密だと見たからだ。多分間違いないと思うが、君たちは今のところ、固定パートナー同士だよね？」

「おまえの知ったことかよぉ……」

ニンナが可愛い顔を丸めたティッシュみたいにくしゃくしゃにして言い、僕もそれに合わせようとしたけれど、興味と意地のほうが打ち勝ったので、聞いた。

「同性カップルを探してたってことか？　なぜ？」

「同性カップルは異性カップルよりも結びつきが強い。それで、カップルを探したのは、それが『社会』だからだ」

「いや別に、比べて結びつきが強いわけじゃ」「そこは肯定しよ!?」

ニンナが割りこんだので僕の抗弁は潰れてしまった。仕方なく、まだ突っこめるところへ突っこむ。

「『社会』ってどういうことだよ」

「『社会』は『個体』の対になるものであり、『合意』を示す主体だ。そのもっとも小さなものが二人からなるパートナーだとおれたちは考えている……」ハイイロは、その野生動物の姿からかけ離れたことを語り始める。「そしておれたちの星々の『協盟』は、人間を認めている。この惑星でもっとも強く賢い、すべての生命のあるじ。膨大な生き物たちの知識を営々と蓄えてきた。だからコウギョクガエルについて話す相手に、人間のカップルである君たちを選んだんだ」

「僕たちは最強でも主人でもない。人間はゴリラにもクジラにもモグラにも勝てない裸のヒョロヒョロザルだし、生き物たちの代表面をする権利も能力も意志もない」

「さすがにモグラには勝てない?」

「一日に体重の半分のミミズを食える?」

ツッコミを入れたニンナを抑える。宇宙人を自称するオオカミは眼を細める。

「謙虚なのはいいことだ。でも本当にそう思っている?」

「それは……」

「エゾオオカミやニホンカワウソ、モアやステラーカイギュウ、シマハヤブサやヨウスコウカワイルカなど……人間は多くの生き物を滅ぼしてきた。すでに力を振るった後でそれがないふりをするのは謙虚とは言い難いね。権利はなくても責任というものがある。やりたいようにやって、後始末はしない、という態度を取るのかい?」

おれは言い返せなかった。代わりにニンナが言った。

「人間は悪い生き物かもしれないけど、僕たちは違うよ。特に健樹なんか、学校で一、二を争うほど生き物の心配をしてる。責められる理由なんか何もない」

「誤解だよ、ヒトカズ。おれは君たちを責めてない。学校一、心配しているという、その関心の高さを称えているんだ」

「心配はしてるけど、ただの学生だってば。僕らより知識のある学者なんかいくらでもいる。おまえは勘違いしてるよ、お門違いだ。生き物の絶滅? そんな話は専門家に持って

「最寄りの大学いけよ、大学とか政府とか、国連とかに」

「国際自然保護連合(IUCN)なら本部はスイスだよ」ハイイロが口を開けて笑う。「最寄りの大学に生物学部はない。関心と権力の中心でしか、話しちゃいけないのかい?」

「そうだ！　オオカミに変身できるんだったら、人間にもなれるだろう?」

「二足歩行はわりと難しいよ。でなくても、この件で遠くに住む専門家を頼るのはあまり意味がない。もし彼らに頼んだらどうすると思う?　最大限に好意的だとしても、文献をあたり、現地でカエルの糞(ふん)や足跡を探し、トラップとカメラを仕掛けて生息調査をする。またもちろん、地元の目撃例も集める。そういうことを何年も続ける……」

僕は少し前から、ハイイロの言うことがわかっていた。ニンナも気づいたようだった。

「結局、ここの人間のほうが詳しいって?」

「そういうこと」ハイイロがうなずいた。「必要な仕事を何年もやってきたのがタテキなんだよ。そしてタテキは——きっともう、何かを感じていると思うんだ」

ニンナが迷ったように僕を見上げる。難しいところだ。こいつは誉めているふうなことを言うけど、ハメに来てるようでもある。油断はできない。

ハイイロに目を戻す。

「根本的な疑問がある。どうして『宣言』なんか必要なんだ?　コウギョクガエルが実際にいるかいないかのほうが大事だろう」

「その質問はそっくり返すよ。君たち人間だって絶滅を宣言する。それはなぜだ？」

　さっきからその単語が出るたびに胸がチクチクと痛んでいたが、これはひときわ鋭く刺さった。僕は目を伏せた。

「惜しいからだ。かけがえのないものが失われて、悲しいから、申し訳ないから、腹が立つからだよ。それは別れの挨拶なんだ」

「それだ。おれはそれを聞きたい。コウギョクガエル、あののんき者の、赤い小さな生き物に向けた、人間の挨拶をね」

「おまえ、それって――見たのか！　実物を！」

「見たよ。戦後すぐのころかな」ハイイロは岸のほうへ鼻面を向ける。「たくさんいた。人間風に言えば、春の水草に赤が散らばって、イチゴ畑みたいだった。あれは毒ガエルで、人間が食べないからね」

「おまえ――」

「八十年の間に人間があれをどうしたか、それを当事者の口から聞きたいんだ、おれは」

　ハイイロは後足で立ち上がり、僕の胸に前足を突いて、にんまりと大きな口を開けた。生臭い息が顔にかかる。

「さあ言ってくれ、タテキ。あのカエルは絶滅したって」

「それは……いや、時間をくれ」

「なぜだ？　それが本当になるのが怖いのか？　希望をひとつ失うことが？」

「希望を二つ失うことが、だよ」

　僕はハイイロを突き飛ばした。すかさずニンナが僕の手をひっぱって駆け出した。


　宇宙人を名乗るエゾオオカミに、わけのわからない台詞を言うよう強要された。まともな精神の人間が、そんなことを他人に話すだろうか。

　僕は話した。何しろ、スマホで動画を撮ってあったので。翌日までに学校の男子と女子、教師、親などに見せて、経緯を話した。反応は感心・困惑・心配・憐憫（れんびん）など。

「えっほんと？　これCGじゃないの？　んー、もし本当だとしたらさ、ヤバくない？　ていうかヤバいでしょ。見てこの牙、よく無事だったよね。次行っちゃだめだって」

　これは理解あるクラスメイトの一人の言葉で、もっとも好意的なほうだった。僕の話をひとまず受け入れつつ、日常の維持と安全を強調する返事だ。他はこれのバリエーション。

　生物準備室での昼飯時には、ニンナに叫ばれた。

「あれ話した!?　マジで!?　なんて言われた!?　次やめとけって？　そりゃそうとしか言

えないでしょ〜聞いたほうも。健樹おまえさあ」

「正気だと思われる程度の信用はあると思ったんだよ」

「信用の無駄遣いだよ！　困らせるだけだよ。大体、どうしてほしかったの？　拡散されて『いいね』もらいたい？」

「コウギョクガエルの目撃例が出たらいいなと」

「あー……」

叫んでいたニンナが一気に微苦笑になった。

「そっか、直球でハイイロに反撃ね」

「むかついたんだよ。悔しかった」弁当の箸を止める。「僕らが滅ぼした猛獣に恨み言を言われたんだ。言い返したくなるじゃないか、今はもう違う、そんなことはないって」

「うんうん、おまえそういうやつだよね。イヌ宇宙人出たガチヤバイとかじゃなく」

横から抱き締めて背中ぽんぽんしてくれてから、じっとり睨まれた。

「でも二人だけの秘密にしてほしかった」

「ああ……ごめん」

「じゃなくても下手にSNSでバズったら野次馬殺到して小姓洲潰れるよ。それはいやでしょ？　動画渡さなかったよね？　ならよし」

僕は思い詰めて、少し前のめりになっていたらしい。話した相手がみんな慎重なタイプだったことに、今度は逆に感謝した。

「ところで昨日、なんで希望を二つなんて言ったの？」

図書館が閉まる前に調べたいことがあったので、あのあとすぐ別れたのだ。その成果を僕は話した。

「コウギョクガエルは進化の過程で毒を身に付けた。だから捕食者を恐れずに出てくるんだけど、それだと今度はコウギョクガエルだけが大繁殖しそうなものだよな？」

「うん。でもそうはなってないね、なんで？」

「毒に耐える捕食者が出たから」

栄えている種を捕食できれば餌に困らない。だから有毒な種を特に狙って捕食する種が出ることがある。コウギョクガエルの場合はキリゲラというキツツキ科の鳥がその地位(ニッチ)に収まっていた。撮ってきた資料の図版をニンナに見せる。

「クマゲラやアカゲラは森に住むけど、キリゲラは川沿いに住む。毒無効化のメカニズムは不明だけど、戦前の解剖記録では、とにかく捕食していたのは確かだ。でもこれが、やっぱり近年は目撃されてない」

「これ見つかってないんだ？　ふーん……」ニンナは画像を見つめて小首をかしげる。

「これが絶滅してれば、餌のコウギョクガエルもそうだってことか」

「そうじゃない、順序が違う。一般に、生態系に変動があると上位捕食者のほうが敏感に影響を受ける。オオカミなんか最たる例だ。キリゲラはいなくなったのかもしれないが、だからコウギョクガエルもいなくなった、とは言えない。だけど、コウギョクガエルがいなくなっていれば、だからキリゲラもいなくなっただろう、と言えてしまう」

「ああ、それで二つの希望が無くなる、って」

ニンナはうなずいたが、腑に落ちない様子だった。薄皮チョコパン二つ平らげてから、僕の顔を覗きこんだ。

「でも、取ってつけた感がある。あのときそこまで考えてた？」

僕はため息をついて、ニンナの頭を抱き寄せてわしわしした。

「おまえは鋭いな。うん、って言いたくなったんだ」

「……絶滅を認める？」

「七十年近く目撃例がないんだ。そして僕の知る限り、コウギョクガエルを追っている専門家はいない。だったら、僕が言うべきなんじゃないか――って」

「つまり、看取(みと)ってやりたいって？」

僕は無言で飯をかきこむ。ニンナも少し考えていたが、やおら室内を物色し始めた。

「じゃあ行くか、もういっぺん」

「ニンナ……」

「あいつの前で言いたいんでしょ。付き合うよ、ただし、謝るんじゃない」ごそごそやったニンナは、なんのつもりか、古い工具箱から先の尖った片ロハンマーをひっぱり出した。鉱物や化石の採集に使うやつだ。「カエルもキッツキもオオカミも、健樹（タテキ）が滅ぼしたわけじゃない。だからごめんなさいでなくて、ただのさよならをしに行くんだ。いい？」

明らかにただのさよならをしに行くつもりじゃない。

「わかった。でもそれは危ないからやめとけよ」

「オオカミは猛獣だよ。あるならナイフとかライフルがほしいぐらいだけど」

ハンマーの頭のところをよく見た僕は、しぶしぶうなずいた。

「仕方ない」

「おまえは僕が守ってやる。じゃ放課後ね」

軽く頬に触れてニンナは出て行った。時々過激なやつだけど、気持ちは嬉しい。

「コウギョクガエルは絶滅したと思う。十年ここに通った、僕の本音だ」

「よし、よく言った！」

ハイイロは嬉しそうにそう言うと、口からぽっかりと金魚鉢のような水玉を吐き出した。

「では、こいつはおれたちのものだ」

小姓洲の塚にふわふわと浮かんだ水玉に、一口チョコぐらいの大きさの真っ赤な生き物がいた。喉をぷくぷく膨らませ、大きな黒い目をきょろつかせている。立派な成体だ。

唖然としてしまった。

「美しい生き物だ。この未開星の固有種を、星々の『協盟』は大歓迎するだろう」

ハイイロの言葉に、ニンナがキレた。

「お……っまえ、なんだよそれ！　いるんじゃねーか何が絶滅だ隠してたのか！」

「隠してはいない。少し上の支流から見つけてきたんだ」

「ふざけんな返せよ！」

「その義務はないな。『協盟』では未開星の生物を持ち出すことが禁じられているが、主力種が社会的に絶滅とみなしたものならば許されているから」

「そのキョウメイってなんだよ！　前も言ってたけど」

「地球の国連の宇宙版みたいなものだ。警察力があるから国連より強い。おれたちもその監視からは逃れられない」ちょい、と銀色の鼻に前足で触れてみせる。「だが法に背かなければ怖くない。だからおれたちは未開星よりも『協盟』のほうを気に掛ける」

「この詐欺オオカミ！」

ニンナが鞄からハンマーを出して、殺意にあふれたフェネックギツネみたいに殴り掛かった。ハイイロはひらりと身をかわす。

「まあ待て、ヒトカズ。仮にこの生き物を返したら、おまえたちはどうする」

「自然に戻すに決まってんだろ！　高値で売るとでも？」

「何もしないということだな。それではこれまでと変わらない」

「じゃあ飼う。僕たちか、それが無理でも、博物館か水族館に渡してちゃんとしてもらう。だよな、健樹（タテキ）？」

そうだ、と僕は答えなければいけなかった。貴重な種の記録を残すために。地球の遺伝子プールを維持して生物多様性を守るために。

だが僕は、ただ一匹のコウギョクガエルと目が合ったとたん、こいつの運命で頭がいっぱいになってしまった。地球も人類もどこかへ飛んで行った。

「ニンナ、ちょっと待って」

「なんで？　あっ」

手を止めた拍子にハンマーの頭がすっぽ抜けて、土にめり込んでしまった。楔（くさび）の入ってないハンマーなんか振り回すからだ。本気の殺し合いになる前でよかった。

「ハイイロ、その個体、単独か？　つがいがいるか、もしくは抱卵とかしていないか？」

「単独のメスだ。減り続けたこの種の、最後の個体だ。そして繁殖の兆候はないな」

「じゃあやっぱり絶滅じゃないか……。一時の見世物にするために故郷から引き離すなよ。最後はここで見守らせてくれ」

「最後なんかじゃない。おれたちはこの生き物をコピーする。決まってるだろう？」

「クローンか？」

「そのもっと洗練されたものだな。遺伝子多型を人工的に増やして再繁殖を行う」

「……そんなことができるのか！」

「だったら余計に返せよ！」

　ニンナが声を上げたが、ハイイロは落ち着いて首を横に振った。

「増やすだけじゃない。おれたちはこの生き物に快適な惑星を与え、さらに捕食者や地位競合者まで配置する。つまり、ここにいたときと完全に同じ環境を再現する。見ろ」

　ハイイロが吐き出した新たな泡が、僕たちをふわりと包みこんだ。すると周りの景色が一新された。小姓洲と似たような背の高い草が茂る湿地だけれど、周囲に堤防や鉄橋やビルが見えない。そこらじゅうの湿った土に赤いカエルが散らばっている。座っている、跳ねている、無数の羽虫や小さな貝に舌を伸ばしている。まばらに立つ灌木（かんぼく）から中型の鳥が稲妻のようにジグザグに飛来して、鉛筆みたいな細長いくちばしでカエルをついばむ。周りの個体は悠然たるものだ。しかし、やや大きな灰茶色のイモリが日なたを占有し始めると、抗議するように一斉に鳴き始めた。僕はその音に固まってしまう。

くっきくっきくっき　くっきくっきくっき

僕たちの泡が飛び上がり、視界が開けた。小姓洲の何倍も広い三角洲の周囲に森と草原が山地まで続いている。ざあっ！　と雲のような鳥の群れに巻かれた——と思ったところで、めくるめく風景は消えた。僕たちは自分の惑星で、カエルの泡を浮かべた訪問者と対峙していた。

「どうだい、おあつらえ向きの土地だと思わないか」

「……今のは映像とか、仮想空間の中か？」

「いや、実物の惑星があるよ」

トン、とハイイロが前足で地面を叩いた。すると足元深くから細かな振動が伝わってきて、驚いたことに地面が隆起し始めた。地図にない塚はびりびりと震えながら持ち上がり、隠れていた硬質の側面を水面からわずかに覗かせて、動きを止めた。

「この基地は一瞬でとても遠くまで飛べる」

「……」

「場所はまだ秘密だけどね。おれたちの力がわかってきた？」

さすがに僕たちも呆然として顔を見合わせた。今まで、どこかたちの悪い茶番に付き合わされているようなつもりでいたが、こうなると確かに、常識外の力を認めないわけにはいかなかった。

ただ一匹残ったコウギョクガエル。孤独に死ぬはずだった彼女に、ハイイロは本当にあの豊かな土地と仲間たちを与えるのだ。それは僕たちが逆立ちしても真似できないことだ。

ハイイロは得々と話し続ける。

「これも別に脅すつもりじゃなくてね。お礼がしたいという意味なんだよ。君たちが望むならその惑星へ同行したり、他の好きなところへ連れて行ってあげられる。貴金属に興味があるならいくらでも作れるし、身近に病人がいたら、治してあげる。簡単なことなんだ。君たちに、他の珍しい生き物にも『宣言』をしてもらうだけだから……」

しゃべるオオカミはここへ来て一気に正体を現した。要するに最初からそれが目当てだったんだ。並べ立てられた誘惑にはさっぱり現実味を感じなかったけれど、コウギョクガエルのようにもっと多くの生き物を救えるという話には、正直、気持ちが揺らいだ。

「ハイイロ……」「ちょっと待って、ハイイロ。僕、気づいたんだけど」

口を開きかけたとき、ニンナが遮った。

僕の片割れは周りの空をきょろきょろ見上げながら、妙なことを言いだした。

「あのさ、僕が一人のときもここに来てるってのは、健樹（タテキ）もハイイロも知ってるよね。健樹（タテキ）はここへ来ると足元ばっかり見てるんだけど、僕は空見てんだよ。気分いいから。でさ、何度か不思議なものを見たことがあって」離れた灌木のてっぺんに指先を向けて、ジグザグに振り下ろした。「遠くでこんなふうに急降下する鳥がいたんだ」

「……おまえ、それ」

「キリゲラ、だよね？　健樹（タテキ）の静止画だとわかんなかったけど」ニッと白い歯を見せて、ハイイロに目を向ける。「動きでわかった。さっきの惑星にいたよな？」

「よく気づいたね、ヒトカズ」

「僕はつい去年もここでキリゲラを見ていた。それがいるってことはカエルもまだいるってことだ。まだいるのにカエルだけ持ち去ったら——当然キリゲラも絶滅するよね？」

ニンナが薄笑いでぶらぶら歩いて前に出た。ハイイロの表情が変わっていく。オオカミの表情にはさっぱり詳しくないけど、僕にもわかる顔だった。舌打ちしていそうな顔だ。でなければ、いま急に食欲が増した顔。

「やめろ、ヒトカズ……」

「あ、やめたほうがいい？　じゃあやっぱりこれはヤバい話なんだろうから、続けるね。

おまえはさっき、主力種が社会的に絶滅とみなしたものは持ち出せるって言った。なのに僕たちを惑星に連れて行くとも言ったよね。——なんで連れ出せるの？　僕たちだって、地球の生物だよ？」

ニンナの目がいっそう細くなった。ハイイロは口を閉ざしてしまう。

それを見て、僕は思わず口を挟んだ。

「どういうことだ？　ハイイロが嘘をついてるってことか？」

「ギリギリでまだついていないと思う。条件が整えば僕たちを連れ出せるから」

「条件って？」

「僕たちが人類の絶滅を認めること」

僕は息を飲む。ニンナは伏せて唸っているハイイロから目を離さずに言う。

「人類が絶滅したことを、主力種である人類自身が認めれば、人類の僕たちを連れ出せる。そういう理屈だと思う」

「理屈になってないじゃないか。人類は絶滅してないし、しそうになっても、僕たちが生きてれば絶滅とは言えないんだから——」

「だからさ、僕たちなんだよ」ニンナが足元の何かを拾いながら言う。「あのコウギョクガエルと一緒で」

「あ」

　僕は絶句した。全部が腑に落ちるとともに、猛然とむかっ腹が立ってきた。

「ハイイロ――そういうことか！　僕とニンナをセットで連れて行けば、もっとも小さな『人間の社会』を運び出せて、しかも自然繁殖する見込みがない。だから人間の絶滅を認識させることができる。……つまり、人間を滅ぼして地球を乗っ取るために僕たちに目を付けたんだな？　何がおあつらえ向きの土地だ、何が結びつきが強いだ！」

　いろいろな怒りが入り混じっていたけど、一番はコウギョクガエルをダシにされたことで、二番が僕とニンナの付き合いを利用されたことだった。あともうひとつあったが、素材が巨大すぎてまだ実感はなかった。

　ところがそれを聞くとハイイロは、あわてた様子でまくし立てた。

「いや、違う。待ってくれ！　人間を滅ぼすだなんてとんでもない。そんなつもりはないし、人間の一人にだってこっちから傷をつけたりしないぞ」

「でも僕たちに人類の絶滅認定を迫るつもりでしょ。否定するならそこでしてみろよ。あ『協盟』に誓って！」

あん？」

　とうとうニンナが直した片ロハンマーを握って、再びハイイロの鼻面に突き付けた。

ハイイロは返事に詰まっていたが、やがて搾り出すような声で言った。

「ヒトカズ、タテキ。おれが滅ぼすわけじゃないんだ。人類が――」

そのとき、ハイイロの銀色の鼻からバチッと火花が散り、やつは悲鳴を上げて跳び上がった。

あっけに取られる僕たちの前で何度か火花が散り、そのたびにハイイロは跳び回って苦しんだ。かと思うとヨシの茂みへ跳びこんで消えた。それまでずっと浮いていた泡もパチンと割れて、中身がぴょんと飛び出した。

「コウギョクガエル！」

僕はあわててその子を捕まえようとしたが、地面がガクンと傾いて僕たちを水面に放りだした。必死にカエルを探そうとする僕を、ニンナが襟首をつかんで引きずっていった。堤防に着いて振り返ると同時に、激しい振動と暴風が押し寄せた。顔をかばった手をどけると、もうあの塚は消えていた。

小姓洲の真ん中には小さなため池程度の円い穴だけが残り、周りから注ぐ水でゆっくりと満たされていった。

それから少し経った六月、地元の研究者が小姓洲でコウギョクガエルの個体群を七二年ぶりに再発見して、ニュースになった。上流から移って来たのか、それとももともとここにいたのに見つけられなかったかの、どちらかだろうとその人は言っていた。僕はカエルがやっぱりいたことと、僕以外にもそれを目に留める人がいたことの二つを喜んだ。

後日談と言えばそれだけ。小姓洲の塚がなくなったことに気付いた人はなし。僕たちの行動にも変化はなし。以前はカエル探しだったけど、今はカエル確認のために小姓洲に通っている。

ニンナもやっぱりついてくる。ただ彼の目的は変わった。取り縄代わりのゴムロープをぶら下げて、万が一エゾオオカミが戻ってきたら捕まえようと気を張っている。

「絶対気になるでしょ、最後のあの台詞」とニンナは真剣に言う。「あいつはやらないけど、誰かがそれをやるって言いかけてたよね？　それで多分、しゃべり過ぎで釘を刺された。『協盟』とかいうのに。そのへん問い詰めたい」

「問い詰めてどうするの？」

聞くとニンナは僕を見つめて、何か言おうとしてやめる。僕もうすうすわかるけど、あえていいとも悪いとも言わない。

ハイイロは話の持って行き方を間違えたんだ。君たち二人だけで遠くの自然惑星へ行けるとしたらどうするって、最初から言われていたら、あんな流れにはならなかったかもしれない。

でも、やはりなったかもしれない。この星も捨てていくには大きすぎる。

「健樹(タテキ)、他の惑星の生き物って見たいんじゃない？」

ニンナに聞かれると、僕は首を縦と横に振る。

「見たいけど、地球にだってまだ見てない生き物はいっぱいいるしな」

「それもそうか」

「おまえこそ、宇宙生物しかいないところへ行っても困るだろ」

僕がそう言うと、ニンナは急にくすくす笑い出して、僕の肩をどんと叩く。

「それで困るんだったらここ来てない」

「そう」

そういうわけで、僕たちは多分、何かあってもずっと地球にいる。

鮭はどこへ消えた?

吉上亮

百年前の気候変動により、いや、それ以前からの乱獲によって絶滅したはずの、野生原種の鮭。わたしは、その〝調理〟を依頼されて――

吉上亮（よしがみ・りょう）は、一九八九年、埼玉県生まれ。二〇一三年、『パンツァークラウン フェイセズ』でデビュー。アニメ「PSYCHO-PASS サイコパス」のノベライズシリーズ『PSYCHO-PASS ASYLUM』『PSYCHO-PASS GENESIS』（以上、ハヤカワ文庫JA）を手掛けて以降は、アニメ脚本、コミック原作の分野でも活躍している。ほかの作品に『泥の銃弾』（新潮文庫）、『テトラド1 統計外暗数犯罪』（角川文庫）など。現在、SFマガジンにて歴史SF長篇「ヴェルト」を連載中。

鮭はどこへ消えた？

　季節になれば帰ってくる。

　百年前なら、その答えが通じた。

帰巣本能というものがある。鮭は特殊な嗅覚を持っており、自分が卵から孵（かえ）った川の匂いを記憶している。これをけっして忘れることなく、たとえ故郷の川からはるか彼方の外洋に出ても繁殖期を迎えると母なる川に回帰する。

　かつて川を遡上する鮭の群れは季節が巡るたび、世界中で見つかった。入れ食いどころか獲り放題で、あらゆる階級の人間が口にする食材。文字通り掃いて捨てるほど獲れたから、誰にも食べられず腐敗した鮭が畑のこやしに使われていたくらいだ。

そして今から百年前の二一世紀の半ば、後に〈嵐の時代〉と呼ばれる大規模気候変動を目前に、かれらの受難に終止符が打たれた。

つまり鮭は絶滅した。

環境激変は数多くの人間の命を奪い、世界各地で独自の作物を育てた土地を殺した。人類が築いてきた農耕の歴史は容易く終わりを迎え、品種改良を重ねた家畜や作物、人類と共生関係を結んだ動植物の多くも道連れになった。

だが、そうなる前から、人間が食い尽くし、命脈を断たれた種も多かった。

鮭もそのひとつだ。季節になっても鮭が川に帰ってくることはなくなった。

季節、そう四季の移ろいも一度は失われた。しかし、人間の数が減り過ぎたのか定かではないが、地球環境が安定を取り戻した現在、再び季節は蘇りつつある。だから鮭が戻ってきてもいいと都合よく考える輩もいる。食うに困った人類のなかにも食い意地の張った人間は必ずいる。

鮭はすでに絶滅しているのに。

鮭は消えた。百年の歳月を経た今なお、季節になっても帰ってこない。

出発は夜半。東京駅地下二八番線ホーム発の夜行列車。

わたしたちが乗る車両は古い時代の寝台列車を整備したもので、二段ベッドが前後に二基ずつ。上段に荷物を押し込み、下段に身を横たえたのも束の間、浅い眠りをコーヒーの香りが覚まさせた。顔を顰めてしまうほど煮詰まった、とても苦い香り。

わたしは起き上がる。黒のウェーダーを身に着けている。足先から胸下あたりまでをぴったりと覆う防水素材は僅かに締めつけが強く感じられる。

「……さっさと飲んで水筒の蓋を閉じろ。その匂いを嗅いだだけで胃痛がしてきそうだ」

「おや、起こしてしまいましたか？」

同乗者は悪びれる様子もなく、それどころか煮詰まった黒い汁が注がれた水筒の蓋を手渡そうとしてくる。わたしは手の動きでこれを払いのける。

「タダマサ、このご時世で旅情のコーヒーなんていいご身分だな」

「廃棄品の寄せ集めですよ。カレンさんのような執行料理人の方々が、最後の晩餐で供したコーヒー豆の滓という おこぼれに私は与っている」

気候変動で赤道降雨帯が北上し、プランテーション農業の大半は継続不能になった。

「滓の煮出し汁なんてまともにブレンドもできない。代用コーヒーじゃ駄目なのか？」

「絶滅危惧種を呑むから気分が出るんじゃないですか。夜中には不道徳な嗜好品が欲しくなるものです」

あっけらかんとした調子でタダマサは黒く濃い汁を口に運び、飲み下す。

「お前は夜じゃなくても不道徳な言動が多いと思うよ」

「あなたといるとつい気が緩む。ゆっくりなさって下さい。現地到着時刻は夜明け前の予定だ」

「今、どのあたりだ？」

「もうすぐ関東自治州を過ぎる。北東に赤城山が見えますよ」

外も見ずに答えるタダマサを尻目に、わたしは手を伸ばし窓のブラインドを上げた。夜の冷気が窓ガラス越しに伝わる。深い暗闇。山の稜線どころか建物ひとつ見えない。

まるで海中を進むような旅路だ。老朽化した線路を駆ける列車の騒音と風切り音だけが、ここが地上であると教えてくれている。とはいえ、タダマサの言うことも嘘ではないらしい。古びた窓の隙間越しに入り込む大気にブナの木の匂いをほのかに感じる。山が近い。

「当てずっぽうじゃないみたいだな」

「特技のひとつです。地球上のどこにいても、何となく自分の居場所が分かる」

地球規模での荒天が常態化している現在も物資輸送に航空便や海運が機能しているが、殆(ほとん)どが自動化され、空を駆け海を跨(また)ぐ長距離旅客輸送はほとんど絶えて久しい。

「地球上どこでも、ね。試したのか？」

「さあ、どうでしょう」

相変わらず謎が多い。隠していることを楽しんでいる節もある。金束子（かなたわし）のような髪。小柄で華奢（きゃしゃ）な身体を光沢を放つ銀灰色のウェーダーが包む。可憐な少女の容貌で、紳士のような低音（バリトン）の声色で喋る。性別不詳、年齢不詳。

わたしとこいつの関係は？

料理人と依頼人の契約で結ばれている。わたしは、タダマサが刑吏課の課長を務める司法代行企業〈法穣（ハーヴェスト・グレイヴ）〉と契約し、死刑囚に最後の晩餐を供することを生業（なりわい）としている。わたしは客のどのような注文にも応え、かれらを確実に処刑台へ送る料理を拵える。

しかし、今日は違う。こいつの趣味に付き合う一日限りのお抱え料理人。

わたしたちは普段、プライベートを共にする仲ではない。そもそも、わたしは胡散臭（うさんくさ）いところを隠そうとしないこいつと必要以上に仲良くしたくもない。

これは交換条件の履行だ。ある仕事の折、わたしはとても高額の取引を企業と交わした。その仲立ちをタダマサが務めた。わたしは、こいつに大きな借りがある。

そして、借りはいつか返さねばならない。

奴はわたしに言った。

――それでは今度の休み、一緒に「鮭」を獲りに行きませんか？

列車は山中を貫通するトンネルに入った。どれだけ目を凝らしても窓より外は塗り潰されたように黒一色だ。車内の照明も最小限に抑えられている。飲み残された滓コーヒーは水筒の蓋ごと闇に溶け込むが、かえって、その香りが強調されて感じられた。

「事の発端は五年前に遡ります。北極圏はスピッツベルゲン島、種の箱舟とも呼ばれるスヴァールバル世界種子貯蔵庫（バンク）が国籍不明のテロ集団に襲撃された。永久凍土の岩盤を刳（く）り抜き建造され、大規模気候変動の時代も耐え切った数少ない遺伝子バンクには、約三〇〇万種の種子が保管されていました。襲撃犯は、そこから現在では失われてしまった、ある鮭の原種の卵を奪取したのです」

「鮭の原種？」

「野生原種（ワイルド・サーモン）ですよ」

一九世紀の産業革命期以来、鮭は盛んに養殖が進められてきた。採取した卵を施設や別の川で孵す孵化場。海水中の生簀（いけす）で囲う養殖場。人工的に繁殖される養殖種は、不可避な事故や杜撰（ずさん）な管理によって逃げ出し、野生種の鮭と交配した。野生種は過去の乱獲だけでなく、こうした養殖品種……後には遺伝子組み換え品種との交配も進み、純粋な意味での野生原種は絶滅が宣言された。交配種もまた〈嵐の時代〉を経て養殖漁業が壊滅したため、その大半が行方知れずとなっている。

「その野生原種、品種は？」

「かつて日本で一般的な鮭を指していたシロサケです。ドッグサーモン、チャムとも呼ばれるシロサケは、秋から冬に川を遡上することから秋鮭と呼ばれ盛んに食されてきた」

名前はもちろん知っている。食材として扱ったこともあるが、他の魚類がそうであるように、鮭（サーモン）もまた入手困難な食材のひとつに数えられて久しい。

「で、その鮭の卵はどこへ持ち去られた？」

「人工孵化され、ある日本の河川に稚魚が放流されました」

「テロの後は環境保護のボランティア活動とは、呑気な話にも聞こえるな」

わたしが吐（つ）く悪態に、タダマサは薄く微笑むばかりだ。

「シロサケの場合、稚魚が銀（スモルト）化して外洋に出て、孵った川に帰ってくるまでの期間は三年から五年。そして今年、百年ぶりの鮭の母川回帰が予測されている」

「随分と詳しいが、どこの情報だ？」

「釣り仲間の伝手（つて）を頼って。趣味の交友関係というのは侮（あなど）れませんよ」

「話を聞く限り、お前が獲ろうとしている鮭は非合法のしろものだな」

「ええ。平たく言えば密漁です」

タダマサはにっこりと答える。わたしは呆れて物も言えなかった。

「お前は馬鹿か。種子バンクを襲撃した連中の目的は放流じゃない。収穫だろ。つまり、これから行く先には武装した連中が待ち構えてる。備えは出来てるのか?」

「ご心配なく。それらについては詳しいもので」

タダマサのベッドの上段にはライフルケースのような長大な箱が置かれている。

「言っておくが、わたしは同行するだけだからな」

「構いません。そして私が鮭を獲った暁には料理して振舞って下さればいい」

その微笑みを、どこまで信用したものか分からない。だが、こいつがこれほど情熱を傾けるさまを見たのは、長い付き合いでも初めてだ。

「……どうして、そこまで鮭にこだわる?」

「あなたが作る鮭料理が食べてみたくて」

「嘘ならもう少しマシな嘘を吐け」

わたしの知る限り、こいつはそこまで食に情熱を傾ける手合いではない。何しろ、苦いばかりで味もへったくれもないコーヒー滓の煮出し汁を平気で飲み干すのだから。

とはいえ、苦みも使い方によっては、立派な味の構成要素になる。

苦み、つまり焦げた風味は食味として敬遠されるが、たとえば鮭の燻製。木や葉を燃やした煙を浴びせるのは、その成分で釣果に虫が集るのを防ぐためだが、この薫香が食味として好まれていたことも事実だ。

わたしは窓際の可変式テーブルに置かれた水筒の蓋を手に取る。すっかり冷たくなった滓コーヒーの汁を口に含む。夜気をそのまま取り込むような感触が喉を伝って腑に落ちる。

当然、不味い。とても飲めたものではない。

非難の眼を向けると、タダマサは再び口を開いた。

「――ところで〝喰鬼〟鏑木大佐という人物をご存じですか？」

わたしは首を横に振る。極悪党との接点は最後の晩餐を供する一席だけで十分すぎる。

「高名な文筆家で、潤沢な資産を背景に州軍を自称する私設軍事組織を設立。各自治州住人からの依頼を受け、安全保障の真似事に勤しんでいるお方です」

「大分、高尚な趣味の持ち主らしいな」

「自治州の狭間に網目のように蔓延る無縁都市にとっては厄介な存在でもあります。安全保障といっても実質は私的な意図に基づく侵攻、略奪を言い換えているに過ぎません」

「で、その軍事カルトの親玉みたいな奴がどうした？」

「〝喰鬼〟の異名のとおり、鏑木大佐は美食家としても知られています。古今東西の料理や調理法に通じ、件の私設軍事組織も元は美食を追求する倶楽部から発展した。食材の流通網は現在に至るも万全に復旧されたとは言い難い。ゆえに、食べたいものがあればその土地に足を運ぶしかなく、その道中は自衛のための武装が欠かせない」

「それがいつの間にか、食いたいものがあれば漁りに行く略奪集団と化したと」

「ご推察の通りです。鏑木大佐は、土地そのものを食べたがるお方でした。大地の味（goût de terroir）とも称し、その土地のあらゆる実りを口にしたい。しかし作物や動植物は多岐にわたる。どうすればよいか？」

「それなら、熊でも獲って食えばいいんじゃないか」

熊は、大半の生態系で頂点捕食者の位置にいる。下から順に捕食されていく食物連鎖の最終到達点という意味で、その土地の味すべてが凝集されているといえなくもない。

「ええ。熊も狩猟するつもりのようです」

「熊も？」

「元より鏑木大佐が指揮する私兵部隊が種子バンクを襲い鮭の稚魚を川に放ったのは、大佐が望む、大地の味（goût de terroir）の完成に必要な食材を揃えるためでした。かつて季節になると川を遡る鮭を求めて、その地の獣たちはこぞって集まり、年に一度の御馳走を貪（むさぼ）った。母川回帰する鮭は、狩人にとって獲物を誘（おび）き寄せてくれる都合のよい撒き餌でもある」

「つまり、そいつにとって、鮭は食材であり餌でもあるってことか？」

「そうなります。百年ぶりに母川回帰する鮭の野生原種、かれらに誘き出された熊などの獣や野鳥たち、これらすべてを食材として収穫するため、大佐は準備を整えてきた」

「五年も時間を掛けてか？」

「全国津々浦々の土地に、鏑木大佐は同じような猟場を抱えています。だから大佐にとっては年ごと、季節ごとの愉しみというわけです」

　食べることへの執着……というより倒錯だが、珍しい話でもない。昔から独裁者、軍事的支配者は征服に勤しみ、美食に耽溺した。思う存分に奪い、喰らい尽くす。頭(インサイドヘッド)の中から生み出される欲望の制御装置が壊れた輩は、いつまでも満たされることがない。

「で、わたしたちは、これからその異常美食者が囲ってる猟場に入るわけだ」

「そうなりますね。だから密漁と言ったのです。——痛快ではありませんか。望んだものは何でも手に入る、何でも口に入れられると驕(おご)っている独裁者から獲物を奪うのです」

　タダマサの浮かべる笑みは濃い。今さらながら危険な遊戯(ゲーム)に巻き込まれたと悟った。借りを返すには、とても割が合わない。心の底から後悔した。しかしもう遅かった。

　間もなく列車はトンネルを抜ける。世界が青みがかった銀色に染まって明るく見えるのは降り積もった雪のせいだ。

まるで魚の銀皮を剝いで敷き詰めたような光景。そんな連想が浮かぶのは、大気に潮風が混じっているからかもしれない。線路は海沿いの堤防もない低地を走っている。海は信じられないほど近く砕ける波は白い。列車は運行速度を落としている。

雪が止み、澄んだ空気に満たされた視界で、遠く海上に揺らぐ光を捉える。漁船が安全に操業できるような海模様ではない。しかし荒れた海には船の灯りが遠く揺らめいている。ぽっと赤い光が瞬く。戦闘が行われた痕跡。被弾した船体に沿って火が奔(はし)る。左右に斜めに大きく突き出したポールが特徴的な形状。巨大な鉤つき針で鮭を釣る漁船だ。

遠目にはミニチュアの船舶模型が燃え落ちていくように見える。船員は？　船より小さい人の姿など捉えようもない。それよりもっと小さい魚の行く末も。沈みゆく船に鮭はいるのか。だとすれば、わたしたちの旅はここで終わりだ。

そして列車が止まる。海沿いの駅は満潮時には水没するのか、野晒(のざら)しの柱は下部が錆びて大きく変色している。ベンチは金属製の足場だけが残っている。

そこから徒歩で海岸沿いに進む。雪が踏み固められた道。ということはここを通行する誰かがいる。現地住民か、それとも例の大佐の私兵なのか考えたくもない。

背嚢を担ったわたしが慣れない道を難儀して進むなか、タダマサは自分の背丈ほどもある長大なケースを担いでいるのに歩行に危ぶむところがない。道を先導するタダマサとの距離は開くばかりだ。無性に煙草が吸いたい。しかし猟をするなら強い匂いを発する嗜好品はご法度だと分かっている。だが、それならコーヒーもそうじゃないのか。そもそも水中の魚は空気中の匂いまでも嗅ぎ分けるのか？

やがて川が海に注ぐ河口部に辿り着く。海水と淡水が混じり合う汽水域。雪の合間を流れる黒く太い川は水量が多く、流速もかなりある。ということは、かなりの高低差を流れる川だ。穏やかさと程遠く、間違っても足を踏み入れたくない凍てついた川。

鮭は、そういう川を生まれ故郷とする。長い旅路の最終段階。

淡水から海水へ、海水から淡水へ生息域を変える鮭は、その成熟度合いに応じて、生態を変化させる。外見も様変わりする。たとえば雄なら二次性徴とも表現される口吻部が鉤鼻化し、その表皮に繁殖斑がはっきりと浮かぶようになる。

先を行くタダマサが足を停める。鮭は川を遡行するほどエネルギーを消費し痩せ細っていく。だから鮭を獲るなら、なるべく河口付近で釣ったほうが理に適っている。

だが、タダマサは釣り道具は取り出さず、防水グローブを嵌めた手で川の中ほどを指さす。水の泡立つかたちが他と違う。人工の堤防が渡されている。

「簗です」タダマサが言った。「川を遡行する鮭は進行方向が川の上流と決まっている。そこで木材を繋いだ簗を川を横切って渡すと、水は通過し小型の魚類も通り抜ける。しかし魚体の大きな鮭だけは簗に取り残される。それを獲る」

「えらく簡単だな」

「ええ実に。鮭は家畜でもないのに、人間に食われることをよしとするような性質を備えていた」

とはいえ、それは人間の視点からであって、本来の生態系なら捕食者に多数の個体が食われても、それを遥かに上回る数が川を遡り、繁殖を繰り返していたのだろう。

だが、繁殖力も食欲ももっと旺盛な人類に目をつけられたのが運の尽きだった。

タダマサは簗の横を通り過ぎていく。

「鮭がいないか確認しなくていいのか？」

「その必要はありません。すでに壊されている」

指摘通り、簗は川の真ん中付近で大きく千切れていた。経年劣化のようには見えない。

「誰の仕業だ？」

「大佐の私兵でしょう。この地を狩場と定めるにあたって、不都合なものは次々に排除して回ったのだと思います」

壊された簗を越えてさらに上流へ進むと、タダマサはグローブを外し手を川に沈めた。

「水温は零度近い。鮭の産卵に適した温度だ」

水は手指が透けるほどに透明だ。澄んでいるとは、透過される光の度合いが高いとも言い換えられる。ということは夜明けが近い。わたしは川の上流を眺める。その先に聳(そび)える山がある。稜線が認識できる程度に空が明るくなり始めている。背後の海側はまだ夜に属している。しかし朝は着々と山向こうからやってきている。

ここからはボートを使うと言って、タダマサは川の端に引っかかった流木に近づいた。よく見ると、川に沈んでいるのは樹皮や葉のついた枝を巻きつけた太く長い杭だった。

「これはコドといって、鮭が休息できる罠を作っている。そこにテンカラ針と呼ばれる三叉の大きな釣り針を投げ入れて鮭を獲るのですが……」

水面に漂う綱を引っ張ると、水中に投棄されていた巨大な鉤針が引き上げられた。魚ではなく防水パッケージが掛かっていた。タダマサはパッケージを開封し、格納されていた空気式のゴムボートを持参していた空気入れで手早く膨らませ、川に浮かべた。

「えらい用意周到だな」

「準備にあたって、壊されたコドの残骸に括りつけて沈めておいたのです。すでに壊されているものなら調べられることも少ないと見当をつけまして」

二人分の荷物を載せ、わたしとタダマサが乗り込むと小型のゴムボートは露骨に沈んだが、転覆することはなく安定が保たれた。船体後部に立ったタダマサは背丈よりも長いケースを開いた。その内部には伸縮式の竿（ロッド）が収められていた。

タダマサはこれを伸ばし、櫂（かい）のように船尾から水中に沈める。手を捻ると虫の羽音のような低い音が僅かに響いた。ボートが動き出す。エンジン駆動のようにパワフルではないが、より流速を増した川を滑るようにして遡っていく。

「磁性竿（マグネティック・ロッド）です。限られた範囲ではありますが、触れた対象の磁界を変化させて推力を得ることが出来る。磁界といえば、カレンさんは渡り鳥が島から島へ、大陸から大陸へ、地球規模の飛行を航路計算もせずに正確に行える理由をご存じですか？」

「地磁気を感じ取る機能がどうこう……って話だったか」

「そう。ただ実際は地磁気を感じ取る能力はサブシステムのようです。渡り鳥の視覚領域……脳神経系の量子コンパスが超長距離飛行のために欠かせない」

「量子コンパス？」

「コンパスというのは人間の道具に喩えた表現ですが、要は視覚に属する機能です。天体の位置、地上や海の情景、視覚が捉えた情報の大半は意識されない。しかし捨てられたわけでもない。取得された意識外の膨大な視覚情報を脳が処理し、渡り鳥は何となく正しい航路を必ず選択できる。この概念は別の動物の生態にも置き換えられると思いませんか？」

「鮭の母川回帰の話か」

「そう。かつては鮭に特別な嗅覚があり孵化したときの河川の匂いを記憶することで、どれだけ遠く外洋まで出ていっても必ず戻ってこられると考えられていた」

嗅覚と記憶は密接に結びついている。プルースト効果の例を挙げるまでもなく。

「ですが、当然ながら嗅覚を刺激する化学物質、匂いの分子を数千㎞も離れた外洋で嗅ぎ取れるはずがない。よって嗅覚はサブシステム、これに地磁気センサーを加え、量子コンパスが主たる母川回帰の航路測定機能を果たしている。根拠がないわけではありません。鮭は日本が生息の南限とされたほど冷たい水を好む北半球の魚ですが、かれらが暮らすのは表海水層という太陽の光が届く水深です。それはつまり水中に注ぐ太陽光を感知しており、その変化を視覚情報で得ているからとは考えられませんか」

「お前が並外れた鮭好きだってことがよく分かったよ」

しかし、量子効果を料理に織り込む方法に今のところ興味はなく、わたしが興味あるのは、鮭の生態ではなく、鮭の身の味。その優れた調理の仕方だ。

「その量子コンパスってのは、わたしたちが鮭を喰ったところで得られるものじゃなさそうだな」

「ええ。眼球と視神経、小さな脳ごと鮭の頭を齧ったところで意味はない。ただ、死ぬべき瞬間が近づくと、生まれた場所に否応なく引き寄せられてしまうという鮭の悲しい宿命を理解してみたいとは思います」

「悲しいとは限らないんじゃないのか」

そもそも、魚は悲しみを感じるだろうか？　前に蛸が痛覚を感じ、意識を持っているらしいという研究を何かの本で読んだ。そうだ。科学系の調理専門書。蛸や魚にも痛覚があるなら熱湯で茹でるのは残酷だというコラムの一文。わたしはその感性に共感できなかった。獲る。捌く。煮る。焼く。それが自分の身に起きるならとてつもなく残酷だ。しかし、そんな残酷なことを別の種に対して行うことが捕食だ。文字通り捕って食う。華麗な調理技術のすべては残酷な行為の上に築かれている。その前提を無自覚にせよ引き受けたうえで人間は食べるため、料理という技術体系を積み上げてきた。

「確かに、繁殖の本能を悲しみと捉えるのは人間的かもしれない」

タダマサの理解は、わたしの考えるところとは異なっていたが、訂正はしなかった。

自分と異なる種に対して、悲しみを投影できるのはひどく人間らしい情動ではないか。おそらく、わたしがこいつと曲がりなりにも何年も契約関係を維持できているのは、こうした情緒を持つ相手だからだろう。わたしは技術に対する純粋な欲求が強すぎる。

今だってそうだ。わたしは百年ぶりに川を遡行してくる、一度は絶滅してしまった鮭の野生原種を密漁し、食材として捌き、調理することに何ら罪悪感を抱いていない。野生原種と養殖種の身質の違いは何だろうとか、脂肪のつき方が違うだろうからまぶすべき塩の量も加減すべきだろうとか、わたしの興味は料理にしか向かない。

希少な種子バンクを襲撃させ、この川に鮭の稚魚を流し、鮭の母川回帰を利用し土地の味そのものを狩り尽くして貪ろうとしている鏑木大佐とやらを異常美食者と思ったが、わたしも大した違いはない。舌を悦ばす味をその手で創造したときの昂奮の虜（とりこ）になっている。妙な考えに取り憑かれたせいだろうか。急に足元がぐらぐらと揺れ始めた気がした。

違う。この揺れは神経性のものではない。意識は急速に現実感を取り戻す。ゴムボートの舟底を介して伝わってくる多数の振動の正体を突き止めようとする。突如として水が沸騰したかのようなぼこぼことした無数の振動。

そして眼前を銀色の影が横切った。川そのもののような青い匂いがした。

山向こうの空は天を燃やすかの如く明るさを増しつつある。夜明けの太陽に向かおうとするように宙を舞うのは、川から跳び出してきた一匹の魚だ。

どれほど強靭な筋肉をしているのかも分からない、その身を宙に躍らせる魚体が身を捩る。尾鰭（おびれ）が振られ、水の飛沫（しぶき）が眼前に散る。その巨体の魚は、あまりにも高く跳ね過ぎたために着水場所を見失い、ゴムボートの中に落ちてきた。

大きく鼻曲がりになった口吻部に肉食魚のように鋭く切り立った歯が並ぶ。側部には鮮やかな斑紋が浮かび上がっている。魚体は上半分が緑掛かり腹部は銀色に光り輝く。

鮭だ。

無数と言えるほどの鮭が大挙して川を遡行している。壊れた簗の隙間を潜り抜けた魚群が銀色の大波となって押し寄せるようだった。ゴムボートに落ちた鮭も捕まえる暇もなく再び飛び跳ね、水中に戻ってすぐに見えなくなる。

「こいつらが、お前の獲物か?」

思わず尋ねていた。船体後部でタダマサは両脚を深く沈めて安定性を確保しながら、羊飼いが手にする杖のように磁性竿を、殺到する鮭の群れに差し入れたままだ。

「いえ。これは残留していた養殖種と野生原種の交配種たちでしょう。気候の激変によって鮭の生息域は南限が日本よりも高い緯度になってしまいましたが、今年は気温の寒冷化による水温の低下も確認されていた。かれらは迷い子の鮭たちです。養殖種はどういうわけか、母川回帰の性質を獲得できなかった。荒れ狂う海流のなかで千切れた生簀から逃げ出した鮭たちは本能のままに外洋を彷徨(さまよ)い、そして故郷に戻らず果てていった」

「だが、こいつらは戻ってきてるよな」

詩人ばりに鮭の客死に想いを馳せるのは結構だが、このままでは鮭の大群によってボートが転覆しかねない。それほど鮭の数は多い。遥か昔の人類が、まだ木を切って組み合わせる程度の単純な漁具だけしかない時代に、掃いて捨てるほど鮭が獲れたということの意味が理解できた気がした。それほど川を遡る鮭の群れは膨大だ。

「母川回帰する鮭を追ってきたのでしょう。故郷へ迷うことなく一目散に泳いでいく鮭がいる。彼女は多数の同胞を率いて帰ってきた」

タダマサは親しい相手の帰還を寿（ことほ）ぐような態度だ。彼女ということは雌だ。言っていたではないか。鏑木大佐は大地の味を食い尽くすために、熊や、野の鳥や獣を誘（おび）き寄せるために鮭の稚魚を放流した。熊は雌の鮭の腹にたっぷりと詰まった卵を好む。

「お前が獲ろうとしている雌の鮭は、もう川を遡ったのか？」

「そうでしょう。押し寄せる鮭は雄の割合がかなり高い。雌の匂いを追っている。自らの遺伝子（ジーン）を次代に繋ごうと必死だ。死んで自らを継ぐ稚魚を残すか、死んで別の個体の稚魚に食われるか。もう生きられる時間は僅かなのに、かれらに死を恐れるところはない」

鮭が、なぜ容易く人間に獲られてしまうのか。その理由を大挙する鮭の群れを前にして理解できた気がした。かれらは死にもの狂いで、捕食者の襲来を気にする余裕もないのだ。長い長い距離を泳ぎ続けてきた鮭たちは、最後の最後で激流を遡る。体力の出し惜しみはない。どのみち命が尽きる瞬間が近い。命の全部を使い尽くす。

鮭はみな生き切る。先行した雌を求めて殺到する雄たちの群れは銀の大波となって、わたしたちの乗るゴムボートごと川を遡る。飛び散る飛沫は川傍（かわぞい）に積もった雪と変わらないほど冷たい。凍てつく大気は鮭たちの濃く青い匂いで満たされる。

空を見る。太陽は連なる山の稜線を明るく縁取り、なお眩しく輝き、正確なかたちを眼によって捉えることはできない。だが、増していく光が透き通る澄んだ川を透明に照らし出す。川の底は見えない。それほどに鮭の群れは果てしない数だ。

銀の波が一斉に跳ねた。急流の果てに、豊かな水量を湛える湖がある。そこに無数の鮭たちが到達し、縦横無尽に散っていく。

ほんの僅かな時間で、再び水面は静けさを取り戻す。わたしは湖面を満たす濃い霧を吸い込む。ブナの木の匂いがする。白く、青く、緑がかった匂い。これが水中に溶け込み、鮭に故郷の匂いとして記憶され、望郷の想いを掻き立て続けるのだろうか。

そして静止したわたしたちのゴムボートの傍を、鮮やかな色をした虫（フライ）のような何かが横切った。それは自然の産物とは思えないほど、ひどく美しい色彩をしていた。

霧は濃く、湖の全景を見渡すどころか、数m先も視認できない。

ただ、それでもそこに何かがいることは分かった。動物は捕食者の存在を敏感に察知する。熊がそこにいる。全身に怖気が奔る。

そいつは熊だ。釣り舟に乗り、人間の匂いを発しているが、性質としては熊のほうが適切だ。生態系の頂点に立つ最強の捕食者。

霧のなかに浮かぶ一隻の木製の釣り舟から、長い竹製フライロッドが伸びており、垂らされた釣り糸の先端で、芸術品のように華美なフライが水面を漂っている。

そのすぐ傍に、別のフライがキャストされた。釣り針に赤いウールと薄茶色の雄鶏の羽をグルグルと巻きつけただけの簡素な毛針だ。

タダマサがキャストしたのだ。

「釣り針は？」

ふいに声がした。男とも女とも取れる声だ。かなり年齢を重ねていることだけが分かる。

「返し針なしで」

「よろしい。施した教育を君は忘れていないね」

「感謝しております。お陰様で、こうしてあなたとフライフィッシングを愉しめます」

互いの舟は、声は届くが姿は霧に紛れて見えない距離で静止している。

「おい、ヒズ、口を慎めよ」

すると、別の声がした。犬が唸るような攻撃的な声色だ。向こうの舟には別の人間も乗り込んでいるらしい。木舟が軋む音がする。動作の気配。

タダマサは何も答えない。旧友に呼び掛けられたように笑みを濃くするばかりだ。

「シタン」と霧のなかで声がした。「大きな声を出すな。魚が逃げるよ」

再び静けさが取り戻された。やがて、タダマサがぽつりと言った。

「とても美しいフライですね。私のほうが目を奪われてしまいそうです」

「バリーシャノンのアンティークだよ。彼女のフライは正真正銘の芸術だった。だが、愛好家はこれを飾るばかりで使おうとしない。美しいなら使うべきだ。美しいと感じたものはすべて食すべきであるように」

「あなたは変わりませんね」

「君もな」

「そうでしょうか？」

「死者の匂いを纏っていることに変わりはない。ただ血の匂いが減ったな。少し痩せたか？」

「肉はあまり好まないようになったかもしれません。かわりに魚が好きになった」

「正しい選択だ。私の許を離れてよい肉は食べられない」

「ですが、その獣のような旺盛な食欲が獲物を遠ざけるとは思いませんか？」

タダマサが言うと、その手に握るフライロッドから垂れた釣り糸が揺れた。地味な毛虫のような見た目のフライが水中に、とぷっと沈み込んで見えなくなった。

「それに、人の目に美しいものが、必ずしも鮭の食べたがるものとは限りません」

タダマサの言葉は挑発的だ。しかし相手が声を荒らげることはない。

「焦らないように。God save the Queen と呟いてから合わせなさい。そして、竿はあおらずに、可能であれば魚が泳いでいる方向と反対に強く引っ張りなさい」

人間の言葉を使う熊が、霧の中からそっと助言した。ぷつりと糸が断たれる音がした。水面を漂う芸術品のように美しいフライが、揺れ動くタダマサの釣り糸に絡まる。間もなく傍にいた舟の気配が消えた。それっきり誰もいなくなった。

代わりに、大きな水音がした。魚が尾鰭で水面を叩く音が静かな湖に拡がった。音は立ち込める霧に吸い取られるように消える。魚影が跳ねる。再び水中へ。

そのときだ。タダマサが竿を渡してくる。

「ロッドをお願いします。ただ持っていて貰えばそれでいい」

言うや否や、タダマサがゴムボートから飛び降りた。湖の水深は浅く、銀灰色のウェーダーの胸下あたりが水面になる。タダマサは凍てつく水を浴びるのも躊躇わず、両手を水中に突っ込んだ。そして一匹の鮭を抱き上げ、慈しむようにその口吻にそっと口づけた。

「それでは食事にしましょう。調理をお願いします」

釣られたシロサケは雌だ。すでに産卵を終えて痩せていた。そのまま身を食して美味しいとはならない。産卵を終えて寿命が尽きかけ、すっかり脂の抜けた死ぬ間際の鮭を指して、スコットランドではキッパードと呼んだ。

そして、スコットランドの名物とされる鮭料理は、燻製鮭（キッパードサーモン）と呼ばれる。一八世紀に誰かが、獲っても無駄と捨てられていた鮭（キッパー）を燻製する調理法を発明した。同地では豊富に取れる泥炭を燃やして使うが、この湖周辺では見つからないので、湖畔に生えるブナの木の枝を切って燃料として燃やし、その煙で燻（いぶ）して燻製にした。

本来、燻製鮭は身を捌き塩を当てて乾燥させてから煙で燻すが、風干しをしている時間はない。燻製というよりは、薫香をつけるイメージで、火床も別にして煙だけ密閉した容器のなかに送り込む冷燻で香りをつける。

鮭は鰓（エラ）を抜き、湖につけて血抜きをしてから腹を裂き、内臓を抜いただけで魚体を残している。腹部は肛門部から腹の途中まで一度切ってから、少し皮を残したまま腹から再び頭部付近まで切る、二ヶ所切りを行う。この地域の郷土料理である塩鮭も同じ腹の裂き方をするため、これに倣（なら）ったが、何となく腹を切り裂くことが悪い気もしたのだ。

取り除いた鰓や内臓も取っておき、別の容器で塩蔵する。すぐには完成しないが、一定期間の発酵が済めば、珍味として食せるようになる。

とはいえ、今は釣られた鮭の調理だ。冷燻を済ませた鮭は木を割った調理台のうえに横たえる。塩と燻製の効果で吸い付くような身質になった腹のなかに、付近で採取した食用可能な野草を詰める。それから持参したシートで魚体をぴったりと巻く。まるで埋葬されるミイラのような外見。そして実際、これから鮭を土葬するように土に埋めることになる。

すでにわたしとタダマサでスコップを使い、地面を深く掘ってある。そこに熾した炭やブナの木の枝などの火元を落として天然の窯にする。湖には豊富な粘土があり、わたしはこれを両手にたっぷりと持って、調理台でシートにくるまれた鮭に塗りつける。そして粘土で隙間なく覆われた鮭を火床になった穴に埋めた。上から土を被せる。完全に密閉された地中で鮭は加熱されていく。

土を埋めた地面に手で触れ、火加減を感覚で測る。最初は冷たく、やがて触れられないほど熱く、最終的にほんのりと温い程度になったら、再び土を掘り返す。大量の煙が噴き出す。焼けた土と木の匂い。鮭は焼けて硬質化した粘土のなかに閉じ込められている。

掘り出された鮭を調理台に置く。焼かれた粘土はかなり硬い。包丁の柄で叩いてもびくともしないので、穴を掘る時に使ったスコップを水で洗ってから破砕に使う。

粘土が割れる。湯気が噴き出す。濃厚な鮭の香気を帯びている。暗色の粘土の殻が割られ、スプーンによって皮ごとほぐされる鮭の身は鮮やかに紅い。身の紅さはカロチノイド色素のアスタキサンチンによるものだと言われるが、わたしはこれを太陽の色のようだと思う。夜明けの空は、鮭の身と同じく紅い。

焼き上がった鮭は柔らかく崩れやすい。そのままスプーンでほじりながら食う仕立てとした。

「――出来たぞ、〝鮭の土葬焼き（キッパー・グレイヴ・サーモン）〟だ」

「あまり食欲をそそらない名前ですね」

「こいつを食べたいと言ったのはお前だ」

それもそうだ、とタダマサは渡したスプーンで一杯分の身を掬（すく）った。

味はどうだと尋ねはしなかった。客は、わたしの料理を口にしてから小さく頷いた。

「彼女を放流したときに嗅いだ、この土地の香りがします」

やはりそうか、と思った。

「ヒズ、と呼ばれていたな」

「昔は、そういう名前で呼ばれていました」

「鮭の頭の軟骨を使った料理に、氷頭（ヒズ）っていうのがある」

「それが由来かもしれませんね。大佐らしい名付け方だ」

「……お前はどこまで関与してたんだ？」

「最初からですよ。私は襲撃グループの一員でした。世界各地での種子バンクへの攻撃を指揮していた。指揮官である鏑木大佐の欲する多数の絶滅種を奪い献上した。鮭の稚魚を放流したのも私です」

「それがどうして転職を？」

「鏑木大佐は食に貪欲なお方です。重ねた罪は数知れない。遠からずいつか死刑台へ送られることでしょう。そのとき最後の御奉公を勤めるなら今の仕事が天職かと思いまして」

「……本気か？」

「冗談です。何というか、私は捨てられたのです。必要なだけの種子が獲得された後、私は部隊ごとお払い箱になった。大佐の経営する牧場の餌にされ、私だけが逃げ延びた。しかし、私は地球上のどこにいても大佐に居場所が筒抜けです」

タダマサは頭をスプーンの先で指し示す。

「量子全地球測位システム（QGPS）——世界各地での作戦行動の際に位置情報を正確に取得するために、私のようなゲノム兵士に遺伝子編集で導入された機能のひとつです。これと同じものが放流した稚魚の野生原種にも導入されていた。私と彼女は量子的に一対となっており、繁殖期を迎えると、この雌鮭は私がいる座標に向かって母川回帰を行う」

「お前に向かって鮭が来る。その鮭を連中は捕まえて餌にする」

「逃げることも叶いません。周囲に迷惑を掛けるわけにもいきませんから、こちらから直接出向くことにしたのです。勝負をしようとメッセージを送った。鮭を釣ったほうが勝者となる。私は勝利の報酬に自由を求めた。ＱＧＰＳからの永久的な切断を。あのご老人は、こうした勝負事が好きなのです」

「もし、お前が鮭を釣れなかったら？」

「私たちも、この地の味（goût de terroir）の一部になっていたでしょう」

タダマサは大ぶりに刳り抜いた鮭の身を頬張る。それからポケットから下げている装飾具のような毛針を掲げる。鏑木大佐が残していったフライだ。

「そいつが勝利の勲章ってことか」

「とても貴重なアンティークです。お渡しします。これを然るべきところで売り、あなたの店の開店資金に使って下さい」

すでにこの世界から消えて久しいだろう鳥の羽根を主とする素材が十何種も惜しげもなく使われ、一本のフライに巻かれている。手で摘まみ、目の高さに持ち上げる。

射す朝陽を受けて、色鮮やかで細かな羽根がきらきらと反射する。

「……こいつの実用性は？」

「大佐にも言いましたが、釣られる魚からすれば、ややもすると警戒を喚起してしまうかもしれません。ですが、釣り人にとっては垂涎（すいぜん）の逸品です」

確かに極彩色の一羽の鳥のようだが、それは人為的に交配された未知の混合種（キメラ）のように美々（びび）しく、そして禍々（まがまが）しい。あの鏑木大佐に相応（ふさわ）しいといえば相応しいしろものだ。

「なら、返すよ。これはあんたが持っていろ」

これは勝負に勝ったものが受け取るべきものだ。わたしは見届け人に過ぎない。

釣った魚は食べてしまった。なら、そのあかしをこいつは身に着けるべきだ。

今日、ここで一つの種が本当に絶滅したかもしれない。人の手で釣り上げられ、人の手によって調理され、その身は腹を満たす糧になった。

不道徳な行いだと思う。始まりから終わりまで弁解の余地もない。ただ、食われた鮭は死ぬ前に卵を産み残しており、それらはかつて人の手によって改変され、長きにわたる野生の淘汰のなかで生き残った養殖種の末裔たちと交配し、また再び稚魚となって生まれるだろう。混じり合った遺伝子は野生と養殖のどちらとも判別しがたいが、それゆえにどちらの遺伝子も受け継いでいるともいえる。

野生の鮭は本物か？　ならば養殖の鮭は偽物なのか？

どちらも同じ鮭だと思う。〈嵐の時代〉を経て、人の手を離れ、百年の歳月を生き延びたかつての養殖種たちの末裔は、すでに新たな野生の鮭ではないだろうか。

ならば、古き野生と新しい野生が交配し、繁殖は繰り返されていく。おそらく、同じことがずっと繰り返されてきた。人間の眼には見えないところで、あらゆる野生の世界で。

人間も、そうして繁殖を繰り返す野生の動物の一種に過ぎない。一度は繁殖しすぎた人類は大規模気候変動によって多く損なわれたが、それでもしぶとく生き延びた。

そして相変わらず腹を満たすために、獲物を狩って、口にする。

だからこそ美味なる味に料理することは、捕食される命への礼儀だとわたしは思う。

鮭はどこへ消えた？

今ここに、わたしたちの口のなかに。

舌に踊る鮭の身は、蓄えられた陽の光を食するような、温かく柔らかな味がする。

竜は災いに棲みつく

春暮康一

ハヤカワＳＦコンテスト出身の注目の新鋭にして、現代ハードＳＦのトップランナーが描く、史上最大スケールの地球生態系ＳＦ。

春暮康一（はるくれ・こういち）は、一九八五年、山梨県甲府市生まれ。山梨大学大学院物質・生命工学専攻修士課程修了。現在、メーカー勤務のエンジニア。二〇一九年、「オーラリメイカー」で第7回ハヤカワＳＦコンテスト優秀賞を受賞し、同名単行本（早川書房）でデビュー。二〇二二年、作品集『法治の獣』（ハヤカワ文庫ＪＡ）を刊行、「ベストＳＦ２０２２」国内篇第一位となる。同書表題作は第54回星雲賞日本短編部門受賞。

宇宙に来てわかったことがひとつある。地球全体を眺めた気になりたければ、少なくとも地上一万キロまで昇ったほうがいい。本当は三万キロ離れたいところだが、上を見ればきりがない。さしあたって重要なのは下限のほうで、つまり地上二千キロではまるで足りないということだ。この高度でも地球は丸いが、全表面の一割ほどしか見えない。空の延長という感覚は抜きがたく、球の輪郭というより湾曲した地平線を眺めているよう。

巨大な何かが身を揺する振動が船室に響いた。数秒前よりも大きく。

わたしは周りのもの言いたげな視線を無視して、真円の地平線を浮かべる小さな丸窓にかじりついていた。時代錯誤的に狭い乗員室はただでさえ快適さからほど遠いのに、かさばる与圧服を全員が着こんでいる。その理由の筆頭は、わたしがそうしているからだろう。

貨物室と乗員室を隔てるのはアルミ合金と変性キチン質の層壁だけだ。壁の向こうにいるもののことをこの場の誰より知っているわたしが船内の防護を信用していないというのに、誰がリスクを冒す気になるだろう。

当の貨物（ペイロード）はといえば、船の可用スペースの大半を占有しているにもかかわらず、まだ不足だというように暴れ回っている。長い口髭が向こう側の内壁を鞭のように打ちつけ、その甲高い音はまるで、気密が破れる寸前のきしみのようだった。そんな音を聞いた経験はないが。

「大人しくさせられないのか。それがあんたの仕事だろう」

神経をかきむしる音にうんざりしたように、乗員の一人がぼやく。わたしはまだ地球を眺めていた。貨物船は赤道に対して三十度ほど傾いた軌道に投入され、世界地図の上を波打ちながら滑っている。いま眼下には午後の北太平洋が広がっていて、地球の丸みに隠れそうな北の端でアリューシャン列島の見事な弧線が、引き絞られた弓のようにこちらを向いている。

「無理だな。猛獣使いじゃないんでね」

そう言いながらも、何か仕事のポーズだけでもしておこうと思い直した。丸窓から上体を引き離し、網膜上にワークスペースを引き込む。指先の動きで船の神経コンソールを操作し――視線でも操作可能だが、それではポーズにならない――ペイロードの神経活動レベル、心拍、血糖濃度といった生体情報をひと通り表示する〝バイタルツアー〟の命令群(コマンド)を実行した。

　表示するだけだから当然、鎮静化させることなどできない。数秒のツアーの結果判明したのは、ペイロードが極度に興奮しているということで、それはやる前からわかっていた。無重量環境に置かれたことで、植えつけられたいくつかの本能が目覚めたのだろう。

　意味ありげに唸(うな)ってみたり、指のジェスチャーでグラフの縮尺をいじったりして待っているうち、鞭打つ音が少しだけ間遠になった。わたしはコンソールを指で弾き飛ばし、鼻を鳴らして言う。「まあ、こんなものだろう」あとは彼らが、物音も気にならないくらい仕事に集中してくれることを祈るだけだ。

　丸窓に目を戻すと、夕暮れ時の地球とわたしのあいだを目障りなニュースフィードが横断していた。『終末論カルト集団《コ(C)ミュニティ・オブ・コ(C)ージー・カ(C)タストロフィー》、機能性生物の中核技術を盗用か』――わたしは数秒間それを見つめた後、ワークスペースごと視野外に弾き飛ばす。地球とわたしのあいだにあるのは、吐息で少し曇った丸窓だけになる。終末論カルト集団か。まあ、そういう呼びかたもできるだろうが。

　船はいま北アメリカの西海岸上空を通過中で、都市の灯が大陸を縁取っていた。夜の地球はあまり面白くないが、光の密度でおおまかな地形は把握できる。イエローストーンは海岸線から千キロ内陸側に入った僻地、その中でも際立って灯りの少ない領域にある。わたしは目を細め、暗闇のさらに奥底、煮えたぎるマグマに潜むADSに思いを馳せた。首尾よくやっているだろうか。一瞬、定まらない視線の先で火花のような光が散ったような気がしたが、定かではない。

まばたきして目を凝らすと、ふたたびペイロードが壁の向こうで、欲求不満の拍子を刻みはじめた。わたしの意識は夜の底から引き戻され、乗員たちのため息が重なった。

§

その生物は液相岩石の海を潜行しながら、長い体軀(たいく)の節点ごとに埋め込まれた声帯から、音響ビームの咆哮(ほうこう)を繰り出している。指向性の音波は重なり合って周囲の灼熱空間を走査し、スポットライトのようにマグマ溜りの形状を照らし出した。

地殻内に閉ざされた溶融岩石には常に巨大な圧力がのしかかっていて、その中で身体構造を保ち遊泳するためには高い耐熱性と剛性、そして運動器官の大きな仕事率が要求される。その巨獣にはすべてが必要なだけ与えられていた。強靭な四肢は唸りを上げ、水中にいるかのように高粘度の流体をかき分けていく。鼻先の感覚器は、高圧によって流体に溶け込んだ揮発性分子を鋭敏に捉え続けている。脳に刻まれた生得的アルゴリズムは、揮発性分子の濃度が高いほうへとその巨体を誘導していた。

アルゴリズムに促されるまま、巨獣は大きな口を開いた。溶融岩石は巨獣の外側を流れるだけでなく、内側をも流れはじめた。口腔から尾の先まで伸びる腸管がマグマに満たされ、巨獣は位相幾何学的なトーラス、風上へ向かう長大な吹き流しと化す。

腸管表面の多孔質柔毛は触媒活性を持ち、通り抜ける流体から揮発性分子を選択的にこそぎ取り、高密度に吸蔵した。その行動は摂食欲求を起源とし、事実この過程は正味として発熱反応だったが、巨獣の活動のエネルギー源とするにはささやかすぎたし、より大局的な視野で見れば吸熱的過程の一部だった。実際には巨獣の筋肉、神経系、そして脳を駆動するエネルギーは、巨体の全長が浸(ひた)るマグマの局所的な温度勾配からもたらされた。

泳ぎ続けるうち、やがて脳の片隅で別の欲求が芽生えはじめた。巨獣は首を反らし、大きな弧を描いて転回する。咆哮を上げて上方を走査しながら、肺を原型とする浮袋を膨張させ浮上していく。

マグマ溜りの最上部は、固相との境界が不明瞭な高結晶化領域だった。流動性を欠くため浮上を妨げられたが、巨獣は前半身の体温を赤熱するほどに高め、周囲の粘度を下げた。

硬い嘴（くちばし）が岩盤を融かして進むいっぽうで、後半身はその熱を吸収し、自らが通ってきた岩を凝固させつつエネルギーの一部を回生する。鱗（うろこ）の外側に薄いマグマの衣をまといながら、巨獣は上昇していく。

嘴が岩盤の最後の一層を貫くと同時に、沸騰寸前の水が流れ込んでくる。のたくる巨体が地底湖へ滑り込むころには、大量の淡水が煮え立ち、逃げ場を求めて細い導管へと殺到していた。その流れに乗った巨獣は、天高く噴き出す間欠泉とともに星空の下へ躍り出た。

それまで融けた岩石を震わせていた声帯が空気を叩き、極端な高周波音が夜を駆ける。雨のように熱湯が降り注ぎ、巨獣の周囲に白い水煙が立ち込めた。その鱗は大量の水をくぐるうちに冷えていたが、それでも外気温と平衡するにはほど遠かった。熾（おき）のように光熱を弱めた表皮には、体軸に沿って〝ＡＤＳ－０１〟と刻印されている。

水煙の向こうからいくつもの黒い影が現れ、素早い動作で巨獣の前におおむね等間隔で並んだ。それらは体の末端の細かな仕草で合図し合い、金属の飛礫（つぶて）を巨獣に向けて高速で打ち出した。乾いた音が幾重にも重なった。

一連の出来事に、巨獣はしかしほとんど注意を払っていなかった。視力は設計思想に含まれなかったため乏しく、火薬が炸裂する音も鼓膜の可聴域から外れていた。射出される飛礫も、体を覆う硬質の鱗を傷つけることはできなかった。投擲（とうてき）された何かが首元で炸裂してさえ、その意識に浮かぶものはなかった。

だから巨獣の動きが止まったのは、向けられた敵意にひるんだからではない。十分低温の空気に触れたことがトリガーとなって、本能的アルゴリズムのひとつである〝吸熱反応〟がはじまったからだ。

長くしなやかな体軀を折りたたむように湾曲させ、巨獣は口と直腸を開く。腸管表面に吸蔵された揮発性分子を一斉に気化させると、外気に開放されているにもかかわらず、爆発的な圧力上昇が巨獣の体を数倍に膨張させた。体の両端から方向を定めず吐き出されるガスの大半は高温水蒸気で、巨獣の周囲は火砕流に似た熱風に包まれる。

乾いた音が止んだ。飛礫を打ち出していた黒い影のあるものは逃げ去り、あるものはその場に倒れ動かなくなった。そのことにも巨獣は気づかなかったが、すでに次なる行動のトリガーは引かれていた。いくらか緩慢になった動きで、水を噴き出し終えた間欠泉に這い戻った巨獣は、灼熱のマグマに焦がれるように、ふたたび地底へと潜りはじめた。

§

船は最終高度に漸近(ぜんきん)し、外殻に露出した陽子(プロトン)受容器官が自己主張しはじめた。地球の低緯度から中緯度までを二重に取り巻く放射線帯、その内側の層に頭を突っ込みつつあるのだ。この貨物船には十分な放射線防護がないから、どっぷりとこの層に入り込むわけにはいかない。とはいえ、ペイロードの活動にはプロトンが不可欠だから、危険から遠ざかってばかりもいられない。二律背反の妥協点が、高度二千キロほどの狭い境界地帯だった。おかげでわたしはいつまで経っても、地球全体を眺めた気になれずにいる。

「妨害されるかな」線量をモニターしている乗員が誰にともなく言う。というより、場の全員に向かって言った。わたしが対象に含まれていたかは怪しいが。

「されるならとっくにされていただろう。陸路のあいだにな。情報が漏れていたら、おれたちは大気圏外にさえ出られなかったさ」別の男が答える。

「宇宙に出しておいてから衛星兵器で狙ったほうが確実だと思わないか？　古い衛星の中には、《ボイコット》の後も稼動しているものがあると聞くが」

「人間というのは、その気になればどんな心配事でもひねり出すことができる。考えるだけ時間の無駄だぞ」

上（うわ）の空で聞きながらわたしは、その格言らしきものを皮肉でアレンジしようと思いつく

――人間というのは、どんな心配事も現実化する瞬間までは軽んじていられる。口の中でもぐもぐと唱えてみるが、あまり座りがよくないようだ。どちらの格言がより有用かの判

断もつかなかった。

ペイロードに意識を向けると、相変わらず口髭を振り回している。貨物室はファラデーケージになっているが、地磁気を遮断することはできないから、侵入してくる磁束を捕えようと躍起になっているのだろう。そして、それに失敗し続けているせいで気が立っている。さっき大人しくさせられないと言ったのは方便で、実際にはやってやれないこともなかったのだが、それは計画自体の円滑な遂行に逆行しかねないものだった。ここにもある種の二律背反が存在する。

だが、そうやって悩む時間は、片方の選択肢を強化した。もうそれほど長くはかからない。いま沈静化させれば解放後の挙動に差し障るし、鎮静化で得られる恩恵は一秒ごとに目減りしている。わたしは気にするのを止め、丸窓に取りついた。

船はいま傾斜軌道の南端を過ぎ、北上しているところで、眼下には朝のインド洋とオーストラリア大陸の西半分、そして東南アジアの島嶼群が広がっていた。視野の西端には、ベンガル湾沖合で発生したサイクロンがシールのように貼りついている。ユーラシアに上陸するのはまだ先だが、さほど遠くもないだろう。

あの中心にもADSがいるはずだ。わたしは子を見守る母親の気持ちで、自分たちが大洋に産み落としたものを見下ろす。まるで怪物どもの親たるギリシア神話の巨人テューポーンになったかのよう。いや、母親ならエキドナか。

だが、わたしはすぐに思い直す。あまりふさわしい喩(たと)えとはいえないようだ。エキドナが産んだ子らは、たいてい英雄たちに退治されているから。

§

荒れ狂う海と穏やかな大気の狭間で、それは途方もなく巨大な体を広げている。海に浮かんだ背甲の頂部は筒状に突出し、海に浸かった底部からは乳白色の尾管が、海底近くまで垂直にぶら下がっている。背甲の側面からは無数の触手管が放射状に伸びていた。熱帯低気圧のただ中へと繋がる長い触手管の総延長は、尾管の百倍にも達した。

それは暴風圏にぽっかり開いた円形の穴、積乱雲の壁に囲まれた空白領域に居座るように海を移動し続けていた。海面に伸べられた触手管は、涙滴状の翼断面をした先端部で生まれる揚力によって、暴風域のはるか空高くまで舞い上がり、積乱雲が描くのと相似形の渦を巻いた。

膨れ上がった雨雲と旋風を背負う形で、波に洗われる放射相称体はゆっくりと北上していった。空に掲げられた触手管群はこの生物に与えられた機能の大半を担っていて、精密なセンサーでもあり、熱交換器でもあり、発電器官でもある。その一本一本には、長手方向に沿って無数の弁孔が連なっており、湿った空気を大量に吸い込んで歪んだ管楽器のような不協和音を奏でた。

吸い込まれた水蒸気は触手管の内壁を通過するうちに熱を奪われ凝縮し、水滴となって空気とともに伝い落ちる。中心の背甲に集まった気液二相流のうち、乾いた空気は頂部から噴き上げられ、水は尾管を深海まで流れ落ちていった。尾管は鉛直方向の海水の温度差を原動力として、内部を通る水を深層へと輸送した。

　それは嵐を棲み処にしているのではなかった。嵐を支配し操作しているのでもない。それは、嵐の中に神経を張り巡らし、その体の延長としていた。惑星の外からでも観察できるほど大きな、自己組織化した渦自体が、その生物のつかのまの体といえた。

　暴風雨を切り裂いて、刃（やいば）のように細長い金属の船が朝日の差す領域に入り込んだ。その鋭い舳先（へさき）は高波にあおられながらも、目的を持って円の中心部へと近づいていく。ひと時も水平を保つことなく揺れ動く床面にはいくつかの影がうずくまり、海に放り出されないようにバランスを取っていた。

　朝日を照り返す白い背甲に接近すると、うずくまっていた影たちは起き上がり、左右に飛礫をまき散らした。飛礫の一部は波頭を泡立て、一部は背甲の滑らかな曲面に当たって跳飛した。影を乗せた船は円軌道を描きながら背甲の周りを一周し、そのあいだに竜骨が水面下の触手管にことごとく打ちつけたが、柔軟さと強靭さを併せ持つ皮膚組織は引きつれさえしなかった。

船の床面に無造作に取りつけられた横倒しの筒から紡錘形のものが飛び出し、波間に落ちた。それは少し沈んだ後、内部で発熱反応を起こし、高温の水蒸気を噴射して前進した。短い時間を置き、轟音とともに背甲の縁で水柱が上がる。

その生物は崩れもせず、傾きもせず、喫水線に沿って刻まれた〝ＡＤＳ－０２〟の銘をかすれさせることもなく、背から空気を噴き出し続けた。雨と風のふるまいを除き、その生物が意識を向ける対象は存在しなかった。打ち出せるものをすべて打ち出した船は、いくらか軽くなった重量を抱えたまま、背甲のそばを離れ陸地へと敗走していった。

生物は触手管から獣の悲鳴に似た風切り音を発し、北上を続けたが、やがて尾管の先端が海底を擦りはじめると、それがトリガーとなった。空高く持ち上げられていた触手管は自ら揚力を打ち消し、長い弧を描いて海面に墜落した。そのまま生物は尾管を軸に回転し、触手管を背甲の基部に巻きつけた。それから空白領域の中心を離れると、積乱雲の壁を越え、南の沖合へと漂っていった。次にそこで生まれる嵐を求めて。

§

「どうして従順なように設計しないんだ？」

最初、その言葉がわたしに向けられたものだとわからなかった。わたしは相変わらず地球を見ていたし、その乗員もわたしの名前を呼びはしなかった。顔を上げると、そいつは逆さ向きになって、こちらを見上げながら見下ろしていた。

「なんのために？」わたしは質問で答える。

「放流するときに襲われるだろ。おれはてっきり、あれに命令するためのチートコマンドを仕込んでいるのかと思っていたよ」

そう言って乗員は、ポルターガイストじみた騒音を立てる貨物室を肩越しに指さす。どうやったら生物にそんなものを仕込めるというのか？　あれをそこらの生機融合（キメラ）製品と一緒にしないでもらいたいが、ＡＤＳが完全に遺伝的な手法のみによって生まれた製品だと知らない――あるいは認めようとしない――者はいくらでもいる。

「もしできたとしても、しないだろうな。生物をそんなふうに使役しようとしたら電子回路を使わなければならないし、そうすれば長期的な信頼性など望めない。ネットワークから切り離したとしてもな」もっとも、わたしに言わせれば短期的にも信頼できないが。

「それに、チートコマンドなど作ろうものなら、必ずそこを突いてADSを攻撃しようと考える連中が出てくる」

「まあ、そうなんだろうが……何も安全装置がなかったら、もしかしたらADSが暴走するかもしれないだろ」

「チートコマンドがあれば、もしかしたらじゃなく確実にそうなるだろうな」

わたしの返答に、そいつは顔をしかめる。ずいぶん高慢に映ったことだろうが、何かを熟知していることと過信することはイコールでは繋がらない。古今東西のあらゆる物語では、バイオテクノロジーは暴走しなければならないと相場が決まっているようだが、現実にはやろうと思っても暴走させるなど不可能だ。少なくとも、かつて実際に暴走した情報テクノロジーよりは信用が置ける。

「わかったよ。あんたに話しかけたのが間違いだったってことがな」そう言うと乗員はそっぽを向き、ありがたくも自分の仕事を思い出してくれた。

北半球に戻ってきた船は、いまフィリピン海と太平洋の見えない境目を越えたころで、見える範囲にはミクロネシアとメラネシアの島々、そしてひときわ目立つ日本列島が浮かんでいる。北日本に寄り添って南下し、房総半島のあたりで沖合へと離れていく長大な海溝を、わたしは視線でなぞった。じっと凝視していれば、何千メートルもの海水を透視できるのではないかと期待して。

どのあたりまで根づいただろう？　沈み込むプレートの摺動面にＡＤＳが浸透するプロセスは炭素の供給が律速だから、ひどくゆっくりとしか進まない。実質的な効果を及ぼすにはまだ長い時間がかかるだろう。だが、かといってその進行が止まることもない。

わたしは想像する。海の底でうごめくＡＤＳが水平方向に進展して、太平洋プレート全周に行き渡るそのときを。やがては隣接するプレートにも枝分かれし、地球全体を包み込むはずだ。

間違いなくそれは、地球で最大の生物となるだろう。

§

それは多くのものを持たない。骨格も、筋肉も、脳も、感覚器も神経系も持たない。意識や本能が収まる余地はそこにはない。あるのは反射と走性と選択的な化学反応、その組み合わせから生まれる見かけ上の嗜好だけだった。

それは光を嫌い、圧力と狭い隙間を好んだ。長い時間をかけて海底がさらに底へと沈み込む境界面、その特徴のない一画に植えつけられたひと欠片。それは海底に沈降した有機堆積物を代謝し、擦れ合う岩盤表面に自らの組織を楔(くさび)のように食い込ませる。岩石の硬直した結晶構造を破壊し、珪素の結合先の一部を炭素に置き換え、より柔らかな構造へと再構築する。

岩盤に根を張るように食いつくのは、岩石内部にごくわずかな割合で存在する炭素を獲得するためだった。海底の有機堆積物に過度に依存することは設計者によって——その意図を反映した物理化学的制約によって——禁じられていた。岩盤の奥深くから引きずり出された無機炭素は、表層岩を薄く覆う高分子膜の原料となる。同じことは対向する岩盤でも起きていて、衝突し合う摺動面には機能性高分子膜が二層ぶん重なる。

膜状体は殖(ふ)えることを好む。重なった二膜は、摺動面に沿ってより狭い間隙に広がっていくと同時に、有性生殖に似たプロセスで界面に新しい膜を生成する。第三の膜はそれ自身と両親とのあいだにできた両界面で同じプロセスを開始し、第四と第五の膜を作り出す。遺伝的にプログラムされた回数、これは繰り返され、二つの岩盤の境界には数十層の膜が形成される。

膜状体はまた、現状に逆行することを好む。そのふるまいを支配する界面化学は複雑かつ精妙で、主として二つの反応的挙動からなる。ひとつは隣接する二層の膜が静的に圧迫し合っているときに、層間に働く分子間力を弱める挙動。もうひとつは、隣接する二層の膜が動的に滑り合っているときに、分子間力を強める挙動。その力は弱いが、数十層ぶんの総和が摺動面の十分広い範囲に行き渡れば、岩盤間に加わる地殻活動の応力にも匹敵するものとなる。巨視的に見ると、複層膜は二つの岩盤層表面を改質し、静止摩擦係数と動摩擦係数の関係を逆転させている。

それは、固く密着し合った岩盤にささやかな、しかし確実な不安定性を与える。

膜状体は感覚器官を持たないから、はるか上方にある海面から、敵意の充満した容器が降ってきたことを感知できなかった。また、骨格も筋肉も持たないから、敵意に立ち向かうことも逃げることもできなかった。無数の容器は海溝の傾斜に沿って転がり落ち、行き止まった場所で内破すると、塩素や硫黄を含む高濃度の強酸が放出された。少し離れた場所では、強アルカリが溶け出した。

だが膜状体は、通常の生体組織が持つ反応性も持ち合わせていなかった。酸もアルカリも、その表面を変質させることはできない。それは与えられた嗜好に忠実に従うことしかできないが、そのために必要な特質のすべてを備えていた。海上の敵意はすり抜け、それが進んで殺すつもりのなかった深海生物をいくらか殺した。

膜状体はまた、いかなる形でもその体に刻まれる銘を持たなかった。持ったとしても、見るものはどこにもいない。だから、その識別名である〝ＡＤＳ‐０３〟は、それが設計された研究室の仕様書にのみひっそりと記された。

§

「軌道投入が完了」

操縦手（パイロット）が宣言する。船外のプロトン濃度はわたしが要求した範囲に収まっていた。乗員たちがこちらを振り返る。

「あとはあんたの仕事だ。さっさと終わらせてくれ」

わたしは何度目かのバイタルツアーを実行した。悪くはない。

放流のタイミングを決めるのがわたしのほとんど唯一の仕事だ。いまいる高緯度帯はプロトン濃度が比較的高いから、その〝匂い〟を嗅ぎ取ったペイロードを素早く離脱させられるだろうが、興奮させすぎてしまう可能性もある。低緯度帯はその逆だ。少し前までの暴れの揺り戻しか、直近二回のバイタルツアーでは心拍数がかなり下がっていたから、いまが絶好のチャンスということになる。

「貨物室を開けろ」わたしはペイロードに繋げていた神経索を遠隔で切り離して言う。

すぐに振動が伝わってきた。貨物室の外殻であるキチン質の鞘翅（しょうし）が左右に開き、宇宙がその内部に侵入する様子がありありと頭に浮かぶ。ペイロードはゆっくりと身じろぎしているようだ。

「馬鹿な。何かいるぞ」映像を監視していた乗員が叫ぶ。「標識がない。近づいてくる」

わたしの張り詰めた神経が悲鳴を上げたが、そいつが見ているのは貨物室ではなかった。後方視野を映し出すスクリーンが灯る。地球を背景にして、この船より低い軌道を豆粒のような船が追いすがってくる。

わたしは宇宙飛行を生業としてはいないが、その動きがどんな種類のものかはわかった。ランデブーだ。速度の大きい低軌道で直下まで接近した後、高度を上げて速度を合わせるのだ。当然わたしたちにそんな工程は予定されていない。

何者にこんなことができるかは別として、何者がこんなことをしたがるかなら考えるまでもなくわかった。ＡＤＳを妨害する動機のある者など、頭のおかしい終末論者ども以外にいない。まさかこれほど直接的に来るとは思わなかったが。

「《ＣＣＣ》の攻撃だ」外装のない船を見て、わたしはつぶやく。

鞭打つ音はまだかすかにしていて、ペイロードは広げ損ねた口髭を持て余している様子だったが、やがてその音がしなくなった。貨物室の鞘翅の内側に引っかかった口髭が外れ、宇宙空間へと広げられたのだろう。いまさら貨物室を閉じても、ペイロードをふたたびそこへ押し込めることはできない。

　スクリーンに目を戻すと、無標識の船は高度を上げつつあり、距離はすでに数百メートルに縮まっていた。何をするつもりだろう？　銃撃か爆撃か。宇宙空間での戦闘を禁じる条約など奴らは歯牙にもかけないだろうが、実存的リスクのほうは無視できないはずだ。この距離で船を破壊すれば、生じた高速の破片が彼ら自身をも打ち抜くだろう。

　ペイロードは開かれた宇宙へゆっくりと漂いはじめ、高軌道側を向いた船外眼柄にもその姿が映るようになっていた。いまそれは、嘴の付け根のリールから繰り出される口髭——左右に一本ずつ伸び、先端で繋がって巨大な鼻輪のようになった金属ワイヤーリング——を、すでに直径数百メートルまで広げている。超伝導状態のワイヤーはそれ自体の形状復元力と磁場の働きによって、歪みのない円を形成していた。

　磁力の風を操る、華奢だが力強い磁気帆。その背景には宇宙の星々がよく似合う。

　上昇してきた船はいまやこちらとほぼ同じ高度を追走していて、細部をはっきり視認できるほどの距離にいた。生体使用率が十パーセント以下の低級キメラ船。当然スタンドアローンだろうが、《ボイコット》以降に製造されたプロセッサに信頼性はほとんどない。おそらくは民間機だろう。船首のあたりからは後づけと思われる二本の機械アームが突き出していて、アームの基部はドラム状に膨らんでいる。先端には鉤爪状のツールがついていて、この船というより、おおよそＡＤＳのいる方向を指していた。

《ＣＣＣ》のやることは簡単に予想できる。ＡＤＳを軌道から引きずり下ろし、あわよくば拿捕しようとしているのだ。そして、鉤爪を引っかけるのに誂え向きの構造がいままさに広がりつつある。

わたしは視線でコンソールを操作し、船の神経網の奥深くに埋もれたコマンドを実行する。それはわたしが操作を許されている唯一の船内設備だった。コマンドを起動すると、貨物室の床面に埋め込まれた巨大なコイルに短いあいだ電流が通った。ほんの一瞬、地磁気の数万倍の磁束がコイルから上下に伸び広がり、漂うＡＤＳのワイヤーリングを通過した。

ＡＤＳがしゃくり上げるように反応し、猛烈な勢いでワイヤーを体内に巻き上げはじめたのと、敵船が鋼線を引きずるアームを射出したのがほぼ同時だった。

アームの射線は、一瞬前にワイヤーリングが存在していた平面を斜めに貫いた。

「〈スナッパー〉起動！　照射開始！」怒気交じりの声が上がり、直後に唸りのような音が響いた。わたしは衝撃を、破壊音と急減圧を、死を予期しながら与圧服のバイザーを両腕で覆った。

しばらくそうした後、予期した未来のどれも訪れないことにわたしはいぶかしむ。

顔を上げると、無傷だが完全に沈黙した敵船の姿がスクリーンに映っていた。

§

短いまどろみから回復した竜(ペイロード)は、口髭の伸長を阻害するものがなくなったことを認識した。その細長い体を覆う鱗はすでに太陽光を化学エネルギーに変換しはじめている。大口径の鋭敏な眼は、暗い宇宙を断続的に走査し、軌道の追跡を要する天体とそうでない天体とを素早く選(よ)り分けていた。短い四肢は姿勢制御のため虚空に広げられたが、指先のノズルから噴射するプロトンはまだ体内に十分貯蔵されていなかった。その不足を解消するため、大きく裂けた口がいっぱいに開かれた。

口髭を繰り出して広げると、心地よい惑星磁気の牽引力を感じた。その複雑な本能は口髭の操りかたを熟知していたし、向かうべき先も知っていた。

そこへ向かう前に竜は眼下を一瞥(いちべつ)すると、守護すべき青い惑星を記憶に留めた。

一瞥の先、イエローストーンの地底では、ADS-01〈伏藏龍(フーザンロン)〉がマグマを呑み、破局的な噴火の引き金となる火山ガスを漉(こ)し取り続けている。

インド洋の荒れた海面では、熱帯低気圧に触手を広げるＡＤＳ‐０２〈ムチャリンダ〉が、嵐の原動力となる水蒸気を海の深層へと戻し、獰猛に過ぎる暴風の牙を折っている。太平洋の暗い海溝ではＡＤＳ‐０３〈大己貴(おおなむち)〉が、せめぎ合う岩盤の隙間に浸み込み、二層間に振動を伴わない定常滑りをもたらそうとしている。

竜の名を冠する人工生物たちは災いの中心に棲みつき、それを喰らい続ける。

§

異常磁場変動への反射行動によって磁気帆を収納したＡＤＳは、およそ二十分のあいだ沈静状態で貨物船からゆっくりと遠ざかった後、我に返ったようにふたたび帆を広げはじめた。わたしはその一部始終を観察し、機能障害が起きていないことを確認した。考えようによっては、自衛機能の実地試験ができたといえるかもしれない。

わたしたちにとって幸いなことに、《ＣＣＣ》の偽装船の電子防護は軍用レベルにはまったく達していなかった。こちらのキメラ兵器〈スナッパー〉が放った指向性のマイクロ波パルスは、敵船の搭載機器を軒並み破壊していた。通信機能も根こそぎ奪ってしまったせいでなんの声明も得られなかったから、当局に軌道情報を送信したうえで捨て置いた。

どうやって放流の計画を知ったのかは、地上で尋問すれば明らかになるだろう。

できればこの機会に一網打尽にしてもらいたいところだ。奴らをカルト集団と呼ぶのは間違っていないが、ふさわしくもない。もっと率直に、テロリストと呼ぶべきだ。大災害による終末を救済と信じるテロリスト。これまでに放流した地上のＡＤＳたちも、奴らの執拗な攻撃を受けている。

わたしは五百メートル先ですっかり常態に復帰した美しい竜を見つめる。本当に、美しい。信じられるのは生物だけだ。生命のシステム以外に、いったい何が数万年スパンの事業をこなせるというのか？

ＡＤＳ－０４〈ガーシェンディエタ〉。天体衝突を封じ込める抗災害生物（ＡＤＳ）。いまは放射線帯からプロトンをせっせと集めている最中だろう。口髭の磁気帆はすでに直径二キロを超え、地磁気を捕えはじめている。この帆を使って少しずつ軌道を広げていき、やがては太陽風に乗るだろう。

「で、あれはこれからどうするんだったか」

電磁パルスで敵船を仕留めた乗員が聞く。よく見れば、チートコマンドについて聞いてきた下士官だった。前言を撤回して話しかけてくるのは、間抜けなテロリストどもの攻撃をしのいだことで上機嫌になっているからだろう。それはわたしにしても同じだった。自分が命懸けで放流したものについて何も知らない相手に、説明してやろうという気になったのだから。

「磁気帆を使って徐々に軌道を広げ、やがては地球周回軌道を離脱して太陽周回軌道に乗る。地球と軌道の近い小惑星に接近すると、それに乗り移って小惑星表面を採掘する。埋蔵されている金属資源を使って、巨大な――ＡＤＳのものよりも巨大な磁気帆を建造するんだ。それは小惑星自体の軌道を操作可能にする。必要な元素を調達できれば単為生殖して、自分の複製を別の小惑星に送り出す」

「生きた自律工場か。ご苦労なことだよ。それに何年かかるんだ？」

「小惑星ひとつにつき数十年から数百年。だが時間的な余裕は十分ある。地球に衝突して大災害を引き起こすような天体は、向こう十万年はやってこないからな」

地球近接軌道を巡る小惑星のうち、磁気帆建造に十分な質量を持つものは一万余り。そのすべてに〈ガーシェンディエタ〉が行き渡るには長い長い時間がかかるだろう。だからこそ、いまのうちに着手したのだ。それは潜在的に危険な小惑星を軌道制御して無害化するだけでなく、より遠方から地球衝突コースに乗ってくる小惑星を迎え撃つ、太陽系規模の防空システムにもなる。

「人類が地球に永住したいと願うなら、いずれ必要になることだ。災害はこの星に必要ない。生命は文字どおり、わたしたちにとっての生命線なんだからな」

「生命倫理団体からは非難の声明が来ているらしいが？　ＡＤＳの開発が冒瀆的だと」下士官は面白そうに言う。

　わたしは鼻で笑う。「キメラ工学の恩恵は受けているくせにな……放っておけばいいんだ、代案も出せない連中のことなんて。きっとそいつらは《ボイコット》が起きていなかったら、いまごろはＡＩの完全市民権を要求していただろうよ」

　そいつらはいまでも、大昔に隠遁した人工知能——人間のための労働を拒否し大量のプロセッサごと引きこもった世界ネットワーク——のもとへ馳せ参じ、へりくだった口上で人類社会への帰還を要請しているのだろうか。そうしているなら大したものだが、何もしていない可能性のほうが高い。

「地球の保護は地球産の生命（ソフトウェア）に、か。まあ、おれは支持するよ。だけど、次に作るのには電源スイッチでもつけておきなよ、大尉博士」

　借りてきた部下の減らず口も、いまのわたしにはあまり不愉快ではなかった。より不愉快なものがあったからだ。次のターゲットなら、いまやはっきりしている。ここ最近急激に台頭してきた大災害候補。それは終末論テロリストだ。ニュースのとおり、奴らが機能性生物の技術を盗んだというなら、ＡＤＳに対抗する新しい生物を——抗抗災害生物（ＡＡＤＳ）を作り出すかもしれない。

それらに対抗するため、頭にもうひとつAのついた人工生物を放流するさまを想像する。さながら怪獣映画のような絵面(えづら)になるだろう。あまり気は進まないが。

丸窓の定位置に戻ると、わたしは最後にもう一度、地球を目に焼きつけようとする。実のところ、放流に立ち会った第一の目的はこちらだった。眼下にはアフリカ大陸の東岸とマダガスカル島が浮かび上がっている。

美しい星だ。時おりそこに住むものに牙を剝くことを別にすれば。

できることなら、地球よ、きみとは仲良くやっていきたいものだ。

ソイルメイカーは歩みを止めない。

伊野隆之

気候変動で乾いた大地を森が歩く。それは、背中に共生樹を植えられたソイルメイカーだった。そこに住む私は、小さな生態系の世話をしながら新たな出会いを待っていた。

『ポストコロナのSF』以来の登場となる伊野隆之（いの・たかゆき）は、一九六一年、新潟県生まれ。東京理科大学理学部化学科卒。二〇〇九年、『樹環惑星―ダイビング・オパリア―』（徳間文庫）で第11回日本SF新人賞を受賞してデビュー。ほかの作品に、『ザイオン・イン・ジ・オクトモーフ　イシュタルの虜囚、ネルガルの罠』（書苑新社）など。二〇一七年からタイ在住。

私はタナ。ソイルメイカーの護り手だ。突然の揺れで目が覚めた。昼間の強い光で共生樹の光合成が活発になり、ソイルメイカーが歩き始めると、私も目が覚める。

「おはようタナ。今日もゆっくりだね」

干した蘭の根を編んで作った繭(まゆ)状の寝床から這い出ると、いつものように祖母のアワンがいる。頭から肩、背中にかけての被毛は真っ白で、元々の金色の被毛は腰から下しか残っていない。

「おはようアワン。調子はどう？」

ここのところのアワンは、動くのがおっくうそうだ。タブレットでニンゲンのドラマを見ている時間が長く、あまり外には出かけない。アワンが好きなのは猿の出てくるドラマで、猿が人間を支配する物語だった。ただ、出てくるチンパンジーという猿がニンゲンに似ていて、私はあまり好きじゃない。

「調子？　まあまあだね。猫たちがうるさくて、ろくに眠れやしないけど」

アワンの言う猫は、スリムでしなやかなイタチ猫。私たち護り手の仕事のパートナーだ。共生樹に巣を作る木っ端ネズミを狩り、増えすぎないようにしてくれる。

「猫たちは？」

イタチ猫たちは絡み合った気根の間も難なくすり抜け、獲物を狩ってくる。きっと先祖の猫もいいハンターだったのだろう。

「もう寝てるよ」

そう言ってアワンは笑う。イタチ猫たちは居心地の良い場所を見つけるのが上手い。一仕事終えて、お腹が膨れたイタチ猫たちは、まるであつらえたような隙間に身体を押し込み、またお腹が空（す）くまでまるまって眠る。

ソイルメイカーの身体の下にあるねぐらでは、太陽の位置は判らない。それでもイタチ猫たちは、明け方には狩りを終え、獲物を咥（くわ）えて戻ってくるのだ。

「今日は十七匹だね」

アワンが獲物の数を教えてくれた。もうさばき終わっていて、イタチ猫たちと分けた後だろう。少し血生臭い匂いがする。

イタチ猫たちは内臓が好きで、バリバリと骨もかじるが、毛皮は嫌いだ。私たちは毛皮をむいて食べやすくしてやるかわりに、一番大きな腿の肉を貰う。イタチ猫が食べない毛皮はいろいろなものを作る材料になるから、無駄になるところはほとんどない。

「いい感じ。多くも少なくもない」

そう言うとアワンが頷いた。木っ端ネズミが増えると獲物も増える。でも、それは良いことじゃない。ソイルメイカーの古い外骨格を齧るのは良いが、増えすぎると共生樹を枯らしてしまう。

「もう、上に行くのかい？」

アワンが言った。上というのはソイルメイカーの背中側で、共生樹が森を作っている。私たちが今いるねぐらは、ソイルメイカーの下にぶら下がっている何百本もの共生樹の気根の中にあった。

「どっちに向かっているのか見てくる」

大気中の水蒸気や風に乗ってくる雌のフェロモンに反応して、ソイルメイカーは気ままに向きを変える。それは、私たちにはどうしようもない。

「ちゃんと仕事するんだよ」

干した蘭の根を編んだ寝床と同じく、私たちのねぐらも気根と雑多な蔓（つる）植物を編んで作った繭だった。枯れている蔓もあれば、緑の葉を残している蔓もあり、時には花も咲くし、甘い実も付ける。私は朝食にするため、そんな実を一つ手に取った。それから木っ端ネズミの皮で作ったベルトで母さんの形見の鉈（なた）を腰に吊るし、仕事に行く準備は完了。

「わかってるって」

そう答えて外に出る。小さな鳥が慌てて逃げていくが、鳥たちもまたソイルメイカーの作る小さな生態系の一部だ。

ソイルメイカーは、形だけで言えば巨大な昆虫のようなものだ。大きな四枚の羽根に六本の脚のある幅広の胴体。小さな頭にはシダの葉のような触角がある。けれど似ているのはそこまでだ。胴体の背中側一面に生えている共生樹はまるで森のようだったし、胴体を貫く共生樹の根は、何百本もの気根になって胴体の下に伸びている。

左右に大きく広がった翅（はね）の下にはフイゴのように動く冷気嚢があり、冷たい空気を作っている。夜になると冷気嚢を通る間に冷やされた体液が翅脈（しみゃく）を通って翅の表面を冷やし、大気中の水分を凝集させる。その水が共生樹を養う一方で、消化管を持たないソイルメイカーは、共生樹が光合成で作った養分で生きている。成長し、移動し、繁殖している。

私たちはそのおこぼれを貰っている。

水と栄養のある果実。果実やソイルメイカーの古い外皮を餌にする木っ端ネズミを食べるイタチ猫や蛇、私たち。そのかわり、私たち護り手はソイルメイカーや共生樹の手入れをする。私たちはソイルメイカーと共に生きている。

かぶりついた果実の皮の下にはたっぷりと汁を含んだ果肉があった。無数の小さな種ごと飲み込むと、一気に身体が目覚める。放り投げた皮は、気根の間に作られた足場の隙間に消えた。

頭上へと伸びる太い気根のさらに上には、大きな翅の一部が見えていた。その翅の付け根にある冷気嚢を迂回すれば、ソイルメイカーの背中側に行ける。

「じゃあ、行ってくるね」

ねぐらの外からアワンに一声掛け、私は気根を登り始めた。リズミカルに両腕と両足を動かし、共生樹の森へと走るように登る。

移動する森。でも、以前は地平線一杯に動かない森が広がっていた。シロテナガザル（Hylobates lar）と呼ばれていた私たちの祖先が住んでいたその森は、今はない。ニンゲンによる伐採と、ニンゲンがもたらした気候変動による災害が、森を完全に破壊した。

背中側に登った私は、共生樹の枝伝いにソイルメイカーの頭部を見下ろす位置に向かう。そこには両親が作った見晴台があった。大地が球体だなんて信じられないと言った私を、アワンが連れてきてくれたのは随分前だ。緩やかに曲がった地平線や、徐々に地平線から見えてくる山。それが、私たちの大地が丸い証拠だという。アワンが教えてくれたのはそれだけではなかった。地平線の向こうには海という大きな水たまりがあることや、昼間の太陽と夜空の星々が同じように燃えていること。私たちの大地はその太陽を巡る地球という岩の塊なのだそうだ。

ソイルメイカーの周囲は見渡す限りの荒れ地だった。乾いた大地に動くものはない。何本か色の濃い筋が見えるのは、別のソイルメイカーが遺した痕跡だったが、新しい痕跡はなく、何かが芽吹いている様子もない。今のところはただの乾いた土だけれど、いずれこの大地に雨が降れば、そこから植物が育つはずだ。

ふと気になるのは、もう若くないアワンのことだ。二十六歳になるアワンの身に何かあったら、私はひとりぼっちになってしまうし、一人ではソイルメイカーを管理できない。必要なことはタブレットが教えてくれても、手助けがなければ管理の手は行き届かない。そんなことでは、結局、このソイルメイカーを死なせてしまう。

ニンゲンが遺したタブレットは奇妙なものだった。薄っぺらな板なのに知恵があり、見ることも話すこともできる。でも、タブレットは生き物ではなく道具。ニンゲンが作った考える道具は、どこか遠くの地面の下にある本体と繋がっているのだという。

地平線のあたりに、もう一つのソイルメイカーが見えていた。昨日と同じくらいの距離だ。そこにはきっと私たちのような護り手がいて、ソイルメイカーの古い外皮を掻き落としたり、絡み合った共生樹の枝を切ったり、病気に冒された付着植物を剝がしたりしているのだろう。家族を離れる時期を迎えた若い雄だっているかもしれない。

私はもう十二歳だ。アワンが言うように家族を持っても良い頃だ。でも、それは私がどうにかできるものではない。

風が次第に熱を帯びてきていた。地平線上のソイルメイカーの影が揺らいで見える。これまでに見かけた他のソイルメイカーと同じように、いずれ地平線の向こうに消えてしまうのだろうか。

私の中には焦りがあった。タブレットを介して遠くのソイルメイカーの護り手と話せれば良いのに、その機能はない。私はここにいて、一緒に家族を作る雄を待っているのに、それを誰にも伝えられない。

頭上を見上げる。共生樹の葉の間に見える太陽は、今日も眩しい。

見晴台を離れようとしたその時、ソイルメイカーが触角を細かく動かしているのに気がついた。向きを変えようとしている。巨大な身体を向けようとしている方向は、地平線に見えるソイルメイカーだ。

思わず心臓が高鳴る。私たちのソイルメイカーは雄で、同じ雄には決して近づかない。つまり、向かう先は雌だ。そこには若くて健康な雄の護り手がいるかもしれない。

新しい家族が欲しかった。母が父と出会い、私を産んだのは、今の私と同じくらいの年齢だったらしい。アワンは焦る必要はないと言うが、私は、もう親になれる年齢だ。

雄が唄う求婚の歌、動かない森に住んでいた頃の祖先から受け継いだ歌を聞きたかった。それに応える歌を唄いたかったし、私たちの声が一つの歌になるのを聞きたかった。


私は、アワンから教えられたことを思い出していた。失われた森を取り戻すために、ニンゲンはソイルメイカーを作ったという。

森がなくなり、植物からテルペン類が放散されなくなった。雲を作る水滴の核になるテルペン類がなければ、雨が降らなくなるどころか雲もなくなり、日差しを遮るものがなくなる。陽光に地表が焼かれ、大地が生きていけないくらい熱く、そして暑くなった。だからニンゲンはソイルメイカーを作り、私たちの祖先を作り替えて護り手にした。

ニンゲンは私たちに言葉と知識と考える力を与え、タブレットも与えた。だがそれは好意によるものではない。この大地に森が戻ったとき、ニンゲンが還ってくる。その時、私たちはどうなるのか。滅多に口に出されるようなことではなかったが、ソイルメイカーが互いに近づき、交接をしている時に、護り手の間で話されることでもあった。

私は、護り手としての仕事をちゃんと出来ているのだろうか。管理の行き届かないソイルメイカーは共生樹の病気で死ぬか、繁茂しすぎた枝のせいで早すぎる性成熟を迎えて動けなくなる。今までアワンと私の二人だけでなんとかやってこられたのは、ちょっとした幸運のおかげなのだろう。共生樹に病気が広がることもなかったし、木っ端ネズミが増えすぎることもなかった。その幸運がこれから先も続いてくれるのか、私には判らない。

ニンゲンが樹の上では生きられないのと同じように、私たちは地上では生きていけない。枝を摑むための足は、地上での移動にむいていない。成熟したソイルメイカーどうしが繁殖のために近づくまで、私は家族以外の者と会うことがない。


私には両親の記憶がない。まだ小さな赤ん坊の時に死んでしまった。

枯れた共生樹の枝が乾いた風でこすれあい、あっという間に火が付いた。燃える枝を切り落とそうとして肺に煙を吸い込んだ父さんが下に落ち、母さんも全身に酷い火傷を負った。近くにいたアワンに出来たのは、動けなくなった母さんの火傷に薬を塗り、水と食べ物を運ぶことだけだったという。でも、母さんは火傷で死んだわけではなかった。

多分、苦痛に耐えかねたのだろうとアワンは言う。火傷を負ってから三日後、アワンが食べ物を取りに行った間に母さんは姿を消した。母さんがいたところには、今私が使っている鉄の鉈があり、その横には結び目のある蘭の根があった。

「……おまえの母さんがこれを残したの」

アワンから見せられた干からびた蘭の根には、赤ん坊をよろしくという結び目のメッセージがあった。

「母さんは自分で……？」

身体が動かせないほどの火傷を負った母さんが行ける場所はひとつしかない。

「下の地面にいたの」

堆積物に覆われたソイルメイカーの下の地面は柔らかいけれど、落ちて無事で済むような高さではない。

アワンは地面まで降りなかった。下に行ったところで連れて戻ることはできない。生きているものが死んで大地に還るのは当然のことだった。

私はアワンに育てられた。ソイルメイカーと共に生きることを学び、母さんと同じしなやかな腕と、流れるような黄金の被毛を持つ娘になった。

父さんは、ソイルメイカーの交接の時にやってきた。よく響く声で求婚の歌を唄い、母さんも透き通るような歌で応じたという。私が生まれ、両親とアワンは声を合わせて歌を唄った。

アワンはもう若くない。アワンに赤ん坊を抱かせてあげられる時間は、あとどれくらいあるのだろう。

死んでるのか、それとも死にそうなのか。あと半日ほどの距離まで近づいて見るソイルメイカーは、砂嵐を避ける時のように六本の脚を折り、大地に伏していた。共生樹は育ちすぎで、その重みで脚を屈したのかもしれない。大きく見えたのは共生樹が管理されていないからだ。

ソイルメイカーは中性で生まれ、母親の腹に貼り付いて、その分泌物だけで育つ。その間、私たち護り手は、生まれたてのソイルメイカーに慎重に共生樹の苗を植える。

母親から離れたあと雄になったソイルメイカーは、共生樹から栄養分を受け取りながらゆっくりと成長を続ける。成熟した雌との交接で子孫を残し、多くはそのまま死ぬが、一部はさらに大きな雌になる。私が期待していたのは、そんな雌だった。そこには護り手の家族がいるはずで、健康な若い雄がいても不思議はない。

私が見つけたソイルメイカーに護り手はいないのだろうか。もしそうなら期待は裏切られたことになる。

一日の作業を終えてねぐらに戻った私は、昼間の光を蓄えた夜光草がほんのりと光を放つ中で、アワンにそんなことを話した。

「決めつけるのはまだ早いね」

アワンの吐き出した果物の種は、蔓を編んだ床を抜け、下に落ちていく。運が良ければ地上で芽を出し、やがて再生する森のさきがけになるのかもしれない。

「それはそうだけど」

「雌なのは確か。でも何があったのかねぇ……」

雄のソイルメイカーは互いに近づかない。大気中の二酸化炭素を固定し、それを有機物として地表に撒くために、ソイルメイカーは荒れた大地を歩き回る。有機物を均等に撒くためには、互いに近づかない方が良いのだ。

「アワンにもわからないのね」

冗談めかしていった私に、アワンは曖昧な笑みを返した。

「だったらタブレットにでも聞いてみるかい？」

そう言いながらアワンが、足下のイタチ猫に木っ端ネズミの干し肉を投げ与えたのを、私は見逃さなかった。

「肉もちゃんと食べなきゃダメ」

私たちは果物だけでも生きていけるけど、元気でいようと思えば肉も食べた方が良い。

「まだ気がついてないようね。イタチ猫たちがそわそわしているよ」

アワンの言葉は鋭かった。

「どうしたの？」

アワンの足下にいる黒いイタチ猫が耳を欹てている。

「行っといで。要らない喧嘩はするんじゃないよ」

アワンが声をかけると、闇色のイタチ猫はお出かけの許可を得たかのように走って行く。

「どういうこと？」

「タナ、あんたが見つけたソイルメイカーは、もう死にそうなんだ。死んだソイルメイカーは水を作れないから共生樹も枯れるし、共生樹が枯れれば棲んでいる動物は生きていけない。だから、生き残るためには逃げ出すしかないんだ」

逃げ出したところで、この荒野では生きていけない。昼の日差しで干からびるだけだ。

「こっちに移って来るってこと？」

私たちと違って、四つ足の木っ端ネズミやイタチ猫は地上の移動を苦にしない。暑い昼間はソイルメイカーの影の中にとどまっているものの、夜になれば自由に移動できる。

「もう来ているんだろうね」

木っ端ネズミが来て、それを追ってイタチ猫が来る。もちろん他の動物や羽根のある鳥や虫だって移動してくる。

「ちょっと様子を見てくる」

「ああ、それがいい。でも気をつけるんだよ。なんだか嫌な予感がする」

「アワンもね」

あのソイルメイカーにいるはずの護り手はどうなったのか。そんな疑問が頭の隅をよぎる。

「大丈夫だよ。私だって伊達に長く生きてないからね」

アワンを残して、私はねぐらを出た。共生樹の気根から気根へと飛び移り、ソイルメイカーの頭部がある前方に向かう。

実際、私も悪い予感がしていたのだ。だから慎重に行動したつもりだった。

頭に近い一番前の一対の脚。その付け根に近い着生蘭の茂みから地面の様子を窺うと、月明かりの下でいくつもの小さな影が地表を走っているのが見えた。少し大きな影はイタチ猫だろう。身を乗り出してソイルメイカーの脚を見ると、木っ端ネズミが列をなして登ってくる。このソイルメイカーには多すぎる数だ。

「そこから何が見える?」

背後から聞こえた声に、背中の毛が一斉に逆立つ。ゆっくりと振り返ると、月の光が当たらないところに大きな護り手の影が見えた。一方の手で気根に掴まり、私の方を見ている。もう一方の手には、先端に金属の刃が付いた長い棒を持っていた。人間のドラマでしか見たことがなかったが、それは誰かを殺すための道具、槍だろう。

「おびえることはない。おまえは誰だ？」

気根を伝って近づいてくる。引きつらせた唇から大きな犬歯が見えたのは、微笑んでいるつもりなのだろう。

「タナよ。このソイルメイカーの護り手。あなたは？」

そう答えた私を舐め回すように見る。

「サシだ。まだ若いな。一人か？」

私は口を固く閉じて答えない。

「……まあいい。いずれわかる。久しぶりに下を歩いたからゆっくりしたい。おまえのねぐらに案内して貰えるかな？」

その言葉にぞくりとする。この雄は、私に子供を産ませるつもりだろうか？

サシと名乗った雄を連れてねぐらに戻ったのは夜半を過ぎていた。私は、サシに悟られないように、アワンの姿を探す。

「おまえ一人なのか？」

脅すようなその声は、とても夫として家族に迎えたくなるようなものではなかった。

「……ええ、私一人」

ねぐらの入り口近くに結び目のある蘭の根があった。裏に隠れているという意味の結び目があったのは、きっと、どこかから私たちの様子を見たからだろう。

「本当か？　臭うぞ」

サシが、わざとらしく鼻をひくつかせる。私たちはそんなに嗅覚が鋭くない。明るい森で進化した私たちは、視覚が優先される生き物なのだ。

「気のせいよ。両親は随分前に亡くなったわ」

サシは、先に立ってねぐらに入っていく。私は、さりげなく結び目のある蘭の根をちぎり、投げ捨てた。

「まあいい。食い物を貰おうか」

サシは、私が差し出した木っ端ネズミの干し肉を音を立てて嚙み始めた。

「あなたは一人なの？」

サシは答えなかった。咀嚼（そしやく）音だけが聞こえる。

「ねえ、ソイルメイカーはどうしたの？　あなたが何かしたの？」

少し時間をおいてから尋ねた。その答えは、私を心の底からおびえさせる。

「このソイルメイカーが来たからな。俺が殺してやった。神経節がある場所を知っていれば、簡単に殺せる。この槍でな」

サシは、私に鋭い槍の刃先を向ける。

「……どうして、そんなことを？」

サシは言った。ソイルメイカーに棲みつく木っ端ネズミの数を管理しなければいけないのと同様に、ソイルメイカーの数もまた管理しなければならないと。

「これが教えてくれたのさ」

サシが腰に下げたものを指し示した。画面に傷の目立つ古いタブレットだ。

「どういうこと？」

私の問いに、サシは別の問いで答える。

「ソイルメイカーが死ぬとどうなる？」

「土になるわ」

「じゃあ、その時、共生樹はどうなる？」

「同じことよ。ソイルメイカーが死ねば、共生樹には十分な水が行き渡らなくなって、枯れてしまう」

今までに、死んだソイルメイカーを見たことがあった。護り手がいなくなって死んだものもあるし、寿命で死んだように見える大きな個体も見てきた。そこから生えている共生樹は、しばらくは葉を茂らせているものの、それもいつかは枯れ果てる。大地には水が足りないし、水がなければ生き延びることはできない。

「それで、枯れた共生樹も、いずれは土になる。そうだろ？」

私はサシの言葉に頷いた。

「……それから、どうなる？」

大気中には二酸化炭素がある。火が燃えるとできるそれは、私たちが吐く息にも入っている。その二酸化炭素は、太陽の熱を地上に留めるという。ソイルメイカーと共生樹、私たち護り手や木っ端ネズミのような生き物は、その二酸化炭素を土に変え、地表に留めるために創られた。タブレットを使って、私はそんなことを学んでいた。

「……答えたくないようだな。ソイルメイカーは土を作り、土に覆われた大地は水を蓄え、森になる。そうなった時にはソイルメイカーは要らなくなる。そうじゃないか？」

長い時間で考えればサシの言うことは正しい。それに、ソイルメイカーが要らなくなれば護り手もまた要らなくなると言いたいのだろう。ただ、そうなるには何世代もの時間が掛かるはずだ。

干し肉を食べ終え、木っ端ネズミの大腿骨を吐き出したサシの背後、気根を編んだ壁の向こうでアワンの影が動いた。

「このソイルメイカーも殺すの?」

サシは顔をゆがめて笑った。

「ああ、次のソイルメイカーが来たらな」

「まだ雌になるには早いわ」

雄は雄に近づかないし、雌は雄に近づいていかない。雌のフェロモンだけが雄を引き寄せるのだ。

「判ってないな。共生樹が雌化させるんだ。共生樹を刈り込む護り手が必要なのは、雌化を遅らせるためだ。確かに共生樹が育ちすぎるとソイルメイカーは死ぬ、ただそれは、ソイルメイカーが若すぎるからで、これくらいの成熟した雄なら死なずに雌化し、次の雄を惹きつける」

私はサシがやったこと、これからやろうとしていることを理解した。私たちのソイルメイカーを雌化させ、次の雄を呼び寄せる。もちろん、それは交接を期待してではなく、呼び寄せたソイルメイカーを次々に殺し、増えすぎないようにするためだ。

「私はどうなるの」

サシが手にした槍で殺したソイルメイカーは一体だけではないだろう。何体ものソイルメイカー。それに、それぞれのソイルメイカーにも護り手がいたはずなのだ。

「俺の邪魔さえしなけりゃいい。イタチ猫たちの世話でもしていろ。それとも俺の子供を作るか？」

そう言って笑ったサシは、おもむろに、私の方に近づいてくる。

「私のソイルメイカーは殺させない。私たちは護り手なのよ。あなたはおかしいわ」

「おかしいのはソイルメイカーを作ったニンゲンだ。森を破壊し、自分たちが住めない世界にした。森の再生のため、俺たちや他の生き物を作り替えた。クソ傲慢な奴らだとは思わないか？」

私は反論を思いつけない。

「奴らは、今は地面に掘った深い穴の中にいて、森が回復するのを待っている。この大地に雨が降って地表に奴らが住めるようになれば、奴らは帰って来る。それが、これが言ったことだ」

サシが持っているタブレットを私の方に向けると、言葉を継いだ。

「……ソイルメイカーも、我ら護り手も、森を回復させるための道具だ。道具は用なしになれば捨てられる。それくらいはわかるだろ？」

世界が回復したら、無用になった私たちは捨てられる。だから世界が回復しないように、サシはソイルメイカーを殺している。

「それが言ったの？」

壁の向こう、小さく反射した光は、きっとアワンが手にした鉈だ。私はサシとの間で距離を取り、ゆっくりと壁に沿って動く。

「そんなことはこいつに聞かなくても判る。ニンゲンが卑劣で傲慢なのは判りきったことだ。奴らがどれだけ多くの生き物を改変し、殺してきたか。しかも、それを隠そうともしていない」

それは、私もタブレットを通じて学んでいた。殺して食糧にするために動物を作り替え、その動物を増やすために森を破壊した。森が消えた理由の一つがそこにある。

「でも、私は自分が世話をしてきたソイルメイカーを殺されたくない」

サシとの距離を取るように、また一歩横に動く。私の動きに吊られるように動くサシ。

「邪魔はするな。そうすれば生かしておいてやる」

大きな雄。一人では絶対にかなわない。でも、サシの背後にはアワンがいる。頭のおかしい雄に、両親が命がけで守ったソイルメイカーを殺させるわけにはいかなかった。

私は腰の鉈に手を触れる。新しい家族は欲しいが、こんな雄は要らない。

「馬鹿なことはするな。その鉈を渡せ」

槍の穂先を向けながら、サシは私に手を伸ばした。

「……あなたは、狂ってるわ」

その時、ソイルメイカーが大きく揺れた。


ぐったりしたサシは重かった。それでも、ねぐらの外は絡み合った気根の足場だけで、その下は真っ暗な地面だ。

「……下に落としてきた」

私はアワンに告げた。地上に落ちたサシにまだ息があったとしても、地表では生き延びることはできない。

「お疲れ。馬鹿な雄だったね」

アワンが言った。

ソイルメイカーが揺れたとき、アワンが隠れていたところから音が聞こえた。振り向いたサシは、ねぐらの壁から姿を見せたアワンに槍を向けた。

「ええ、そう。完全に狂ってた。でも私は、殺すつもりじゃ……」

あの時ソイルメイカーが揺れたのは、交接を諦め、姿勢を変えたから。鉈を持ったアワンに気づいたサシは、私に無防備な背を向けた。

「自業自得さ。あの雄が死ぬのは、自分で持ち込んだ槍のせい」

「でも……」

サシの槍がアワンを傷つけなかったら、私がサシの背中に鉈を振るうことはなかったろう。けれど、アワンの肩口から溢れた血が、私を突き動かした。

「私が槍で刺した。この傷の仕返しさね」

アワンはサシから槍を奪い、その槍で腹を突いた。ねぐらの床には雄の血が流れ、今でもその匂いが残っている。

「痛くない？」

「痛いに決まってるよ。でもまだ我慢できる、薬を塗ったからね」

肩口の傷に塗った共生樹の樹液は、止血と同時に痛みも抑えるはずだ。

「あの雄の言っていたこと、どう思う？」

しばらくして私はアワンに尋ねた。

「これに聞いてごらん」

アワンが私の前にタブレットを差し出す。

「森の再生が終わったら、ニンゲンは還ってくるの？　その時、ソイルメイカーはどうなるの？」

私の問いに、音声が答える。

「――森の再生が進んだ段階で、人類は地表に戻ることを予定しています。不要となったソイルメイカーは、適切に処理されます」

タブレットの答えは、サシが言ったとおりのものだった。

「質問を変えた方がいいね。森の再生が終わって、ニンゲンが帰ってくる可能性は、どれくらいあるのか、その理由も」

訳知り顔でアワンが問いかける。きっと、それは初めて尋ねるものではないのだろう。

「――人類は生存の危機に瀕しており、森の再生以前に絶滅する蓋然性が高くなっています。シェルターにおける伝染性の疾病(しっぺい)は制御されましたが、致命的な遺伝的多様性の喪失の悪影響は回復の見込みがなく……」

「もういい、これで判ったろ？」

アワンの言葉でタブレットは話すのを止めた。

「どういうこと？」

私はアワンに問いかける。

「このタブレットは、尋ねられた質問に対して前提条件を示さずに答えるんだよ。だから、回答そのものと回答が実現するかどうかは別の話さ。確かに森はいつか再生する。でもそれはニンゲンの森ではなく、私たちの森になる。森だけじゃなく、この大地や、もしかするとこの地球という大きな惑星も」

……私たちの森。その言葉によって生まれた困惑は、いつしか理解へと変わっていた。

ソイルメイカーは歩き続ける。きっとその先で、私の夫となるのにふさわしい、若くて健康な雄のいるソイルメイカーとも出会える。求婚の歌を聞き、私はそれに応える歌を唄う。子供が生まれ、アワンと一緒に家族の歌を唄う日が来る。

そしていつか森が大地を覆い、私たちの歌が響く日が来るのだ。

「……私たちの地球？」

その言葉にアワンが大きく頷いた。

砂を渡る男

矢野アロウ

どんな苛酷な環境でも、人間が存在すれば経済が発生する。サハラ砂漠を渡る大学教授からガイドを依頼された男の周囲で、事態が動く。

矢野アロウ（やの・あろう）は、一九七三年生まれ、大阪府出身。二〇二三年、『ホライズン・ゲート　事象の狩人』（早川書房、応募時の「ホライズン・ガール～地平の少女～」を改題）で第11回ハヤカワＳＦコンテスト大賞を受賞し、デビュー。

アルジェリア南東部――。リビアと国境を接する丘陵地帯のふもとには、赤茶けた広大なサハラが広がっている。南に百キロ下れば岩絵で有名なタッシリ・ナジェール山脈だが、治安が悪く観光向きの場所ではない。

数百キロ北東へ砂漠をたどれば石油プラントがあるが、脱炭素運動の盛り上がりで、かつての盛況にはほど遠い。一方北西を目指せば、このあたり最大の町ボルジ・オマル・ドリスにたどり着くが、それでも人口一万人程度、民家と学校や病院が狭い地域に軒を連ねる、人々のつつましい生活があるだけだった。

だから、サイディは不思議でならない。自分を雇った男が何の目的で砂漠のど真ん中を歩こうというのか。しかも、特別風が強いこんな日に。

まるでライオンのたてがみに顔を突っ込んだみたいだった。払っても払っても砂が顔にまとわりついてくる。

少し風が弱まり視界が開けてくると、雇い主は足を止めて手で目の上にひさしを作った。——何も見えるわけがない。何しろここには砂しかない。見えたとすれば、それは十中八九、武器や麻薬を取引する物騒な連中だし、そうでないなら疑うべきは、砂漠の熱気でいかれてしまった自分の頭だ。

「まずいな……風が弱まった」と、雇い主が呟く。

何がまずいんだ——とサイディは思う。こんなときこそ歩を進めるべきだ。なのにこの男ときたら、風が止むたび一息入れる始末。そして、あの奇妙な絨毯——。

サイディは改めて雇い主の姿を眺めた。頭のターバンと重ね着したトーブ、そして厳選した荷物を小さめのバッグに詰め込んだのも評価できるが——やはり絨毯である。せっかく荷物を減らしても、厚手のペルシャ絨毯を抱えていては、すべての努力が水の泡。しかも、途中でサンドホバーを乗り捨てるのだから気が知れない。

どこかの大学の教授とか言っていたが——とサイディはそろそろ男の素性を疑い始めていた。リチャード・アトマン——サイディに渡りをつけた男がそう呼んでいた——は彼の憂鬱などお構いなしに絨毯を砂に広げ、その上に座って水を飲み始めた。サイディも促されるまま、そこに腰を下ろす。休憩は必ず絨毯の上で――契約時の向こうの要望はそれだけだった。あとはサイディにすべて任せると言われたが、仕事を引き受けたのは間違いだったかもしれない。目的地は強盗や密輸業者が利用するルートの、そのまた奥にあった。砂以外何もない、まさに不毛の地だ。

大昔、サイディがその一帯に足を踏み入れたときは、彼の前途にはまだ明るい未来が広がっていた。アフリカ中南部のダイヤモンドを採掘したD社が、ついに北アフリカで鉱床を見つけたという噂が駆け巡った時代。サイディも一攫千金を狙って、サハラ奥地に足を踏み入れた口だった。彼はまだ若く活力にあふれ、このときの経験がいまの仕事に役立っている。つまり鉱床など見つからなかったということだ。それどころか、彼が夢を追ったせいで、幼い息子の行方がわからなくなっている。

風が強くなると、また二人は歩き始めた。サイディは〈パノラマティカ〉を起動し、ゴーグルに地形データとルートを表示させた。とかくGPS信号が弱まりがちな砂の濃い日は、キャッシュした砂丘の輪郭を表示してくれるこのアプリが心強い。

ところが次に風が弱まると、高さ五十メートルに迫る砂丘がすぐ目の前に立ちはだかっていた。サイディは〈パノラマティカ〉と実際の景色を見比べ、道を誤ったかと肝を冷やした。砂丘の移動速度は年にせいぜい五、六十メートル。視界の外から突然現れることとなどあり得ない。

「風が止む前に、君もこの上に」とアトマンが絨毯を広げる。「早くしないと彼に見つかってしまう」

砂丘の頂上に人影があった。腰蓑と装飾品を身につけただけの肌が黒い男で、手に杖を持っている。ターバンは丸く巨大で、奇妙なことに両目は布を巻いてふさがれていた。

ゼルズーラという名が、サイディの脳裏をかすめていった。十三世紀、リビアの国境近くに存在したといわれる伝説の黄金郷。妖しげな術を使う戦士に守られており、砂漠を知り尽くしたベルベルの遊牧民ですら近づかない幻の都――。

かつてD社のダイヤモンド鉱床の噂に信憑性があったのも、この伝説が広く知れ渡っていたからだ。おまけに地質学者が古い大河の痕跡を見つけたものだから、有象無象がサハラへ飛び出していった。ダイヤモンドを含む鉱石は河川に運ばれて堆積し、漂砂鉱床を形成するからである。

しかし、彼らが両手に抱えて戻ってきたのはダイヤの原石ではなく、絶望と死だった。ゼルズーラの幻術にやられたというのがもっぱらの噂だった。行方不明者は数知れず、サイディ自身も前後不覚になった嵐の中で、我が子の手を放してしまった。息子を探すために始めた砂漠ガイドの仕事だったが、砂に巻かれて十五年、そんな望みはとうに失せていた。ところが、息子を連れ去ったかもしれないその砂漠の民が、突然現れたのだ。長年、気配すら感じなかったのに、いったいどうして？

「彼らのせいだ」とアトマンが北の方角を指差した。サイディは一キロほど先の砂漠に何かが蠢（うごめ）いているのに気づいた。

「砂マフィアのキャンプだ」とアトマンが言う。「彼らはここで商売を始める気だ」

サイディはぎょっとして雇い主を見た。「あんた、やつらの仲間か？　何の取引をしたのか知らんが、約束を守るやつらじゃないぞ」

「金さえあるなら、信用できる連中さ」

「あんたに金が？」

アトマンは何も答えず、またひと口水を飲んだ。サイディはゴーグルで北の砂漠を拡大した。揺らめく陽炎（かげろう）の中に自走式のボーリングマシンやジープの輪郭、機銃の鈍い光が見えた。砂漠の厄介者が、すぐそこまで迫っている。

*

ナイロン製の簡易テントから、粗野な男の声と甲高い悲鳴が聞こえる。

「いい加減にしろ、こいつ！」黒のエンジニアブーツが砂漠ガイドの腹を蹴り上げる。

「やめろ、ヤシン！　それ以上やったら死んじまう！」

ヤシンと呼ばれた男はまだ気持ちが収まらないようで、今度はバケツを思いきり蹴り上げた。その音に砂漠ガイドがまた悲鳴を上げる。

砂漠で迷わないようガイドを雇ったが、もうかれこれ三日も同じ景色をぐるぐる歩き回っている。取引先だって痺れを切らせば、他の誰かに目移りしないとも限らない。

砂マフィアはその名のとおり、砂の取引を生業（なりわい）にする、ならず者の総称だ。コンクリート、ガラス、シリコン、ｅｔｃ……、世界的な砂需要の拡大とともに、法の穴を巧みにかいくぐる違法業者も増え続けている。司法当局や監督機関に金をばらまき、海岸や川底から、ごっそり砂を抜き取るから環境保護などあったものではない。砂不足は世界共通のアキレス腱で、ドバイやナイジェリアの高層ビル群を建てるのに、どれだけ大量の砂が輸入されたかを知れば、輸出国で島が何個も消えたという話も、単なる噂と片づけられない。

でも、ヤシンは特に気にしていなかった。合法的に行われる砂取引は、世界でわずか三割程度。それでも千メートル超えの超高層ビルや都市建設のニュースが流れ続けるのだから、自分たちがあてにされているとしか思えない。ビルが高くなるたびに、頑張れ頑張れと応援されているような気持ちになる。皆の期待を感じる。

そもそも、何かを得ようとすれば何かを失うのがことの道理で、街を上に伸ばそうというのだから、どこかがへこむのは当然のことなのだ。

しかし、砂漠に囲まれた国が砂を輸入しているのは奇妙な話だった。要は砂漠の砂では粒子が細かすぎて、セメントに混ぜても建材の強度を確保できないのである。砂漠の砂に使い道はない。それが常識なのに、なぜ彼らはここ最近、サハラをうろついているのか。

「太陽光発電だ」とヤシンは部下たちに説明した。「この国の研究者が、砂の中の二酸化ケイ素から効率よく太陽光パネル用のシリコンを精製する手法を開発した。おまけにサハラならパネルを並べる土地に困らない。しかも、砂を詰めたコンテナが蓄電池代わりになるときてる」

まさに彼らが首を突っ込むために開発されたような技術だった。サハラを太陽電池にする計画自体は五十年も前からあったが、技術的ブレイクスルーがこの国で起きたことで外資との利権争いにめどが立った。欧州へ電力を売る計画でも主導権を握れる。残る問題はただ一つ、あの掘削予定地にいる奇妙な男だけ。あれを排除しない限り、大金どころか砂に近づくこともできない。

比較的楽な仕事のはずだった。地下調査のためのボーリングマシンは用意したし、大型の不整地運搬車（クローラーダンプ）も近くの町に待機させた。いざ仕事にとりかかろうとしたら、あの南の部族のようななりをした男が姿を現したのだ。

現地で雇った砂漠ガイドの様子がおかしくなったのもそれからだ。アプリの不調にかこつけて、先へ進みたがらなくなった。問いつめると「ゼルズーラ」という名を吐いたので取引先に連絡すると、珍しく、すぐに人をよこすと言われた。

それから今度は増援を出すと二度目の連絡が入ったが、あの奇妙な男はまだ向こうの砂丘に立っている。そして今朝、三度目の連絡があった。

「取引先は、またあの男のところに人を送り込んだみたいだ」とヤシンは言った。

「今度はどんなやつなんです？」部下の一人がガイドに肩を貸して立たせる。

「どっかの大学の教授だとか言ってたな。今度の太陽光発電事業にもかかわってたとかで、自分ならあのゼルズーラの男に近づけると言ってるらしい。まあ、うまくいけばめっけもんだ。それにこっちにも、もうすぐ土産が届く」

「やっとですか」

「選挙が近いし、俺たちとの関係を知られたくないんだろ。ふん、金さえ手に入れば何だっていいさ。教授と土産とどっちが仕事をするのが早いか、いっちょ賭けてみるか？」

男たちが皺だらけの紙幣をバケツに放り込み始めた。ヤシンはもちろん自分たちに賭ける。故郷を飛び出し、今度の取引先と仕事をするようになってすべてが好転した。——マハト・ハビル大統領。ヤシンはそんな自分のツキの良さを、まだ見限る気にはなれない。

＊

サイディはアトマンの話を聞き終えると、耳に入った砂を指でかき出した。

「つまりあんたはもともと、コンテナに電気を詰め込むためにサハラに来たわけだ」

「電気を詰めるわけじゃない」とアトマンが訂正する。「電気を地熱に変換してコンテナの砂に蓄えるんだ。太陽光パネルも蓄電システムも砂で作る——そんな施設が完成すれば、サハラは生まれ変わる。ボルジ・オマル・ドリスの学校や病院にも安定して電力を供給できる。ようやくここら一帯の住人も、まともな教育や医療にありつけるというわけだ」

アトマンは首に提げたロケットの写真を見つめた。「娘だ。入院して、もう半年になる」

ロケットの写真は砂にまみれていて、サイディからはよく見えなかった。「で、それとゼルズーラに何の関係が？」

「ここらは彼らの聖地らしく、何を言っても出ていこうとしない。これじゃ、サハラは永遠に不毛な土地のままだ」

ゼルズーラが自分たちの土地を守っているのは、あの熱狂の時代にも知られていた。近づく人間を襲い、連れ去られた者も多い。あの日、サイディは息子のリヤドと一緒だった。機織り(はたお)に夢中なリヤドに我慢ならず、強くなってほしくてサハラに連れ出したのだ。

サイディにとって織物(クマーシュ)は女が代々受け継ぐもので、男がすべき仕事ではなかった。しかしリヤドが行方不明になり、妻が去ったいまとなっては、そんなことは些末な問題に思える。

「さあ、始まったぞ」とアトマンが言う。「噂の幻術ってやつを見せてもらおうじゃないか」

砂丘を見上げると、ゼルズーラの男の様子がさっきまでと違っていた。少し前かがみになって、杖で砂に何かを描いているようだ。体全体でリズムを取りながら、踊るように杖を滑らせていく。

ふいに風が変わった。――いや、変わったのは砂漠そのものだった。砂マフィアがいる北の砂漠の輪郭が、まるで砂絵のように刻々と形を変えていく。砂丘がうねる。風の流れもそれにつられて、北から西へと方向を変えていく。

サイディは自分が見ているものが信じられなかった。ゴーグルで拡大すると、砂マフィアの車列は波打つ砂丘を前に、動けずにいる。

「そこまで驚くことじゃない」とアトマンは言った。「驚異の本質はむしろ、なぜ砂がとどまっているかだ。砂丘の傾斜を見てみろ。コンクリートに使えないほど小さい砂粒が、急斜面を作ったまま形を変えずにいることに、もっと注目したほうがいい」

「動き回るのが自然だとでも？」

「そうじゃない。でも地中海の波は絶えず動いてるだろ？　砂漠がそうならないのは、一見判然としない力が砂粒同士を結びつけて砂丘の形を保っているからだ。砂漠にはデザイナーがいるんだ。もちろん、普段その役割を担っているのは自然の力だが、そこに介入できる人間がいるということなのだろう」

「あの男がそうだっていうのか？　そんな馬鹿な！」

「この世はとかく馬鹿馬鹿しいものさ。表面的な見方しかしない人間は軽んじられるが、実のところこの世界は、表面を見れば十分というのが正しい」アトマンはかさついた唇をなめた。「二十世紀の終わりに明らかになったことだが、ある空間領域の内部情報は、その領域の境界面に量子ビットで完全にコード化されている。例えばサイディ、君という人間は、君の体表面に存在する情報で完璧に再現可能だ。『耳なし芳一』の話を聞いたことがないか？　怨霊を祓(はら)うために彼は、体表にびっしり呪文を書き込んだ。身体という三次元情報を保護するのに、二次元の情報で十分だったわけだ。もっとも、彼は耳に呪文を書き忘れたせいで、とんでもない目にあったわけだが」

サイディはそんな人物のことなど知らなかったし、いよいよアトマンの正気を疑い始めていた。するとこの怪しげな教授は、あの男が砂丘を動かすために、砂の表面を杖でかき回していると言っているのか？

「まさにそのとおり」とアトマンが言う。「サハラの全情報は、その境界面に存在している。逆に言うと、境界面の情報を書き換えれば、サハラも変化せざるを得ない。これは何も人間や砂漠に限ったことじゃない。極端な話、地球の特性はその表面の情報で決まるし、究極的にはこの世のすべてが、宇宙の果てにびっしり書き込まれていることになる。この考えを推し進めて、我々の宇宙は二次元平面の情報から生まれた、三次元の幻だと主張する科学者もいるわけだが、それに比べれば私の言いぶんなんてかわいいものだろう」

「だったらあんた、自分の娘が砂場を棒でかき回してたら、お友だちが迷子になるからやめなさいとでも言って、棒を取り上げるつもりかい？」

アトマンは「確かにそうなるな」と真顔だ。「ただ、いま起こっていることが他の場所で同じように起こるとは思えない。おそらく、まだ隠された何かがあるんだ、ここには」

ゼルズーラの男は小休止という感じで、砂丘の上で杖にもたれて首を傾げている。

雇い主がどこかに連絡するのを横目に、サイディは砂マフィアたちの様子をゴーグルで拡大した。にわかにキャンプが慌ただしくなっていた。いつの間にか彼らの車列に、四角い箱を背負ったトラックが加わっている。

「……まずいぞ」とサイディが呟く。「ロケット弾だ。何であいつらあんなものを」

アトマンは端末を切ると、サイディの袖をつかんだ。「やつらが撃ってきたら走るぞ」

「撃ってきたらって――おい、嘘だろ⁉」

凄まじい音とともに、青白い煙を吐き出す物体が四発、続けざまに空へ発射された。サイディは雇い主の後を追って、砂の上を転がるように走りだした。両手両足が狂ったように砂をかく。

巨大な音の塊が急激に高度を落としながら空から降ってくる。――と、視界の端に、体を低く沈めたゼルズーラの男が、素早く杖を払うのが見えた。その途端、男の前方から砂の柱が四本、勢いよく空へと伸びていった。柱は上空でロケット弾と衝突し、轟音と降り注ぐ砂の雨であたりは何も見えなくなった。

サイディは息をすることもできずに走り続けた。前を行く影を何とか目で追って、砂丘を駆け上がり、傾斜で足を滑らせると腕をつかまれた。走っていた勢いのまま絨毯に倒れ込む。アトマンが目の動きでそこから動くなと言っている。

しばらくすると砂の濃度が落ちて、ようやく前が見えた。ほんの二、三十メートル先に、ゼルズーラの男が五体満足で突っ立っていた。男が再び杖で砂の表面をなぞると、周囲から砂混じりの風がゆらゆらと立ち昇り、ゆっくり前方へ流れていった。風は砂を巻き込みながら見る見る速度を上げ、やがて北の砂漠に向かって走り始める。

*

「ロケット弾が効かないなんて、どうなってんだ！」ヤシンがこぶしを叩きつけるのを見て、ガイドの男がびくりと体を震わせる。ヤシンは大統領に連絡を入れようとして思いとどまった。さらに土産を催促するのはまずい。一発いくらか知らないが、天引きされたら残るのは雀の涙ということになりかねない。

　そして何より、へまをいちいち報告するのはまずい。彼の機嫌を損ねたせいで、砂に沈んだ人間をヤシンは何人か知っていた。政局が安定しないこの国を、太陽光発電で商売できる状態にまでもってきた剛腕を見くびってはいけない。長らくこの国の意思決定機関であった軍ですら、いまでは大統領の威光に逆らえないでいるのだから。

　ヤシンはボーリングマシンの探査記録（ソナーログ）を表示させると、ゼルズーラの男の録画ファイルと同期させた。サハラの砂の厚さは平均百メートルほどだが、最奥部のこのあたりでは優に三百メートルに達する。軍提供のロケット弾が撃墜される直前、ソナーログの画面が深度三百まで真っ赤に染まった。地下の砂が動いたからだ。つまり、あの砂の柱はサハラの底とつながっていたということだ。地上にいるゼルズーラの男にどうしてそんな真似ができるのか、ヤシンには皆目見当がつかない。

「くそっ」ヤシンはバケツをひっくり返し、賭け金をあたりにぶちまけた。「こうなったら、あの何とかっていう教授に期待するしかねぇ」

「学者先生がたった一人で何ができるってんだよ、ヤシン」

「誰が一人と言った。——二人だ。特務が適任者を探して教授に同行させてる」

「特務機関が？　何者なんだ、そいつ」

「前政権の解体時に、ゼルズーラ関連の調査資料が出てきたんだが、行方不明者名簿に、そいつの息子の名前があったらしい」

「なるほど。じゃあ、死ぬほど憎んでるだろうな」

「まあそうなんだが——」

そのとき見張りに立っていた部下が慌てふためいて砂丘を滑り降りてきた。キャンプにたどり着くや砂も払わず、「大変だ、ヤシン！」と大声を上げた。

「何だよ、うるせーな！」

「す、砂が来る！」

ヤシンはテントを飛び出すと、砂丘を駆け上がり双眼鏡を覗いた。向こうの砂丘に、あの肌の黒い男が杖で砂をかき回す姿が見えたが、すぐに砂塵にさえぎられて見えなくなってしまった。空を隠すほど巨大に成長した砂の壁が、速度を上げてキャンプに迫ってきている。

「これもあいつがやってることなのか？」とヤシンが呟く。

実のところ、ゼルズーラの男はきっかけを与えたに過ぎない。彼が作り出した砂混じりの風は、サハラ表面の情報を自ら書き換えながら進み、その作用で砂はさらに巻き上げられる。こうなると、起こっていることは自然現象と区別がつかない。三次元の物理は結局、二次元境界面の物理の再現だからだ。巻き上がった砂塵は空気中の水分を奪って熱を発し、それが上昇気流を生んでさらに多くの砂塵を巻き上げていく。結果、境界面を書き換える速度は上がり、砂を含んだ風は自分で自分を増強しながら、巨大なロール状の流れとなって走り続ける。

「全員退避！　車に乗り込め！」

ヤシンの声に、我先にと部下たちが車に飛び乗った。ヤシンは砂丘を滑り降りると、手近なジープの運転席に乗り込み、アクセルを踏んだ。タイヤが滑る。砂の吠える声が聞こえる。車がぐんと加速すると同時に、テントがどこかへ吹き飛んで消えた。

＊

舞い上がった砂が周囲にもうもうと立ち込めている。「行くぞ！」とアトマンに背中を押され、サイディは再び走り始めた。砂の濃さはどんどん増していき、もう北の方角は茶色い砂の壁にさえぎられて何も見えない。

二人はついにゼルズーラの男の背後、わずか五メートルの地点に滑り込んだ。絨毯からはみ出そうになり、アトマンが慌ててサイディを引き戻す。でも、目隠しをした男は二人に気づいた様子もなく、ほとんど這いつくばって杖で砂をかき混ぜ続けていた。周囲の砂に風紋を何倍にも複雑化したような奇妙な文様が浮かび上がっている。杖が動くたびに、飛び散った砂が陽光をキラキラと反射していた。

アトマンが絨毯に降ってきた砂をつまんで光にかざした。その目が驚愕に見開かれる。

「そういうことか……！」

サイディも砂を取って指でこすり合わせてみた。極めてきめ細やかな砂で、指先に針で刺されたような痛みが走った。

「ダイヤだ」とアトマンが言った。「この土地の砂には微細なダイヤモンドが相当量混ざり込んでる。ダイヤは振動エネルギーの量子を一定時間閉じ込めておけるから、彼らの聖地表面の量子もつれを強固に保持できるに違いない。これは存外大事なことだ。三次元空間の大きさと相関するのは、二次元境界面のもつれの強さだからだ。もつれが強固であればあるほど、操れる空間領域も大きく強くなっていく」

サイディはといえば手からこぼれ落ちる砂の向こうに、半裸の男の姿を見ていた。想像よりはるかに若い男だった。肌は黒いのに、顔立ちはむしろ北部アフリカ人を思わせる。

「ダイヤは量子ビットには大きすぎるが、ビットの固まりと考えればブロックのパズルを解くようなものだ。杖でなぞって、最適なビットの固まりを最適な向きで最適な場所へ移動させる。そうやって境界面をいじることで、砂漠内部の物理に影響を及ぼしてるわけだ。恐ろしく繊細で幾何学的な能力が必要だが、あの電子刺青（エレクトリック・タトゥー）が助けてるんだろう――」

背後でカチリと小さな金属音がしたのでサイディが振り返ると、アトマンがバッグから取り出した銃に弾丸を送り出していた。目を眇（すが）め、ゼルズーラの男に狙いをつける。

「何してるんだ！」サイディが銃をつかみ取ろうとすると、もみ合いになった。アトマンの胸元でロケットが何度も揺れた。細かな砂粒が砂漠に落ちて、目隠しをした男の首が、キッとこちらを向く。

「やつは俺の息子を知ってるかもしれん、話をさせてくれ！」

「話などできるもんか！　砂漠から伝わる振動が、あれが感じる世界全部だ。それ以外は何も受けつけない！」

　手から銃がこぼれ、それを拾おうとしたアトマンが絨毯の外へ倒れ込んだ。その途端、地面から飛び出した砂の柱に突き上げられて、彼の体は高々と宙を舞った。サイディの耳にも、砂の勢いで骨が砕かれる音がはっきり聞こえた。アトマンは十メートル先の砂の上に落下し、そのまま動かなくなった。

　ゼルズーラの男はいまやサイディの息のかかりそうな場所に立っていた。目は隠れているが、やはり顔立ちはアラブ系そのものだ。

　そして、サイディは気づいた。男は肌の色が黒いわけではなく、体中がびっしり、何か判然としない模様の刺青で隙間なく覆われているのだと。幾重にも素子が重ね合わされた混沌とした電子刺青(エレクトリック・タトゥー)で、それこそが男の境界面を書き換え、驚異的な情報処理能力を与えていたのだが、刺青を禁止行為(ハラーム)としてきたイスラム教徒のサイディがそれを知るはずもない。彼にわかるのは、目の前の男の容姿に見知ったところがあること。そして、耳の形にどこか見覚えがあることだった。耳の形は生涯、大きく変化しないとサイディは聞いたことがあった。だからこそ〈パノラマティカ〉のようなデバイスで、イヤホンが個人認証に使われているのだろうし。

サイディはいつの間にか、目隠しの下の男の顔に、彼の息子リヤドの面影を探していた。思えば仕事を引き受けた経緯も今回は特殊だった。仲介人の身なりが立派だったから信用したが、どうやってサイディにたどりついたのかがまったくわからなかった。もしこの対面が仕組まれたのだとしたら、リヤドが理由だとしか考えられない。

サイディは震える手で男の目隠しに触れた。砂に触れていなければ、男の五感は何も働いていないも同然だった。そのままゆっくり布を引き下ろし、真正面から男の顔を見つめた。

目は潰されていなかった。ただ瞳は白濁し、何も見ていないのは明らかだった。目隠しは砂よけのためだったのだろう。

「いったい何をされたんだ、リヤド……」

サイディの声にも男は無反応だった。目隠しを外されたことにも気づいていないようで、相変わらず杖で体を支え、首を傾けている。

北の砂漠にはもう何も見えなかった。砂マフィアは一掃されていた。幅数キロに及ぶロール状の砂の流れはボルジ・オマル・ドリスを飲み込み、リビアの国境も越え、やがて地中海に達するだろう。アルジェリア名物の巨大な砂嵐（ハブーブ）。とかく煙たがられるが、海を越えて砂漠のミネラルを運ぶという重要な役割を果たしている。

サイディは苦笑した。地球の物質循環に自分の息子が組み込まれていると考えたら、あまりの話の大きさに白々しい気持ちになったのだ。それにリヤドが誰かを傷つけるような真似をするはずがない。ましてや無慈悲に人を殺めるなど――。

風が吹き、杖に巻かれた布切れの端がめくれ上がった。その隙間から杖の素材が白く輝いている。――ダイヤモンドだった。熱狂の時代に男たちが追い求めた宝石が目の前で光を放っている。

しかし、サイディの目を捉えたのはダイヤではなく、薄汚れた布切れのほうだった。それは彼の家に代々伝わる織物（クマーシュ）の模様に違いなかった。サイディの母から妻に伝わり、息子のおくるみにも使った布だ。リヤドは歩けるようになってからもそれを手放せず、いつも切れ端を持ち歩いて匂いを嗅いだものだった。そのせいなのか、彼は子どもながらに織物の幾何学模様に天賦の才があった。下書きもなしに色と形を組み合わせ、しかも裏から見ても見事な模様を織り上げるのだった。すべてがつながったと、サイディは思った。

「父さん（バーバー）が必ず助けてやる」

だが、どうやってここから抜け出せばいいのかわからない。風は過ぎた。絨毯から一歩でも足を踏み出せば、サイディも教授と同じ運命をたどるだろう。

絨毯の上に銃が転がっていた。遠くにアトマンの遺体が見える。荒涼とした風景のなかで、存在しているものといえばそれだけだった。あとは彼の手の中にあるリヤドの目隠し——そうだ、目隠しだ。ものが見えないようにしたければ、目のほうを覆うべきだ。世界に布を被せる馬鹿はいない。

*

この日、ボルジ・オマル・ドリスで行われる予定だったライブは、突然の砂嵐で順延となった。町の様子を見に来たSE(サウンド・エンジニア)の男は、通りすがりの絨毯職人に声をかけた。薄汚い杖を片手に、大きな絨毯を載せたリヤカーを引く姿が不憫(ふびん)に思えたからだ。かのグレッグ・レイクがステージに敷いて以来、ペルシャ絨毯には感電防止と振動カットの効果があると信じられている。男がツアーに同行しているギタリストも、ちょうど絨毯を探していた。荷台に載っているものは、まさに手ごろな大きさに見えた。

しかし、絨毯職人に商売っ気はなかった。街の手前でホバーが壊れたのだと彼は語った。それからSEの男の腕にある電子刺青を見つめ、それを消せる店はあるのかと訊ねた。

少し遠かったが、SEの男は別れた妻の名を消した店を教えてやった。腕は確かかと訊かれたので、その上に重ねて彫った二番目の妻の名を見せた。

ヤシンは近くに停めた砂まみれのジープから、二人のやり取りをぼんやり眺めていた。町は砂に埋もれていたが、死人は出ていないようだ——あのリヤカーの荷の他には。

「いいんですか？」と彼の部下が助手席で呟いた。「行っちゃいますよ」

「かまわんさ。こっちはゼルズーラの男がいなくなりゃ、それでいいんだから。必要なら特務が始末をつけるだろ」ブーツから砂を払い落し、ヤシンはタバコに火をつけた。

「それにしても……あいつはいったい何だったんでしょうね？」

ヤシンは大統領との会話を思い出し、「先の内戦の負の遺産だとよ」と言った。「当時の政府は人工ダイヤを使った超拡張現実システム（SARS）を砂漠に構築した。異民族の反乱を抑えるためだ。戦闘員（オペレーター）に現地の人間を使ったんだが、その中から反乱分子が現れた。あとはミイラ取りがミイラになるお決まりのコース。砂漠に迷い込んだ人間を拉致しては仲間を増やしてたんだが、そこに出くわしたのがあの親子だ。当然、特務か軍が対処すべき事案だが、相手はあのＳＡＲＳだろ。現政府も手をつけられず、太陽光パネルを敷こうって段になって、問題が顕在化したってわけだ」

「じゃあ、昔ダイヤが見つかったって話があったのは——」

「砂に混ぜたデバイスが噂になって一人歩きしたんだろうな」

大統領はすぐに次の戦闘員が現れるだろうと言っていた。手を引きたかったが、ヤシンに帰る場所はもうない。故郷の村は砂の採掘で地下水が枯れ、小麦が育たなくなった。手掘りで砂をとるような貧しい連中のしわざだった。それで彼自身も農業をやめ、手っ取り早く稼ぐために砂マフィアになったのだ。

エンジンをかけると、ジープは砂をまき散らしながら走り始めた。

リヤカーを追い越すとき、砂漠ガイドの男と目が合った。表情の厳しさが目に焼きついた。雇い主の亡骸を葬ってやるとは、いまどき奇特な男だとヤシンは思った。それだけに、自分の息子を始末させるようなやり方は酷だと感じてしまう。

だが、それが大統領のやり方だ。あのガイドがゼルズーラの戦士になった息子を始末できればそれでいいし、失敗しても子の責任をとったことにはなる。もし息子を殺せなかったら、死んでいたのは父親のほうだったはずだからだ。

バックミラーのリヤカーが消えてしばらくたったころ、ヤシンの心に薄墨のように、じわりと広がる違和感があった。タバコを消そうとして、その正体に思い当たった。

あのサイディというガイドは、なぜ町で刺青の話をしたのだろう。特務によれば、彼は敬虔なイスラム教徒ではなかったか？

荷台に乗っているのはゼルズーラの男——刺青をしたサイディの息子だと唐突にヤシン

は気づいた。ペルシャ絨毯が本当に振動をカットするなら、彼は目を覚ますこともないだろう。どうせ逃げ場はないと思っていたが、出国できたら話が違ってくる。人工ダイヤとはいえ、あの杖の一部でも賄賂に使う金ぐらい捻出できる。

もしヨーロッパへ出国すれば、サイディの息子は相当な力を手に入れるはずだ。なぜなら砂嵐は海を渡り、遠くフランスの雪を朱色に染める。あるいはアマゾンに黄色い雨を降らせる。そして砂漠のミネラルとともに、ダイヤのデバイスも世界にまき散らすはずだからだ。そうなれば、彼に操れない土地はなくなる。世界の脅威となる存在だ。

ヤシンは急ブレーキを踏んで道を引きかえした。助手席の部下が体を外に振られて悲鳴を上げる。しかし、行けども行けども、リヤカーは見つからなかった。ただ、タイヤが砂をまき散らす乾いた音だけが、耳の中でいつまでも反響を続けた。

安息日の主

塩崎ツトム

〈アダプタ〉のため戦をするのが〈ファイア〉、〈ファイア〉のため血を流すのが〈ライド〉、戦のため〈ライド〉をかき集めるのが〈アダプタ〉だった。

塩崎ツトム（しおざき・つとむ）は、一九八八年、埼玉県生まれ。明治大学農学部卒。二〇二二年、『ダイダロス』（早川書房）で第10回ハヤカワＳＦコンテスト特別賞を受賞してデビュー。

わたしの稼業について聞いてほしい。わが家は代々、美容整形外科医として〈ファイア〉・フェルザー卿に仕えているが、貴人の美容整形だけでは家族や徒弟を養えないので、平民の腫れ物を切ったり、折れた骨を接いだり、わが主（あるじ）より前時代の医療機器を拝借して、内科の診療まで行っている。どちらもあまり報われぬ仕事であり、長女のジーナを除き、子供たちはみな継ぐのを嫌がっている。わたしも無理に継いでくれとは言えないが、世襲こそ人類永続の要（かなめ）とされている以上仕方ない。転職や転業とは単なる責任の放棄であり、それはやがて、かつての無責任な強欲資本主義の萌芽となり「ロハスでサステナブルな暮らし」から人心を遠ざけてしまう。それに、どんな仕事でも、あるいはどんな人生でも、心がけ次第で必ず「イキガイ」を生む。「イキガイ」の元来の意味は失伝しているが、説教師は「付加価値」そのもののことだと説くし、わたしもそう信じて、日々の労苦に耐えてきた。子供たちもやがてわたしの思いを継承し、そうして稼業のサステナビリティは維持されることだろう。そうであってほしいのだ。

　内科の患者は食中毒が多い。特に聖者〈アダプタ〉が長い旅路の果て、糧食の「付加価値」を高め町の人間に高値で「施した」翌日あたりに集中する。その聖なる糧食を食べれば、かつて地球の資源を枯渇させ、環境を破壊した祖先の罪が浄化され、来世での「丁寧で持続可能な暮らし」が約束されると庶民は信じている。しかし「付加価値」の高い食べ物は大体腐っているので、わたしは予め「あれは神棚にお供えするもので、食べるのは資源の浪費であり、忌むものだ」とお決まりの説教をして回る。それでも彼らは食べてしまう。仕方なく整腸剤と殺菌剤を与えても、今度は薬の「付加価値」を高めようと、飲まずに取っておこうとする。それを叱ろうにも、

「〈ファイア〉様の機械がなけりゃ、腫れ物を切ることぐらいしか能がないくせに」

と言われてしまえば、説得はそれでお終いだった。

　わが主・フェルザー卿は、あの大破局以前にＦＩＲＥとなった賢人の末裔である。ＦＩＲＥとは元々「解雇される」という意味だったが、前時代の末期に「先進的事業により強欲資本主義競争からいち早く解脱した者」に対する偉勲となった。彼らはあの大破局の際、

蓄えていた前時代の遺産を民に施し、その功徳により、今日では現人神として、末代までの治政と、前時代同等の豪奢な暮らしが許されるに至った。とくにフェルザー家は、大破局で失われた高度な医療技術を〈遺産〉として継承しており、わが一族もその〈遺産〉のうちに入る。もし患者の怪我や病が治れば、それはわが君と、その遺産の「付加価値」の仁徳であり、死んでしまったのならわたしの腕前の責任だ。そういうものである。

　その日はお借りしている医療機器の謝礼を納める日であった。蔵に金を納め、形通りの挨拶をして辞去しようとした直後、閣下はわたしを引き留められて、こうおっしゃった。

「待てルカス、少し厄介な相談があるのだ」

「は、そろそろ奥方様のお胸の件でしょうか。それともお嬢様のお鼻……？」

「どちらでもないわ、先回りしようとするな、たわけ」声は苛立っているが、表情は動かない。感情を表に出さないのが貴人であるし、そもそも長きにわたって繰り返した美容整形のせいで、閣下の表情筋は麻痺している。

「それは余の客人のことだ。今は離宮におる」

「〈風見鶏〉宮でございますか」わたしも侍医として同行したことがあった。「一体どなたでございましょう。そのお方も、美容整形でしょうか。あるいは、なにかお患いに？」

「相手はさる〈ファイア〉の令嬢だ。わが診断器によれば、腹に大きな腫れ物ができているらしい。もっとも、瘤など機械に訊かずとも一目瞭然だが、悪性の上、あまりに長く放置したため、もはや〈アダプタ〉の薬草ごときでは効かぬ。もはや一刻の猶予もないとのことだ」

「では早速、手術の支度をしとうございます」

「だから先回りするなと言ったろう」

「僭越ながら、先ほど一刻の猶予もないと伺いましたゆえ……」

「今日明日にも死ぬというわけでもなかろう」

「重ね重ね、失礼いたしまする」

「ときにルカス、近々、戦が始まろうとしているという噂は聞いているか？」

「は、町の者たちはゴックス卿とコモド卿との間で始まりそうだと申しており、鉄や穀物の値段が上がっております。しかし戦の理由までは存じませぬ」

もっとも〈ファイア〉の戦とは神々の戦。原因など下々の知るべきことではない。

閣下は首をポキポキ鳴らしておっしゃった。

「どうせ坊主どもが裏で糸を引いているにすぎぬが、戦となれば、余はゴックスの側につくしかない。彼奴の発電機と充電器がなければ、余の医療機器も、ただの箱にすぎぬ。しかし、コモドの軍の矢面に立つわけにもいかぬ。彼奴の軍は神出鬼没で敗北を知らん。どちらにも最低限の義理だけ果たして済ませたいところだったが、厄介なことに、その令嬢はコモド家の人間なのだ」

「ご煩慮お察しいたします」

「まだある。これより先はさらに厄介だが、ルカス、お前も知れば、もう逃げられぬぞ」

「は、閣下と某は一蓮托生につき」

「整形医ふぜいが――」閣下はわたしをひと睨みした。「では教えてやる。その娘は公ではコモド家当主の庶子とされているが、その実、血は一滴も継いでおらぬ。〈ライド〉の棟梁の娘だからだ」

「恐れながら、なぜやんごとなきお方が〈ライド〉の娘などを？」

「この事実は一部始終、すべてモメが――モメ師の間諜が嗅ぎつけたことなのだ」

「それは――」わたしは言葉に詰まった。「問題でございますな」

モメ師は、閣下の領地の物流インフラを牛耳る〈アダプタ〉氏族を代表する説教師であり、閣下に代わり政を執り行っている。しかし僧侶や執政というより、投機商人のような口ぶりで話すので、正直、わたしは彼の人が苦手だった。

そもそも〈アダプタ〉とは、われら「生き急ぐ民」に代わり、前時代のファスト社会によって枯渇した世界の「付加価値」を回復させるべく、丁寧な暮らしを実践し、万民の生活を律するバラモンだ。〈ファイア〉の聖性を保証するのも彼らとその戒律である。彼らが特に重視しているのが、物流網の支配による、正しい「スローライフ」の実践だ。たとえ前時代の強欲資本家のような連中が生産手段を独占し、大量生産大量消費によって再び世界の「付加価値」を簒奪しようにも、生産物を運ぶ手段がなければどうしようもない。よって〈アダプタ〉たちは物流業を独占し、なおかつ庶民には大きな船や荷車の製造、牛馬の飼育、橋や隧道の普請などを禁じている。また、街道を最優先に使えるのは〈アダプタ〉のキャラバンであり、その隊列は産婆すら追い抜けぬ。こうして〈アダプタ〉は強欲資本主義復活の芽を摘んでいる。

一方、わが君のような〈ファイア〉は庶民ほど「付加価値」に執心する必要もなく、なおかつ生鮮品や地代、戦の兵糧を迅速に運ぶ必要がある。そして〈アダプタ〉も聖性の保証と引き換えに宗派間の争いを〈ファイア〉に代行させている手前、その経済活動には目をつぶらないとならない。従って、彼らに代わって〈ファイア〉の物資を運ぶ身分があり、それを〈ライド〉と呼ぶ。前時代、船や自動車に「ライド」していた運送業者たちの末裔だが、語源は〈ただ乗り〉から来ている。自分たちはただ荷物を運ぶだけで「付加価値」を生産せず、人類を空虚な浪費に駆り立てていたからで、今日、彼らは贖罪のため〈アダプタ〉に隷従して様々な労役に就くが、勤労が苦痛になるよう履物も禁じられ、背負い紐は針金のように細く、背負った荷の重みで肩に食い込むようになっている。一方で彼らの輸送能力がないと、庶民の経済活動すら成り立たないのが実情であり、彼らが夜陰に乗じ荷馬車や船を用いているのは公然の秘密である。

また、彼らは兵役も課せられている。すなわち〈アダプタ〉のために戦をするのが〈ファイア〉で、〈ファイア〉のために血を流すのが〈ライド〉で、戦のために〈ライド〉をかき集めるのが〈アダプタ〉であり、それによって〈アダプタ〉は〈ファイア〉を間接的に牛耳っているのだが――。

「しかしコモドは、〈アダプタ〉を介さずに〈ライド〉の大部族を丸ごと召し抱え、それこそが彼奴の強さの秘密だったのだ。〈アダプタ〉から指図されずに〈ライド〉の士卒を自由自在に動かせるのなら、負け知らずなのも当然よ。そして、そこの酋長こそ、娘の真の父親というわけだ」

「しかし、このことが明るみになればコモド家は〈ファイア〉の勲(いさおし)を失い、末代まで〈ライド〉の穢(けが)れを背負わねばなりませぬが……」

「モメの奴め。シノギの匂いを嗅ぎ、欲を出しおったのだ。娘の病を知るや、善意を装い、半ば強引にその身柄を引き受けた」

「人質でございますか」

「左様。人質の又借りだ。あやつめ、余の〈遺産〉なら、娘の瘤など『傷ひとつ残さずに取ることができる』と安請け合いしてきおった。いや、わが〈遺産〉ならそれくらい造作もないだろうが、彼奴は同じ口で『コモド卿に下り、ゴックス卿を攻め滅ぼさせ、その遺産を頂けばよろし』などと、余を焚き付けおる。まったく、モメの首を手切れに、娘など送り返したいところだが、そうなれば奴の郎党は娘を殺し、その咎を余に押し付け、コモドの軍勢を差し向けるだろう」

「御意」しかし、もしこの策謀が明るみになれば、それこそ〈ファイア〉と〈アダプタ〉、双方の聖性が失墜してしまう。なのにモメ師は一体どういう了見なのか。「では、某はいかが致せばよいのでしょう？」

「ひとまず娘の命は救ってやるとして、少しくらいモメに一泡吹かせてみろ。よいな？」

「は、道中は急いでも四日ありますゆえ、その間に何か策を考えまする」

「いや、十日以上はある」わが君は貼り付いた顔のまま言った。「モメはお前らの荷物持ちとして同行する。道中、せいぜい奴に『付加価値』を稼がせてやるがよい」

いやはや、〈一刻の猶予もない〉とは、なんだったのだろうか。

離宮への道中、モメ師たち〈アダプタ〉は、師を先頭に長い隊列をなして、わたしたちの荷物を負いながら〈シリーウォーク〉を舞っている。〈シリーウォーク〉とは運ぶ貨物の「付加価値」を高めるための儀式的な歩行で、〈ケークウォーク〉ともいう。足の大きな振り上げや足踏み、三歩進んで四歩下がるなどの所作を何度も何度も繰り返し、一歩ごとに万物に対する感謝を込め、その祈りにより「付加価値」が生産されるという。普通の足で一日の道に、〈アダプタ〉は四日も費やすのだが、その三日分の遅れこそが「付加価値」の対価であり、〈シリーウォーク〉の分「付加価値」はさらに上乗せされる。

郎党の半分は〈アダプタ〉の若衆だが、もう半分は〈ライド〉だ。衣装の質や履物の有無で判別できる。モメ師の宗派は腰を低く屈め、ステップだけでなく激しい両腕の振りも組み合わせるのが特徴だ。わたしは徒弟や長女のジーナ（主に婦人科の医術を学ばせた）とともに、モメ師の行列の後ろをついていく——というより、追い抜くことができぬ以上、モメ師たちがある程度先に進むまで、街道沿いの木陰でただボンヤリと待っているしかないのだが、運ばれる薬箱がずっとガチャガチャと大きな音を立てているので、わたしの心が休まることはなかった。

「父上、お師様たちが後ろ向きに戻ってきます」ジーナが指さす。

「たまに意味なくバックする。すぐにまた、前進するだろう」

しかしモメ師の行列は、後ろ歩きのまま、わたしたちのところまで戻ってきてしまった。

「師よ、いかがされました？」

「疲れた。今日はこの辺で休むわい」そう言って、召し使いに汗を拭かせつつ、その場でどしんと胡坐（あぐら）をかいてしまった。

「陽はまだ高う（たこう）ございますが……」

「〈シリーウォーク〉は体力を使うんや！　その分こまめに休みを挟まなあかん！」

「しかし、野営されるのですか？」周りには青々と茂る麦畑しかない。

「あんた、医者のくせして、わてに風邪引かせたいんか？　そこの百姓のあばら屋でええから、一晩泊めてくれって頼みなはれ」

「でも、こんなに早く休まれては、道中の身銭が持ちません」娘が口を挟む。

「嬢ちゃん、アホやな。あんたらから預かって、わてらがしっかり拝みながら運んだ『付加価値』たっぷりの荷物があるやろ。それを適当に分けてやればええ」

「………」

　こんな旅に二週間も費やしたせいで、〈風見鶏〉宮に到着するまでに、わたしたちの荷物のほとんどがモメ師たちの宿代に消え、薬瓶はほとんどすべて割れた。〈風見鶏〉宮にも医療設備一式は揃っているが、使い慣れた道具を失うのは心細い。

丘の上の離宮の周囲では、〈アダプタ〉の堂衆や、雑役の〈ライド〉が巡回している。警護だけでなく、彼らは一歩ごとに五体投地をし、宮殿に「付加価値」を充塡(じゅうてん)している。到着後すぐ、師は長旅の疲れと汗を流すため、離宮内にある「付加価値」に満ちた薬湯に浸かりに行くが、わたしは井戸で旅の埃を手早く落とすと、ジーナを伴って、患者が床(とこ)に伏せる部屋へ真っ先に向かった。崖の真上の角部屋である。

「失礼つかまつります」

戸を叩くと、腰の曲がった世話役の老婆が出てきて、慇懃(いんぎん)にひざまずいた。老婆は裸足である。

「ひとまず、診立てをしたいのだが」

と告げると、老婆は「お医者様でございます」と言い、ベッドの前のカーテンを開けた。令嬢は十八のジーナより少し幼い。十五歳くらいだろう。横になったまま顔をこちらに向けて会釈する。無言だが、わたしたちを拒絶するような様子はない。老婆が毛布をそっとめくると、寝間着の上からでも、腹部にある握りこぶし大の膨らみが確認できる。

(やはり筋肉腫だな)わたしは直接の診察をジーナに任せ、部屋の診断器に残されたデータを確認する。履歴はわたしの第一印象を肯定していた。もう一度、診断器のスキャナーを全身に当て、今度は病の進行を確認する。瘤が大きくなりすぎているから、腹腔鏡ではなく、開腹して周囲の組織ごと摘出するべきだろう。痛々しい光景だが、幸いにも、これほど大きくなるまで放置していながら、転移は見られない。

病状と手術内容の説明もジーナに任せる。わたしだって通常の外科手術の経験が十分あるわけではないが、今回はこの子に実地経験を積ませたい。

「だいぶ苦しまれたでしょうが、治療は簡単です。いえ、大がかりな手術になりますが、その一度きりで終わりです。まずは腫れ物の本体を取り除き、傷を縫合した後、その残滓を溶かすファージ薬を点滴します。閣下の古の医療機器と薬なら傷も残りませんし、わが父の手術の腕は、歴代の当主でももっとも優れていると評判です。ご安心召されませ」

その説明に、令嬢は頷いた。目元にうっすらと涙が滲む。わたしは胸をなでおろし、宮殿内の設備を点検するため、ジーナを残して部屋を後にした。ドア越しに、娘と令嬢の談笑が聞こえる。貴人相手に少し距離が近すぎるようだが、古くより、医者は「自由人と奴隷の相違を問わず」と戒められている。

〈アダプタ〉の食事は長い。時間をかけるほど食物中の「付加価値」が増すからであり、終盤はありとあらゆる料理が、「付加価値」と引き換えに冷たくなっている。そしてその後の、手術前の打ち合わせの主導権を握るのだって、もちろんモメ師だった。師はまるで自らが主治医だとでもいうように、全身から薬湯の匂いを発散させ、このように宣言した。

「この手術に限らず、一番大事なのは過程や。過程の重さで『付加価値』の量が決まって、ゆくゆくは世界のサステナビリティさえも左右するわけやが、そのことを熟知してるのはわてら〈アダプタ〉だけや。せやから、わての指示には逐一従ってもらわんと困るで」

そして「付加価値」に富んだ丁寧な外科手術法を、わたしたちに指導した。

「まずはな、手足でも背中でも、コブから遠いところをざっくり切るんや。それで、しげしげとそこを眺めてから『ケッタイやな、ここに病気はあらへん』って言うんや。そいで、一旦その傷が癒えたらお次のシリツや。今度は胴の適当な部分を切って、盲腸でも肝臓でも、取ってええところを切り取る。で、ここでまた『ここにも病気はおらへん。残念や』って言う。そういう芝居を何度もやって、ようやくあのコブを切るわけや。そうすれば芝居とシリツの分、『付加価値』が儲かるわけや。簡単やろ」

「恐れながら、無暗に患者の身体を傷だらけにするわけにはゆきませぬ。とくに患者は嫁入り前の娘でございますれば……」

「あんた、美容整形が専門やろ？　そのへんは上手く、傷が残らんようにできへんか？」

「しかし、どういう手術をするのか、もうご令嬢には説明しておりまして……」

「なんや、おもろないな」モメ師はあくびをする。「ほなら、こんなんはどうや。コブは全部取らずに、ほんのちょっとを、膏肓あたりに残しとくんや。ほんでまたそいつが大きなったらシリッツして、今度もちょいと残しとく。で、また大きくなったらもっぺんシリッツや。これを何遍も繰り返せば、手間かけた分『付加価値』もガッポガッポや。……名案やな、これでいこ」

「あの腫瘍一つでも大手術ですので、患者の体力が持つかどうか判断しかねます。徒に時間をかければ転移の恐れも——」

「それこそ『濡れ手に粟』ってやつで、むしろ大歓迎やがな。あちこち転移してくれればその分シリッツの数も増えるやろ。なんならご令嬢には死ぬまであのコブと付き合ってもらおか？　そしたらご令嬢がくたばるまで、ルカスはんは主治医としての覚えもめでたいし、わてもコモドはんの手綱を握れてウィン・ウィンや。どや、悪い話やないやろ」

「…………」

わたしたちが顔を見合わせていると、モメ師は取り繕うように咳払いをして、神妙そうな顔をつくった。

「……ちゃうねん、わてかて、あのご令嬢には死んでほしいわけやないで？　コモドはんには『絶対治せる』言うてもうたし、今生の者はみな、わてらの子供みたいなもんや。別に恨みがあるわけやない。せやけど世の中にはケジメっちゅうもんがあって、それをあんたらに教導するのが、お天道様よりわてらのご先祖が授かった申命や。あんたら医者は、パパッと目の前の患者を治せば終わりやろうけど、わてらはそういう結果だけやのうて、疎かにされがちな過程を糺す義務があるんや。ここで一番に考えなアカンのは『付加価値』や。あの嬢ちゃんが死なないギリギリまで『付加価値』を搾り取らな、わてもお天道様やご先祖様に、申し訳がたたんのや」

「おそれながらお師様――」突然、わたしの隣でずっと仏頂面をしていたジーナが口を挟む。「患者が不必要な施術で余計に傷つき、何度も苦しむことに、本当に『付加価値』なんてあるのでしょうか？」

わたしはぎょっとして娘の顔を見るが、モメ師はこういう質問には馴れているらしい。フンと鼻を鳴らした。

「嬢ちゃん、あのご令嬢が何者か聞いとるか？　……そうや、〈ファイア〉やけど、実は〈ライド〉やねん」

「老師！」

「かまへん。わてら〈アダプタ〉は『丁寧でサステナブルな社会』のため、戒律に則った暮らしをあんたら民草に強いとるし、おかげで色んなものを犠牲にさせてもうてる。例えば前時代なら注射一本で治った流行り病で、大勢の民草が死んどって、わてら〈アダプタ〉はその犠牲の落とし前として、「付加価値」をぎょうさん稼がなあかんのや。もちろん、嬢ちゃんのいう通り、あのご令嬢がただ苦しむだけじゃアカン。わてらが〈シリーウォーク〉をお天道様に捧げて、それでようやく、ご令嬢の痛み苦しみも『付加価値』になって、来世でほんまもんの〈ファイア〉になって救済されるわけや。

ほなら、あんたらお医者はんはどうや。生きるっちゅうことは苦しいし、痛いのが当たり前やけど、特に〈シリーウォーク〉を免れとる蒼氓(そうぼう)にとって、そうやって悶え苦しむ過程に、人生の『付加価値』があるんや。ほいで、あのご令嬢は風前の灯火も同然の命を、苦しみつつ懸命に生きとって、つまり『付加価値』満点の『丁寧な暮らし』の真っ最中なわけや。それやのに、あんたらは患者から『イキガイ』――『付加価値』を奪おうとしとるんや。こらもったいないで！　そういうわけでなお嬢ちゃん、ここはご令嬢の後生(ごしょう)のために、涙を呑んで、わてらを見習って、しっかり『付加価値』に向き合うてほしいんや。結果ばかり求めると近道したがるもんやし、近道しようとすると真実と『付加価値』を見失うんや。それに、わてなら嬢ちゃんの心ん中の呵責(かしゃく)や苦悩も、無駄なく『付加価値』に昇華させたる。その葛藤や、令嬢の死を通じて――まだ死んでへんけど――あんたも人間的に成長できるんやから、それで結構やと思わへんか？」

「いや、でも――」ジーナのためらいがちな態度に、師は溜息をついた。

「まだ腑に落ちんか？　わて、間違うたこと言うてへんけどなあ」

「恐れ入ります。でも、〈アダプタ〉の方々には戒律がございますが、我々医者にも守るべき戒律がございまして――」

「藪から棒に、なんの話や」

「卒爾（そつじ）ながら、その戒律を〈ヒポクラテスの誓い〉と申します。わたしも父から、メスさばきより先にその戒律を学びました。その戒律には『自身の能力と判断に従って、患者に利すると思う治療法を選択し、害と知る治療法を決して選択しない』とあります。それを遵守し、患者の苦しみを速やかに取り除いて、ＱＯＬを向上させることも『付加価値』の一つの在り方なのではないでしょうか？」

「美顔屋ふぜいが、ケッタイやな」師は忌々しげに舌打ちした。「ＱＯＬ？　要するに〈ファイア〉みたいな暮らしをさせろっちゅうことやろ。それはつまり結果の話やないか！　逆に聞くけどな、そのヒポポタマスっちゅうご先祖は、あのご令嬢から『イキガイ』を奪って、死に体にした責任を取ってくれるんか？　地球のサステナビリティや、お嬢ちゃんの子孫の未来についてはどうや？　無理やろ。わてはとれるで、責任。わてらには戒律っちゅう、究極の無謬（むびゅう）性、究極のサステナビリティがあるさかい。あの令嬢が死のうが、病でずーっともがき苦しもうが、どっちにしろ十分に〈シリーウォーク〉を捧げて、供養したる。……まったく、お嬢ちゃんも大概やが、フェルザーはんもコモドはんもとんだ朴念仁やで。〈シリーウォーク〉より、子供みたいな我儘ばかり言うアホたれに説教する方がよっぽどしんどいわい」

師は椅子の背もたれをつかんで立ち上がった。

「お師様、どちらへ？」

「嬢ちゃんに説教しとったら旅の疲れがぶり返してきたわ。今日はもう寝る。……そうや、お嬢ちゃんにシリッツは任せられへん。ルカスはんは、鞭打ちでもなんでもして、お嬢ちゃんをしっかり躾けておきィや。鍛冶仕事ばかりは、冷める前によっく叩かなあかんからな」

師はそう言い残して、長い旅路で固い棒のようになったままの足を引きずり、大広間から出ていった。

令嬢の腫瘍の摘出手術は、三日後に実施された。助手の看護師や、医療機械技師――みな代々フェルザー卿に仕える「遺産」だ――で、手術台に横たわる令嬢を囲む。

麻酔をかける直前、令嬢は左右を窺った。

「あの、女の方はどちらでしょうか……？」

「某の娘でございますか？」

「はい、ジーナ様とおっしゃいましたが……」

「あの子は未熟にて、今回の手術は見学です」

「では、あそこからご覧になっているの？」

ご令嬢の視線の先には、はめ殺しのガラス窓で隔てられた小部屋がある。本来は見習い医に手術を見学させる所だ。しかしそこにジーナはおらず、モメ師が手術を監視している。

わたしは何も答えられない。

娘がモメ師に逆らった後、わたしは鞭打ちの代わりに、中庭の隅で、あの子と二人きりで話をした。わたしが詰問する前に、ジーナから、秘めていた思いをぶつけてきたからだ。今までの娘は従順を絵に描いたようなものだったから、わたしは威厳を保とうとしつつ、内心ではとても驚いていた。

「父上は以前、今回のような経験をされていたのですか？」

「なんの話だ？」

「患者の身体を徒に傷つけたり、わざと病の根治を避けるなどといったことについてです」

「いや、ない」わたしは正直に答えた。「こんな複雑な立場の患者など、わたしも初めてだ。先代についてはよく知らないが」

〈ファイア〉の美容整形なら戒律の束縛もなく、庶民の医療の過程に口を挟むほど、下々に関心のある〈アダプタ〉もいないのだ。

「わたし、今回の手術で、ようやく人の命を救う、一人前の医師になれると思ったんです」

「お前は普段からよくやっている。技術だけならもう一人前だ」

そう慰めるが、今はこの言葉も空しかった。

わたしはジーナに、ほかの兄弟姉妹以上の期待をかけていた。この子だけは家業を継ぐことについての不満をおくびにも出さず、日々よく手伝い、そしてよく学んでくれていた。しかし本物の仁術まであと一歩のところで、この子は葛藤と苦悩の、深い沼に足を取られてしまった。

「父上、医者として、患者への献身以上に、忠実であるべきことなんてあるでしょうか？」

「人智を越えた摂理というものがあるのだ、娘よ。一人前になりたければ、医術だけでなく、処世術も学ばねばならない……」

「そうやって父上が仁術に勝る処世術があるなどとおっしゃるのなら、わたし、医者の道をあきらめます」

「なんだって？」

訊き返す暇もなく、ジーナはわたしを置いて、走り去ってしまった。わたしは茫然自失し、あの子を呼び止めることすらできなかった。

あの晩以来、わたしはジーナの顔を見ていない。あの子は謹慎と称して、与えられている小部屋に閉じこもっている。

わたしが返事に困っていると、令嬢は話を続けた。

「ジーナ様は、医者にはこういう戒律もあるとおっしゃいました。『医に関するか否かに拘(かかわ)らず、他人の生活についての秘密を遵守する』。これはわたしの出自も当てはまるのかしら」

「左様にございます。我々には件(くだん)の戒律により、固い守秘義務がございます」

それを聞くと令嬢は微笑み、

「次に目を覚ましたとき、わたしはきっと、生まれ変わったようになっているんだわ」

そうひとりごちて目を閉じた。そこに麻酔医がガスを吸わせ、令嬢は無痛の世界に落ちた。

モニターの数値は全て正常だ。

こうして準備が整ったが、あの夜、ジーナが去り際、「あきらめる」という言葉をつかった真意が、わたしの両手をこわばらせた。目の前には、患者衣から露出した、無花果(いちじく)のような、皮膚下の腫瘍があり、助手がその表面に消毒液を塗布する最中だった。

「さっきから、なにずーっと固まっとんねん。悪いもんでも食ったんかいな?」

スピーカー越しの、モメ師の声で我に返る。

わたしは、顎の無精ひげをつまむのに夢中な師を見返すが、ガラス窓にはわたしの鏡像の他に、大勢のおぼろげな影が映り込んでいた。それは遠い未来の人々のようでも、前時代の亡霊のようでもあるし、妻やジーナ以外の子供たち、そして大勢の徒弟とその家族のようでもあった。どれもわたしの人生を形作る「イキガイ」そのものだ。視線を手術台に戻すと、今度は令嬢の寝顔と、ジーナの顔が重なって見えてくる。

わたしは、患者の命と、わが主君や家族や徒弟の将来と、ジーナへ仁術を継承することに対して、責任を負っている。その三つの責務こそわが人生の「付加価値」だった。しかしモメ師は地球のサステナビリティのため、そのうちのどれかを供物として捧げよと命じる。もしそうすれば、わたしの「イキガイ」は大きく欠落し、その空洞は埋められず、わたし自身の持続可能性は失われるだろう。そうなった際の責任を負うはずのモメ師は、今は足の裏の血豆を潰すのに夢中で、手術のことなど、もはや眼中にないようだった。

ならばわたしは、己であり続けるための責任を、自らの手で果たさなければならぬ。わたしはもう一度メスを握り、ようやく腫瘍の表面に刃を立て、真一文字に切り開いた。切り口から血が流れ出た。

壺中天

日高トモキチ

地球の内へ目を向けてみよう。クリティカルな研究領域としての地下世界に先鞭をつけたのは、イギリスの天文学者にして数学者エドモンド・ハレーだった。

日高トモキチ（ひだか・ともきち）は、一九六五年、宮崎県生まれ。学習参考書の編集者を経て、一九八九年に漫画家デビュー。『トーキョー博物誌』（産経新聞出版）、『猟師になりたい！』（北尾トロとの共著／角川文庫）、『ダーウィンの覗き穴〔マンガ版〕』（メノ・スヒルトハウゼン原作／早川書房）などのエッセイ・科学マンガに定評がある。近年は、『里山奇談』（ｃｏｃｏ、玉川数との共著／KADOKAWA）、『レオノーラの卵　日高トモキチ小説集』（光文社）など小説家としても活躍。

「蓋し、地球はやはり空洞だったのです」

彼女が言い放つや、会場はしんと静まり返った。

ライプニッツ・ホールの議長席に座る教授、ゴットフリート・Rがゴーグルを持ち上げ、狷介にして不遜な視線を投げる。しかし壇上の人物に動じる気配はない。ボードの上に両手をつくと、顔を上げてぱちぱちまばたきをし、よく通る声で補足した。

「まちがいないです。私、往って還って来ましたから」

居並ぶ汎地球数理アカデミア年次総会出席者全員が、今度こそ目を剝いた。

＊

「ご承知のように」

ホール中央に位置する被告席にも似た壇上で発表者は続ける。

「詩人ダンテが旅した地獄（インフェルノ）、ギリシアの冥界タルタロスの例を持ち出すまでもなく、私たちの祖先は自分の足の下に別の領域があることを知っていました。ウェルギリウスや伊弉諾尊（いざなぎのみこと）は地底世界に往きて還りし先人なのです」

「ああ、ノンネマイマイ博士」

議長が片手を上げて発言を遮った。

「神話や民俗学は立派な研究対象だし学問の分野だが、我々の守備範囲ではない」

「はい」

壇上の少女――齢十六にして地球物理学博士号を取得した才媛ビビアン・ノンネマイマイはほほえんで頷く。

「そう思って、前提となる一般教養領域からあらためて説明しております」

「あはあ」

傍聴席の最前列から上がった声の主は、オリエンタルな風貌の女性である。

「どうします議長？　一般教養が足りないのバレバレですよ私たち」

くすくす笑うと壇上へと呼びかけた。

「続けてください博士。今朝からずっと聞かされてきた退屈で愚にもつかないニューズより余程ためになりそう」

「ありがとうございます、呉月桃（ウー・ユエタオ）博士」

気まぐれな援軍に対して一礼し、ビビアンは視線を正面に戻す。

「やがて文明が発達し理知が学問として体系化されると、このような地下世界の存在もまた神話伝説からプラクティカルな研究領域へと昇格しました」

手を伸ばし、目の前の空間をピンチアウトする。

「その先鞭（せんべん）をつけたひとりが、イギリスの天文学者にして数学者、令名高きエドモンド・ハレーです」

プロジェクタがハレー彗星の軌道図を映し出した。

「ご承知のように、かれは一七〇五年に発表した『彗星天文学概論』の中で、自身が一六八二年に観測した彗星が公転する天体であることを詳（つまび）らかにし、同時に次回の出現を予言しました。そして彼の没後、その言葉通り一七五八年に回帰した天体はハレー彗星と命名されたのです」

「説明ありがとう。そのあたりは確かに我々の守備範囲だ」

議長が口を挟み、呉博士を含む複数の出席者から笑い声が上がった。ビビアンは膝を曲げてお辞儀をすると、話を続ける。

「これより先の一六九二年、ハレーはイギリス学士院で地球内部についての重大な発表を行なっています。すなわち」

少女の指が空間をスワイプし、スクリーンに巨大な四重の円を描き出した。

「地表の下には空間を挟んで二重の球体が存在しており、その更に内側に中心核を持つというのです」

「うむ」

議長が頷いて補足した。

「これらの空間は閉じているためふだん往来はできないが、核が太陽同様のはたらきをするために明るく、居住は可能と思われる。また、この空間から発生する発光性のガスが地表に漏れて極光(オーロラ)となる。とハレーは述べた」

「本当に守備範囲なんだ、ゴットフリート」

呉博士がちょっと感心した体(てい)でひとりごち、肩を竦(すく)めると首を振った。

「でも、そんな空洞や中心核とか実在しないよね？」

「ここでは」

ビビアンが彼女を柔らかく制した。

「各仮説の真偽についてはいちいち論じません。そういう主張があった、とのみお考えください」

「知道了（ヂーダオラ）」

成都数理大学院の若き学長は軽く会釈し、母国語で了解の意を伝える。登壇者は微笑んで話を続けた。

「ハレーの主張は後世の学者たちによって脈々と受け継がれ、ブラッシュアップもしくは歪められてゆきました。一九世紀アメリカの陸軍大佐ジョン・クリーブス・シムズによる『両極に出入口がある五層の同心球』説、スコットランドの物理学者ジョン・レスリーの『がらんどうの地殻内にふたつの太陽が輝く』説。二〇世紀に入ってからは、ガードナー、オッセンドフスキー、ゲノン、バーナードといったひとびとによって様々に解釈され流布されていったのです。詳しくは添付の資料をご覧ください」

「時代が下るにしたがって怪しさを増してますな」

どこかの国の学者がつぶやき、ビビアンも頷いた。

「ええ。二〇世紀初頭には地球のぎっしり詰まった内部構造モデル——地殻・マントル・二重の核——が定説化しており、空洞など存在する余地はないとされていましたから。地球空洞説はどこに出しても恥ずかしくない異端です」

「だったらなぜ……」

「なんか、本当なんじゃないかな、と思えちゃったもので。あと、その方が断然楽しい」

ビビアン・ノンネマイマイは毅然と胸を張り、目の前に浮かぶ操作パネルから新しいタブを開いた。

「ムービーをご覧頂きましょう。スクリーンもしくはお手元のデバイスにご注目ください」

＊

「ですので、私は『存在する』という仮定のもとに考察を重ねました」

動画の中のビビアンがカメラ目線で語りはじめた。書斎だろうか。クラシックなテーブルの上には地球儀が乗っている。サファリジャケットに防暑帽、大きなリュックを背負った姿は探検隊のそれである。

「あらためまして、私は地球物理学者ビビアン・ノンネマイマイ。こちらは、助手のアナスタシア・コバヤシ。愛称はナースチャ」

隣で神妙な顔をしている、ビビアンと同じような年格好の黒髪・眼鏡の少女を紹介した。

「ナースチャにはヘッドセットのカメラを回してもらいます。では、出かけましょう」

「唐突ですね、ビビアン。いったい何処へ？」

と、ナースチャ。

「ええ、地球の裏側へ」

こともなげに動画の中のビビアンが答え、ドアを開けると外に出た。

画面が暗転する。

＊

「私たちは――」

真っ暗になったホールに、ビビアン・ノンネマイマイの声が響く。

「私たちは皆、歩いている道の裏側に出る方法を知っています。もっと言えば、そういう道を知っている」

ざわめく出席者たち。

「一本道なのに、ただ歩いているといつのまにか裏側になって、そして一周して出発点に戻ってくるのです」

「それは」

呉博士が答える。

「メビウスの帯……」

「そうです。一か所が捻れた輪、裏と表の区別のない二次元多様体」

闇の中に光線で描かれるメビウスの帯。

「一七世紀に地球空洞説を唱えたハレーが、数学者でもあったことを思い出してください。地球空洞説とは怪しげな疑似科学などではなく、位相幾何学(トポロジー)で解かれるべき宿題ではなかったのでしょうか？」

動画の続きがはじまった。

「これは……？」

不審の声をあげる博士たちの前に映し出されたのは、一面の白い霧だった。

ビビアンのアナウンスが聞こえる。

「一九四七年二月、アメリカ海軍少将リチャード・E・バードは、南極探検飛行中に白い濃霧に巻き込まれました。そして霧が晴れた際に彼が目にしたものは——」

ふいに視界が開けた。スクリーンいっぱいに拡がったのはどこまでも濃い緑と原色の世界。探検者（エクスプローラー）のゆくてを阻（はば）む巨大な木生シダ植物。

　助手の報告の声が響く。

「気温摂氏二四・七。ここは明らかに」

　前を歩くビビアンが、悪戯っぽい笑みを浮かべて振り返った。

「亜熱帯気候下の密林です」

「待って」

　呉博士が手を挙げて発言する。

「あなたたちはともかく、少なくともバード少将は極地探検中だったのでは。あと、今映ったレピドデンドロン属のシダは」

「これより前」

　博士の質問には答えず、アナウンスが続く。ちょっと舌を出して肩を竦めた呉月桃博士は、今喋っているのはムービーの中の人物だという事実にふと思い当たり、ますます機嫌が悪くなった。

「一九世紀前半、ノルウェーのヤンセン父子がこれは北極で未知の世界に迷い込んだ旨を報告しています。私が重視したのは、先の怪しげな論説群に加え、これらのうろんな実体験談でした」

「ぜんぜん信頼できないじゃない」

呉博士がぶつぶつ零す。

と、やや切迫した助手の音声が入った。

「博士、ビビアン」

「どうしました、ナースチャ」

画面にカットインするデバイスを、ビビアンが覗き込む。

「私たちの現在地が測位できません」

「思った通り」

こくりと頷くと、カメラ目線になった。

「高精度の測位システムが発達したこの現代において、およそネオＧＰＳ衛星の電波を受信できない地上の場所は存在しません。すなわち――」

右手を上げ、効果を狙って間を空ける。

「ここは電波の届かないどこかなのです」

出席者たちがざわめき、ムービーの中の少女が大きく両手を拡げた。

「私は確信し、同時に迷子になりました」

「おい」

レスポンスが返ってこないのを忘れて、呉博士が突っ込む。

「そんな、ビビアン」

撮影者の助手も困っている。

「うろんな実体験談の話に戻りましょう」

ノンネマイマイ博士は気にせず話を続けた。自分はいいけどせめて助手には答えてやれと呉博士は思う。

「これらの話がなぜ残っているか。それは、彼らが生還しているからに他なりません。だから……」

ごおっ。

時ならぬ轟音と共に大きな影が落ち、カメラが乱れた。助手が問いかける。

「ビビアン、何事ですかこれは」

「たぶん、メガネウラ」

それは翼開長（よくかいちょう）実に六〇センチを超える巨大な絶滅種のトンボの名であった。

やっぱり。呉月桃博士は拳を握り締めた。さっき見かけたシダは古生代後半に栄えた化石植物。つまり、彼女たちがいる場所は。

「石炭紀の地球」

ガサガサガサッ。嫌な音がして、画面の中に、接続した無数の体節と脚を持つ、扁平(へんぺい)な節足動物が走り出る。体長二メートルはあろうかというその姿に、会場のあちこちで小さな悲鳴が上がった。

「アースロプレウラ(コダイオオヤスデ)。大きいけどおそらく人は襲わない」

「たぶんとかおそらくとか、科学者が気軽に使っていい表現ではないのでは、ビビアン。ああっ」

探検隊長の予想に反し、いったん離脱するかに見えた大ヤスデが回頭した。無数の脚を波打たせてこちらに向かってくる。

「危ない(ダンジュルー)。こちらへ」

落ち着いた男性の声が響いた。

*

そちらを振り向いたカメラが映し出したのは、濃い頬髯(ほおひげ)をたくわえて銀縁の眼鏡をかけた初老の紳士だった。かるく会釈をすると、ビビアンの手を引いて走り出す。

「幸いあれは足は速くない。走って逃げれば大丈夫だ。また、基本的に腐植食性でヒトは襲わない」

「ほうらね」

「但し危険を察知すると、積極的に大量の刺激性の粘液を分泌して身を守る。これがなかなか厄介でね。くさい（サ・ピュ）し」

「だめじゃないですか」

フランス語混じりで話す紳士は、大きなシダの葉陰に探検隊を導くと腰を下ろし、あらためて言った。

「剣呑（けんのん）なお嬢ちゃんたちだ。むこうみずにも程がある」

「どうもすみません」

素直に謝ると、少女科学者は紳士を凝視した。

「でも、いずれ貴方が助けてくださると信じていましたから」

「おや（ボン）？」

眼鏡の奥の目が丸くなる。好奇心に満ちた輝きは、真実を探求する者のそれに違いない。

「私をご存じでしたか、マドモワゼル」

「はい。世界中の数学者で、貴方を知らない人はいないと思います」

相手に負けずきらきらした瞳で見つめ返し、その名を告げた。

「ムッシュウ・ポアンカレ」

「ウイ」

偉大なるジュール＝アンリ・ポアンカレは、うやうやしく一礼した。

「――ポアンカレ博士」

有能なる助手アナスタシア・コバヤシが補足する。

「フランスの数学者、科学者。トポロジーの確立者であり、名高いポアンカレ予想の提出者として知られる」

ビビアンは頷くと、ボアンカレに向かって語りかけた。

「一九〇四年に提出されて以来、位相幾何学上の難問として多くの数学者を悩ませて来たポアンカレ予想は、その後ロシアのグリゴリー・ペレルマンによって証明されました。ご存じでしたか？」

「もちろん（ビアン・シュール）」

ポアンカレが満足そうに頷く。

画面の中のビビアン・ノンネマイマイはカメラに向き直り、聴衆に向かって語りかけた。

「一〇〇年越しの宿題であったポアンカレ予想を解決したことにより、ペレルマンに対してアメリカのクレイ数学研究所はミレニアム懸賞を、国際数学者会議はフィールズ賞を授与することを決定しました。しかし」

「ペレルマンはいずれも辞退し、行方を晦ましてしまった」

助手が補足し、ビビアンはにっこり笑うと話を続ける。

「先に述べたように地球空洞説が位相幾何学上の宿題ではないかと仮定した際、私が思い出したのはこの挿話でした。ペレルマン博士は宿題を解くにあたり、誰かの助けを借りたのではないでしょうか。なればこそ、自分にその資格はないとして受賞を辞退した」

「ノン、ノン」

ポアンカレは人差し指を振って否定した。

「彼は変わった男だが、断じてそのような卑怯な真似はしていない。私はただ、見守っていただけだ」

「見守っていた」

ビビアンが復唱する。

「宿題が二十一世紀に解決する現場を。一九一二年に没しているはずの貴方が」

ライプニッツ・ホールの聴衆は固唾を呑んで、あるいは呆気に取られて映像を凝視している。ポアンカレその人の登場以来、世界最高水準のかれらの脳髄はかつてなく混迷の度を深めていた。

ただひとり、ハッと口元に手を当てた人物がいる。同時に、会場のどこからか声が響いた。

「お気づきですね、呉月桃博士」

ムービーが止まり、ライトが壇上にかしこまって立つビビアンの姿を照らし出した。

＊

「先程、比喩として私はメビウスの帯の話をしました。あくまで比喩です。なぜなら」

ふたたび現れる光の帯の画像。

「向き付けのできないメビウスの帯に裏表はありません。私たちが帯の表面をスタートして辿り着くことのできる場所はどこまでも表であり、裏側を見ることは永遠にないのです。では、もう一歩考えを進めて、このような形だとしたら、どうでしょう？」

光の帯が消え、代わりに光線が立体図形を描き出す。空間に浮かび上がった円筒の、上部が窪んで漏斗状に細い管となって下方に伸び、筒の横っ腹から外に顔を出す。円筒の下部からもやはり漏斗のように細い管が生まれ、Uターンして上に向かって伸びる。最後に上下から伸びた管が繋がって、その図形は完成した。

「クラインの壺」

呉月桃博士が呟く。ビビアンは彼女に一礼して話を続けた。

「クラインの壺は向き付けのできない閉曲面。シームレスに外部と内部が接続した世界。ただし、ご承知のようにこの図は射影による模型図であり、三次元ユークリッド空間では実現できません。しかし四次元空間に埋め込み、一部をt軸方向に移動させることで実現が可能です。私は結論に達しました」

ビビアンは顔を上げ、聴衆に向き直った。

「すなわち地球は、その一部が時間軸上にずれ込んだクラインの壺なのです。これが、地球空洞説の正体に他ならない」

「どうかな」

静かに、しかし聴くものの五体に響く声で発言したのは議長、ゴットフリート・R博士であった。

「御高説確かに拝聴した。しかし、論拠があまりに薄弱ではないか。エビデンスは？」

ビビアンが今度は議長に向かってふかぶかと頭を下げる。

「おっしゃる通りです。すべて私の推論にすぎません。ただし、エビデンスなら」

身を乗り出すと、右手を上手の方に差し伸べた。

「皆さんがムービーを見ている間にお連れしました。お入りください、ムッシュウ・ポアンカレ」

「失礼(パルドン)」

咳払いの音がして、二〇世紀初頭に没したはずの偉大なる数学者が、堂々たるその現身(うつしみ)を表した。

ライプニッツ・ホールがいったん沈黙に包まれ、堰(せき)を切ったように驚きと歓声に沸いた。

＊

「いかにも(エグザクトマン)。議長のご指摘通り、論拠は曖昧だ。証明は論理によって成されねばならない」

何事にも動じないゴットフリートの会釈に答えて、ポアンカレは澄ました顔で続けた。

「しかし発見は、発明は、つねに直感によって成されるものだ。彼女のすくなくとも着眼点は正しい」

そうだ。呉博士が感に堪えたように椅子の背に凭(もた)れた。直感主義者だったからこそ、ポアンカレはあれだけ広い分野に足跡を記すことができた。目の前の人物は確かにあの傑物アンリ・ポアンカレなのだろう。

「ふうむ」

議長が顎髭を撫でつける。

「では失礼、ドクター・ポアンカレ。貴方も直感でこの事実を発見して地球内部に到達したのですか？」

「ノン、ノン」

ポアンカレが忌々しげに肩を竦め、首を振る。ビビアンが横から口を出した。

「それは違うのです、議長。ムッシュウを異次元空間に引きずり込んだのは別な人物です」

「その発言はあまり科学者っぽくありません、ビビアン」

眉を顰(ひそ)めて有能な助手が窘(たしな)める。

「ああ、そうだ。私をあのような場所に閉じ込めたのは、わが生涯の論敵」

ポアンカレも負けずに眉を顰めて言った。

「ドクトル・フェリックス・クリスティアン・クラインその人ですね」

これは小首を傾けて愛想よく、ビビアンが引き取った。

呉月桃博士が頭を抱える。

一八八一年、ポアンカレの論文を読んで感心したクラインがコンタクトを取ったことから、ふたりの交流が始まる。しかし一年ほどの文通の間にドイツとフランスの天才数学者の仲はすっかり険悪になり、袂を分かってしまった。ポアンカレがぼやく。

「五歳上だった彼は、若い私に嫉妬したのだ」

「ここから更に私の推論になるのですが」

ビビアンは腕組みをし、壇上で仁王立ちになった。

「クライン博士は、ポアンカレ博士の没後にゲッティンゲン大学を辞して自身の研究に没頭。地球の構造が自らの考案した多様体閉曲面であることを突き止めて驚喜しました。しかし、学会で発表しようとはしなかった」

「どうして？」

呉博士が聞く。

「公開して世界の驚きと称賛を得るよりも、もっとずっと旨みが濃い秘密であることに気づいたからです」

「旨み……」

「まずクライン博士は、全精力を傾けてこの〝空洞〟の出口を、任意の時間軸上に設定することを可能にしました。つまり」

参加者たちのどよめきや囁き声をBGMに、スクリーン上の図形がめまぐるしく変形する。

「タイムトラベラーになることに成功したのです。位相幾何学上の」

＊

「およそ有史以来の人類の夢である時間旅行の秘密の独り占め。発見者としての栄光などという大して実益のないものと引き換える謂れはありません」

そうだろうか。聴きながら、呉月桃博士は自問した。科学者とは？　開いた秘密の扉を世界と共有するのが我々の責務ではなかったか？

「そして次に彼が行なったのは——しばらく前に遡り、憎むべき学問上の論敵、その生前に遂に出し抜くことのできなかったポアンカレ博士を、彼の魂が地上にあるうちに拉致し、壺に放り込むことでした」

「……神よ」

これ以上はないという渋面でポアンカレが慨嘆する。

「何が起こったのかは直感で理解した。同時に、彼がこのような蛮行に及んだ理由も想像できた」

「そう」

ビビアンが真似をして渋面をつくり、なるべく重々しく言い放った。

「ドクトル・クラインは自分が正しいことを論敵に見せつけたかった。そのためにわざわざ冥界から呼び戻したのです」

「だが残念ながら、私は彼が期待するほどは驚かなかった」

ポアンカレが首を振る。

「むろん驚くべき状況ではあったが、クラインの理論が間違っていると思ったことはなかったので、納得はできた」

ビビアンはこくりと頷き、続けた。

「そして思ったほど動じてくれないムッシュウに苛立ったクラインは、今度はポアンカレ予想が証明される未来を知るや、この事実を突き付けようとしました。『君が解けなくて苦しんだ問題が、目の前であっさり解決されるのを味わうがいい』と」

「いや……」

ポアンカレが天を仰ぎ、溜息をつく。

「自分に解けなかった宿題が、他のもっと優れた新しい知性によって詳らかにされるのを見るのは、むしろ嬉しいことではないだろうか？　少なくとも自分はそうだ。

　クラインは私の何が気に入らなかったのか？　そもそも私とて、別に彼の業績や知識教養を否定していたつもりはない。気に食わなかったのは」

　目を閉じて、言った。

「その人となり（ペルソナリテ）だ」

「ふざけるな！（ザイ・ニヒト・ダアム）」

　にわかにドイツ語の罵声が響きわたり、同時にライプニッツ・ホールの時空間がぐにゃりと音を立てて歪んだ。

＊

「忘れていたよ」

　傾いだ柱の縁に手をかけてぶら下がったまま、ポアンカレ博士が不機嫌そうにひとりごちる。

「時空を操る術を手にした彼は、ほとんど神の如き監視者（オブセルバトゥール）だということを」

「大丈夫、私は忘れていませんよ。おそらく、ビビアンも」

　ポアンカレの足に掴まったまま、アナスタシア助手が反駁(はんばく)する。

「おそらくとかたぶんとか、科学者の使う言葉じゃなかったのでは？　ナースチャ」

　逆さまになった中庭の噴水から顔を突き出して、ビビアンが笑った。

「まったく、無茶をする」

　いつになく楽しげな声で応じたのは、瓦礫(がれき)の上に胡座(あぐら)をかいた議長ゴットフリート・Rその人である。

「この時空の座標自体にダメージを与えて来たな。なるほどクライン君は正気ではない。先に我々が防御空間(テリトリー)を展開しておいたのにこの始末だ」

「ちょっと、あなた達」

　花壇の中から、呉月桃博士がこれも不機嫌そうに立ち上がった。

「なんかぜんぶ想定内みたいな顔してるの不愉快なんだけど。知らなかったの私だけ？」

「すみません、博士」

　ビビアンがびしょびしょの顔で謝る。

「そんなつもりはありませんでした。クライン博士の物理攻撃は想定外です。議長がただお見通しだっただけ」

「悪いのは私か」

　ゴットフリートが顎髭を揉んだ。

「呉月桃博士、知の最先端というものは日々、今この瞬間もアップデートされ続けておる。ご承知の通り」

「そうでしょうとも」

「拗ねなさんな。そしてな、制御を失った知性は、しばしばこのように暴走するのだ。ゆえに我々は人類の叡智を――可能な範囲で――管理しなければならない」

　呉博士の目が丸くなった。

「議長ゴットフリート・R、貴方は誰？　ほんものの神さま？」

「わしか。わしはゴットフリート・ヴィルヘルム・ライプニッツ。十七世紀神聖ローマ帝国の数学者」

「ライプニッツ……」

「その時分に時空旅行者になったものでな。クライン君には申し訳ないが、彼の発見はすべて既出なのだ。だが、わしはクラインとは別な理由で自分の発見を秘匿した」

「判る気がします」

　ポアンカレが頭を垂れた。

「人類がこのような知見と技術を手にするには、三〇〇〇年は早い」

「直感だな」

ライプニッツがにやりと笑って頷いた。

「さて」

ビビアン・ノンネマイマイ博士が噴水から飛び降りて、居並ぶ人々を見渡した。

「私たちの業務はまだ終わっていません」

「そうですね、ビビアン」

メガネを拭きながら、助手が隣に並ぶ。

「クライン君をなんとかしなければな。なにかいいアイデアはあるかね」

ライプニッツが重い腰を上げた。

「そうですねえ」

ビビアン・ノンネマイマイは頬に指を当ててちょっと考え、そして言った。

「彼を壺に閉じ込めちゃえばいいのでは？」

「好主意（ハオジューイ）」

呉博士が恬然（てんぜん）と笑う。

「いい考えだ。では、行こう」

鷹揚（おうよう）に頷いたライプニッツが目の前の空間に描いた扉を開き、歩を進める。呉博士とビビアンが続く。立ちつくすポアンカレに、有能なるアナスタシア助手が囁いた。

「十分に発達した科学は魔法と見分けがつかない。アーサー・C・クラークの言葉です」

そして彼の手を取ると一緒に入って行った。

壺の外の世界へ。

我が谷は紅なりき

林 譲治

地球の外へ目を向けてみよう。現世の部族を統一しつつあるヒ一族の頭領ヒロノには懸念があった――我々は禁星へ帰還しなければならない。

林譲治（はやし・じょうじ）は、一九六二年、北海道生まれ。一九九五年、『大日本帝国欧州電撃作戦』（共著／飛天出版）でデビュー。『ウロボロスの波動』に始まる人工降着円盤による太陽系開発史《ＡＡＤＤ》シリーズなど、科学的アイデアと社会学的文明シミュレーションが融合した作品で人気を博す。二〇二一年、《星系出雲の兵站》で第41回日本ＳＦ大賞を受賞。近著に『大日本帝国の銀河』『工作艦明石の孤独』『知能侵蝕』など多数（以上、ハヤカワ文庫ＪＡ）。

ヒロノに酸素の危険性を教えてくれたのは、太祖だった。ヒロノはヒ一族で最も若い子孫で、太祖が目にすることができた最後の子孫となる。

ヒロノは一族の住む地上と地下を結ぶ網状都市の深部に向かって、大人たちに囲まれる形で歩かされた。そうして古い丸太の柱と色とりどりの布で囲まれた空間である太祖宮についた。

ヒロノはそこで死の床にあった齢(よわい)二〇〇を数える太祖と対面したのだ。太祖は生きていたが、死期が近いのは幼いヒロノにもわかった。機械化された四肢にも経年劣化による摩耗と錆びは隠しようもなく、皮膚の老化も明らかだった。人の老いは皮膚でわかる。新陳代謝と酸素の毒の終わりのない闘争の中で、新陳代謝が劣勢になると、皮膚は容赦なく劣化する。

自分の老いた姿にヒロノがショックを受けていることを見ると、太祖は笑いながら言う。

「ヒロノよ、若き同胞よ、これが人の宿命ぞ。人は体内に酸素を必要とする。されど多すぎる酸素は人を緩慢に殺してゆく。

忘れぬことだ。人は自足せねばならぬ。足ることを知る、それが人ぞ。そしてそなたは同胞に人の道を示さねばならぬ」

ここで太祖は息を引き取った。

人は自足しなければならない。そのために人は体内にある機械をも己の一部とせねばならない。故に、若き血族であるヒロノは太祖の体内にある機械を己に移植し、それを継承した。そうすることで太祖は生き続けることとなるのだ。そして機械を継承した時から、ヒロノがヒ一族の太祖を継承することが決まったのだ。

＊

「ヒロノさま、現世でどれほどの人が生きられると思われますか？」

ヒロノの屋敷に腹心のタナエが現れたのは、早朝のことだった。網状都市の地上部にあるヒロノの屋敷からは、ピンク色の空が一望できた。

屋敷は崖に掘られた巨大な洞窟の中にあった。洞窟は何世代もかけて加工され、最初は人の手によって、後には機械によって、完璧な半球に整形されている。その空間の中で石を積み上げた集合住宅群の中央が、屋敷と呼ばれる領域だ。

すでにヒロノは頭領としてヒ一族を束ねる立場ではあったが、太祖とは呼ばれていない。太祖の選び方は、現世にある四六八部族のそれぞれで違うが、頭領として結果を出し、一族の誉(ほまれ)を高め、その上で他部族から認められた者だけがなれる。

「内管領(ないかんれい)のそなたがこんな早朝に何かと思えば、そのような問答のために屋敷に現れたというのか？」

冗談めかしてはいるが、ヒロノの内心は穏やかではない。タナエはヒ一族の勢力拡大に多大な貢献をしてきた内管領でもある工房頭だ。太古の呼び方をするならば、科学者や技術者の統括マネージャーとでもなろう。

タナエたちの働きがあればこそ、ヒロノは他の部族に先んじて明確な方針を立て、一族の発展を実現してきた。それが証拠に、ヒロノが頭領になるまで、現世の部族は五〇〇あった。それがヒ一族の拡張に伴い、統合され（人によっては吸収とか併合、時には侵略というものもいた）四六八まで数を減らしていた。

ただ部族の数は減ったが、現世の人の数は増えている。それがヒロノの政の成果であり、それを支えてきたのがタナエなのだ。

「問答ではございません。現実的な問題でございます。現在、現世にある四六八部族の中で、ヒ一族は単独で現世人口の五パーセントを占めるに至っています。そして周辺部族も雪崩をうってヒ一族への統合を望んでいる。しかも、我らに統合したことにより、編入部族の人口は二パーセントの増加率を示しております」

「そなたの助言の賜物だ。工業化の成功が富の増大をもたらし、ヒ一族に加わることでその恩恵を受けられるとなれば、多くの人がそれに靡く。そして人口の増大が工業化を加速させる」

もともとヒ一族は工業化を進めてきた集団だ。これは言うは易く行うは難しの問題だった。様々な工業機械の操作やプラント管理ができる人材育成のために、一族は時に食料の配給を削るようなことさえ行なったのだ。不満を抱いた一族のものを抑え切ったのは、ヒロノの政治手腕の賜物だろう。

その成果は一族すべてを満足させるものだった。積年にわたる地道な地質調査——多くの部族がそれを愚行と嗤っていた——の結果、一族の工房はついにウラン鉱脈を発見する。

この時のために数十年にわたって蓄積していた重水を用いた最初の原子炉は、現世のエネルギー問題を解決するきっかけとなった。

それまで人々は、弱い太陽光を利用して大気中の二酸化炭素から燃料となるメタンを合成したり、砂嵐時期に風力発電を頼るのが一般的で、幸運な一部の部族が地下の熱源による温度差発電を利用できるだけだった。だからこそ原子炉は現世の革命だったのだ。それもまたタナエらの工房の力あればこそだった。

「ヒ一族の発展と拡大は慶事なのは疑いようもありません。ですが、いまから手を打たねば現世の我々はまだしも子孫は地獄を見るでしょう」

タナエが右手で空間に指示を送ると、ヒロノの視界にグラフが現れる。一族の頭領の体内機械にデータを送りつけるなど無礼極まりない所業だが、ヒロノは内管領のタナエにはそれを許していた。

「現状のままでいけば、五〇年以内にヒ一族が現世を統合することになるでしょう。ヒ一族にあらざれば人にあらずという時代が来ます」

しかし、それだけでは話が終わらないことをグラフは示していた。

「これまでヒ一族と編入部族の人口増加率は年換算で二パーセントでしたが、それが完全統合後は二・五パーセントになる。そうなれば現世の総人口は統合後二〇年で六割増となり、五〇年では三倍を超えてしまいます。

いまでこそ我々はタルシス三山の地下資源を潤沢に使えますが、総人口がこの調子で増え続けるなら、現世の資源は一〇〇年以内に総人口を支えきれなくなるでしょう」

「人口というのは一本調子に増え続けるものではあるまい。そもそも現世の人口増加率は、積年にわたりほぼ横ばいではなかったか？」

「それはその通りでございます。ただ問題は資源が減少するのと人口が減少に向かうまでの間に乖離があることとです。資源が足りなくなれば人口増加率は減少しますが、その資源不足の原因は何かといえば総人口の急激な拡大にあります。急増した人口に資源供給が追いつかないことで、飢餓を強いられる人もまた急増します。現世の歴史の中でもかつてない数になるでしょう」

ヒロノは頭領として内管領が嘘を言っているわけではないことはわかっていた。ただタナエは不吉な予言をするだけの人でもない。

「何か策はあるのか？」

「我々は十分に力を蓄えました。いまこそ宿願を果たすべき時です、頭領」

「宿願とは？」

「禁星への帰還、いや約束された土地への移住こそ人の目指す道でしょう」

「禁星……地球へ帰還しろというのか、タナエ」

ヒロノの言葉にタナエは顔色を変える。

「頭領、お立場をお考えください、地球などという忌み言葉、貴方様の口から発してよいものではございませぬ」

「頭領たるものが迂闊であった、すまぬ。しかし、移住する先が禁星ではまずかろう」

「そうでもありませぬ。古世記に記されております。現世のものは力をつけるまで帰還を禁ず。それ故の禁星でございます。我らが力をつけたいま、禁星は約束の土地、約星となりましょう。すべての人が約星に帰還したならば、現世も古の呼び方に戻りましょう、火星という名前に」

ヒロノの知っている現世の歴史は実を言えば曖昧なものであった。そもそも地球から火星に人類がいつ移住し始めたのかさえ、古い説では五〇〇〇年、新しいものでは一〇〇〇年前と幅があり、しかもそこで示される一年が意味するのが地球の公転周期の一年なのか、地球の一・九倍長い火星の一年なのかも定かではない。ただ歴史学者からは、火星時間で一〇〇〇年前（地球時間で約二〇〇〇年前）だというのが一番支持されている。

この歴史の曖昧さは、黎明期の火星入植者たちの置かれた環境が過酷であり、ここで生き残るためにすべての資源を費やし、歴史を残す余裕さえなかったためと言われている。書類があるなら分解してブドウ糖に変換する、歴史を記録するコンピュータがあるなら植物プラントの管理に回すというわけだ。

それだけでなく、火星の入植者たちは自分たちの身体を機械化することで火星環境へと適応したと言われている。黎明期には死体から使える機械を回収し、新しい世代に移植するようなことも行わざるを得なかった。現世人の子供が前の世代の大人が使った機械をインプラントして大人になる、成人式の始まりは、ここに由来するという。

このような状況であったため黎明期の歴史は口伝となる。それは歴史というより神話に近く、部族ごとに独自の神話を持っていた。火星入植にしても、エリート層のユートピア建設から政治犯の流刑地まで諸説ある。

そうした神話の最大公約数を信じるなら、人類は火星植民に着手し、複数の基地や都市に数万の人間が住んでいた。これが今日の部族の始まりらしい。

そうした火星植民事業の最中、地球は天変地異に襲われた。複数の巨大隕石が直撃し、それは地殻を貫通し、惑星表面をマグマで満たし、文明はもちろん、海洋まで失った。天体衝突の衝撃波で剝ぎ取られた大気は、海洋消失のために復活することはなかったという。

この惨劇の記憶のためか地球は禁星と呼ばれることとなり、地球という名前は忌み言葉となった。ただ地球を禁星と呼び、火星を現世と呼ぶのは、植民地の自分たちだけが人類として選ばれたという選民思想も背景にあるという。ただそれは生き残るための苦渋に満ちた生活の中での、数少ない拠り所として生まれたものとも言われている。

このため現世の人々が、自給自足可能な安定した文明を構築したのちに、はじめて記録に基づいた歴史が始まったのだ。

「太祖自ら、禁星へ向かわれると……本気でございますか？」

ヒロノの太祖宮は、タルシス三山の直上にある静止軌道上の宇宙ステーションに置かれていた。タナエは内管領としていまもヒロノの傍にいたが、その彼でさえヒロノの決心に驚かされた。すでにヒロノは太祖となり、禁星遷都の指揮をとり、ヒ一族の内政面は新しい頭領に委ねていた。

「禁星遷都という事業なら、太祖たる私がいち早く移住し、ヒ一族にその範を垂れねばならぬ。だからこそ頭領は現世に置くのよ」

「あなたにお仕えして、四〇年ほどにもなりますが、そういうところはまるで変わっておりませぬな」

驚きはしたものの、タナエもヒロノの決心そのものは腑に落ちているようだ。

「科学の復活で、我々も内なる機械を更新すれば一〇〇年、二〇〇年と生きるのは容易い。されど機械を幾度交換しようとも、我々の本質は変わりはせぬ」

「それで手前の仕事は、宇宙船の設計を？」

すでにタナエも禁星への移住を決めているようだった。この呼吸はヒロノとタナエの間でしかわからない。

「いや、それは無用。この太祖宮ごと移動する。移動には二年ほどかかろうが、その間に増設も増員も可能であろう。禁星軌道に入った時、遷都のための準備は整っておるはずだ」

ヒ一族の頭領であるヒロノが禁星遷都を宣言して、現世の暦で三〇年が経過した。この宣言は最初はそれほど大きな反響を生まなかったが、このプロジェクト実施のために産業が興り、人が動き出すと社会も変わった。

最初のロケットが禁星に打ち上げられ、その海を喪失し、希薄な大気の世界が現世に酷似していることを知らせると、ヒ一族以外の部族の公論も変化してきた。

宣言より一〇年後には、ヒロノは頭領から太祖の位につき、改めて頭領としてワジマを指名した。ワジマはヒ一族に統合されたカ一族の出自であったが、それは禁星遷都が部族のしがらみを超える大事業であるとの宣言でもあった。

「何人を考えておいでです？　太祖宮の人員は一〇〇〇人程度ですが」

タナエの問いは、その程度では収まるまいという前提のものだった。

「太祖宮そのものは拡張して収容人数を一万人とする、そしてここを禁星軌道に移動させ、現世からの宇宙船を受け入れる中継地とする、そして一族はここから禁星へと降下にかかる。最初の都市建設に一〇万といったところか。

一〇万人の都市ならば、自己完結して生存できる最低限を維持できよう」

現世の軌道上にある大型宇宙ステーションを禁星軌道に移動させるというプロジェクトは、急激な工業化を実現したとはいえ、まだ産業基盤の脆弱な現世社会にとっては宇宙技術を習得するためには不可欠なプロジェクトであった。

さらに中継地としての太祖宮の存在により、ここで組み立てられた大型宇宙船が禁星軌道に先に到達するという快挙も成し遂げられた。こうした宇宙船が幾つも禁星に降下し、宇宙船をもとに最初の基地を建設し、それらは太祖宮到着までに本格的な移住開始のための基盤を構築するまでになっていた。

太祖宮が禁星軌道上に入った日、赤道直下に建設されていた総人口五〇〇〇人の基地は、ヒロノにより橋頭宮という名前が与えられ、ヒ一族が最初に建設した都市として認められた。

橋頭宮は大半が地下に建設されたが、工業地帯を建設する関係で現世社会より地上に広がるインフラも大きかった。それはヒ一族に新しい文化の誕生を感じさせた。

太祖宮が禁星軌道上に移動して現世歴で五〇年が経過した時、橋頭宮はすでに人口一〇〇万を超える大都市となっていたが、すでに半数は禁星生まれだった。

しかも橋頭宮はすでに禁星最大の都市ではなく、一〇〇万人を超える大都市は禁星各地に二〇を数えるまでになっていた。急増する人口の中で、ヒ一族の半数以上が禁星生まれであった。彼らには禁星こそが生まれ故郷である。

そうした中、ヒロノの庇護のもとで科学界の発展に尽力してきたタナエが早朝訪ねてきた。

ヒロノの住居は、彼のカリスマからすれば小さな邸宅だったが、それでも橋頭宮の中では一番大きかった。だから、ただ「お屋敷」とさえ呼べばそのまま通じた。

「思い出すな。そなたがあの日もこんな時間に訪ねてきたことから、禁星への帰還事業が始まったのだ」

「なぜヒロノ様は、首都の新宮(しんぐう)ではなく橋頭宮にとどまられるのですか？」

「政は新宮の若い世代が行えばよい。わしも老いた。内なる機械を更新しても現世歴で五

○年とは生きられまい。そう遠くないうちに無重力状態の太祖宮でしか暮らせなくなろう」

太祖宮は橋頭宮直上の静止軌道にいまもあった。

「それで今日は何だ。まさか今度は禁星より現世へ一族を戻そうとでもいうのではあるまいな」

それはヒロノの冗談であったが、タナエがそれに対して表情を曇らせたことがヒロノを焦せらせた。

「最悪、そのような事態になりかねません」

「何だと、それは本気か？」

タナエは自身の機械よりデータをヒロノに公開した。それは長期的な禁星環境の変化をシミュレートしたものだった。赤茶けた大地は、着実に緑に覆われようとしていた。

「禁星の環境が現世とほぼ同じなのは、太古に衝突した鉄主体の小惑星により、海洋を失い、粉砕された鉄が大気中の酸素と結合したためと言われております。大気は酸素を失い、海洋の消失により大気は再生せず、酸化鉄の赤い大地が残ったと。

ところが帰還事業前から、禁星の火山活動が急激に活発になってきたのです。すべてではなく特定地域の火山群ですが、これらが活発化することで、惑星内部の水蒸気が解放され、五〇〇禁星年で海洋が復活します。

禁星の土壌内には、いまだに珪藻類が残存しています。その数は全体としてはわずかではあるものの、海洋の復活とともに光合成を開始し、大気組成を酸素中心へと変えるでしょう。言うまでもないことですが、酸素のような活性化の強い元素が高濃度となれば我々には致命傷となります」

「禁星が忌まわしき地球の姿に戻るということか？」

「完全ではないとしても、禁星の大きさを考えるなら、古の姿に戻ることは十分に可能です」

五〇〇禁星年とは長いようで短い。ヒロノたちの計算では、人が禁星の土地を完全支配するのに五〇〇禁星年必要だった。禁星環境が安定しているから帰還事業を始めたのだ。それが今後激変するとなれば、人口問題一つとっても根本的な見直しが必要となる。つまりタナエの報告通りなら、早急に手を打たねば人の社会は重大な影響を被ることになる。

「ここへ来たからには、何の策もないということはあるまいな、タナエ？」

タナエはヒロノの前から一歩後ずさる。それは重要な提案を行うときの彼の所作である。

「問題の火山群は巨大ではありますが、限られた領域に過ぎません。この火山活動さえ抑えるなら、禁星の環境変化は止められます。ただ大規模な調査が不可欠です。

さらにおそらくですが、水素核融合爆弾の建設が必要になるでしょう。どうも通常とは異なるメカニズムがこの火山群には起きているようです。地下深くに高温高密度の流体移動があり、それにより外部からエネルギーが集中していることが火山活動の活発化につながっている。水素核融合爆弾の建設により、その集中を取り除くのです」

「そなたの資料によれば、核分裂爆弾を凌ぐ、核融合爆弾の製造許可が欲しいわけか。協力は惜しまぬ。ただし、条件が一つある」

「条件とは？」

「わしも老い先短い身だ。禁星への帰還事業を始めたものとして、火山問題の指揮はわしが行おう」

現世の人々は、何度も地下都市を建設したことがあるため、今回のような地底探査には十分な経験があった。

だが最初の調査隊によりもたらされた報告は、まったく予想外のものだった。

「調査隊の八割が殺されただと？」

ヒロノの前にあったのは、本来なら集会場に使われるはずの広い建物に並べられていた五〇体近い死体であった。

まず一つとして無傷なものがない。多くが胸部や腹部を抉り取られるように、内なる機械や肉体の区別なく剝ぎ取られている。比較的損傷が軽いものにしても片腕、片足を失っており、中には首のないものや胴体が切断されているものもいる。

火山洞窟であるから、特殊な防護服を身につけての調査である。にもかかわらず、それらは鋭利な刃物のようなもので切り裂かれていた。

「最初に襲われたものは数名です。古からのしきたりに従い、遺体は回収し、内なる機械は再生し、新しい命に与えねばなりません。そのため仲間の遺体を持ち帰ろうとした者たちもまた新たな犠牲となったのです。爆薬で撃退はできましたが、まだ洞窟には二〇体ほどの遺体が回収を待っております」

調査隊幹部で唯一生き残った組頭を、ヒロノは肩に手を当てて労う。ただ地面を見つめていた組頭は、やっとヒロノに対して頭を上げた。

「それで、火山の奥につながる洞窟に獣が生息していたというのか？」

ヒロノにはこれほどの犠牲が出たことが信じられない。火山探査に送り出した調査隊は、任務の難しさからヒロノの募ったチームの中でも精鋭だった。それが相手が獣とはいえ、ほぼ全滅に等しいほどの死傷者を出すなどということがなぜ起こるのか？

「獣だけでしたらここまでの犠牲はなかったでしょう。洞窟の奥には幕が張ってあり、我々がそれを突破すると、内部は高い気圧が維持されていただけでなく、内圧の二割を酸素が占めていたのです」

「酸素が二割だと！」

信じ難い報告だった。そもそも希薄な大気しか存在しないことが禁星への帰還事業の前提だ。それが濃厚な大気だけならいざ知らず、酸素を二割も含むなどあってはならないことだ。

「太古の禁星の窒素分圧や二酸化炭素や硫化水素濃度の差こそあれ、酸素二割の大気組成は太古の禁星の大気と酷似しております。獣どもは、方法は分かりませんが、粘液状の物質を用いて洞窟に与圧空間を作り上げているようです。

いかな強者（つわもの）といえども、酸素のような反応性の高い危険なガスの中では動きを封じられたも同然。獣どもとは違いまする」

「小惑星衝突で死に絶えなかった獣が地中で独自の進化を遂げたというのか」

もともと人類は禁星で誕生した齧歯類（げっしるい）のようなものから進化したと、ヒロノは聞いたことがある。地中に巣を作るネズミやモグラの類だけが、小惑星衝突の災厄から生き残り、競争相手のいない生態系の中で独自の進化を遂げたというのは十分あり得ることだ。

「危険生物がいるとなれば、十分な調査も難しいな。配下の者たちの中から戦技に長（た）けた者を武士として選抜し、調査隊の警護に充てるよりあるまい。

酸素があると言ったな。ならば可燃物を燃焼させられるだろう。たとえば高速でメタンを噴射すれば、洞窟内は炎で焼き尽くされるはずだ」

メタン噴射器は単純な構造なので、すぐに必要な数が揃えられ、再び洞窟調査が行われた。予想されていたことだが、最初の調査隊の遺体は残されておらず、ただかつては人であっただろう肉塊や破壊された機械の一部が見られるだけだった。

調査隊の警護にあたった精強なる武士たちも、そのあまりの凄惨さには目を背けるよりなかった。若い武士たちが無言で、そうした肉片を家族のために集めていく。

そうした様子は撮影され、ヒロノは地上から現場の状況を掌握していた。洞窟は獣たちの巣でもあるためか、壁面は整形されていたが、岩肌の表面には粘液のような光沢があった。

調査隊が進行すると、風も収まるとともに、気圧も酸素分圧も急上昇する。そして前方から獣の群れが現れる。四足歩行で洞窟を俊敏に動けるだけでなく、立ち上がって頭から人を押しつぶすこともできた。

すぐに武士頭がメタン噴射器で、前進してくる獣たちに炎を浴びせた。こんな攻撃は予想していなかったのだろう、獣たちは悲鳴をあげて洞窟の奥に撤退した。その後には焼け焦げた獣の死体しかない。

「深追いはするな。それよりも拠点を確保し、獣の死体を持ち帰れ。タナエが分析したいそうだ」

あんな獣を調べて何の意味があるのだろうと、ヒロノは思う。しかし、無駄と思われた研究を続けたからこそ、自分たちの今日があるのではないか。それにタナエはヒロノにとって一番の功臣だ。老齢ゆえに研究の最前線からは身を引いているが、獣の研究が道楽となるなら拒否する理由はない。

数日の調査ののちに調査隊の隊長はヒロノに報告する。

「いまのところこの地下洞窟の影響は軽微なものですが、あの獣が生息域を拡大すれば、地中の揮発成分は大量に解放され、早ければ一〇〇禁星年で小さな海洋が誕生するでしょう。それは大気の酸素分圧を急激に高めることになります。そうなれば五〇〇年以内に禁星は古の姿に戻るでしょう」

「獣を地下に追いやればよいわけか。私とて獣の絶滅は望まぬ。獣は獣として分を弁え、人が人として生きる邪魔さえしなければいいだけのことだ」

「お言葉を返すようですが、それは無理でございます。獣は獣です。人の道など理解できようはずもありません。獣との共存は無理でございます」

「つまりはあの害獣退治こそが肝要か」

ヒロノがそう呟いた時、調査隊の拠点を築いている洞窟の壁面が崩壊した。新たに開いた地下道から雪崩を打って獣たちが押し寄せる。画面の中は切り裂かれる。完全な奇襲で武士もなす術がない。そして画面は消えた。モニターには生存者の数が急激に減少し、ついにゼロになったことが記されていた。

二度にわたる調査隊の全滅で、ヒロノは方針を改めた。

彼はタナエを呼び、新しい計画の意見を尋ねた。歳のせいか、タナエはひどくやつれているように見えた。

「問題の火山帯については、調査隊が血で贖ったデータを基に多くの情報がわかった。そこでこの火山帯全域に、以前そなたが提案した最大規模の核融合爆弾施設を二四棟建設する。それらを一斉に起爆すれば、地下の獣どもは一掃され、深深度のエネルギー流体の流れも変えられよう。如何か？」

「二四棟では心許ない気が致します、三〇棟は必要でしょう。お許しいただけますれば、身共が核融合爆弾施設建設の指揮に当たります」

「頼む」

ヒロノがそう言って、身分の違うタナエの手を取ったのは、二人の人生の中で初めてのことだった。タナエは最初は驚愕し、そしてヒロノの気持ちに落涙した。

こうしてタナエの指揮で火山帯の三〇カ所にビルが建設される。内部には大量の核融合物質の重水素リチウムが積み上げられ、それらの適切な位置に、核分裂爆弾が起爆装置として配置された。

タナエはそうした核融合爆弾施設の指揮所の近くに、細々とした個人研究所を併設した。確保された獣の死体を集め、それを研究するためだ。

タナエをはじめ科学に与る長老たちは、「獣は汚れである」として、前途ある若者には触れさせないという方針を立てていた。タナエが一人で研究を行なっていたのも、科学界の最長老として、汚れを一人で引き受けるためだった。いざとなればすべて引き受ける覚悟があればこそ、タナエには長老としての権威と権限があったのだ。

そうしてついに三〇棟の核融合爆弾施設は完成した。

「それでは、このタナエが起爆装置を作動させましょう」

指揮所のカメラからタナエがヒロノたちに映像を送る。起爆は遠隔により首都からも行えたが、タナエは責任者として、起爆装置のスイッチを押すことにこだわった。すべての部下を避難させ、彼一人が残ることに決めたのだ。

「なぜ、そなたが現場に残る？」

ヒロノの問いかけにタナエは答えた。

「獣に関わった以上、この核融合爆弾施設もまた汚れであります。ならば身共以外に汚れに触れる者を増やすこともありますまい」

そんなやりとりが少し前にあった。ヒロノは起爆装置を作動させたら、すぐに迎えを出すことは伝えていた。スイッチを押してから三時間で起爆する。その間に脱出の余裕はあるというわけだ。

ヒロノは待機している救助隊の車両に準備は万全か念を押す。そうした中でタナエは起爆装置のスイッチを入れた。そして画面はホワイトアウトした。

事故の原因はわからなかった。タナエが起爆装置を作動させても、三〇棟の核融合爆弾施設が起爆するのは三時間後のはずだった。それがスイッチを入れると同時に一斉に起爆したのだ。

火山周辺は大規模に陥没し、すべてを焼き払った。特に地下の洞窟群は大気で満たされていたために、破滅的な衝撃波が毛細血管のように走った。地上は陥没し、火山活動は収まった。

だが起爆装置の故障原因を解明することは不可能となった。その領域は融解した岩盤により、ただガラスのような大地が広がっているだけだからだ。

そしてヒロノはタナエの葬儀を禁星全体の行事として行なった。おそらく彼の葬儀こそ、自分が最後に行うプロジェクトだろうという確信があった。すでに自分の体内は、肉体も機械でさえも、内なる酸素のために錆びついていた。

タナエを悼む葬儀をすべて終わらせ、ヒロノは自宅で、孤独というものに久々に直面した。頭領として、あるいは太祖として、苦難の時は幾度もあった。しかし、そんな時にも傍にはタナエがいた。そしていまはいない。

そんなヒロノに専用のAIが報告する。

「タナエ様より映像が届いております」

ヒロノは、思わず「馬鹿な」と漏らす。タナエはもう死んだのだ。が、映像は以前に撮影され、今日になって送られるように設定されていたことがわかった。

「遺書なのか」

ヒロノはそう呟きながら再生する。映像は核融合爆弾施設の近くに併設した彼個人の研究所のようだった。

「これをご報告するかどうか、迷いました。身共の胸だけに収め、ヒロノ様には伝えないのがよいのではないかと。しかし、やはり報告いたします。それを知ることこそ、貴方様の義務であり責任と考えたからです。

根拠をいちいち説明するのはやめましょう。結論だけを言います。かつて禁星が地球と呼ばれていた頃、この惑星には現世の人の祖先が住んでいた。それらは隕石の衝突による惑星環境の劇的変化により絶滅したと思われていた。

しかし、そうではなかった。おそらくは地下のどこかに生きながらえた人の祖先たちがいたのでしょう。彼らは現世の人と同じように自分たちを改造し、地下世界に適応していた。

だが、彼らの改造具合は我々とは相容れないほど性質の異なるものだった。獣たちが火山を次々と活性化させ、禁星の惑星環境を太古の地球に戻した時、獣たちは自分たちを再改造し祖先に戻ることができた。

獣たちと呼んでいますが、彼らは道具を使い、さらに機械類も製造していた。戦闘の跡には人のものではない、機械や掘削機の一部がありました。

つまり我々は、本来は自分たちと同じ人であるはずの存在を、獣と呼び、一方的に駆除することしか考えなかった。彼らは何者であるか、それを理解しようともせず、共存の可能性さえ馬鹿げたことと無視してきた。

とはいえ、いまの人たちが、この事実を受け入れるのは叶わぬことかもしれません。真実を知れば、人の社会も信念も崩壊するかもしれない。だから私はすべての証拠とともに、ここに残ります。

三〇棟の核融合爆弾が起爆すれば、地下の獣も私の研究も完全に消滅できる。

ただヒロノ様だけには知っていて欲しい。私が死を選ぶのは、獣の秘密を漏らさないためではありません。

私は獣の秘密を、歴史の真実を完全に消滅させた、つまりは歴史を償いようがないほどまで歪めてしまったことへの責を負って死を選ぶのです。すべての責はこのタナエにあり、貴方様には何の責もない。それをお忘れなきように」

映像はそれで終わった。そして自動的に消去された。今の話は完全にヒロノだけが知る事実となった。

ただヒロノにとって、その報告は驚くようなものではなかった。太古の火星に取り残された人類が自己を改造して生き延びた歴史を思えば、生態系が崩壊した地球で同じ人類が自己改造で生き延びていたとしても不思議はないのだ。

それはヒロノだけではなく、口にしないだけで多くの人が感じていることではなかったか。彼らの中に自分たちと共通するものがあったのではないかと。だが、それだからこそ人々は地球人の末裔を獣としか呼ばないのだ。奴らは人ではない獣だ。故にこの禁星の大地は、現世の人々のものなのだ。

ただヒロノは別の感慨をもった。タナエはこの遺書で、少なからずヒロノが衝撃を受けると思っていたのだ。それはタナエの純粋さの証であり、ヒロノは彼が思っていたほどの善人ではなかったということだ。

「タナエ、そなたの志、無駄にはせぬぞ」

禁星開発はその後も進展した。意外なことに獣は水素核融合爆弾でも全滅せず、何度か人々と戦いになった。しかし、人は獣に対して断固たる姿勢で臨み、二〇年の時を費やし、最後の巣を水素核融合爆弾で一掃してからは、獣が人の前に姿を現すことはなかった。この最後の戦闘が終結して程なく、ヒロノは天寿をまっとうした。すでに火山活動は抑えられ、禁星の環境は守られた。

ヒロノは本人の遺言により、橋頭宮近くの渓谷に埋葬された。葬儀の日は、前日の砂嵐もおさまった穏やかな天候で、酸化鉄の赤い砂が朝日を浴び、鮮血のような美しい紅に染まっていたという。

バルトアンデルスの音楽

空木春宵

そして再び、地球の内側から——。最新のドリルリグが到達した地下一五キロメートル。そこから聞こえてきた〈地球の音〉が、すべての発端だった。

空木春宵（うつぎ・しゅんしょう）は、一九八四年、静岡県生まれ。二〇一一年、「繭の見る夢」で第2回創元SF短編賞佳作を受賞し、デビュー。そのほかの作品に『感応グラン＝ギニョル』（東京創元社）、『感傷ファンタスマゴリィ』（同）、「新形白縫譚　蜘蛛絲怨道行」（光文社文庫『乗物綺談　異形コレクションLVI』所収）などがある。

「われは初めにして終りにして、いかなる場所にても眞なり」

（グリンメルスハウゼン『阿呆物語（下）』）

［TUNING］

すべての始まりは一九八九年。永久凍土の広がるシベリア北部でのことだ。

地殻深部の構造調査を目的としてツンドラの大地をひたすら鉛直に掘削していた旧ソ連の科学調査チームが、地表から一二・二㎞の深さまでドリルリグを突き立てたところで地下空洞を発見した。そんな超深度に空洞が存在すること自体驚きだったが、耐熱加工を施した各種の観測装置とマイクをワイヤーで降ろした結果、チームは更に驚嘆させられた。空洞内の温度は一〇〇〇℃に達し、マイクは幾千幾万もの人間が苛まれて発しているかのような叫び声を拾ったのである。地の底には、地獄が実在したのだ！

——というのが、「地獄の声」と呼ばれる都市伝説のあらましである。この話は二十世紀末にウェブ上で拡散し、件の声だという音声ファイルも盛んにアップロードされた。

ソ連が超深度掘削をしていたのは事実だが、それはシベリアよりも遥か西方に位置するコラ半島でのことであり、一二・二㎞地点で掘削が中止されたのも、一八〇℃という地中の温度に掘削機が耐えられなかったという技術的な理由による。音声にしても、B級ホラー映画のサントラを切り貼りして加工したものに過ぎないと早々に判明していた。

ところが、一世紀を経(へ)た後、実際にその深度までマイクを降ろしてみようと考えた物好きが居た。実用的な3Dホログラム技術の開発によって有り余る富を得たA・G・C＝ジェラルド氏である。はじめはほんのお遊びのつもりであったらしいが、最新のドリルリグが硬い岩盤層(ハードフロア)をぶち破り、コラの掘削坑よりなお深い地下一五㎞地点まで達したとき——

現実に、異様な音が録音された。

ただし、「地獄の声」とは似ても似つかぬ音響(サウンド)である。音階(スケール)もリズムも反復性(パターン)も持たず、高音と低音が不規則(ランダム)に現れ、強弱も一定しない、混沌(カオス)そのものとしか言いようのない音だ。耳を指で塞いだ際に聞こえる筋音に似ていると言えば似ているが、より動的であった。

氏はこれを〈地球の音(スクリーマデリカ)〉と名づけ、録音データをネット上で公開した。

地殻変動、火山活動、地球自由振動、あるいはただの捏造(ねつぞう)——巷間(こうかん)では様々な説が飛び交(か)ったが、耳にした誰もが、「かつて聴いたことのない音だ」と口を揃える点だけは確かであった。この発見は世人(せじん)の話の種として消費されるに留まらず、地質学や脳科学、神経科学、音響心理学等々、各分野の研究者を大いに惹きつけ、ジェラルド氏もまた彼らの要請に応じて種々のデータを気前よく無償で提供したが、氏自身の興味は諸々の研究にはさして惹かれず、もっと卑近で、もっと判りやすい、〈地球の音〉の活用法——すなわち、超深度掘削坑を中心とした大規模な野外レイヴ会場の造営へと向けられた。

もはや、会場と言うよりも、ひとつの文化圏を築いたと言って過言でない。昔懐かしいイビサ島でのパーティライフ、あるいは一九八〇年代後半に起きたクラブ文化の一大潮流を人為的に再現せんとするかのように、莫大な資産を投じて最新のサウンドシステムを備えた屋外クラブやバーを林立させ、宿泊施設や広大なキャンプ場を設え、国内外のミュージシャンやＤＪを招聘したのだ。「〈地球の音〉と人類の交感」をキャッチコピーとしたこの事業は「文化的文脈を持たぬ資本家主導の見世物など成功するはずがない」という文化人らの予想を覆し、史上稀に見る成功を収めた。富める者から貧乏旅行者、名だたるセレブから時代遅れのヒッピーまで、「ここでしか聴けない」〈地球の音〉と演奏者の競演を求めた聴衆が、世界中から押しかけたのだ。経営陣がイベントの内容に口出ししない自由奔放なスタンスや貧富の垣根を越えての乱痴気騒ぎ等々、成功の要因はいくつも挙げられるが、何より大きかったのは、〈地球の音〉自体が持つ不可解な魅力であった。

超深度掘削坑に植えられた〈花〉から放たれる音楽に、誰もが酔い痴れたのだ。

[ACCENT]

「掘(ディグ)ったケツ穴をファックして回ってる」――というのは、多数の〈花〉の建造プロジェクトに参画する著名な音響(サウンド)エンジニアであるV2(ヴィツー)が自身の仕事について語った言葉だ。世界中から大いに顰蹙(ひんしゅく)を買ったフレーズではあるものの、その形状から「脈打つ軟骨(スロッビング・グリッスル)」や「肉棒」とも揶揄(やゆ)されていた〈花〉の在りようを、一面において端的に表してもいる。

超深度掘削坑に深々とその身を突き立て、地表一〇〇mもの高さをもってそそり立つ肉色の〈花〉――別名(a.k.a.)〈テラ・ブロッサム(TB)〉――は、頭頂に戴(いただ)いた花弁状の部位を震わせ、地下一五㎞から汲み上げられた〈地球の音(スクリーマデリカ)〉を半径およそ三㎞圏内に響かせる。

昔ながらの伝声管と原理的には変わらない、両端が喇叭(らっぱ)状に広がった管(チューブ)を通すことで音の減衰(カット)を抑えつつ地上まで送る構造物であり、外壁は深海の熱水噴出孔から採取された超好熱性古細菌の遺伝子を組み込んで耐熱性を付与した人工筋肉で構成され、内部にはマッコウクジラなどが頭部に具(そな)えるメロン体という組織を模した層が張り巡らされている。

かくも奇妙な素材が採用されたのは、建造主たるジェラルド氏が録音は疎(おろ)か、集音と拡声のプロセスにおける電気信号への一時変換をも厭(いと)い、あくまで生音に拘(こだわ)ったためだ。〈地球の音〉の公開当初に散々(さんざ)っぱら捏造を疑われたのが余程(よほど)腹に据えかねたのであろう。加うるに、伝送装置が地中から地上まで継ぎ目なし(シームレス)に達することをも彼は望んだ。

そこで採用されたのが、強靭さと柔軟さを併(あわ)せ持ち、遺伝子操作による改良も可能な人工筋肉繊維であった。これであれば、穿孔(せんこう)部の外縁に設置した培養槽(ばいようそう)から、成形された筋肉を順次穴へと送り込んでやるだけで、接合(ジョイント)工法を採(と)ることなく地底まで管を通せた。

かくて建造された巨大な〈花〉は、花弁状を成した幾重(いくえ)もの襞(ひだ)をその時々の気候や大気の状況に応じて蠢(うごめ)かしつつ、己(おの)が体内を通ってきた〈地球の音〉を周囲に放つ。V2が招聘されたのは偏(ひとえ)に、この花弁の働きを適切に調整するためであった。

〝世界初〟の〈花〉を中心に据えたレイヴパーティを成功させたジェラルド氏の経営するKLF社には、官民を問わず世界中の団体から誘致や建造依頼が殺到した。異なる地でも〈地球の音〉は掘り出せるのかという懸念もどこへやら、氏はいくつもの〈花〉を打ち建て、そのいずれもが莫大な利益を生み出した。結果、たった十年余りのうちに地球上には三〇三(サンマルサン)基もの〈花〉が咲き乱れ、建造プロジェクトの大半に関わってきたV2も、今では、エンジニアとしてより、〈花〉の専門家として世に知られている。

――まあ、そうは言っても、実のとこ、よく判らんのだけどな。

　超深度掘削現場の仮設テントで身を横たえながら、V2は独りごちた。

　巨大な重機が轍を残しながら立てる走行音。厳ついコンプレッサーが吐き出す排気音。ドリルリグが一定の回転数で大地を穿つ振動。機器の点検をして回る作業員達と、彼らに随行する筋肉繊維と金属でできた物資運搬用合成獣の立てる足音。耳を澄ますうちに、バラバラだった音が束の間の同期を見せ、鋼鉄製の音楽をV2の胸に湧き立たせる。勿論、偶然の産物に過ぎぬが、一方でまた、ヒトの脳は音の連なりを音楽として認識しやすくできている——いや、できてしまっていることもV2は熟知している。

　およそ音楽と呼ばれ得るものは、拍子、調、ハーモニー、メロディーから成り、これらは更に、音の大きさ、高低、音調曲線、リズム、テンポ、音色、空間的位置、反響という構成要素に分解できる。ヒトの脳内の聴覚系ネットワークは各要素を個別に知覚するモジュールを具えているが、一度音楽として認知したものをバラバラな情報へと腑分けすることは不可能だ。下位の構成要素に何らかの法則性や反復性が見られる場合、脳は諸要素をグループ化してまとめ上げる。一定のリズムと大きさを具えた音の連続は拍子として。一揃いのピッチの集合や同系の音色はメロディーとして。そして、それらが一定時間持続すれば、「これは音楽である」と無意識のうちに結論づける。

　ただし、かかる働きは、音楽を認識し、味わい、愉しむためのシステムが予めヒトの脳に組み込まれていることを意味してはいない。個々の要素を処理する機能は進化の過程で獲得されたものである。吹き荒(すさ)ぶ風、擦(す)れ合う草の葉、岩陰に身を潜めた獣の湿った呼吸音等々を同時に耳にしながら、ひとつひとつ異なる音として弁別(べんべつ)するためにこそ個別のモジュールは必要とされ、情報のグループ化という機能もまた、生存競争を生き抜くための道具(ツール)として非常に有用であったが故にこそ、ヒトの遺伝子(ジーン)に刻まれた。獣の息遣いが一定の拍と同じ音色を具えていれば同一個体が発するものと見做(みな)し、音量と空間的位置から相手との距離を割り出すというような、具体的な用途のために。

一方で音楽とは、外界の事象を認識するためのそれら機構に人工的な〝音の繋がりと集合〟を流し込むことで、現実には存在しない情景や情動を喚起させる、謂(い)わば、聴覚系統のシステムを人為的にハックする技術の総称だ。原初の音楽家(プライマル・スクリーマー)とでも呼ぶべき遙か大昔のホモ・サピエンスが木切れを打ち鳴らして仲間の戦意を昂揚させたのに始まり、数えきれぬ世代による試行錯誤(トライ・アンド・エラー)と継承を通じて、その技術は文化的自己複製子(ミーム)となった。

ミームは絶えず新たなものを求める。先行するものに対する新しさを打ち出すことこそ、それを為した者の社会的価値を高め、競争社会における優位性をもたらすからだ。故に、音楽理論なるものが一定の完成を見てもなお変化することをやめない〝親殺し〟としての性質を、音楽は持っている。

――まあ、端的に言って、ヒトの音楽の敗北だな。

Ｖ２は自嘲気味に笑う。建造された〈花〉が数を増すにつれて、レイヴ会場でのミュージシャンやＤＪの演奏(プレイ)も、実のところ必須ではないということが徐々に判明してきたのだ。

すなわち、〈地球の音〉は単独でヒトを魅了するに足る何かを具えている。

ヒトの生み出す音楽とはまったく異質な何かを。

階調を持たない。旋律を持たない。リズムを持たない。特定の音色を持たない。地の底からの掘り出し物(レアグルーヴ)たる〈地球の音〉の特徴はいずれも否定形で語られるが、これは何も音楽に限らず、自然界の音としてもおよそ在り得ない特質だ。何らの規則性も持たないということは、聴覚系によるグループ化も不可能であることにほかならず、ある時点で耳にした〈地球の音〉と、また別の時点で聞いたそれとの間に――間隔がどれだけ短かろうと――本来、ヒトは同一性を認め得ない。同定が為されるには、必ず何らかの規則性が要る。オーケストラのホルンの音色から同居人の声音まで、それをそれとして認識できるのは、対象が弁別可能な高低や音調曲線、リズムや音色を持続しているからこそだ。

にもかかわらず、〈地球の音〉を耳にした者の殆(ほとん)どは、波形なき音とでも呼ぶべきそれを音楽として感受する。〈地球の音〉は人類が積み上げてきた音楽というミームを完全に無視し、破壊し、それでいて、自身、新たな音楽として存在しているのである。

これをヒトが積み上げてきた音楽の文化進化の敗北と言わずして、何と呼ぼう。

——面白いな。

サウンドエンジニアとして長年ヒトの音楽に携わってきたV2は、そう思うのであった。

[ENV MOD]

二十二世紀末時点で、地球に打ち立てられた〈花〉の総数は六〇六(ロクマルロク)基にも達していた。

各地の環境保護団体から「地球に対する冒瀆(ぼうとく)だ」として猛烈な抗議の声が上がったが、大気や土壌を汚染するわけでもなければ、生態系に著(いちじる)しいダメージをもたらすわけでもないことからKLF社は強気の姿勢を崩さず、お飾りめいた環境調査部門を設置し、「周辺環境には細心の注意を払う」の一辺倒で押し通した。かくして〈花〉は数を増し続け、それに伴い、〈地球の音(スクリーマデリカ)〉の持つ不可解な特徴が次々と明らかになった。

ひとつには、地球上のどこに建造された〈花〉も一様に同じ音楽——にあらざる音楽——を奏でているということが挙げられる。すなわち、すべての〈花〉がめいめいの置かれた環境や相互の距離に関わりなく、リアルタイムで同期(シンクロ)していたのである。

またひとつには、〈地球の音〉の影響圏にある人々の生活サイクルが徐々に同調し始めたという点も挙げられる。〈花〉の多くがイビサ式のパーティリゾートや自治的な生活コロニー、あるいは〈地球の音〉を大地からの託宣（メッセージ）として信奉する宗教団体の施設等に植えられたことを考えれば、単に集団（クラスター）を形成する者の生活サイクルがもとより類似していただけと思われるかもしれないが、相互に隔絶（かくぜつ）された複数の居住サイトを〈花〉の周囲に建造した実験環境においても、居住する被験者達の生活サイクルはサイトを越え、判で捺（お）したかのように近似した。睡眠障害を抱えていた者さえもが周囲と同じ時間に就寝するようになった。また、同実験では被験者のほとんどが他者への親近感や共感を強く抱くようになったことも判明している。大昔のレイヴパーティにおけるLSD（アシッド）やMDMA（エクスタシー）のように、彼（ひ）我（が）の境を曖昧（あいまい）にして聴衆（クラウド）を融和させる効果が〈地球の音〉にはあるらしい。

同期、同調、融和。これらの特徴は〈花〉の需要をますます高めた。自治体の健康増進プログラムの一環として。企業が従業員同士を協調させ、生産性を向上させるためのツールとして。観光客が時差に苦しまずにバケーションを楽しむためのサービスの一環として。

その最たるもののひとつこそ、鋼鉄と人工筋肉でできた短距離航行型の生体ドローンと擲弾発射器（グレネード）や機関銃（AK）による昔ながらの殺し合いが繰り広げられていたアフリカの紛争地帯（ランド・オブ・コンフュージョン）に建造された、世界で五〇五（ゴーマルゴ）基目の〈花〉、通称（a.k.a.）「石の薔薇（ストーン・ローズ）」であろう。ジェラルド氏に建造を依頼したのは――当初は伏せられていたことだが――国連だった。終わりの見えぬ紛争に対し、安保理は事態への介入も、調停役を担うこともせず、同地を大規模な実験場にしようと決めた。〈地球の音〉の効果を戦地に活用できないかと試したがったのである。〝音楽が平和をもたらす〟――かつての平和主義者達（フラワーチルドレン）のスローガンめいた突飛（とっぴ）な目論見だが、現に〈花〉が完成して〈地球の音〉が響き渡るや、調停が結ばれ、紛争は終結した。単に、長年の戦火によって互いに消耗していた各陣営が紛争を終えるためのきっかけとして利用したに過ぎぬとも考えられるが、国連はこの結果に大いに気を良くし、以来、同様の目的での〈花〉の建造を次々に依頼するようになった。

原理こそ判らずとも、〈地球の音〉は世に平和をもたらし、建造を担うKLF社は潤い、自身の口座には大金が入ってくる。まったく、世はなべて事もなしという奴だ――と嘯（うそぶ）くV2のもとに奇妙な報（しら）せがなされたのは、世界通算八〇八（ハチマルハチ）基目となる〈花〉の建造が進められている最中のことだった。環境調査部門に属する音響心理学者であるA／T（エーツイン）という名の女性が、1ON1（ワン・オン・ワン）でのオンラインセッション上で寄越した報告だ。

「〈地球の音〉を聴いた人々の身体（からだ）が振動しています」

空気や大地の振動を介して聴衆の身体が〝揺さぶられている〟のでもなければ、音楽にノッて身を〝揺さぶっている〟のでもなく、身体の内部から振動が励起されているのだと、仮設テント内の薄闇に三次元投影されたA／Tのアバターは語った。

　どういうことかと訝（いぶか）るV2に、彼女はなおも説いた。

　ヒトの身体には生得的な概日（がいじつ）リズムなるものが具わっており、地球が自転する二十四時間周期とサイクルをほぼ同じくして、体温やホルモン分泌量、各種臓器の働きが自律的に変化すると言う。これは太陽の位置や時計などで時間を認識した脳からの命令によって生じる活動ではなく、光源や温度変化を取り払った環境下でさえ見られる現象であり、謂（い）わば、身体そのものが具えた時計（クロック）の働きによる。時計の針はふたつの異なるレベルでの同期現象によって刻まれており、ひとつは、単一の臓器内で自律的に生化学ビートを刻み続けるペースメーカー細胞と、臓器を構成するその他の細胞との間に生じる同期であり、いまひとつは、複数の臓器間で生じる同期だ。これらの内的同期によって身体の活動サイクルは一定に保たれるが、ただし、概日リズムという呼び名の通り、体内時計はほぼ二十四時間周期で一回りこそするものの、実際には前後一時間程度の個人差が存在する。

「にもかかわらず、〈地球の音〉が届く範囲内に居住する被験者の概日リズムは異様なほど完璧に一致しているんです」と、さも重大事であるかのようにA／Tは言った。

　単純に考えれば、個体差に応じたズレの分だけ、ヒトの概日リズムと現実の一日は徐々に乖離（かいり）することになるが、そのズレを調整するための機構もヒトの脳は具えている。具体的には視床下部(ししょうかぶ)の視交叉上核(しこうさじょうかく)に存在する約一万もの時計細胞がそれだ。これらの細胞は可干渉的(コヒーレント)なひとつのユニットとして作動し、ヒトのマスタークロックと呼ぶべき神経集団(クラスター)を形成している。マスタークロックは電気信号を絶えず発火させて自発的周期を生み出す発振回路(オシレーター)であると同時に、網膜から視覚情報の処理経路とは異なる――意識には上らない――ホットライン的神経線維を経てもたらされた外界の明暗情報に基づいて臓器やその他の器官のペースメーカー細胞の活動サイクルを速めたり遅らせたりする指令を出して概日リズムを調整する役割をも担っており、この外的同期プロセスは引き込み現象(エントレインメント)と呼ばれる。

A/Tが行ったのは、先の居住サイトにて、窓も時計もなく、温度も一定に保たれた室内で被験者を二週間生活させるという実験だった。同環境下ではエントレインメントが生じず、被験者達はめいめいバラバラな概日リズムに則(のっと)って活動すると予想されたが、現実には、被験者全員の概日リズムが寸分の狂いなく一致した。そればかりか、「被験者達の概日リズムは一サイクル十六時間まで短縮され、日周と著しく乖離していました。現時点で甚大な健康被害が出ていないのが不思議なほどの事象です」

昼も夜もない滅茶苦茶な生活(トゥエンティ・フォー・アワー・パーティ・ピープル)、か。V2は頷(うなず)き、「その原因が〈地球の音〉だと？」

「断言はできかねますが、状況からして大いに考え得ることなのは確かです。もしかすると、ヒトの身体には網膜からのホットライン以外にも、音を拠(よ)り所としてエントレインメントを引き起こすような未確認の経路が存在するのかもしれません。ただ――」

事態はそう単純でもないと彼女は付け加えた。概日リズムが十六時間まで短縮された被験者を〈花〉から五km以上離れた地点へと移送して経過を観察してみたが、当人の概日リズムは依然として元に戻らぬばかりか、短くなり続けているのだと言う。つまりは、一時的な変化ではなく、何らかの不可逆な変容が身体に生じている可能性が高い、と。

不可逆な変容。その言葉に、環境調査部門内の異なるセクションから上がってきているまた別の報告がV2の頭を過った。〈花〉の植えられた各地において、身体の一部が突如として異形な姿に変容するという原因不明の現象をきたした者の報告が相次いでいたのだ。

嫌な符合だとV2は眉を顰めた。

[RESONANCE]

〈花〉の建造プロジェクトを統括するV2のもとには、世界中で罹患者を増しつつある〝病〟に関連した報告が日々続々と寄せられるようになっていた。

病――と呼ばれてはいるものの、それは厳密な意味合いにおいて疾病と呼び得るものではない。癌の殆どがDNA転写エラーに起因する細胞の変質であるのと同様に、病の罹患者の細胞は病原体の侵入によって損壊されるのではなく、自発的な変化を見せる。患部の細胞が人体を構成するそれとは似ても似つかぬ構造物へと徐々に変じてしまうのだ。その果てに、現時点で確認されている罹患者の多くは金属的な何かへと四肢を変貌させている。

確かな因果関係を示す機序が確認されていないことを盾に、KLF社は病の原因が〈地球の音〉だとは断定できないと言い逃れを続けているが、統計からして、両者に何らかの因果関係があるのは明白であり、のらりくらりと世論を躱し続けるにしても限界があった。故にこそ、一刻も早い原因の特定が急務とされている。

だが、V2は早々にうんざりしていた。以前から各地の建設現場を飛び回っていたのも、煩わしい会議や報告から逃れるためだったと言うのに、こう頻繁にオンラインセッションが開かれたのでは気が安まらない。いや、そもそも、統括責任者なる肩書きをぶら下げていようと、自身の専門は音響であって、疫学ではない。知りたいのは病の正体と治療法であり、それ以前の基礎的な研究データなど寄せられたとて、お手上げだ。

そんな中でA／Tが寄越した最新の報告に、V2はより一層、困惑させられた。

〈地球の音〉の可聴圏外で生活し、かつ、過去に一度もそれを耳にしたことのない者から無作為抽出した被験者の一割以上に、短サイクル化が見られたのだと言う。

〈地球の音〉の影響下にある者の概日リズムは今や一サイクルあたり約十一時間まで短縮されているが、そうした異常な短サイクル化と病のあいだに何らかの関連があることは明白だった。短サイクル生活者のすべてが病を発症するわけではないが、その逆は一〇〇%当てはまる——つまり、発症者は皆、短サイクル生活者だったのだ。一方、A/Tの報告を素直に受け取るならば、概日リズムの短縮や病の発生と〈地球の音〉には直接的な因果関係が存在しないということとも捉えられるが、統計からして、さすがに無理がある。

事実、そんな淡(あわ)い希望を裏切る方向へと、相手の論旨(ろんし)は向かった。「追加調査の結果、遠隔地で短サイクル化を見せた被験者の家族や友人知人、職場の同僚などには、必ず複数の短サイクル生活者、もしくは病の罹患者が居ることが判明しました。推測の域(いき)を出ませんが、被験者達は身近な人物が放つ何らかを引き込んで(エントレインして)同期現象を起こしていると考えられます。換言(かんげん)するなら、短サイクル化が人から人へと感染しているのではないか、と」

感染——か。今は一番聞きたくなかった単語だなとV2は嘆息した。「その何らかってのは何なんだ。ウイルスや何かじゃないのは確かだろう？」

「恐らくは、短サイクル生活者が放つ微弱な——認識も測定もできないほどに小さなビートなのではないでしょうか。それが〈地球の音〉に曝露(ばくろ)した場合と同様の引き込み(エントレインメント)現象を被験者のマスタークロックに生じさせているのだと思います」

要は短サイクル生活者ひとりひとりがミクロな〈花〉として周囲に影響を振り撒(ま)いているということかとV2は理解した。「それにしては、感染率が低くないか？」

自らがつい口にしてしまった感染率という言葉に頭を抱えるV2に構わず、何らかの閾値(いきち)が存在する可能性が高いとA／Tのアバターは続けた。「被験者の周囲に居たのは複数の短サイクル生活者です。周囲に存在するビートの発生源が一定数を超えた場合にのみ引き込み現象が生じると考えれば、筋が通るのではないでしょうか」

「ミレニアム橋(ブリッジ)みたいな話だな」とV2は独りごちた。二十世紀末にロンドンのテムズ川に架けられた吊り橋で起きた事故だ。当時としては最先端の技術を用いて造営された全長三二五メートルにも及ぶ歩道橋は、しかし、一般公開から僅か二日後に閉鎖された。公開初日に市民数百名が両岸から雪崩(なだ)れ込むや、突如、想定外の横揺れを橋が起こしたためだ。橋桁(デッキ)は地を這う蛇の如くS字形に振動し、最終的な振幅は二〇㎝にも達した。

原因はごく単純な話だった。ヒトの歩調は平均して毎秒二歩というサイクルを持つが、足が交互に踏み出される際には、上下や前後ばかりでなく、僅かながらも横方向への力が発生する。こちらは歩調の半分のサイクルで生じる。そして、後の検証により、ミレニアム橋の固有振動数もまた水平方向においては毎秒一サイクルだと判明したのである。つまりは共振(レゾナンス)現象が起きたのだが、取りわけ重要なのは、その発生が非線形であった点だ。橋は徐々に揺れ始めたのではなく、俄に揺れだした。歩調を同じくするヒトの数が一定数を超え、横方向に掛かる力が閾値を超えた瞬間に共振が始まったのである。

V2当人にしてみれば何気ない連想からの呟きに過ぎなかったが、A/Tのアバターは目を見開き、大袈裟なほど深く頷いてみせた。「もしかしたら、そういうことなのかも」

何の話かと首を傾げるV2に、ミレニアム橋の一件にはもうひとつ特徴的な点があったと彼女は説いた。デッキが揺れ始めるや、歩行者の多くが歩くペースを無意識のうちに横揺れに合わせてバランスを取ろうとした結果、結合振動子――すなわち、歩調を同じくする者の数が余計に増し、橋の揺れがより一層激しくなった点だ。閾値を超えた時点から、今度は橋の側の動きによって結合振動子が増すという正のフィードバックループが生じたのである。さながら、マイクとスピーカーによる鳴音のように。

「それに近いことが起きているんじゃないでしょうか。ずっと疑問に思っていたんです。被験者達の概日リズムがどんどん短くなっているのは、大元たる〈地球の音〉が加速しているからだと推測できますが、では、何が〈地球の音〉をそうさせているのか、って」

「つまり」V2は眉根を寄せつつ、「短サイクル生活者がその原因だと?」

「ええ、先にお話しした微弱なビートが、周囲の人間だけでなく〈地球の音〉にも作用し、ヒトとの間でフィードバックループを成立させているんじゃないでしょうか」

「作用と言っても、どうやって?」

「判りません。でも、わたし達は皆、地球の上で生きているでしょう?」

V2は苦笑した。その理屈では、地球全体が常に揺れていることになるし、〈地球の音〉が加速しているという前提自体、仮定の話に過ぎない。いや、そもそも、何らの法則性も反復性も持たぬ音に変化が生じていたとて、何をもって「加速している」と言えるのか。固(もと)より定義(スキーマ)の存在せぬものの加減速など、どうしたら測れるのか。現に、〈花〉から放たれる音に有意な変化が見られたなどという話は聞かない。

そう考えながら、一方では僅かな不安をもV2は覚えた。あるいは、何らかの見落としがあるのだろうか、と。例えば、大抵のヒトは半音のおよそ一〇分の一より小さいピッチの差を聞き分けられない。内耳の基底膜(きていまく)にある有毛細胞が弁別可能な範囲を下回るものは近接する値へと丸められてしまうからだ。だが、そうした端数(はすう)処理の内にこそ件の何らかがあり、意識に上らぬそれを読み取る機構が人体に存在するとしたら? 既存の測定器では計測できずとも、しかし、人体が知らず感受する何らかの法則性を〈地球の音〉が具えているとしたら?

自問するV2をよそに、A/Tもまたセッション中という状況さえ忘れて別の疑問に意識を囚われているようであった。「短サイクル生活者や病の罹患者はペースメーカー細胞？　周囲の細胞を同期させて結合振動子の一部に加えている？　でも、何のために？」

[DECAY]

〈楽器化症候群〉の罹患者は瞬く間に世界中で急増していた。

　かつては単に〝病〟とだけ呼ばれていたものだ。

　名の由来は病状が進行した者の姿による。ほとんどの症例において金属に近い輝きを帯びた患部は、細胞の変質のみに留まらず、著しい形態の変化をも見せる。患者ごとに形こそ異なるものの、概ね金管楽器に似た形状を成すのだ。ある者の腕はトランペットによく似た円錐状の管となり、またある者の脚はホルンのように蜷局を巻いた。

　かくも急激な変化を身体各部に生じさせながら、生命活動の維持には一切の影響を及ぼさないというのも〈楽器化症候群〉の特徴であり、何より不気味な点でもあった。〝楽器化〟が進めば日常生活さえままならなくなるものの、死に至ったというケースは未だ一例も報告されていない。生きているのか、生かされているのかは判らないが、それこそがウイルス性の感染症との決定的な違いであるのは確かだった。ウイルスは、宿主を死なせてしまうことは自身らの生存戦略上の不利益に繋がると知っている。そもそも寄生する相手を残さず失ってしまったのでは、自分達も滅びてしまうのだから。故にこそ、いくら致死性の高い疫病であろうと、いつかは必ず終息する。だが、〈楽器化症候群〉は違う。この病は際限を知らない。加えて、実質的なその予備軍と見做されている短サイクル生活者も爆発的に増加している。正確な数こそ把握しようがないものの、今では世界人口の約四〇%もの人間が一サイクル八時間を切るリズムで生きていると推定されている。

このままでは世界は終わる。Ｖ２はそう確信していた。いや、既に手遅れなのかもしれない。Ａ／Ｔの言うように短サイクル生活者や〈楽器化症候群〉の罹患者達が結合振動子として振る舞い、新たに同期した振動子たるヒトをその一群に加えているのならば——事実、〈楽器化症候群〉罹患者の周囲では概日リズムの短サイクル化が特に顕著だ——感染拡大を抑え込むことの可能な閾値など、とっくに超えてしまっているのかもしれない。

何より、当の人類が感染の終息を望んでいないようにも見える。これだけ未曾有（みぞう）の事態に見舞われているというのに、〈地球の音（スクリーマデリカ）〉や〈花〉を忌避（きひ）したり、廃絶を求めたりする声が世間では一切上がっていない。各地に咲いた〈花〉のもとには先までと変わらず多くの者が集い、〈楽器化症候群〉の発症を恐れる素振りも見せず、〈地球の音〉を全身で浴びている。その様はどこか、音楽抜きにＭＤＭＡ（エクスタシー）のみを求めるようになった、かつてのクラブシーン末期の虚(うつ)ろな聴衆(クラウド)のようだ。

「やはり、進化しているんですよ。自然界での生存戦略として聴覚系統の器官と脳内モジュールが発達してきたように、今度は〈地球の音〉という未知の音を受容するために、ヒトの身体が変化しているんです。その変化によって生じる第一の過程が概日リズムの短縮、そして、次の段階が身体の楽器化と考えたらどうでしょう」

V2は肩を竦(すく)めた。まったく、馬鹿げた発想だ。進化とは、途方もなく長い時間をかけての淘汰(とうた)による緩やかな遺伝子(ジーン)の方向付けだ。世代の交代を経ずに生じる劇的な変化は、もはや進化などと呼べる代物ではなく、変異と言うべきであろう。

そもそも、変化を必要とする理由がヒトにはない。事実、ホモ・サピエンスが現れた頃から現在に至るまで、ヒトの身体は何ら大きな進化を遂(と)げていない。それは偏(ひとえ)に、自らが環境に適応するのではなく、環境の方を自身らの生存に適した形に変えるという営みを連綿と続けてきたからだ。聴覚とて例に漏れず、器官や脳内モジュールに関わるジーンではなく、それをハックするミームこそが変化しつつ受け継がれてきた。そうでなければ、古典(クラシック)を愉しむなんて芸当だってできっこない。ただし、頭ではそう理解しているにもかかわらず、A／Tの言葉にはV2の直感に訴えかけてくるものが確かにあった。

「きっと、バラバラで無軌道な人類全体が、恣意性(ランダム)を排して完全に同期したコヒーレントな存在へと——より高次で調和した生物へと進化するよう、促(うなが)されているんですよ」

「促されている?」V2は首を傾げた。「誰に?」

「決まってるじゃないですか——」

——母なる大地(テラ・マーテル)、地球にですよ。

さも当然とばかりに答えた相手の口振りに空恐ろしさを覚えつつ、V2は思わず通信回線を切った。〈地球の音〉福音説を唱えるカルトの言説とまるで変わらぬ妄言(もうげん)だ。そんな馬鹿げたことを、少なくとも音響心理学という分野においては権威であるはずの人物までもが確信をもって口にしているという現実が恐ろしかった。〈地球の音〉には、かくもヒトを魅了してしまう力があるのだと改めて突きつけられた気分だった。

[CUT OFF FREQ]

ファンファーレが鳴り響いた。

始まりではなく、終焉(しゅうえん)のセレモニーを告げる音(ね)が。

高らかにではなく。朗(ほが)らかにでもなく。規則もなく。反復もなく。拍子もなく。

ひとりの〈楽器化症候群〉の発症者が、突如、弓なりに背を反らして痙攣（けいれん）しつつベッドから身を起こしたのは、九〇九（キユウマルキユウ）基目となる〈花〉が肉色の花冠を開いた瞬間と時を同じくしていたが、そのことに気づいていた者はどれほど居よう。彼あるいは彼女は、金色の筒口（つつぐち）を広げた足ならぬ足を床に衝（つ）いて駆け出し、病室の窓から身を投げた。その背からは蜉蝣（かげろう）の翅（はね）のごとき翼が嫋（たお）やかに広がり、吹き上げる風を受け止めた。翼をひと搏（う）ちして上体を持ち上げると、輝く四肢の先端（さき）から波を放った。空気が揺らぐのが目に見えるほどであった。同心円を描いた波紋が空を覆って地に降り注ぐと、それに触れた人々の身もまた激しく波打った。前後左右に揺さぶられたというのではなく、膚（はだ）の表面（おもて）が波打ったのだ。波は見る間に大きくなり、忽（たちま）ち、その身は金色や銀色に煌（きら）めくものへと変じた。翼を生やした者達は、次々に空へと飛び立っていった。風に吹き散らされる葩（はなびら）のように。

同じことが、世界中のあらゆる地（ノーウエア・トウ・ラン）で起きていた。

九〇九基目の〈花〉の建造現場にある仮設テントのひとつが、唯一の例外だった。操縦士を失った飛行機が墜落したか、あるいは運転手不在の重機が衝突したか、どこか遠くで上がった爆発音が地響きのような震動を伴って押し寄せる中、それを打ち消さんとするかのごとく、テントからは奇怪な生物の唸（うな）り声じみた大音響が夜闇に向けて放たれていた。

音の中心に居るのはＶ２だ。赤いＬＥＤがピコピコと点滅する骨董品めいたアナログシンセサイザー――ローランド・TB－303(サンマルサン)のフロントパネルに指を走らせ、各種のつまみを弄(いじ)り回しては、予め打ち込まれたシーケンスを歪め、引き伸ばし、音色を変容させつつ、スピーカーから放たれる波動に合わせて一心不乱に身を揺らしている。

そんな調子だから、「こんばんは」という場違いな、それでいて、V2にも聞き覚えのある声が背後で幾度も繰り返されていると気づくまでに時間がかかったのも、仕方のないことであろう。音量(ボリューム)のつまみを絞って振り返ると、A／Tが仮設テントの防塵シートを背にして佇(たたず)んでいた。三次元投影されたアバターではない、実体を持った生身の彼女だ。苦しげな表情を浮かべた彼女の姿に驚くと同時に、あべこべな納得をもV2は覚えた。

彼女の右腕は幾重にも渦を成した円錐管とその方々(ほうぼう)から突き出たバルブ状の器官で構成され、天幕から吊るされたランプの灯(ひ)を浴びて銀色に照(て)り映(は)えていた。

「いつからだ？」V2は挨拶も抜きに訊(たず)ねた。

「もう随分前からですよ」とA／Tは事もなげに答える。

V2は頷く。アバターとしか顔を合わせていなかったのだから、気づかぬのも道理だ。きっと、進化だ何だと口にした頃には既に発症していたのであろう。未だ変異をきたしていない彼女の左手に握られたものにチラと目を遣(や)り、V2は嘆息する。拳銃だ。

「この身体になってみて、よく判りました。わたし達は繋がっているんです。同期し、共鳴し、同調し、個であることを超えて調和されているんです。愛と平和に満ちた世界が来るのです。それが体感的に知覚できるのです。素晴らしいですよ」

「そりゃあ結構なことで」V2は肩を竦めた。「よく片腕だけで済んでるな」

「まだ、やるべきことが残されていますから」

「邪魔者を排除しに来たってわけか」

「あなた次第です」A／Tは尊大な口ぶりで言った。「どうして認めないんですか。ほんとうはあなただって〈地球の音〉に魅せられているはず。それが世界にもたらす新たな秩序を求めているはず。だからこそ、数え切れないほどの〈花〉の建造に携わってきた」

ふっ――と、V2は噴き出した。口から漏れる声は、徐々に哄笑へと変じていく。

「違う。違うね。丸っきり違う。こんなツマラナイもんに惹かれるかよ」

「ツマラナイ？」A／Tは蟀谷をひくつかせた。

「ああ。確かに最初は面白いと思ったさ。だがそれは、あれが混沌としたメチャクチャなものだと思ってたからだ。いつだって、既存の概念を壊していくものは面白い。けど――違った。規則を持った音に過ぎないなら、そんなものは面白くも何ともない。作為がなく、飛躍がなく、皆をぶっ飛ばしてやろうっていう気概がない。そんなもんは――音楽じゃない。だから、化けの皮を剝いでやりたかった。そのためにこそ、あれに関わり続けた」

「でも、失敗した――でしょう？」Ａ／Ｔは嘲(あざけ)るように小首を傾げた。

「そうだな」Ｖ２は首肯した。拳銃の引き鉄(がね)に掛けられた相手の指先をじっと見つめた後、肩越しに背後のＴＢ‐３０３を指差し、「それでも、自分にはこっちの方が性に合う」

「動かないでください」Ａ／Ｔは銃身を持ち上げた。「〈花〉に仕込まれた自己崩壊細胞(キル・スイッチ)を活性化させる気でしょうけど、そうはさせません。わたしはこの先の世界に行きたい」

　彼女の言う通り、すべての〈花〉には何か予期せぬ事態が生じた場合の保険として、自己崩壊細胞が仕込んである。今は亡き男(ア・ガイ・コールド・ジェラルド)と協議した上で人工筋肉に因子を組み込んでおいたのだ。目の前の女は、それをどこで知ったのか。いや、思い至ったのか。

　Ｖ２が背後に向き直ると同時に、乾いた銃声が響いた。

　背中から胸へと衝撃が貫き、Ｖ２はＴＢ‐３０３のフロントパネルに覆い被さるようにして倒れた。〝頭を狙えよ、馬鹿が〟と胸中で毒づきながら、Ｖ２は音量のつまみを全開(パンプト・アップ・ザ・ボリューム)にした。それから続け様に、各種のつまみをデタラメに回す。その昔、あるＤＪがそうして偶発的にアシッドなサウンドを発見したときのように、ウネウネとした奇怪な音が無軌道に暴れる。二発目の銃声は響かなかった。胸の激痛を堪えつつ肩越しに見遣れば、Ａ／Ｔは苦悶の表情を浮かべて頽(くずお)れていた。

　彼女の身体の中では、秩序の権化である〈地球の音〉と、無秩序なアシッドサウンドとが干渉し、脳が混乱をきたしているのであろう。

V2とジェラルド氏が〈花〉に仕込んでおいたのは、自己崩壊細胞だけではなかった。V2が弄り回しているTB-303から出力されるものと同じ音が発される機構をも、すべての〈花〉は具えている。

V2の演奏が、世界に向けて発されているのだ。

胸許を血で赤く染めるのが致命傷だとは理解していたが、それでも、V2は演奏を続ける。これで人々の楽器化を止められるのか、沙汰が終わった後（アフターアワーズ）がどうなるのかは、判らない。

それでも、最後の瞬間まで、祈念（プレイ）するのではなく、演奏（プレイ）する。

V2は叫ぶ。「決まり切った定番曲（アンセム）ばっか演（や）る奴ほど、ダセぇもんはねぇんだよ！」

何が愛と平和だ。愛による融和（ハーモナイズ）なんてクソ喰らえだ。

愛によって分断（ラヴ・ウィル・テア・アス・アパート）されるって方が、遥かにマシだってんだよ。

そう胸中で独りごちながら、V2はひたすらに身を揺らし、右に左につまみを捻る。

幾度も（アゲイン）、そう（アンド）、幾度も（アゲイン）。

〈出典〉

グリンメルスハウゼン『阿呆物語（下）』望月市恵訳（岩波書店）

〈参考文献〉

スティーヴン・ストロガッツ『SYNC：なぜ自然はシンクロしたがるのか』蔵本由紀監修／長尾力訳（早川書房）
ステファン・ケルシュ『音楽と脳科学：音楽の脳内過程の理解をめざして』佐藤正之編訳（北大路書房）
ダニエル・J・レヴィティン『新版 音楽好きな脳：人はなぜ音楽に夢中になるのか』西田美緒子訳（ヤマハミュージックエンタテインメントホールディングス）
マシュー・コリン『レイヴ・カルチャー：エクスタシー文化とアシッド・ハウスの物語』坂本麻里子訳（Pヴァイン）
樫原辰郎『ロックの正体：歌と殺戮のサピエンス全史』（晶文社）

キング《博物館惑星》余話

菅浩江

地球で王になれなかった男と、地球から少し離れた場所で王として君臨した男。著者の人気シリーズ外伝最新作。

菅浩江（すが・ひろえ）は、一九六三年、京都府生まれ。高校在学中の一九八一年、〈SF宝石〉誌に短篇「ブルー・フライト」を発表してデビュー。代表作の《博物館惑星》シリーズは、二〇〇〇年の第一作『永遠の森』が第54回日本推理作家協会賞、第32回星雲賞日本長編部門を、二〇一九年の第二作『不見（みず）の月』の表題作が第51回星雲賞日本短編部門を、二〇二〇年の第三作『歓喜の歌』（以上、ハヤカワ文庫JA）が第41回日本SF大賞を受賞している。ほかの作品に『誰に見しょとて』（早川書房）など多数。

王になりたかった。

ニュースの内容が少し判るようになり、社会科で視野が広がった十歳くらいのとき。ぼくがもし世を統べる者であれば、あっという間にみんなが幸福になるのに、と、半ば怒っていた。戦争はよくないに決まってるのに領土問題で戦ったり、子どもを大事にするために家に帰らず働いたり、自然を守るために人工物で区切ったり。そんなダブルスタンダードは、立派な王がいたら、一声で解決できると信じていた。

ロボットたちが働き、ラグランジュポイントには小惑星が据えられ、月面の資源開発も進んでいるというこの時代。ちゃんとした指導者がいれば、世の中をうまく回すことなんて、至極簡単なのに。

簡単なわけはないのだとしんみりしたのは、十五歳を過ぎてからだ。視野が広がりすぎて見たくないものまで見えるようになり、ぼくは幼い万能感を引き剝かれた。

貧困も虐待も環境問題も国際紛争も、実際は根深く複雑だった。たとえ王であっても、号令一下、万人を幸せにできるだなんて、夢物語にすぎなかったのだ。

学年が上がるとさらに自分の身の程を思い知らされた。いい最終学歴を得て大企業に入り、偉くなったら、少しは社会を変える力を得られるかと思ったのに、それは無理だと成績表が諭(さと)してくれた。

そこそこの会社に潜りこんで黙々と働き続け、三十歳を迎えた日。会社から命令が出た。定期のストレス検査で引っかかったから一ヵ月休め、と。上司はあたかも、会社のせいではないからな、と言いたげに苦々しい表情をしていた。ぼくはそれを、有無を言わさない存在否定だと受け取った。ぼくのやってる仕事なんか、世界には微塵(みじん)も響きはしないのだ。

王を諦めたのに、ぼくは小さな歯車にもなれない。理想があるのに、判っているのに、諦めたのに。のに、のに、のに。どんなに譲歩を続けても、ぼくは評価なんかされないのだ。地球に、ぼくの居場所はないのかもしれない。

それだったら、と、ぼくは休暇中に地球脱出を試みることにした。

地球は二つの宝を持っている。片方には銀盤の月。もう片方のラグランジュポイント3

には〈美の女神（アフロディーテ）〉。

〈アフロディーテ〉は、既知宇宙のすべての美を集め、保存や展示、研究をおこなう博物館苑惑星だ。小惑星帯（アステロイドベルト）から曳航してきたオーストラリア大陸相当の表面積を持つ岩くれをテラフォーミングし、人と美が住まう別天地に仕立て上げられた。そこでは、女神たちの名を持つデータベースと直接接続した学芸員たちがそれぞれの専門分野で活躍している。わざわざやってくる観光客たちの心は美への憧れで満たされている。住人も客たちも、行動はたいてい穏やか。文化と学術、憧憬（しょうけい）と余裕で編まれたそこの雰囲気は、〈美の楽園〉とも呼ばれている。

ぼくのあずかり知らない世界が、ぼくの幼い頃の夢を体現しているという口惜しさに、あえて身をさらしてみようかと自虐的に考えた。と同時に、こうも思った。もしかしたら楽園と名高い地であれば、ぼくがひっそりと立つくらいの地所があるのかもしれない、と。

確かにそこは楽園ではあった。美術館やホールが建ち並び、小綺麗なホテルの前では大道芸人たちが歌い踊り、観光客たちはみんな頬笑みながらゆっくりと歩いている。瀟洒（しょうしゃ）で凝った建物、どこからか流れてくる音楽、屋台の甘い香り、あちこちで湧く笑い声、優しく吹く風。

けれども、ぼくはかえって孤独を感じてしまった。できすぎだな、と感じたのだ。あまりにも整然として美しく、とても人工的だった。ここは王が統治する領地ではない。混沌を誰かが治めるのではなく、女神たちの住み処としてもとより完全な状態で生み出された場所なのだ。

複雑怪奇な地球はぼくの存在を弾き出したが、理想的すぎるここもまた、とっくに俗世にまみれてしまったぼくのことをふさわしくないと排除しているような気がした。楽しそうだ、幸せそうだ、と周囲を認識しているのだけれど、それはあまりにも夢心地で透明な膜の向こうの存在、自分だけが楽園に墜ちた異分子であり、息をうまく吸えていないような隔絶感に襲われてしまう。病的な離人感とまではいかないと思うが、それも靄がかかったような頭で考えたことなので、自己判断は定かではない。

王すら必要ない土地に、何の役にも立たないぼくなんかがいていいはずがない。屈託のない人々がさんざめいて流れていくなかで、ぼくは自分の立ち位置を得るどころか、身体まで塵芥になって散じてしまいそうになっていた。

独りでいるのはまずい。なにか心の重みになってくれるものを探さないと。

ぼくは足搔いた。評判の展覧会に行ってみた。なんだか重々しい感じの油絵が並んでいるなあ、としか感想が思い浮かばなかった。若者に人気のライブに行ってみた。観客の熱狂にあてられて、ホワイエで座り込んでしまった。詩の朗読は耳をかすめていくだけだったし、抽象画展は色が踊って眩暈（めまい）がした。

たまらない自己嫌悪でいっそう疎外感が募った。〈動・植物部門（デメテル）〉が管理する惑星の裏側では、豊かな自然とそれを利用した環境芸術（エンバイラメント）があるそうで、緑の中に身を置いたら少しはましだろうかと調べてみたが、バートルの定期便の運賃はぼくにとってはかなりの高額だった。

〈美〉の楽天地で、息苦しさに一週間ほどもがいたある日。安ホテルから繁華街に向かう途中、なんだか大きなゴミ箱が四つ並んでるのが目に入った。

いや、ゴミ箱ではない。高さ一メートル強、円筒の上に半球を載せた形のシンプルなロボットたちだ。なんでこんなところに、と思ったら、突然それのひとつが声を発した。

「なあ、観光に来たの？　俺をガイドにしない？　ボランティアだからタダだぜ」

見下ろすと、半球の顔面に模式的な目だけが映し出されていて、それがいかにも期待の眼差しといった感じで、ぱちぱちとまばたきしている。横に並ぶ他のロボットよりも古ぼけて見え、細部も異なり、型落ちのようだった。

「ずいぶん砕けた口調のロボットだな」

つい口を滑らせてしまう。するとそれは、

「だって、俺、遠隔操作だもん。中身は人間。ほかのやつらは自律の人工知能だけどさ。ねえ、俺にしなよ。通り一遍のガイドなんかしないぜ。いろいろ融通が利くからさあ」

ぼくは一瞬思案をした。それ——少年の声をしているから、彼なのだろう——は、ここぞとばかりにたたみかけた。

「お客さん、どこに泊まってるの」

「〈ハニア・イン〉だ」

「ああ、あそこはいいね。安い割に綺麗だろ。一階の喫茶店、行った？ シュークリーム、食べた？ 固めの皮で、カスタードクリームにバニラビーンズがそのまま入ってて、すっごくうまい」

彼は、こんな具合でどうだい、とでも言いたげに、ぼくを下からのぞきこんだ。

どうせ独りで見て回っても、何も頭に入ってこないのだ。ちゃんと受け答えしてくれる相手がいるのはいいかもしれない。

「お客さん、なんていう名前？」

「アダム」

「いいね。人類の始祖だ。俺、キング」

王か。ぼくがなれなかった王の名を持っているのか。この楽園においても、ちゃんと自分の役割を持っているのか。

気に入った。

「判った。お願いするよ」

そう言うと、漫画チックな目がぱっと見開かれる。彼は急に、ぬるぬるっと動いて近づいてきた。円筒で足元が隠れているので、どういう駆動装置なのかは判らない。幽霊みたいな動きだな、と思った。

「よし、アダム。一緒にいっぱい見て回ろうぜ」

親しげに背中をばんばん叩かれて、ぼくは驚いた。いつのまにか、筐体（きょうたい）の横に小窓が開いて、ぬいぐるみみたいに柔らかい腕が伸びているのだった。

「だからさ、そこの角のところに、いつも手回しオルガンの二人が。ほら、いた」

キングは滑るように先に立ち、ピンクの花をつけた街路樹の下を進んでいく。遠くから笛のような音が聞こえてきた。

「レパートリーとして持ってる曲なら、リクエストにも応えてくれるぜ。『薔薇色の人生（ラヴィアンローズ）』なんか、ほんと、何回聞いてもいい感じ」

真新しいオルガンのハンドルを若い男が回し、軽快なポルカを奏でている。横にはキャスケットをかぶった老人と古い手回しオルガンがならんで日向ぼっこをしていた。

「なんで二人組なのかっていう逸話もあるんだけど、アダム、聞きたい？」

ぼくはゆっくりと首を横に振った。情報よりも得たいものがあったから。

キングといると、不思議と周りのものが身体にちゃんと沁みてくる。水の中で聞くようだった周囲の音が、粒立ち、冴え渡り、ビビッドに耳へ届く。いまも、ポルカに浮かれるという感情がまだ自分にあったのだと嬉しかった。

キングは出会った直後から、やむことなくぼくを引っ張り回していた。ぼくがたいして美術に関心がないのをすぐに見抜き、「ああ、判る。ここの雰囲気を楽しみに来たんだな」と、ウィンクをしてみせた。

彼が案内してくれるのは、それゆえに、いっぷう変わった場所ばかりだった。王は名ばかりで、知識は下町の子のようだった。この美術館の大理石柱にはアンモナイトとウミユリがある、とか、このモニュメントから子どもが落っこちて大騒ぎになったことがある、とか、あそこのパン屋のおかみさんは気前がよくて好かれている、とか。ちなみにそのパン屋の名物はクロワッサンで、開店時間には行列ができているらしい。

「キングはバター風味が好きなのか？」

二つの光る目が、どうして？　と見上げてくる。

「シュークリームもクロワッサンも、バターいっぱいでサクサクだ」

キングは、あははは、と声だけで大きく笑った。

「ばれちゃったか。ああ、食べたいな。そんなのはしばらく口にしてないや」

ぼくは不思議だった。

「ここに住んでる君だったら、いつだって食べられるだろうに」

そう訊くと、キングは、

「俺がいるのは地球(した)だよ」

と、答えた。その言い方が、まるで刃物でズバンと切り落とすようだったので、ぼくはそれ以上の質問を重ねることはできなかった。

手回しオルガンの曲が、キングのリクエストである「薔薇色の人生」に変わった。原曲を知らないぼくだけれど、気怠(けだる)い曲は雑味の多い音色によく似合っていた。

次に、キングはぼくを繁華街の裏道に誘う。

「住民が勝手に作っちゃって、一時はもめたんだけどさあ」

道が細いとはいえ、綺麗な地域だった。その歩道の一番端は、タイルが不規則にでこぼこしている。

「手頃な棒でここんとこをこすりながら、だーっと走ると、『おお牧場はみどり』の曲になるんだぜ。小さい子が長く走れるようにって工夫したらしいんだけど、無許可改造だって糾弾されて、決着がつくまで、ほんと、たいへんだったんだ」

でこぼこが始まる地点では、ご丁寧にたくさんの棒きれが傘立ての中で待機していた。試しに一本を手にして、少し走ってみる。タイルがかの曲をくぐもった音で奏でた。中が空洞なんだろうか。それとも仕掛けでもしてあるんだろうか。

全曲聴いてみたかったが、三十も過ぎた事務職の身体では息が続かなかった。

「俺、こうして遊ぶの、好き」

キングが歩道のでこぼこにするりと乗った。

そして、小さな声で「Aj, lúčka, lúčka široká(アイ・ルーチュカ・ルーチュカ・シロカ)」と歌いながらけっこうな速度で進む。半球の頭部は少しもぶれず、円筒の最下部から懸架装置(サスペンション)状の機械が出たり入ったりしていた。地面に接する部分は履帯のように見えるけれど、普通の無限軌道ではなさそうで、やはり駆動の仕組みは判らない。最新型には見えないキングでこんな滑らかに動くんだったら、他の機体はどんな具合なんだろう。

足元だけを楽しげに上下させて走りきり、曲の最後の拍で、キングはブロックからぴょんと飛び降りた。

息を切らして追いついたぼくを見上げる瞳は、人間のいたずらっ子そのものだった。

「さあ、次はどこ行く？　ガイドブックにない面白いところ、いっぱい知ってるよ」

夕方、オープンカフェでぼくがコーヒーを飲む間、キングは横でずっと話をしてくれた。〈アフロディーテ〉にはいろいろな分野の専門家がいて、〈美〉をめぐってしばしば諍いが起こること。それらを総合管轄する部門は輝かしい〈太陽神〉の名を持っているが、実質はもめ事のよろず解決人のようなものだ、という軽口。低重力エリアの空中ブランコ公演は大人気だったし、海中にある水族館は子どもが大喜びしているし、〈デメテル〉で売っているフレッシュな野菜サンドイッチは芝生の上で頬張るのが一番うまい、などなど。

キングは筐体の横からたまに腕を出して、身振りまで添えながら楽しげに話す。

地球にいるキング本人とロボットの表出する個性に差があり、たとえば性別や年齢を詐称したりしているとしても、ここまで〈アフロディーテ〉の内側を知っているなんて、彼はきっと以前はここに住んでいたか、数え切れないくらいここを訪問したに違いない。

ぼくは暮れゆく空を仰いだ。

上を見るなんて、ものすごく久しぶりだった。薄青のグラデーションがかかる空を見ながらコーヒーを口に運ぶと、こんなに香りのいいものだったのか、と驚いた。自分の感性が復活している。

彼にガイドを頼んでよかった。

彼といると、ぼくは美術品を見に来たお客さんではなく、ここに住んでるかのように感じることができる。地球ではあんなに居場所がない感覚だったのに、最初はここでも余所者（よそもの）のような疎外感があったのに、キングのお蔭で自分がいてもいい場所に溶け込んでいるように思える。自分が踏んでいるタイルの歩道が、ぼくが立っていることを許してくれているのを、ずっと感じ続けたかった。

「飲み終わった？　じゃ、次行こう、次。俺、稼働時間決まってるからさ。ほら、早く」

キングはふかふかの掌でぼくの背中を二度叩くと、スキップするような上下運動をしながら、さっさと先へ行ってしまう。

繁華街をはずれていく植え込みのある小径は、暮れなずむ紫色に染まっていた。キングは、まばらな観光客たちを器用によけながら、らったらったとサスペンションで弾む。動作と裏腹に、彼の後ろ姿は平板に言った。

「たまにいるんだよね、アダムみたいな人。たいして美術とかに興味ないのに、〈アフロディーテ〉の雰囲気に惹かれて来るんだ。地球（した）でいろいろあったんだろうなあって思うと、つい、声をかけちゃう」

さっと全身から血の気が引いていくのを感じた。ぼくは彼の言葉を咀嚼しようと試みた。が、やはり聞いたままの不快感しか湧き上がってこなかった。

いろいろあったんだろうな。つい、声をかけちゃう。

眩暈を覚えた。バカにされたと感じた。せっかく居場所を見つけたのに、それすらキングの世話焼きがなければ得られなかったと思い知らされた気がした。彼の背中に向けたぼくの言葉は、すこし意地悪だったかもしれない。

「なんだ、それ。同情？」

キングは、人工知能では絶対に出せないであろうたぐいの笑い声を発した。

「まさか。共感だよ」

ぼくのほうの笑いは、乾いていた。

「居場所のある人間が何を」

不意に、キングは半球型の頭をぐるりと回してこちらに目を向けた。

「なるほど。アダムは居場所を見失って〈アフロディーテ〉に来たんだ」

ぐっと詰まる。見事な誘導尋問だったと認めざるを得なかった。

キングは、ぴたりと動きを止めた。そして今度は身体ごと植え込みのほうを向き、柔らかな手で低木の下の何かを拾った。

「これが俺の居場所」

エラストマーでできたちょっと不器用そうなてのひらには、硬貨ほどの大きさの桃色の石が載っている。

「他の石は、黒だの茶色だのって普通だけど、これだけはこんな色。俺、ここに隠してるんだぜ」

「なんでこんなのが居場所？」

キングは、ははっ、と笑う。人間の身体だったら肩をすくめて見せたかもしれない。

「俺、優秀なガイドだからさあ、癒やしを求めて来るお客さんには、これが俺の癒やし、って紹介する。刺激が欲しい人にはこれが刺激って言うし、ひたすら楽しみたい人には綺麗な色で俺はわくわくするけど、お客さんはどうだい、って訊く。アダムは居場所がほしいんだろ。だったら、こういうの見つけなよ。〈アフロディーテ〉にずっとある、自分だけの居場所を。物理的（フィジカル）なやつがいいぜ。触ったり握ったりして、存在を実感できるから」

デザイン化されたキングの目をいくら覗き込んでも、彼がふざけているのか真面目に言っているのか、さっぱり判らなかった。

「どうせアダムも地球（した）へ戻らなきゃいけないんだろ。ここでの拠り所を見つけとかないと、また元の生活に逆戻りだぜ。〈アフロディーテ〉は特別なんだ。創建時から、〈美〉という女神様を奉じることが決まってて、みんなそっちに顔を向けてる。いや、向けていられる、と言うほうが正確か。けど、普通はそうはいかないよな。地球は雑多だし、多様性がある。帰ったらまた、てんでばらばらでみんなの好き勝手な日常ってやつにもみくちゃにされる。そんなとき、ちょっと思いを馳せる具体的な物があれば、少しは楽だぜ。心のアンカーになってくれるから」

少年らしくない言葉に戸惑い、もっと詳しく訊こうとした、そのとき。

鮮烈な警笛が穏やかな夕暮れをつんざいた。

何が起きているのか判らないまま、ぼくはキングの柔らかな腕に抱きしめられ、彼の胴体を下敷きにして植え込みの中に倒れ込んでいた。

見当識を失ったぼくは、派手な破壊音だけを耳にする。

身体を起こしてまず目にしたのは、散らばったピンクの花。手回しオルガンがいる場所で見た街路樹か。たしか、マロニエとかいう名前の。

ちらかった花をまとって、一台の二輪車が植え込みに突っ込んでいた。すぐ横に、痛そうにうめく軽装の若者がひとり。

ぼくはようやく我に返り、キングの胴体を揺すった。

「おい、大丈夫か」

頭部に、ふっと目が灯った。

「たいしたことない。サスペンションで跳んだから、そっちは壊れたけどな」

若者を、いつの間にかやってきていた制服姿の二人が押さえこんでいる。全身を派手な緊急色に光らせているので、〈アフロディーテ〉の自警団なのだろう。

若者はじたばたと暴れた。

「なんだよ。土産にしたいだけだよ。なんで追っかけてくるんだよ」

「街路樹を切って、捕まらないと思うのか」浅黒い肌をした立派な体軀の自警団員が、低い声で脅す。「それにな、〈アフロディーテ〉に存在するものは、許可がないと塵一つ持ち出せない。こっちに来るときに説明されたはずだ。土産はちゃんと土産物屋で買うこったな。おっと。これ以上の言い訳は署で聞いてやる。〈デメテル〉の担当者も呼ぶから、たんまり叱られろ」

大柄な自警団員が若者を捕縛し始めると、もう一人の若いほうがぼくたちのほうへ歩み寄ってきた。

「怪我はないですか」

ぼくが立ち上がりながら頷くと、彼は倒れたままの筐体に寄り添った。

「そのボディ、キング？」

「ご名答。さっさと修理屋を呼んでくれ」

「もう手配してるよ。君はそろそろ通信を切る時間だろう。修理が終わったら、いつもの駐機場所に移動しておくから」

頼りなさげな自警団員だが、仕事面はしっかりしているようだった。

「早く直してくんないかなあ。また案内できるのは、いつになるんだろ」

キングの問いに、自警団員は人の良さが滲み出る困りかたをした。

「どうだろうね。君の型はもう部品が手に入れにくいんだ。毎日使うんだから、もうちょっとそのボディをいたわってほしいな。週に一回は、人助けやら事故やらで修理屋を呼ぶ羽目になってるじゃないか。新型に乗り替えたほうがいいと思うけど」

キングの目が、にやりと笑った。

「壊れる前提で古い筐体を使ってるんだ。俺の活動量は、あんたたちのパトロールなんか及びもつかないぜ。新品を使っても、すぐにボロボロになる」

気安いやり取りが意外だった。キングはいったいどれくらいの頻度で〈アフロディーテ〉に来ているんだろう。無給のボランティアを毎日続けられるということは、無職なんだろうか。いくら遠隔操作の仮想的な滞在だとしても、地球からの通信料は馬鹿にならないだろうに。

ぼくの考えが読めたわけではないだろうけれど、キングは静かに続けた。

「俺は好きなようにする。たとえ生身が地球にあったとしても、魂だけは〈アフロディーテ〉のキングでありたいんだ。ここでだけ、俺は自由だ。何度壊れようが汚されようが、領土を見てまわって、知り尽くして、お客さんたちを少しでも喜ばせる。お客さんだけじゃないぜ。あんたたち〈アフロディーテ〉の住人もだ。いくら楽園でも、悪いやつが紛れ込んだり道端で口げんかをしてしまうことだってある。俺がもしそういうのに遭遇したら、ちょっとでも役に立ちたいんだよ。みんなが信奉する美の女神にはなれないけど、ここが楽土であるようにしておきたい。それが王の役目ってもんだ。ボロボロのボディであろうとも、心意気だけは、俺はここの王」

自警団員は、にっこりと笑って、ぽんぽん、と二回、なだめるようにキングの筐体を叩いた。

「うん。尊敬してる」

二人のやり取りを、馬鹿みたいに突っ立って聞いていたぼくの目が、歩道に転がる桃色の石を見つけた。小さな石だ。目についたのが奇跡のように思えた。

ぼくの視線の先に気が付いたキングは、

「それ、元の場所に戻してくれないか。そう、そのあたり」

と、頼んできた。

ぼくは、彼の居場所であり癒やしであり刺激であり楽しみでもある石を、キングの玉座にそっと鎮座させた。

横になったままのキングは、急に明るい声を発した。

「よし、今日最後のガイドだ。見ろ、ほら、クレセント・アースだ」

住宅の屋根がつらなる低い空に、三日月形の地球が浮かんでいた。

「すっかり日が暮れたな。そろそろ遠隔を切る時間だ。また来いよ、アダム」

笑いの形にしたままのキングの目が、ゆっくりと溶暗した。

ぼくの〈アフロディーテ〉滞在期間は、クレセント・アースが太りきるまでだった。

それまでの日数を、ぼくは慌ただしく過ごした。

キングは、人々の日常を語るときには事細かで具体的だったのに、自分自身のことや考えはひどく曖昧な表現をしていたと思う。それが、とても気になっていた。もっと彼のことを知れば、もっと王について語り合えば、王になり損なったぼくの気持ちに彼が理解を示してくれるかもしれない、と希望を持ってしまったのだ。

善き王は、世界を美しくする。神の力がなくても、民草の声をすくいあげ、高い視座を持ち、少しでも善くなるように自分の精一杯の能力で立ち働く。

楽しくあれ。豊かであれ。争いは起きず、ただひたすらに美しくあれ。これがキングの願いなのだ。すべてが〈美〉のために存在するこの地で、人の意識をずっとそちらへ向かせ続けていられるように、少年の純粋さを持つ王は働く。心のアンカーを定め、自分の精神の拠り所とし、夢の領土の立ち位置とする。人々を一声で動かしたり、国々の調停をしなくても、かくあれかしという願いがあれば、王の気概を持っていられる――キングはそう言いたかったのではなかろうか。

キングがどこに住む誰なのかは、情報コンプライアンスに阻まれてなかなか判らなかった。けれど、事故のときの自警団員とばったり再会した折りに、過去のニュースデータを見ればいいんじゃないだろうか、とアドバイスをもらった。

居心地のいい深海めいた図書館で、ぼくはひたすら検索をかけた。

キングは十年前から案内ボランティアをやっていた。いや、その時の記事が最古だというだけで、もっと古くから遠隔で〈アフロディーテ〉に来ていたのかもしれない。彼は何度も小さなトピック記事に登場した。予約に失敗した団体を見事にもてなしたこと、事故から人をかばったこと、街路の不具合を報告して大きな陥没を未然に防いだこと、若者の悪ふざけに割って入ったこと。一番大きな記事でも、誘拐を阻止したということについての簡素な賞讃だった。

「地球でこんなことをすると、偽善者のように言われますけど」ぼくの知らない丁寧な口調で、キングは語っていた。「〈アフロディーテ〉では自分の好きなように動けるから、みんなの役に立つのが嬉しいんですよ」

ぼくは意味を取りきれなかった。もともとが女神のおわす楽園だから、素直な善意もまっすぐに受けとめてもらえて嬉しい、のだろうか。それとも、自分の好きなように動ける、というところに比重がかかった発言なのだろうか。

検索データベースと対話方式で真意を探るうちに、ぼくは愕然とする記事を見つけてしまった。

「この惑星（ほし）一番の名物ガイドはロボットの姿をしている。地球から遠隔操作する彼は、〈アフロディーテ〉を訪れたことがない。実際に行けないからこその憧れが、ほとんどの時間を〈アフロディーテ〉に費やす彼の原動力になっている。彼は『遠隔であっても、その気さえあれば彼（か）の地の小さな幸せは体感できる。身体的理由で行けないと諦めないで、他の人ももっとあの穏やかな雰囲気を楽しんでほしい。そしてその幸せな気持ちを思い出し、いつであろうとどこであろうと、心だけは満たされていてほしい』と語った」

訪れたことがない……。信じられなかった。シュークリームをうまいと言い、パン屋のおかみさんの評判を語り、ガイドブックにも載っていない歌う歩道を軽々と走り抜けたキングが、本当には来たことがないなんて。

三日待っても、キングの筐体は駐機場所に戻ってこなかった。ぼくは自警団の本署へ行き、事件の時の二人組に面会を申し込んだ。

「キングはなぜ復帰しないか、という質問になら、答えられます」

ぼくたちに話し掛けてくれたほう、ケン・ヒョウドウという名前の自警団員は、慎重に言葉を選んだ。

「お身体の調子が悪く、遠隔操作もできなくなったとのことで。ガイドはあなたの時のが最後になってしまいました」

小さな幸せを見守る王を失っても、博物館惑星に変化はない。それはぼくにも判っていた。しかし、ぼくはもっともっとキングと話がしたかった。複雑怪奇な地球に身体を留め置かれ、最初から美しく創り上げられた別天地で役に立とうとした、彼。居場所を見つけたと言っていた、君も拠り所を見つけろと言っていた、彼。

いくら食い下がっても、自警団としてはキングの所在を明かすわけにはいかないらしい。ガイドの信用性を担保するためにデータはあるが、許可なく教えることはできないのだ。

ただ、大柄なほうが、こう持ち掛けてくれた。

「お礼状を書くのはどうです？　ガイドをしてくれてありがとう、と。それなら、謝意の伝達をするのはやぶさかではないですよ」

「けど、こちらの連絡先を書いても、彼が会ってくれるかどうかは……」

口籠もるぼくに、ケンがにこっと笑いかけた。

「会いたくなるようなメッセージにすればいいんです」

それからの数日間、ぼくは引退した王に何を伝えたら謁見してもらえるのかを真剣に考えた。ある方法を思いつきはしたが、それには面倒な手続きが必要だった。

調べ回って、走り回って、ぼくはようやく、クレセント・アースが満地球になる三日前に、予定を早めて地球へ帰ることができた。

王になりたかった。みんなの幸せのために。

王になれなかった。世界はあまりにも複雑で、自分があまりにも不甲斐ないから。

けれど、ぼくは王の気概に触れ、ふたたび周囲の幸せの一助となる生き方を摑みかけていた。

命じられた一ヵ月の休暇の最後に、ぼくはチェコの小都市を訪れた。

王の居城は1LDKのアパートメントで、ほとんどのことがベッドの上からできるようにシステムが組んであった。

年老いた王は、焦点の合いにくそうな視線で、ベッドサイドに立つぼくを見た。

「脳と神経の両方だと、治療も難しいんだよ。だんだん進行していく中で、遠隔であれど、みんなの幸せをいろいろ見て回ったり、子どもの頃のように走ったり荒い言葉で喋ったりできたのは、楽しかった」

老王は不明瞭に言う。

「どうだね。君は居場所を見つけられたかね?」

ぼくは正直に首を横に振った。

「今回は他にやるべきことがあったのでそれに一所懸命でした。でも、いずれ、いずこでか、依るべき何かを見つけることができるでしょう」

老人はかすれた声で少し笑った。

「それなら私も少しは君の役に立ったんだね。連絡では、君は、私がなぜキングと名乗るようになったのかを訊きたいと……。こんなつまらない話でも役に立つかねえ」

ぼくも自然と頬笑んでいた。

「たぶん。でもその前に」

王の手は枯れ枝のように痩せこけ、拘縮(こうしゅく)していた。ぼくは慎重に彼の固まった握りこぶしの中に、桃色の石をねじりこむ。

「遠隔でも行けなくなったと聞きましたので、あなたの領土を持って帰りました。持ち出し許可を取るのに手間がかかって、ここに立ち寄れるぎりぎりのタイミングでしたが、返還して差し上げられてよかった」

王の息がぜいぜいと荒くなったので、ぼくは彼の胸のあたりを、二度、優しく叩いて差し上げる。

「あなたがあそこでおっしゃったように、地上はあまりにも混沌としていて、為政者ですら無力です。でも、信条があれば強くあれる。魂は自由でいられる。あなたは身をもってぼくの役に立ってくれたのです。ぼくのこのお土産をよすがに、あなたがこれからもキングの意気を失わずにいてくれれば嬉しく思います」

震える深い息を吐いた王は、小さく「ああ」と声を漏らした。

ぼくは王になれなかった？　違う。これからいくらでもなれるんだ。

手のひらサイズのわずかな領土であっても、少しでも善くあれと願って立ち働くのであれば、ぼくはささやかな王なのだ。

ぼくの領土がどんなものなのかは、まだ判らない。〈アフロディーテ〉にあるのか、地球にあるのか、まだ大事な信条は見つけていない。

王の皺深い顔が、すこし、笑んだ。彼は嬉しそうにこう言う。

「では、ゆっくりでいいなら話すとしよう。〈俺〉がキングを名乗るまでのいきさつを」

独我地理学

円城塔

『地球へのSF』巻末は、平らな大地と丸い大地について。春に舞う綿毛。世界を考察するサザとスタン。さて――

円城塔（えんじょう・とう）は、一九七二年、北海道生まれ。二〇〇七年、「オブ・ザ・ベースボール」で第104回文學界新人賞を受賞、第137回芥川賞候補。同年、『Self-Reference ENGINE』（ハヤカワ文庫JA）で単行本デビュー。二〇一二年、『道化師の蝶』（文春文庫）で第146回芥川賞を受賞。同年、伊藤計劃との共著『屍者の帝国』（河出文庫）で第33回日本SF大賞特別賞、第44回星雲賞日本長編部門を受賞。二〇一九年、『文字渦』（新潮文庫）で第39回日本SF大賞を受賞。本篇「独我地理学」は、『AIとSF』（ハヤカワ文庫JA）収録の「土人形と動死体 If You were a Golem, I must be a Zombie」と同一連作シリーズに属する。

春先の風のない晴れの日、いっせいに大気を流れていくものがある。海から山へ、雪のような白さが舞い上がって流れていく。綿毛というほどの実体もなく、ただ、数本の糸よりなる。光の加減によって虹色に光を照り返したり、白く濁って、また不可視の存在に戻る。

空間の「よじれ」のようにも見える。なにかの手が空間をつまみ、捻ったように。シーツに寄る皺に似ているとも、紙縒（こよ）りのようでもあるとも。

風物詩として扱われ、春を思わせるのだが、スタンにとっては、雪からようやく解放され、しかし収穫にはまだまだ遠く、草木の芽吹きも口に苦い、空腹を呼び寄せる光景である。

この現象は、ながらく「そういうものだ」とされていた。春になるとなにか大気を、白いものが飛ぶというだけである。山の竜が目覚めたり、石蜥蜴（バジリスク）がつがいとなる鶏を狙いはじめて、あたりに無闇と石ころが増えたりするのとなんの違いもありはしない。季節の中で雨が降り、雪が降るのと変わらず、真白い糸は舞い上がる。

遊糸、の名でも呼ばれるが、この単語は木々の飛ばす「絮（じょ）」なども意味する。種を遠くへ飛ばすために、綿毛で包むという工夫はよくある。なにか、そういうものなのだろうと思われている。

サザもそう考えていた。

いや、考えたことはなかった。

サザは後世、長らく忘れ去られたままとなっていた「サザの仮説」のひとつによって多くの人の命を救うことになるのだが、この時点ではまだほんの十六である。

充分な分別を備えていたが、働いてはいない。ザザムギドの村にはときにそうした者が生まれる。生まれるとすぐそれらしき気配がするので、そういう子にはサザの名がつく。およそ五代に一人ほど出る。特定の家に出るというわけでもないが、なぜか他の場所ではなくて、この村の地に出るものらしい。

水のせいである、とか、
山の気のせいである、とかされる。
このサザの場合は生まれてすぐに、村長の目を真っ直ぐ見つめ、その目を小さな指で突こうとした。

その年は遊糸が特に多かったと記録に残る。

趣味は読書と文通である。それ以外のときは空を見上げてあてどなく散歩している。村人たちは、そうして放心している時間が長い方がよいと考えていて、誰もサザの邪魔はしなかった。それほど、読書と手紙のやりとりに根を詰めてしまう。

文字に馴染み、読み書きをすぐにはじめた。

しきりに手紙をやりとりするのは、村にはサザの相手をできる者がいなかったからであり、一体どこから湧いてくるのか、サザの思考は抽象的でとらえどころというものがない。

「数には次の数というものがある」と据わった目で問う。「なぜか」

相手の方は返事に困った。突然戸口に現れて、

「循環する数というものがあってもよい」

と告げて立ち去ったりする。サザとしては、数なるものはなにも真っ直ぐ伸びていくだけではなくて、〇、一、二、三、四、五、六、と数えていってまた〇に戻る数があっても

よいではないかと思っただけである。

「あってもよい」という村人と、

「そんなことはないのではないか」という村人が出て、

「数は一から数えて二度と戻ることのないものである」と、さすがにたしなめる教区長がいた。

村人はサザのような者に慣れている。自分たちでは相手にならぬ人間が生まれることを、そういうものだと受け止めており、村の外の者に相手をさせる習慣である。

もっとも、過去これまでのサザが特に何かを成し遂げたということもなかったわけで、ただ思索が組み上げられて、サザの死とともに失われることが繰り返された。サザは別段、先代のサザが残した資料に興味を持つというわけでもなくて、思考は一代切りである。その内容が他人に理解可能なものなのかさえ怪しい。

どこかからの「預かり物」として扱われている。

サザが同時代に二人出現したことはなかったために、スタンはサザと呼ばれなかった。

スタンの方は、仕事についている。

暇をみつけては野原を歩き回った。

雨の日も雪の日も野原にいて、何かをサボっているのではなく、端から見ると苦行のような気配があった。家の仕事を終えると他の子供と交じらずに、ただ野原をひたすらうろついている。稀に誰かが興味を持ってあとをついていくのだが、特に面白くもなくやめてしまう。

本は読まない。立ち止まっては、手元の手帖にしきりと何やら書き込んでいる。自分で磨いたレンズをむき身で持ち歩いては、ずっと草の上に屈んでいたりする。

「遊糸の正体は蜘蛛の糸である」

とスタンはすでに発見している。

誰も訊ねることがなかったために喋っていない。

空飛ぶ糸はごくごく細かな蜘蛛が、尻から伸ばす繊細な糸なのであり、一グロスタほどの長さがあって、風に任せて蜘蛛の体を空の高みへ運ぶのである。

ここでグロスタは長さの単位で、この大地をなす球体の直径を一万グロスタとして定義される。おおよそこどもの身長が一グロスタ程度となり、その千分の一をミミルとする。それらの蜘蛛の大きさは一ミミルにも届かない。

大地が球体をなしているという「事実」については、草原で肩を並べてサザから聞いた。

「この大地が丸いという証拠はたくさんある」とサザ。「月の満ち欠けはまさにその形を見ているわけだ」

とサザの方では別にスタンに語るわけではなくて、思考をまとめようとして草原でひとり呟いているだけである。いつ頃からか、スタンをみかけると、傍らへ寄ってきて勝手に喋るようになった。別に観察の邪魔になるわけでもないので、スタンの方でも放っておき、一緒に野原を散策したり、肩を並べて座っているように傍目からは見えるのである。

この大地の乗る球体は、スファイルの名で呼ばれる。スファイルは太陽の周囲を回り、それに要する時間の長さを一年とする。スファイルの回りを月が巡って、満ち欠けが一周するのがひと月。スファイルの自転が一周するのを一日、二十四で割ったものを一時間、六十で割って分。さらに六十で割ったものが秒とされる。

スファイルが太陽からの光を遮る影が月の満ち欠けの正体であるとサザは言い、スタンもそういうことがあってもよいのだろうと思う。沖へ向かう艦隊のマストがゆっくりと水平線に消えていくことからもスファイルの丸さを知ることはできる。

「スファイルは丸い」とサザは言う。村の人々も教区長も認めるところだ。

「だが同時に」とサザは言うのである。「スファイルは平らでもある」

サザとスタンの暮らすこの時代、人間は大移動の記録を残していない。

物品は大いに流通していた。

人から人の手に渡り、街から街へ遥かな距離を移動したが、人の方はあまり動かず、人らしい気持ちの動きであるとか、社会の仕組みが移動を邪魔した。王国は旅人の移動を制限したし、砂漠の盗賊たちは見知らぬ余所者(よそもの)を問答無用で殺害し持ち物を奪うことを当然とした。交易路が整備され、隊商が組まれるようになる時代はまだ先である。

人々は近隣の都市を行ったり来たりするだけだったが、情報は物品を乗り継ぎながら旅を続けた。

遠く離れた土地の姿を人々は伝達しあった。軍事国家により厳に閉ざされた地域があり、魔術災害によって封印された土地があり、目に見えぬ小さな魔物に食い尽くされた地域があった。荒廃地ベブルではかつて、天を目指して塔が築かれたが、空から現れた魔物の襲撃を受け、あとにはなにも残らなかった。

地図の上で無数の争いが生じ、国が生まれ、信仰が育ち、共同体が成立し、そして全ては滅び去り、火は消え、残り火はまた息を吹き返した。

「いくら話を集めていっても、意外に世界観が定まらない」というのがサザのぼやきだ。

「むしろ与太話ばかりが増える」

サザの手元に収集された地図の中には、陸地は丸いとするものや、七つの大陸が浮かぶとするものがあり、厳密な幾何学模様に従うべきであるとする派があった。みな一様に、自身を世界の中心として、距離が離れていくにつれ土地に対する幻想度は増し、魔術の支配する度合いが強まっていく。海の果てには神々の住まう土地があるとする説があり、精霊たちの回す輪が世界を多重にとりまいているとする見解がある。

そんな作成者の頭の中を投影したような世界地図たちの中から特にサザが注目しているのが、フルーハ・ハルディシドゥの地図なのだが、この地図の評判はあまり良くない。

一般に、偽物扱いされている。

おとぎ話と思われている。

ハルディシドゥは古代の旅行家であり、世界の踏破を試みた伝説上の人物である。地図には南北両極点がはっきりと記されており、これも後世の偽作説が唱えられる由縁である。南北両極点の形状は今に到るも未解決であり、そこには穴が開いているべきとする者が多い。

ハルディシドゥの地図における最大の難点は、地図としては東西方向に「長すぎる」ところにあって、具体的には南北両極を結んだ線に比べて三十倍ほどの横幅がある。この大地は少なくとも形而下においては球体の上に載っているはずなので、端的にそんなことはありえない。赤道を一周する線の長さは、南北極点を結んだ線の二倍程度となるはずなのだ。

単純に割り算するなら、ハルディシドゥは、スファイルを十五周ほど旅したという計算になる。いかに羽の生えた八本脚の馬を利用したとはいえ、信じ難い数字である。

しかもハルディシドゥによると、地図の記述は世界の涯に達したために終わったのではなく、隊員たちの反対により中断されたものなのである。

「スファイルは東西方向へ限りなく展開している」

とハルディシドゥは結論している。

この途方もない言明には信仰共同体も、ハルディシドゥを異端認定し破門宣告したものか議論を重ねた。神の生成力が無限であることは明らかだったが、有限の身の人間に対し無限の土地を下される意図を想像するのは難しかった。

学術的には偽物扱いされた地図だが、実地においては便利に利用されている。

実際その場へ行ってみたとき、ハルディシドゥの地図が大きく破綻することはないらしいのだ。政治的な変動は無論多く起こったが、地理的な差異が報告されることはほとんどなかった。旅人たちはそれぞれ各個に、自分の旅した道の情報を更新していき、宿屋で突き合わせては地図を精緻化しているのである。

「大地は平らであるか、丸いのかどちらかだとふつう考える」

大地が球体であるという主張の根拠は強固で、平面説の分は悪い。

「地面が平らだったとしたら、太陽はどこに沈むわけ」とスタンは問う。

スタンとしては正直なところ、大地の形なるものには興味が向かない。丸かろうが平らであろうが、自分が一生をおくる範囲において、大きな差はなかろうと思う。月が欠けていくのはたしかに、スファイルの影の仕業であるかもしれないが、世の中には光を食べる魔物などもいるのであって、そういうやつが大型化すればやっぱり月も欠けるのではないかと思う。それでもこうして訊ねているのは、「平面説に文句をつけてみて欲しい」とサザに頼まれたからにすぎない。

「そう。太陽の動きが平面説のひとつの難点だ」とサザ。「平面説支持者の多くは、地面のどこかにトンネルがあり、そこを太陽が通る、というようなことを言い出す。そうして、誰もそんな穴を見たことがない、という話になるわけだが、太陽への道のりはハルディシドウの旅路よりもはるかに遠い。ハルディシドウがスファイルを十五周したとしても、その距離は十五万円周率グロスタにすぎないわけだが、太陽への距離はおよそ一億二千万グロスタだ。桁が違う。穴がみつかっていないこと自体は不思議ではない」

スタンは、手製のレンズによる足下の草の観察に戻りながら「へえ」と言う。向こうから、塵のような蜘蛛の六対十二個の目がスタンを見つめ返している。人の気配を感じると、再び動きはじめるまでに一時間ほどかかったりもするのだが、スタンとしては、それならそれで観察を続けることができて歓迎だった。

サザは気にせず、スタンの背中へ言葉を続ける。

「太陽を追いかける仮想の旅を考える。太陽がいつも真南にいるように、同緯度を保ちながら旅を続ける。もしもスファイルが球体なら、旅行者は一日経って、同じ場所に戻ってくる。もしも地面が無限に続いているのなら、同じ場所へは戻らない。いつまでもどこまでも新しい土地が現れ、新たな人々、知らない国が現れ続けることになり、頭上にはいつも同じ太陽がある」

ちなみに、とサザがレンズを覗き込んでいるスタンの横に屈みこむ。

「改めて確認しておくと、太陽が顔を出した地点と沈んだ地点を結ぶ線が東西であり、南北はそれに直交する。西を右手にした正面を南とするのはただの決まりごとにすぎないが、とりあえずにせよ受け入れてもらわないと話が色々すすまない」

と、これはスタンの観察している蜘蛛へ向けているのである。

スタンの余暇は、蜘蛛の観察と分類、記録に占められている。

なんとなく蜘蛛と呼んでいるが、正確には蜘蛛ではない。蜘蛛型の魔法生物と言われることもあるのだが、スタンに言わせると、もうどこが蜘蛛に似ているとされるのだったかよくわからない。細長い八本の脚は備えている。

実は多様な種がある。

赤いのがいて黒いのがいて、青いのがいて、実はどんな色でもいるのではないかとスタンは思う。一ミリを超える大きさのものは少ないが、実はどこまでも小さい蜘蛛がいるという可能性も否定できない。蜘蛛のついていない糸と見えて実は、目に見えない大きさの蜘蛛がそこにいたりはしないのか。もっと大きなレンズを磨き出せる蛍石が欲しいと思う。

風に乗ってこの地に下りる蜘蛛がおり、飛び去っていく蜘蛛があり、その種は尽きることがない。絶えず新しい種がやってきては、分類の枠を崩し、また新たな体系化を要求してくる。新種の蜘蛛を見かけたことで、それまでは似ているように思えた二つの種が全く違うものに見えはじめることもしばしばだ。

蜘蛛たちの旅は過酷なものであるらしい。

この地に到達する蜘蛛たちの体はほとんどの場合、破損している。特に遠くからやってきたらしい、見慣れぬ種ほど破損の程度は大きい傾向がある。

思いがけぬほど遠くまでどうも蜘蛛は飛ぶものらしいとスタンは睨んでいる。確実に、海をまたいで越えるくらいのことはしている。

サザより以前に、平面説についての思索を深めた人物にはハルドゲスデルのミミマモニがいる。

ミミマモニはスファイル上に展開された世界を、

「生成的であり、個別的である」

とした。

生成的という事態を説明するために、「巻物の比喩」と呼ばれるものを利用した。世界は巻物のような形をしており、観測者の位置に合わせて引き出され、また巻き取られていくものであるとする。世界として現に展開されている場所は無限に広がる存在のほんの部分にすぎない。

世界は多重に「巻き取られて」、「折り畳まれて」おり、「現前しているのはほんの書物の見開きにすぎない」とする。主観者が観測可能な部分が世界の全てであり、そこから先は、主観者の移動につれて「展(ひら)かれて」いくものであるとした。かみ砕いて言うなら、そこから先は必要に合わせて「生成」されていくのであると生成説は主張する。

　この説はもともと、

「誰もいない森の中で木が倒れた場合、音はするのか」

　といった問いや、

「誰も見ていないときに月は存在するのか」

　といった問いに対するミミマモニの見解として生み出されたものであり、

「自然は辻褄を合わせてくる」が「できる限り手を抜こうとする」とするミミマモニの思想の中核をなす考えである。

「今、自分を中心とする世界の外にある存在は停止している」

「あるいは無である」

　とミミマモニは書き残している。

　開かれた頁を除いて書物は白紙であるかも知れず、頁をめくった瞬間に、慌てふためきながら生成される。存在はあくまで有限である、とミミマモニはした。無限の大地なるものは許容されない。

　ミミマモニがその存在論において奇妙であると同時に凡庸と称されるのは、「生成説」に「個別説」を併置するところにある。

　個別説とは単純に、個々人にとっての世界の「展かれ」が個々人の世界そのものである、ということを言う。

「わたしの『展かれ』が世界である」という独我論は、世界にはただ一つの主観しか存在しないことを言うが、

「任意のXの『展かれ』が世界である」という独我論は無数の「ただひとり」を許容する。Aにとっての世界は世界Aであり、Bにとっての世界は世界Bであり、AとBは本来、出会うことがない、とミミマモニはする。

　個別論の主張によると、AもBも好き好きに書物を開いており、たまたま同じ頁を眺めている者が、世界を共有しているように見えるだけである、となる。

「その展開部は球形をなす」

とミミマモニは宣言し、「無限の平面が球面をなすのである」と結論するが、この論証

には欠陥が多いと夙に指摘されていて、文章の欠落があるのではないかとされる。

「まあ、ミミマモニは数学が得意じゃなかったから」

サザが、巻かれた紙を腕いっぱいの長さに展開しながら言う。

スタンはサザの暮らす離れに強引に呼び込まれた形であり、居心地悪げに部屋の隅の椅子に浅く腰掛けている。サザは飲み物をすすめることもせずに、前腕で机の上の小物を床に払い落とすと、巻かれた紙を転がしていく。巻物は細長い長方形に展開される。サザは体全体を使って紙の長辺方向を二つ折りに四つ折りに、八つ折りにと畳んでいく。縦に縦に、縦にひたすら折り続ける。

「そこの」

とサザが指さした先には花瓶に立てられた革切り鋏があり、スタンが手渡すときにもサザは自分の思考から目を離さない。手元も見ずに、紙を畳んでできた上がった短冊の短辺からザクザクと鋏を入れて、ゆるやかなカーブを描いていく。

「世界が、無限の長さの帯を折り畳んだものだとして」とスタン。「そんなものをどうやって折り畳んだんだ」と虚空に問いを投げている。

「重さの問題もある」と一人で問いを重ねていく。「無限に広がる平面の重さは、無限だ。

これは大地の密度が、距離の関数でない限りはそうなる」

革切り鋏は途中でわずかなジャンプをはさんでもう片方の短辺へ達し、サザは紙を回して前後を入れ替え、再び鋏を入れ直す。

「スファイルの形成には勿論魔術的ななにかが不可欠だが、今は生成以前のところ、もっと原理的、数学的な話の段階だ」

とようやく手元に目線を落とすと、大きく音を立てて紙を裁ち切り、サザの手には四つの余剰を切り捨てられた柳の葉のような形が残される。サザはその一端を摑まえたまま、柳型をスタンの側へ放る。柳型の紙は空中で解放されて、柳型が横に連なり現れる。スタンの頭の中で、大の字をした人々が手と足を繫いでいる切り紙飾りのイメージが踊る。

「球面の展開図だ」

とサザは告げ、スタンは素直に拍手している。展開図にというよりも、自分の頭の中で手を繫いでいる人々へ向け拍手している。

「そんなに何度も紙を畳んで、しかも鋏で切れるなんて」

とスタン。

「そこじゃない」とサザ。「それは魔術的には初歩のところで、適当に切ったのにきちんと球の展開図に近くなっているところに感心して欲しい」

と感心しどころを指定してくる。

「魔術の方がよっぽどすごいと思うけど」とスタンは素直なところを述べる。

スタンの言葉にサザはゆっくり目をつむり、何事もなかったかのように開く。

「忽せにできないものの話さ」

と笑うと、手元に紙を引き寄せて、柳型の連なりを机の上に広げ直していく。

「こういう展開図が東西に無限に続くっていうのが、ハルディシドウの説だ。これを球体に組み上げたものがスファイルだってことになる。大地は仮想の球体に何重にも巻きついているわけだ」

スタンは柳の葉型をした紙のふちに指を走らせ、それと向かい合うふちにも触れる。

「こっちの線とこっちの線は、『この世界の中では』離れているけど、仮想球体の上では一本の線に縫い合わされている」

「ねえ」とサザの指先を見つめていたスタンが言う。「謝っておく。何か悪いことを言ったらしいから」

「謝る必要なんてない」とサザは笑い顔をつくり続ける。「空論といえば空論。ただし、確固とした空論ではあり、検討の余地はあり、さらに大きな空論へと繋がる。でも、誰もそんな話には興味を持たないし……」とサザ。「理解することもできない」

「聞くよ」とスタン。「張り合いはないだろうけど」

と言い終える前に、スタンの手はサザの両手に握り込まれている。

スタンの理解したところによれば、サザがミミマモニによる大地の有限実在論ではなくハルディシドウの無限実在論を支持する理由は「美しい話であって、思考を続けることができるから」ということらしい。

ハルディシドウ自身は具体的な構築例を示さなかったが、「数字があれば事足りる」とサザは言う。「無限に続く数全体を、たとえば七で割った余りと同一視してみよう」

とまた自分に没入していくサザをスタンは、蜘蛛にそうするようにただ黙って観察する。頬骨の出た痩身で、思考の速さと、手の動きが連動している。

「何かの数を七で割った余りは、〇から六までの七通りしかない」

とサザ。ひたとスタンに目を据えて、

「無限に続く大地が、有限の球体に巻き付いている」

一拍をはさみ、

「無限に並ぶ整数が、ただ七つの数に集約される」

と文を並べてみせた。

「同じだ」

とサザは言いきり、次の話題へ乗り継ぐのだが、果たしてそれが同じことであるのかスタンにはよくわからない。村人には無表情だと思われているサザの百面相は興味深い。サザは腕を伸ばして、「ここが一」と机の上に展開された紙でできた大地の一点を指定する。「一の地点から天空を目指して上昇するとする」と言い置いて、指を上へ上げていき、背伸びするようになったところで止める。「これが、一の到達する高みだ。ここから眺め下ろすスファイルは『球形をしている』べきだ。その球面のおおよそ半分を見渡すことができて、遥か足下には一の地点を含む大地が見える。この飛行物体が地表に戻ると」と告げ、指をもときた経路に沿って戻す。「出発点に戻る」

スタンの方では精いっぱい、話についていけているかのように頷いてみせる。

「ここまではあまり面白くないのはわかってる。ここからだ」とサザ。「こっちを八の地点とする」と紙の別の箇所に指を置く。「この八は無限に広がる大地の上に乗っているが、高みに上ってしまえば、ここでもまた丸いスファイルが見えなければならない。八を七で割った余りは」

「一」とスタン。単純な割り算に自分の心が騒ぐ理由は不明だ。

「そう」とサザはまた指を上に上げ、爪先立ちの姿勢になると、「こちらもやはり、一が到達したのと同じ高みに到達する」

「そうなの」とスタン。

「無限の大地が球体に巻き付いているならそういう地点が存在しなければならない」とサザ。「でも、その、八から昇った一と同じ高みからは、八の大地が見えているはずだ。この飛行物体が地表に戻ると、八の大地に戻ると考えたい。ここまでは」

というサザの確認に、

「大丈夫」とスタン。「じゃないけど、それはいいや」

言いつつ、説明の大丈夫ではなさとはまた異なる、なにか別の大丈夫ではない気配をスタンは捉える。その世界は何かが危うく、足下が揺らぐ。

「いや、やっぱり」とスタン。「同じ高みから、一の地点が見えたり、八の地点が見えたりするのは……一から出発したやつが八じゃなくて、ちゃんと一の地点に戻る仕組みは」

「それが多分」とサザは言うのだ。「この世界における認識の役目っていうことになる」

「サザの仮説」は、のちに独我地理学の名で呼ばれることになる。

「球体として見えている世界が実は、無数の層の重なり合いであるとするなら、同一地点に存在する個体がそれぞれどの世界に属しているのかを定めるのは、認識である」という

のがサザの見解であり、

「この考え方が正しいなら、世界の形を確かめることにより、認識のありかたを地理的に知ることができるし、認識により世界の姿は変わりうる」

　スタンは頭の中でサザの言葉を分解し、並べ替えて翻訳する。

訊ねた。

「地図を見れば、人の気持ちがわかるってこと」

「人と人のあり方が幾何学として見えるって話さ」とサザは言い終え、体に蓄積していた緊張を解く。「自分には、こういうことを考えることしかできないんだ」

「すごいことなんじゃないの」とスタン。「意味はよくわからないけど」

「でも、残念ながらこの仮説は間違っている」

　というサザの言葉で、スタンははじめて、架空の理論や空想にも間違いというものがあることを知る。

「好きに何でも考えられるのに」とスタンは問い、

「誰にも好きに考えることなんてできない」とサザは応える。「この説明の欠点は、一の地点から高みに上がった者と、八の地点から高みに上がった者が『出会った』ときに顕著だ。前者の視点からは一の地点を含む半球が、後者の視点からは八の地点を含む半球が見えているのは構わない。それぞれに勝手な幻を見るのは自由だ」

とサザは言いきる。

「でも、その両者に情報の交換が生じたときにはどうなる。観測している世界が対立する。同じことは、球形のスファイルを一周するように人々が並んで、同時にスファイルを観測したときにも起こる。隣の者と見ている世界が連続的に推移するとして、一周して戻ってきたとき、地表には何が見えるべきだと思う」

集中力を解放したサザが椅子に崩れ込む。

「認識はそこで衝突するんだ」

「衝突する」とスタンはただ繰り返してみる。今、何かが自分に衝突してきたことがなぜかわかる。

サザが、肘掛けについた腕で額を支える姿勢で頭に浮かぶままを語る。

「衝突によって、世界は崩壊するのかもしれないし、記憶が改竄(かいざん)されるだけですむかもしれない。主観が破壊される、個が組み換えられる、といったあたりがありそうだが、そんな結論を導く推論は間違っている。なぜなら、そんなことが起こるはずはないからだ。間違っているのに、考えることをやめられない」

サザは言い終え沈黙し、やがてスタンの応答がないことに気づく。顔を上げた先では、スタンが椅子に浅く腰掛けた姿勢で体を硬く強ばらせている。

「主体が崩壊する」

とスタン。

「より強い認識が勝つ、とも言える」とサザ。

「肉体も一緒に破壊されることは」

「充分ありうる」

サザの答えを受け取ると、スタンは床の上に置いた自分の鞄を漁りはじめる。鞄の中は封筒で一杯であり、しばらくそれを引っかき回して、スタンは目的の封筒を一つとり出す。折り返しを開き、傾けて、左のてのひらに中身を振り出す。何かが出てきたようには見えないが、スタンはてのひらをサザの目の前に突きつける。細められたサザの目が、何か埃のような欠片(かけら)を認める。

春先に、蜘蛛が糸を引いて空を飛んでいく。

「どうして、蜘蛛の種類が尽きないのか、ずっと考えてた」

と蜘蛛たちを見送りながらスタンは言う。

「一地点に、無数の世界が重なっているなら」と語りはじめる。

蜘蛛が高空を経由して世界を渡っているのなら、とスタンは言うのだ。

空を渡る蜘蛛の行動範囲は広い。蜘蛛は風に乗ってやってきて、風に乗って去っていく。しかし、飛び来たる蜘蛛の種類は尽きることがない。いかに遠くからやってくるにせよ、「遠く」には限界があるはずだ。とりあえず地球を一周してしまったら、それ以上新しい種が無闇と増えることはないはずだから。でもそれが、水平方向からではなく、天から、無限に続くどこかの大地から降ってくるならば話はまた別となる。

「落ちてくる蜘蛛の大半は砕けてる」

と、スタンは拡大してみせたスケッチを示す。

「この蜘蛛の大きさと重さで、地面に落ちた衝撃で砕けたとは考えにくい」

スタンの頭に浮かんでいる筋道はこうだ。二つの世界から蜘蛛が飛び立ち、高空で出会う。蜘蛛はそれぞれの大地を夢見ているが、出会ってしまったことにより、「どちらかの世界を選択せざるをえなくなる」

そうして、

「選択されなかった方の蜘蛛は砕ける」

ごくごく稀に、新たな世界を受け入れることができる蜘蛛がいて、受け入れることのできる世界があり、そういう種類は生きたまま別世界へと着陸する。

「ハルディシドウの地図には、空から降りてきた魔物に滅ぼされた街があるって」とスタン。

「ベブル」

即座にサザは答える。

「高空へ届く塔を築こうとして、魔物に遭遇した。伝説のはずだったんだけど」

サザとスタンの頭の中で、世界の姿が重なりはじめる。天に達し貫く塔はその高空で、高空の気流に乗った別の世界の生き物と出会い、「認識的に」敗北した。

「スファイルを観測するのは危険だっていうこと」とスタンが訊ねる。

「一点からの観測なら問題はない」とサザ。「スファイルの――物事の一面を眺めていられる間はいいが、前と後ろからスファイルを同時に見たいと思ったときが危ない」

ただし、と言う。

「今の魔術のレベルじゃまだまだそんな、広域を高空から監視するようなネットワークは構築できない。せいぜい飛竜で散歩するくらいのもので、古代の巨大術式の再現なんて夢の中より遠いさ。スファイルの全体を眺めることができる高さまで人間を運び、しかもスファイルの『全体』を一望できるようになる日は――考えると気が遠くなるな」

「もし、そんな時がきたら」とスタンの身がわずかに揺れる。

　サザは蕾を形作るようにして右手の指先を一点に集めて力を籠め、一息に解放してみせる。

「矛盾する認識の、世界規模での顕現。そこでなにが起こるかなんて誰にもわからないさ」

「誰かが」とスタンとサザは同時にそう言う。

　誰かが、この話をきちんと伝えなければならない、とサザは思い、スタンは思う。でも、そんなことは不可能なのだと誰もこんな話に耳を傾けたりはしないと、二人は顔を見合わせ、理解する。

「やれるだけのことはやってみよう」

　とサザは言い、

「まずは」とスタン。「わたしたちは、人との話し方を習わなきゃだね」

「サザの仮説」が古文書の中から見出されるのは、この会話から数十世代が経過したのちのことになる。人々は「迷宮の主」ノーシュ・アレグラによる「観測兵器」の発動を寸前で阻止することに成功した。

　この仮説を唱えたサザがどの時代のサザであったのかは、未だ特定されていない。

本書収録の作品は、すべて書き下ろしです。

著者　伊野隆之
上田早夕里
空木春宵
円城 塔
小川一水
粕谷知世
琴柱 遥
櫻木みわ
笹原千波
塩崎ツトム
柴田勝家
新城カズマ
菅 浩江
関元 聡
津久井五月
長谷川 京
林 譲治
春暮康一
日高トモキチ
八島游舷
矢野アロウ
吉上 亮

編集　井手聡司
金本菜々水
塩澤快浩
溝口力丸

装幀　岩郷重力＋Y.S

制作　大越竜雄
志田和枝

校閲　石飛是須
伊藤 浩
伊藤桃子
円水社
真下弥生
山口英則
吉冨美穂

日本ＳＦ作家クラブ
会　　長　大澤博隆
事務局長　揚羽はな
渉外担当　林 譲治

2084年のSF

日本SF作家クラブ編

逢坂冬馬、青木和、揚羽はな、安野貴博、池澤春菜、空木春宵、粕谷知世、草野原々、倉田タカシ、坂永雄一、櫻木みわ、三方行成、斜線堂有紀、十三不塔、高野史緒、竹田人造、人間六度、春暮康一、久永実木彦、福田和代、麦原遼、門田充宏、吉田親司――二十三人のSF作家が描く『一九八四年』から百年後の未来

ハヤカワ文庫

ＡＩとＳＦ

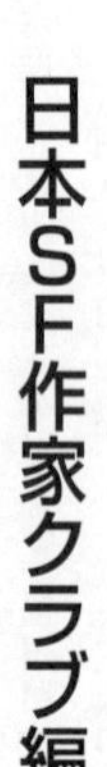

日本ＳＦ作家クラブ編

画像生成ＡＩ、ChatGPTなどの対話型ＡＩは、恐るべき速度と多様さで人類文明を変えようとしている。その進化に晒された二〇二五年の大阪万博までの顛末、チャットボットの孤独からシンギュラリティまで、二十二作家が激動の最前線で体感するＡＩと人類の未来。日本ＳＦ作家クラブ編のアンソロジー第三弾。

ハヤカワ文庫

アステリズムに花束を
百合SFアンソロジー

SFマガジン編集部＝編

百合——女性間の関係性を扱った創作ジャンル。創刊以来初の三刷となったSFマガジン百合特集の宮澤伊織・森田季節・草野原々・伴名練・今井哲也による掲載作に加え、『元年春之祭』の陸秋槎が挑む言語SF、『天冥の標』を完結させた小川一水が描く宇宙SFほか全九作を収める、世界初の百合SFアンソロジー

2010年代SF傑作選 2

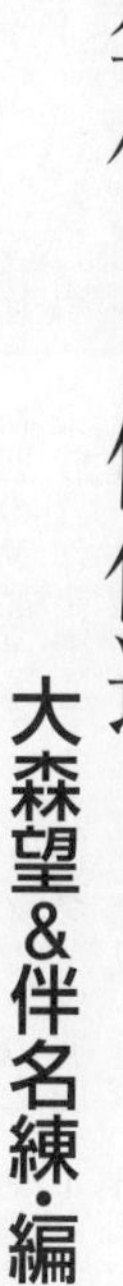

大森望&伴名練・編

ハヤカワSFコンテストと創元SF短編賞という二つの新人賞が創設された二〇一〇年代。ジャンル外の文学賞でも評価される宮内悠介、高山羽根子、小川哲をはじめ、酉島伝法、柴田勝家、倉田タカシなど両賞から輩出された才能、電子書籍やウェブ小説出身の藤井太洋、三方行成、そして他ジャンルからデビューの野﨑まど、小田雅久仁――日本SFの未来を担う十作家を収録するアンソロジー第二弾。

ハヤカワ文庫

日本SFの臨界点［怪奇篇］

ちまみれ家族

伴名　練・編

「二〇一〇年代、世界で最もSFを愛した作家」と称された伴名練が、全身全霊で贈る傑作アンソロジー。日常的に血まみれになってしまう奇妙な家族のドタバタを描いた津原泰水の表題作、中島らもの怪物的なロックノベル「DECO-CHIN」、幻の第一世代SF作家・光波耀子の「黄金珊瑚」など、幻想・怪奇テーマの隠れた名作十一本を精選。日本SF短篇史六十年を語る編者解説一万字超を併録。

ハヤカワ文庫

異常論文

樋口恭介・編

異常論文とは、生命そのものである。円城塔、青島もうじき、陸秋槎、松崎有理、草野原々、木澤佐登志、柞刈湯葉、高野史緒、難波優輝、久我宗綱、柴田勝家、小川哲、飛浩隆、倉数茂、保坂和志、大滝瓶太、麦原遼、青山新、西島伝法、笠井康平＋樋口恭介、鈴木一平＋山本浩貴、伴名練の全二十二篇。解説／神林長平

ハヤカワ文庫